As 'n hadida oor
'n huis vlieg en sy
angsroep oor die
vallei skeur, sê hulle
dat iemand gaan
sterf. Dit is dan
wanneer die wolf uit
sy skuilplek kruip
om die roep te
beantwoord . . .

LEON VAN NIEROP

WOLWEDANS IN DIE SKEMER

Tafelberg

Gegrond op die Springbok Radio-
vervolgverhaal van 1979 – 1981
en die rolprentdraaiboek
van Augustus 2011

(C) 2012 Leon van Nierop
Tafelberg
'n druknaam van NB-Uitgewers
Heerengracht 40, Kaapstad 8001

Omslagontwerp deur Shanna Alva
Tipografiese versorging deur Susan Bloemhof
Geset in 11.5 op 16 pt New Baskerville
Gedruk en gebind deur Paarl Media, Jan van Riebeeck-rylaan 15,
Paarl, Suid-Afrika

Eerste uitgawe, eerste druk 2012

ISBN: 978-0-624-05612-6
Epub: 978-0-624-05613-3

Vir Jozua Malherbe en Danie Bester
wat die wolf op film laat lewe kry het

PROLOOG

Die wolf lig sy ore – die snoet spits in die rigting van 'n geluid.

Onder hom lê die Hazyview-vallei gesluier in die mis. Dit is sý plek hierdie. Sy speelplek. Sy jagplek.

En soms sy moorplek.

Die wolf draai sy kop. Hy kyk af op die hotel wat tussen die misflarde uitsteek. Van hier af is die rivierklippaadjie net-net sigbaar. Agter staan die huis wat deel van die hotel uitmaak.

Destyds het hier nog 'n verdwaalde njala rondgeswerf wat uit die wildtuin ontsnap het. Nou is daar weinig prooi meer. 'n Bokkie miskien. Of 'n boerbok wat afgedwaal het en apies. Maar hulle is te vinnig. Die wolf se prooi is dus beperk. Daar is darem ook soms rooikatte. Of dassies en muishonde.

Maar hy het nog nooit 'n mens gevang nie. Nog nie.

Dis skemer. Dit is wanneer die wolf ander van sy soort die meeste mis.

1967. Die Hazyview-vallei.

Die klein meisietjie het die wolf die eerste gewaar. Sy

was sewe jaar oud. Sy het op die plaas met die pad langs geloop na haar pa wat in die mangoboorde opdragte uitgedeel het. Sy het haar mandjie by haar gehad, met haar pa se kos in. Haar ma het haar gereeld met kos na die mangoboorde gestuur.

Toe gewaar sy die rooi blom tussen die bome. Dit was die mooiste blom wat sy nog gesien het. Maar om dit te kon pluk doer tussen die digte bome, sou sy van die grondpad moes afdwaal. Haar hartjie het woes geklop, maar die blom was onweerstaanbaar met sy rooi blare oopgesper soos 'n bek wat na iets wil hap.

Van ver af, iewers, die geluid van 'n byl wat bome kap. Ver. Baie ver. Maar sy kon dit tog hoor.

Die dogtertjie het versigtig tussen die digte bome deurgeloop na die blom toe. Brandnetels het haar geskraap, maar sy het net die seerplekke gekrap en verder geloop.

Toe sy egter haar hand uitsteek, het 'n reuk soos iets wat dood is in haar neusgate opgestoot. Sy kon nie meer die blom pluk nie.

Toe raak sy bewus van iets in die bos naby haar.

Hadidas het bokant haar verby gevlieg en sy het opgekyk.

Vir haar was die skel roepe mooi; vir ander mense was dit bloot 'n lawaai. Sy het onthou wat haar ma altyd gesê het. As die hadida oor 'n plek vlieg en skel, gee hy 'n doodsdreigement, want daardie nag sal iemand sterf.

Sy het haar ma nooit daaroor uitgevra nie – sy het net altyd van die waarskuwing gehoor, maar dit nooit ervaar nie.

Agter haar 'n ritseling. Met die omkyk sien sy die wolf.

En agter die meisietjie was 'n bokkie met skerp horings en wakker ogies.

Die hadidas het bly skel. Hul vlerke het saam met die bylhoue die stilte aanhou versteur.

Sy het gevries. Sy was tussen die wolf en die bokkie. Die dogtertjie het staan en wag vir die naels wat na haar lyfie sou krap, soos in die prenteboek waaruit haar ma altyd vir haar sprokies gelees het.

Toe storm die wolf.

Sy het haar mandjie laat val. Dit was verskriklik, die pikswart wolf wat op haar afpyl met sy geel oë en tong wat uithang. Sy kon die honger in daardie oë sien. En bokant haar was daar steeds die hadida se gekrys.

Die wolf het sy kop laag gehou en sy pote het grts, grts, grts deur die gras gemaak.

Maar toe, op die laaste oomblik, swenk hy verby haar.

Sy het verskrik omgekyk na waarheen hy gestorm het. Die bokkie was die slagoffer. Die soenoffer, die diertjie wat in haar plek gesterf het – want die wolf, kon sy sien, was honger.

En toe die sterk kake wat om die keel sluit. Die ogies wat oopsper. Die pote wat in die grond ploeg. Die voorpote wat knak soos die vuurhoutjies wat haar pa buig elke keer as hy sy pyp opsteek. En die laaste vreeslike geblêr. Die derms wat uit die bokkie se karkas geruk word. Die hart wat nog pols en die keeltjie wat agteroorbuig en oopkelk soos die rooi blom netnoumaar nog onder haar vingers.

Sy sien die bloed – so baie bloed. En die uitmekaar-skeur van vleis met tande wat gemaak is vir dié soort werk. Die geel oë wat haar kort-kort wantrouig beskou.

9

Dit het gelyk of die wolf sê: Bly weg. Dis myne. Ek is die wolf, dis mý vallei. Hierdie slag was jy gelukkig en is jy gespaar. Ek het die bok in jou plek geneem.

Die verstikkende reuk van die rooi blom, van die mos teen die stamme naby haar, van vrot blare. En van bloed.

Die wolf het sy prooi gevang tussen vier dennebome wat ewe ver van mekaar geplant is, soos die hoekstene van 'n huis. Daar gevang en daar verorber.

Sy het weer van die houtkapgeluide bewus geword. 'n Slag. Dan stilte. Weer 'n slag. En stilte. Ver. Baie ver.

Toe tel sy haar mandjie op met handjies wat bewe. Stap wankelrig aan met voete wat kort-kort onder haar wil swik. Sy het weggestap van daardie bloedbevlekte denne-naalde. Haar bene was nat, want sy het beheer oor haar blaas verloor. Dit was effens branderig.

Vorentoe. Verder deur die bos, weg van die wolf se skuilplek.

Toe sy uiteindelik deur die bougainvilleas druk, het die dorings haar gekrap. Maar sy het nie omgegee nie, sy moes net wegkom van die moordtoneel. Die dogtertjie het blindelings aanhou loop.

Skielik was die waterval voor haar.

Sy het al daarvan gehoor, maar dit nog nooit gesien nie. Haar ouers het haar altyd daarteen gewaarsku, want hulle was bang sy sou in die water beland.

Die waterval was nie so hoog nie. En doer bo, op 'n rots, was daar 'n figuur. 'n Lang, maer man met 'n bruin-gebrande lyf en woeste hare. Hy het 'n byl vasgehou.

Die houtkapper – dit was die man wat hout kap in die

bos. Dis die geluid wat sy altyd hoor as sy van die huis af wegdwaal.

Die seun was seker 'n jaar of drie ouer as sy. Dis reg, hy was nog nie 'n man nie, net 'n seun. Maar hy was mooi! En sterk ook, hy moes wees. Die sweet het geglim op sy kaal bolyf. Hy was baie aantrekliker as die houtkapper wat sy altyd in die prentjie by die storie van Rooikappie gesien het.

Hy het daar gestaan soos 'n standbeeld wat uit vleis en been gekap is. Hy het stip na haar gekyk. Hy het die byl langs hom op die rots neergesit. Toe strek hy sy hande uit en duik.

Sy lyf het 'n harde plonsgeluid gemaak toe hy die water tref. En daar langs die diep poel het sy staan en wag vir die seun om uit die dieptes te voorskyn te kom. Maar die poel het net so donker gebly. Sy kon nie beweeg nie. Die rimpelings het al bedaar, toe wag sy nog dat hy moet verskyn.

Haar hart het vinnig geklop en vir die tweede keer het dit gevoel of sy alle beheer verloor.

En toe: die kop bo die oppervlak, die snak na asem. Die donker, gitswart hare wat nat oor sy voorkop hang.

Hy het uit die water geklim en na haar toe gestap. Dit het gevoel asof 'n prins na haar toe aankom. Hy het baie seker van homself gelyk.

Hy het tot by haar geloop en sy het gedink dat hy mooier en sterker was as enige prins wat sy al in 'n storieboek gesien het.

"Ek is Jan," het hy gesê.

Sy is geleer om nie met vreemdes te praat nie. Maar

daar was iets in sy oë, iets in sy houding wat haar laat praat het. Sy hande het oop en toe gemaak asof dit na die byl soek wat hy daar bo op die rots gelos het.

"Arista." Sy het haar tweede naam gebruik omdat sy nog nooit van haar doopnaam gehou het nie. Sy is na haar ouma vernoem, en dit was vir haar 'n nare naam. Arista het na 'n prinses geklink.

Jan het lank na haar gekyk. Vir 'n oomblik het dit gelyk soos die wolf se oë. Dit was net nie geel nie, maar groot, blou, mooi.

En van iewers tussen die bosse het iets hulle bespied. Dalk die wolf, wat klaar was met sy maaltyd?

"Arista." Dit het vreeslik mooi geklink as hy haar so noem. "Ek en jy gaan nog eendag trou. As jy groter is."

Hy het aan haar hand gevat en dit liggies gedruk.

Toe draai hy om en klouter terug op teen die rotse na waar sy byl gelê het – rats, vinnig, behendig.

Bo aangekom, het hy haar naam teen die waterval uitgeroep.

"Arista du Randt!" het sy teruggeskree. "Ek is Arista du Randt van nou af!"

Toe was hy weg, nes die wolf.

Sy het vinnig aangestap tussen die digte bome deur, tot sy die grondpad na die mangoboord gekry het. Die groenvel-vrugte met hul rooi wange het swaar en trots al om haar gehang.

Toe sy in die oopte uitgeloop kom, het haar pa op haar afgestorm. Hy was tegelyk kwaad en angstig. Wat het sy in die bosse gesoek? Sy weet mos sy mag nie soontoe loop nie. Dis wild en woes. Daardie deel van die plaas was so

ruig dat dit nog nie skoongemaak kon word vir mango-
bome nie. Sy moes daar wegbly!

Teen haar pa se bors het sy vertel van die wolf wat gelyk
het of hy dans toe hy die bokkie gevang en om en om met
die spartelende diertjie gerol het. En die hadidas. Maar
veral van die brutale dans en die bokkie wat al spartelend
gesterf het. Dit was amper asof hulle verlief was, het sy
gedink, twee diere wat dans tot in die een se laaste oom-
blik.

En sy het gedink aan Jan se oë. Maar sy het nie 'n woord
oor hom gerep nie.

"Die wolf dans as hy doodmaak, Pappa."

En weer het sy aan Jan gedink. Jan met daardie oë en
die lang, maer lyf. Die prins met die woeste hare wat haar
Arista genoem het.

Vir haar pa het die gepraat oor die wolf nie veel sin ge-
maak het. Wolwe wat dans, waar het jy van so iets gehoor?
Maar die naam het bly vassteek en toe die plaas se naam
verander en haar pa dit moes registreer, heet dit voortaan
Wolwedans.

Mooi naam. Wolwedans. Net so mooi soos Arista. En sý
het daardie naam uitgedink. Arista het dit altyd vereen-
selwig met die wolf wat so na haar staan en kyk het.

En met Jan. Pragtige Jan wat vier jaar ouer as sy was, het
sy later uitgevind. Sy sou hom nooit vergeet nie.

Wolwedans met sy mangobome en bobbejaantoue en
apies wat rondskarrel. Waar die hadidas langs die rivier
nesmaak en skree. En die paddas in kore die reën besing
en die donderwolke roep.

Elke padda het 'n ander stem gehad. Daar was dié wat

13

geklink het soos borreltjies in die modder, fyn geluidjies wat soos ligte tromslae deur die stilte tamboer. Plop-plop-plop! Ploing-ploing-ploing, met skril, hoë stemmetjies, byna soos sonbesies.

Ander paddas het gekwaak asof hulle met mekaar kommunikeer. Ja, *kwaak*, nes hulle op skool by die juffrou geleer het. Hulle moes dit in die graadtweeklas namaak. Toe het party kinderstemmetjies van die een kant af geskree: "Kwaa-aa-aak, kwaa-aa-aak!" En van die ander kant, die res van die klas wat antwoord: "Kwaa-aa-aak, kwaa-aa-aak, kwaak!"

Maar sy het geskree: "Ploing-ploing-ploing!" Want dit was hoe Wolwedans se paddas geklink het.

Op die plaas was die geluide ook partykeer diep en donker, sonder die ligtheid wat dit in kinders se monde het. Kwaa-aa-aak, kwaa-aa-kwaak: basklanke, donker klanke, tot diep in die nag.

Maar doer gunter, iewers in die diepste bos, was daar altyd die enkele brulpadda wat sy heerskappy oor die gebied bevestig het, maar nes die wolf amper nooit gesien is nie. Dit was 'n kwaak-brul met 'n oerklank so diep dat g'n onderste noot op haar ma se klavier dit eers kon raakvat nie.

Dan, eensklaps, het alles stil geword asof die natuur asem ophou en wag. En Arista weet: Die wolf sluip by die dam verby. En alles is morsdoodstil uit respek en vrees.

Of dalk het die wolf weer 'n bokkie gevang, die bloed spuitend. Dan sal die paddas wag tot die dodedans verby is en die laaste roggel bedaar het.

Op haar agtste verjaarsdag het haar pa, Hannes du

Randt, vir Arista 'n juwelekissie present gegee – 'n Rooi-kappie-kissie omdat sy so dol was oor die Rooikappie-storie. Al het sy altyd meer van die wolf gehou.

Die juwelekissie was pragtig. Binne-in, op 'n spieël, was daar 'n poppie met 'n rooi rokkie en 'n rooi kappie wat om en om gedraai het, al in die rondte. Maar eers het daar 'n deuntjie gespeel.

Sy sou dit kon gebruik wanneer sy haar ma se juwele erf. As Wolwedans hare is.

"Rooikappie se ouma is sommer simpel. Sy verdien om opgeëet te word!" het sy op 'n keer gesê nadat haar ma die storie die hoeveelste keer vir haar gelees het.

Haar ma was eers verbaas, toe het sy haar kop geskud. "Jy moet eendag stories skryf, my pop. Met daardie ver-beelding kan jy al die sprokies herontwerp!"

Later het Arista die poppie so dikwels laat draai, dat die deuntjie hees geraak en uiteindelik stil geword het. Maar die poppie het bly draai.

Arista het ure lank met haar gespeel en gekyk hoe sy altyd in dieselfde rigting draai. Kloksgewys. Oor en oor en oor. Die poppie het haar beste vriendjie geword.

En altyd, diep vanuit die bosse, die geluide van hout wat gekap word.

Op 'n dag het sy teruggegaan na die plek waar die wolf die bokkie gevang het. Toe sien sy dit – Jan was besig om daar 'n houthut te bou. Sy sterk bolyf het weer in die son geblink terwyl hy die hout in latte kap en dit sorgvuldig bo-op mekaar plaas tot die hut begin vorm kry.

Arista was toe in matriek.

Sy het Jan die vorige paar jare partykeer met vakansies

in die kerk gesien. Dan het hy so styf-regop tussen sy ou-ers gesit en was dit duidelik hy wou nie daar wees nie. Hy het ontuis in die kerk gevoel, nes sy. Dan knipoog hy vir haar.

Een keer het hulle na die tyd vinnig met mekaar ge-praat. Dan glimlag hy: "Haai, Arista. Wanneer trou jy met my?"

"Nes ek klaar is met skool," was haar antwoord.

"En dan?"

"Dan bly ons lank en gelukkig op Wolwedans."

Jan het stip na haar gekyk. "Arista du Randt."

"Ja, Jan?"

"Ek en jy gaan Wolwedans baie mooier maak as jou simpel pa en ma. Hulle verstaan niks van die wolf nie."

Sy het geskrik. Iemand behalwe sy wat die wolf gesien het!

Sy het later gehoor dat Jan se ouers oorlede is. Hy was op universiteit en het net vakansies huis toe gekom. Sy het hom net van ver af gesien en hy het nie nader gekom nie. Dit was asof hy wou wag dat sy ouer is, dalk dat sy meer van die lewe af kan weet, voordat hy vir haar kom kuier.

Toe het sy hom 'n jaar lank glad nie gesien nie.

Toe sy klaar was met matriek, het sy haar ma op die plaas gehelp. Daar was nie geld om verder te gaan leer nie. En sy het gewag dat Jan terugkom.

Toe kom daar die dag dat sy hom weer by die waterval kry. Hy het op dieselfde plek as tevore gestaan en in die poel geduik. Toe hy uitklim, het hy na haar toe gestap en haar in sy arms geneem.

Jan het haar gesoen. Lank en innig en met soveel krag dat sy gedink het sy gaan flou word daarvan. Daarna het hy haar na die boshut toe gevat. "Ons s'n," het hy geglimlag.

Daar het hulle ure lank bo-op die dennenaalde in mekaar se arms gelê en gepraat en gedroom. Hy het haar partykeer 'n bietjie gesoen, maar nooit verder gegaan nie.

Hy het as argitek in Nelspruit begin werk en net naweke Hazyview toe gekom. Dan het hulle piekniek in die boshut gebou.

Eendag het hy 'n stuk papier saamgebring en haar geteken. Sy sou nooit vergeet hoe hy haar naam gesê het nie. "Arista van Wolwedans. Dis ons twee se plaas. Net ons verstaan hierdie plek."

En sy oë. Die oë wat nes die wolf s'n gelyk het.

Die oë wat haar gehipnotiseer het.

Op haar negentiende verjaarsdag het Jan gesê dis tyd dat hy haar ouers formeel ontmoet.

Hulle was ingenome met hom.

Jan het op Wolwedans rondgeloop asof hy die plek besit. Asof hy opmetings met sy oë doen. Asof hy die huis en die grond wou omdolwe.

Toe breek die dag aan dat hy Arista vra om met hom te trou.

Dit is meer as vier dekades later. 2012.

Die wolf spits weer sy ore. Iewers is daar 'n diep, onheilspellende bromgeluid. Hier in die donker, afgeleë gedeelte van die bos is daar selde só 'n geluid.

Hy begin draf in die rigting van die geluid.

Tussen die bome staan 'n mens. Dit is die een wat dees-
dae so dikwels hier ronddwaal en na hom kyk, nes daar-
die ander klein mensie lank gelede. Maar hierdie een se
lippe beweeg en daar kom geluide uit.

Eienaardige geluide, sagte geluide wat soos sy eie ge-
grom klink.

Die wolf raak weer bewus van die vreemde dreungeluid
wat naderkom.

En sien die ding wat blink in die mens se hand.

1

Hazyview is tien kilometer ver, sê die bordjie.

Sonja Daneel knip-knip haar oë teen die moegheid. Sy trek haar selfoon nader; in die venstertjie staan die datum: *1/9/2012.* Sy begin 'n nommer skakel.

Voor haar ry 'n man met 'n stapel hout agterop sy fiets. En bo-op die stapel hout lê daar iets wat lyk na 'n dooie apie.

Met die verbysteek draai die man sy gesig in haar rigting en glimlag. Hy het nie tande nie. Dit laat haar ril. Hy steek sy vinger in die lug en waai dit heen en weer asof sy verbode terrein betree.

Die skemer sak toe oor die Hazyview-vallei. Sy sal haar motorligte moet aanskakel.

Sonja onthou die waarskuwende SMS wat sy van haar toekomstige werkgewers gekry het net toe sy in haar motor klim: *Ry versigtig. Daar is slaggate in die pad. Hulle werk daaraan, maar hulle werk al vir drie weke. G'n mens weet hoe lank dit nog gaan neem nie!*

Om haar is daar digte plantegroei en kleur. Orals is kleur. Wit frangipani's met hul soel, soet geur wat dik in die lug hang. Sy ruik dit deur haar oop venster. Flambojantbome met rooi kelke lyk of hulle reik na vog in die lug.

Daar is piesangbome wat hul blare soos reuse-waaiers uitstrek oor die nat aarde en liggies wieg teen die bedompigheid. Dit lyk of die blare plek-plek geskeur is, met fyn garingdraadjies wat na benede strek. Sy sien die kapokbome met hul dik doringstamme wat pienk blomme soos verspotte confetti oor die pad strooi. Welkom aan die bruid, asof dit spesiaal vir haar is! Die bome staan hier digter opmekaar as in Steiltes buite Nelspruit waar sy vandaan kom. Orals tros pers en rooi bougainvilleas wild uit die bosse. Die pers blomme hang swaar aan die lote, beur af grond toe en wieg liggies in die briesie.

En die plaasname, tipies Laeveld: Rondommooi, Vroegopstaan, Loerie, Oppihoek, Heeltyd Speeltyd.

Vroue verkoop mango's en lietsjies langs die pad. Hulle dra kleurvolle kopdoeke en spel "lietsjies" op al wat 'n manier is.

"Help my." Sonja sê dit saggies, sodat die woorde verdwyn in die gekreun van die motor se waaier wat teen die hitte gons. "Ek kan nie."

Sy kyk na die groen heuwels en tropiese bome. Papajas wat pennetjie-orent soos groen apostels staan terwyl apies wat met hul halfverorberde buit rondskarrel. Macadamianeutbome in rye langs die pad. Nog padstalletjies, dié slag met avokado's.

Accommodation available. R899 p/p per night staan langs 'n gastehuis, die ingang bedek deur bleeding heart-klimop, wulpse rooi blomme wat in dik trosse afhang. Steeds kry Sonja nie die bordjie wat sy soek nie.

Sy het dit destyds met die onderhoud ook amper mis-gery, maar toe omdat sy so ingedagte was. Nou is sy bedag daarop. Die ingang moet enkele kilometers hiervandaan wees, onderin die vallei.

Die rooi bougainvilleas is vir haar die mooiste. Die bloedrooies se doringtakke hang sommerso wild in die lug, asof dit wil sê: Dis mooi hierso, maar raak aan my en die bloed sal loop!

Sy het op 'n slag in so 'n bougainvilleabos verstrengel geraak. Die diep skrape het dae gevat om te genees.

En nou wil-wil dit donker raak. So vroeg, so vinnig.

Skielik is daar 'n bordjie en 'n beteuterde vlaggie voor haar.

Pad gesluit/Road closed. Detour.

Die padwerkers is besig om op te pak en wil die tydelike versperrings wegsleep, maar daar staan nog een vrag-motor dwarsoor die pad getrek. Vir die oomblik is dit dus nog gesluit. Die man met die vlaggie beduie dat sy die ompad moet gebruik. Hy het pokmerke aan sy gesig en die rooi vlag herinner haar aan die bleeding heart. Gepaste naam; dit laat haar ook aan haar eie hart dink.

Sonja ry stadiger en draai haar venster verder af. Die bedompige lug tref haar opnuut soos 'n klap in die gesig. Dis baie warmer hier as op Nelspruit en die lug is steeds deurdrenk met die reuk van frangipani.

Die grondpaadjie waarop sy moet afdraai, lyk maar sleg. Dit kan egter nie anders nie. Of . . . Sy wil vir 'n sekonde stilhou en terugdraai, maar toe haar wiele die grondpad tref, besluit sy om tog maar voort te gaan. Voorlopig.

Dink, dink, dink. Dis jou laaste kans om terug te draai. Dink!

Sy gewaar hadidas wat naderkom, dan hoor sy die geluid. Aaklig. Hard en skel en lelik. Hulle vlieg hier vlak oor haar rooi motortjie.

Sonja lek oor haar lippe en kyk na die selfoon langs haar. Die hele ent pad stoei sy al met haar gewete. Sy moet bel.

Sy steek haar hand uit na haar selfoon. Sy moet egter op die vieslike grondpad konsentreer terwyl sy die nommer inpons.

Sy moet terugdraai. Nou. Dis haar laaste kans. Maar dis nes daardie besoek aan die slangpark destyds toe 'n man met 'n luislang om sy nek na haar toe aangestap het. "Jy kan maar aan hom vat," het hy geglimlag. Sy wou nie, sy was bang. Maar die slang het haar gefassineer, toe raak sy daaraan en voel die klipharde spiere onder die vel. Dit was vreemd sensueel.

Wanneer sy 'n bordjie sien wat waarsku *Geen toegang*, het sy dit nog altyd geïgnoreer. En as haar ma haar gewaarsku het om nie aan iets te raak nie, het sy dit gedoen, soms tot haar eie nadeel.

Sonja maak keel skoon, soos wanneer sy met 'n klomp toeriste in 'n hotel moet praat, veral as sy 'n bietjie senuweeagtig is. Sy voel die sweet op haar voorkop pêrel, op haar bolip ook. Daar is altyd sweet op haar bolip as sy werklik bang is.

Sy konsentreer op die pad en kyk net sydelings na haar selfoon. Sy pons die laaste syfer haastig in en swaai uit vir 'n klip in die pad.

"The number you have dialed does not exist," hoor sy 'n vrouestem. Liewe hemel, die een nommer in haar lewe wat sy amper beter as haar eie ken! Hoe kon sy dit verkeerd geskakel het? Seker in haar haas? Omdat haar aandag afgetrek is?

Sy begin weer en sê die syfers op. Sy moet omdraai. Maar hier is nie omdraaiplek nie!

Sy wou weer aan die luislang se wit lyf raak. Haar hand het nader beweeg. "Dis veilig, vat maar weer," het die gids gesê. Die koue, glibberige vel. Die sensasie van krag onder haar vingers. Die ligte duiseligheid.

Haar motortjie wip oor 'n klomp los klippe in die pad. "Dit is die einde," sê Sonja vir haarself. "Dit is verby. Ek draai terug. Ek sal verduidelik."

"Recalculating. Recalculating. When possible, make a U-turn," kom die Garmin se eentonige rasperstem.

"Die pad is te nou, idioot!" skree sy. "Ek kan nie hier omdraai nie!"

Sy huiwer voor sy die laaste syfer inpons, want sy weet dat hierdie oproep haar lewe gaan verander. Sy het die hele ent pad Hazyview toe aan niks anders gedink nie. Haar kop is eintlik seer daarvan.

Wat as sy alles nou beëindig?

Haar hart klop vinniger. Dis soos haar eerste reksprong, daardie tydlose oomblik waarin jy besef jy kan nie meer nee sê nie. Jy kan nie omdraai nie.

Sy wil nóú nee sê. Dis die bordjie in haar gedagtes wat waarsku: *Privaat, geen toegang.* Sy moet nou besluit, gaan sy of gaan sy nié?

Maar die gevolge! Liewe heilige hemel. Die gevolge . . .

As sy daardie laaste syfer inpons en die foon begin aan die ander kant lui, gaan alles verander.

Begin. Eindig. Begin. Eindig. Wat gaan dit wees?

Sy maak haar sitplekgordel los. Sy kan nie so in die ry praat nie, die oproep is te belangrik. Sy sal moet stilhou en die gordel knel haar nou. Sy sluk. Nóg 'n straaltjie sweet biggel teen haar wang af. Sy lig een hand van die stuurwiel en vee die sweet met die rugkant weg.

Die reuk van mos. Van bos. Van frangipani. Van verrotte blare.

En dis skemer. Die mooiste tyd van die dag. Sy skakel haar motor se kopligte aan.

Dan gebeur baie dinge tegelyk.

Daar staan 'n wolf voor haar in die pad. Sy sien hom duidelik daar in die kopligte. Sy laat die foon val en swenk uit.

Iewers tussen die donker bome flits iets blink toe sy uitswenk. Dan tuimel 'n boom oor die pad. Sy ruk die stuurwiel na links.

Snaaks waaraan 'n mens in sulke omstandighede dink. Dit is asof sy nie glo wat met haar gebeur nie. Maar 'n breukdeel van 'n sekonde later skop die oorlewingsinstink in. Dan onthou sy paniekbevange haar bestuurslesse toe sy in matriek was. Wat om te doen wanneer 'n motor gly.

Moenie die rem trap nie!

Tog doen sy dit, want sy het geen beheer meer oor haar optrede nie. En in daardie oomblik verlaat haar motor die pad.

Sy het lank gelede 'n motorongeluk in 'n rolprent gesien. Die kamera was binne-in die motor en daardie tui-mel- en tolbewegings het haar naar gemaak. Sy het haar oë gesluit en gewag vir die slag op die silwerdoek. En hy het haar hand styf vasgehou, hy kon haar angs aanvoel.

Lank nadat die slag gekom het, was haar oë steeds toe. En sy hand was steeds op hare. Die ligte drukkie.

Dié slag maak sy nie haar oë toe nie. Sy hoor die slag soos die motortjie op sy dak beland. Dan tol dit terug op sy wiele met 'n rukbeweging wat haar soos 'n lappop rondgooi. Deur die newels sien sy 'n wiel hier voor haar verby tol. Klippe en gras skuur aan die ander kant van die oop venster verby. Sy kry stampe teen haar kop, 'n hou teen haar skouer, iets teen haar gesig.

Toe die motor weer omtol, hoor sy die deur met 'n kraakgeluid oopskeur. Sy sien die klip wat naderkom. Sy probeer haar hande voor haar hou. Iewers skree 'n ha-dida.

Dit is die laaste ding wat Sonja Daneel hoor. Die ha-dida.

Dan word alles swart.

Niks. Donkerte. Newels. Stilte. Pyn. Woede. Vrees. En weer donkerte. Dis donkerder as donker. Dit gitswartnag.

Kraak. Kwaak. Kwaak. Skarrel-skarrel. Die geluid van water. Stroomversnellings.

Nog geluide. Daar is iets nats en warms teen haar vel, teen een van haar wonde. Dit is tegelyk sensueel en ver-troostend en seer. Sy probeer beweeg.

Iets lek haar. Liewe hemel tog. Hier is iets lewendigs by haar!

Sy maak haar oë oop. En vlak voor haar is die geel oë van 'n wolf.

Sy maak haar oë toe. Sy weet nie waar sy is of wat aangaan nie. Dis 'n droom. 'n Nagmerrie. Iewers van agter uit haar keel kom daar 'n roggelgeluid. Asem wat probeer deurstoot. Haar keel is rou en baie, baie seer.

Sy beweeg stadig en versigtig. Sy het haar lip stukkend gebyt. Sy voel die bloed teen haar ken afloop en raak opnuut bewus van die pyn in haar lyf. Dan maak sy weer haar oë oop.

Hier teen haar is 'n klip. En die geel oë. Die rooi tong. Sy oë is primitief. Wild. Die slagtande hier naby haar is skerp. En hy lek haar weer, asof hy die bloed van haar wonde af wil oplek.

Help! wil sy skree, maar sy maak nie 'n geluid nie.

Bloed. Bloed teen die bad se rand. Baie bloed.

En dan weer, oë wat uit 'n gesig peul, met die een oogbal wat grotesk aan 'n senuwee uit die oogkas hang, die mond in 'n gil vertrek.

Dit word weer donker. Sy veg teen die newels, maar die donkerte sak oor haar toe soos iemand wat 'n kombers oor haar trek. Die kombers is warm en bedompig en ruik na frangipani.

Rooikappie en die wolf. Prentjies. Die houtkapper. Sy onthou iets van Rooikappie. Die geel oë hier voor haar vervaag. Dan is alles weer swart . . .

Toe Sonja baie later vir 'n tweede keer bykom, is sy alleen. Die wolf is nie meer by haar nie.

'n Geweldige pyn skiet deur haar kop, dit klop, verblind haar. Sy kreun. Weer die droë keel. As sy gemakliker probeer asemhaal, voel sy die swelling in haar keel, sodat daar nie genoeg suurstof by haar brein uitkom nie.

Sy beweeg weer. Liewe hemel, haar kop is seer. Dis 'n verblindende witwarm-helseer wat haar laat uitroep. Maar dit is net 'n geroggel.

Die wêreld om haar kom in fokus. Voor haar is stekelrige penne. Swart en wit penne wat sidder soos 'n slang wat gereedmaak om te pik.

Krrrr. Krrrrr. Wat is dit?

'n Gromgeluid. 'n Vinnige beweging links van haar. Die ystervark laat spaander toe die wolf hom bestorm. Dan draai die wolf om, sy oë blink in die maanlig.

Sy is te bang om weer te beweeg.

Dan, na wat soos 'n ewigheid voel, kom die gevoel terug in haar ledemate. En daarmee saam die besef dat sy nie weet waar sy is nie. Sy weet nie wat gebeur het nie.

Sy weet nie wie sy is nie.

Sy probeer dink hoe sy hier beland het. Wat die wolf hier maak.

Wag. Iets wil deurskemer. Die dier voor haar in die pad. Dis vaag, maar dis daar.

Name? Plekke? Datums? Niks verder tree na vore nie. Die lei is skoon. Dit wag vir die eerste woord om daarop geskryf te word.

Maar wat is die woord?

Haar naam. Haar naam! Wat is haar naam? Wie is sy, wat maak sy hier? En wat maak die wolf hier naby haar? Dit laat haar orent beur.

Niks is gebreek nie. Sy kan haar bene beweeg. Haar arms, haar hande. Dis net haar kop wat ondraaglik seer is.

Voor haar is die klip waarteen sy dit gestamp het.

Sy sukkel tot sy regop staan, ten spyte van haar vrees vir die wolf.

'n Ent van haar af lê 'n motor op sy dak gedraai. 'n Rooi motor. Dis ingeduik. Die vensters is almal gekraak. En oorkant, agter die berg, die rooigeel gloed van die son wat begin opkom.

Sy bewe van skok en vrees. Haar hande soek na haar besittings. 'n Handsak. Enigiets wat vir haar sal sê wie sy is. Haar hand vat bossies raak. Takke. Klippies. Maar niks anders nie.

Sy kyk weer om haar rond. Die wolf is nie meer naby nie.

Wás dit 'n wolf, of dalk 'n hond? Het sy gehallusineer? Maar wie is sy? Waar kom sy vandaan? Wat maak sy hier?

Toe gee sy haar eerste tree vorentoe.

Byna oombliklik gee die grond onder haar mee en sy val. Sy rol, sy tol. Sand, dorings, blare, stukke hout, grond. Sy hoor die geluid van water wat vloei.

Dan 'n koue skok toe sy dit tref.

Sy voel hoe sy onder die oppervlak verdwyn. Daar is water in haar longe en in haar neus. Sy word deur die stroom voortgedryf. Sy beur boontoe.

Toe haar kop bo die water uitkom, sien sy 'n tak wat laag oor die water hang. Sy gryp daarna, kry dit raakgevat en klóú. Dit keer dat sy verder meegesleur word.

Haar skouer is seer, maar sy slaag tog daarin om haarself uit die water te trek en 'n graspol raak te vat. Dit gee mee, sy val terug. Die water wil haar weer saamvat, maar sy probeer weer, dié slag meer suksesvol.

Sy kreun en hys haarself op totdat sy op die sandbank lê.

Sy kyk op. Doer bo huiwer die motor gevaarlik op die rand van 'n sandbank, terwyl sy hier onder lê en hyg.

'n Ligte plonsgeluid. Sy registreer dat iets pas in die water verdwyn het – iets wat haar kan aanval. 'n Krokodil?

Sy beur orent en begin vorentoe strompel, weg van die water, weg van die iets wat in die water verdwyn het.

Vorentoe en verder vorentoe, tussen die blare deur en rondom boomstamme en verby dorings. Om haar is daar soveel bome. Sy kruip tussen die bosse deur en weet iewers moet daar 'n huis wees. Beskawing. Sy kan nie teen die skuinste uit terug boontoe sukkel nie. Daar is dalk 'n krokodil. En 'n wolf.

Sy beweeg moeisaam voort deur bosse, verby klippe. Iewers bokant haar beweeg iets in die lower. Skerp uitroepe, dit moet apies wees.

Sy struikel 'n paar keer, dan hoor sy iets. Water. Dit is nou al lig genoeg om behoorlik te kan sien.

Voor haar is 'n waterval. Sy kom tot stilstand. Die poel waarin die water stort, lyk diep en donker.

Waar is sy? Wat maak sy hier?

Sy loop soos 'n slaapwandelaar om die poel en kyk of sy iewers dalk 'n huis sien. 'n Rokie wat trek. Dalk hoor sy 'n motor? Maar al wat sy hoor, is die water en sy loop voort. Bereik 'n voetpad. Haar ledemate gehoorsaam en sy begin vinniger beweeg ten spyte van die seerheid. Haar een voet pyn kwaai, maar sy kan darem nog daarop trap.

Sy struikel oor 'n boomwortel en val, en weer tref haar kop iets, maar hierdie slag is dit verrotte hout. Nogtans bring dit die pyn weer so skerp in fokus dat sy haar kop vasgryp en begin huil.

In haar geheue is daar skielik sterk hande wat aan haar vat. 'n Sagte stem wat iets sê, maar sy kan nie woorde uitmaak nie, net die sterk lyf teen hare.

En 'n naam. Piet. Griet. So iets. Ja, dis 'n man se naam. Piet.

Wie is Piet?

Weer is daar bloed – bloed wat teen 'n bad se rand afloop. 'n Hand wat afhang en waarteen die bloed afdrup.

Maar niks meer nie, niks wat sê wie sy is nie.

Sy lê 'n rukkie om haar kragte te herwin, dan beur sy weer orent. Die son is besig om op te kom. Daar is voëls in die rondte en sy hoor 'n lang, kekkelrige roep, dit kan 'n loerie wees. Kô-kô-kô-kô-kô-kô!

Sy weet wat 'n loerie is, hoe apies klink, hoe 'n krokodil lyk, maar sy onthou niks oor haarself nie! Hoe is dit moontlik?

Die paadjie waarmee sy nou aanstrompel, raak breër. Dit moet iewers heen lei! Sy beur vorentoe en probeer die pyn ignoreer, tog sak sy twee keer inmekaar. Haar skouer pyn iets verskrikliks.

Sy kyk om. Die wolf! Waar is die wolf?

Maar daar is niks nie. Net apies wat in die bome rondskarrel.

Sy loop 'n spinnerak stukkend en voel die insek oor haar arms kriewel en teen haar nek begin opkruip. Sy klap dit weg. Bobbejaantoue sleep oor haar skouers as sy verby dit beweeg.

Toe sien sy die bokkie.

Sy gaan staan. Die ogies beskou haar eers wantrouig, dan skep-skep die bokkie se klein horinkies in die lug asof dit haar probeer wegwys – voor die diertjie tussen die ruigtes verdwyn.

Op 'n afstand hoor sy die geluid van perdehoewe.

Die son het verrys en voor haar is daar beweging. En daar is 'n pad.

Ja, daar ís 'n pad! Sy skree, storm vorentoe. Die pad kom behoorlik in fokus: 'n grondpad, en daar is 'n fyn stofwolkie. Perde wat nader galop. Ruiters.

Sy swaai met haar arms. Die perderuiters pyl reg op haar af, asof hulle haar nie sien nie. Dan 'n gerunnik. Vroue wat praat.

'n Jong vrou, eintlik nog 'n meisie, spring van haar perd af. "Bel die hotel!"

Die meisie – sy is blond – stap nader en kyk verskrik na haar terwyl die ander een op haar perd bly sit.

"Wie is jy? Wat gaan aan? Waar kom jy vandaan?"

"Wolf. Daar was . . . 'n wolf."

Die meisie se oë is groot en geskok. "Maar . . . jy . . ." Sy knip haar oë en kyk oor haar skouer.

Die ander meisie spring van haar perd af en kom ook nader.

"Maggie, dis die nuwe ontvangsdame!"

Ontvangsdame? Waarvan praat sy?

Die stemme begin vervaag. Maar tussen die geluide deur hoor sy 'n naam. Sy besef dit moet hare wees.

Sonja Daneel.

Sy besef ook, voor die donkerte weer oorneem, dat hulle haar verwag het.

2

Die verdomde moordenaars.

Luitenant Conrad Nolte vee die sweet van sy voorkop af. Hy trap versigtig tussen die dooie piesangblare en die vrot vrugte wat om hom lê. Sersant Berta van Schalkwyk loop agter hom en hy weet sy kyk na sy agterstewe.

"Dis die mooiste ding aan jou, luitenant. Jy bly mooi in proporsie." Dit is wat sy gesê het nou die dag toe hulle saam gegim het.

Vroumense.

Dit is die eerste keer dat hy agtergekom het die groot, blonde meisie met die houding en die alewige sonbril sien hom dalk as meer as net 'n kollega. Sy beskou hom moontlik as troumateriaal en daardie gedagte laat hom ongemakliker voel as enige moord wat hy die afgelope paar maande tussen Bosbokrand en Hazyview ondersoek het.

Conrad Nolte soek nie geselskap nie. Hy soek veral nie 'n vrou nie, of nie nou al nie. Sy werk is te belangrik.

"Dis dan die paradys, seun!" het sy ma geSkype toe hy haar die eerste Sondagaand in sy kothuisie op die plaas van Hazyview vertel het. Sy het gepopel oor die skoonheid. "Dis waar ek en jou pa destyds ons wittebrood deurgebring het. Toe was die Bushman Rock Hotel nog daar. Vandag het dit 'n ander naam, Petra Inn, dink ek. Oppas maar vir slange, seuna. En skerpioene. Die wêreld is vrot van die goed, soos jy weet."

Dinge het verander, wil hy vir haar sê. Hazyview word beleër. Inbrake is aan die orde van die dag; boere en gastehuis- en lodge-eienaars word feitlik daagliks beroof. Renosterstropers sypel uit die wildtuin na die distrik en terroriseer mense. Hazyview is amper in 'n staat van oorlog en dit lyk nie of die situasie gaan verbeter nie, want die misdadigers het geen respek vir die polisie of sekuriteitsmaatskappye nie.

Die paradys het toegemaak.

Conrad hurk by 'n lyk. 'n Toeris het teen skemer gaan stap – dis lekker om hier teen skemer te gaan stap, baie mense doen dit. Hy was by die lodge ingeboek, toe dwaal hy af om mango's en piesangs te gaan pluk. Hy is met 'n panga vermoor, grusaam. Koelbloedig. Nog 'n nommer, een van talle aanvalle op onskuldige mense. Soms is dit net vir 'n selfoon, soms seker bloot om aan te val.

Hierdie keer is die arme toeris se kamera gesteel. Sy selfoon ook. En soos vele ander mense onlangs in dié omgewing, het dit sy lewe gekos. 'n Lewe vir 'n kamera en selfoon.

Maar die moord het van woede getuig. En minagting. Conrad kyk na die dooie man se bokbaardjie waarin die bloed gekoek is. Vir daardie mense is 'n lewe minder werd as 'n slaksleepsel op die grond na reën.

Die fotograaf wat deel vorm van die forensiese span, se kamera hou aan klik soos hy die lyk uit verskeie hoeke afneem. Hy mag net loop in die nou ruimte wat Conrad uitgestip het, sodat die omgewing nie versteur word nie.

Daar is baie voetspore om die lyk. Die moordenaars het swaar stewels gedra. Die spore lei deur die piesangplantasie tot by die teerpad, waar dit verdwyn asof 'n voertuig die misdadigers opgelaai het.

Dit is die derde aanval op lodges dié week. Eers het een van die mees vooraanstaande lodges deurgeloop – vier aanvallers, helder oordag, toe die toeriste onder die maroelabome langs die huisie sit en eet het. Die toeriste is beveel om gesig na onder op die gras te gaan lê en toe is hul selfone, paspoorte, juwele, iPads en geld afgeneem. Toe het dinge wreder en meer gewelddadig geword. Geweerkolwe teen gesigte. Die vroue rondgegooi asof hulle mieliesakke is. Aanmerkings, verkleinerings.

Een van die aanvallers het selfs 'n slagyster op die stoep gelos. Mooi netjies voor die deur, om sy minagting aan te dui.

Toe verdwyn hulle.

'n Week gelede was daar nog 'n aanval, dié slag op 'n gastehuis. Een van die toeriste wou nie saamwerk nie, toe skiet hulle hom, vierkantig tussen die oë. Morsdood. En daarna, volgens sy vrou, maak hulle hul buit rustig bymekaar. Verwaand, doelgerig. Toe slaan hulle haar met 'n geweerkolf deur die gesig en laat haar vir dood agter.

Conrad kon ten minste 'n beskrywing van die hoofindoena kry: 'n man met slertige toutjieshare. Dreadlocks. En 'n wrede gesig met oë diep in hul kasse gebed. Elke keer, net voor hy aanval, 'n ligte grynslag.

Conrad Nolte skryf vinnig in sy swart boekie. Hy raak daarvan bewus dat Berta na hom kyk. "Die baaiskoup is in die piesangplantasies, sersant."

"Nee, ek dink maar net. Luitenant lyk partykeer na een van daai speurders uit die ou moewies wat hulle laat in die nagte wys, altyd met 'n sigaret. En sulke mooi hande wat die sigaret beskerm teen die wind." Berta kyk na sy klere. "Hoekom dra luitenant altyd swart?"

"Want swart werk vir my." Kortaf, sodat sy nie verder moet uitvra nie.

Magtag, die vroumens kan baie vrae vra! Maar sy is skerp. Sy sien soms dinge raak wat hom ontglip en sy dink met die gevoel en begrip vir emosie van 'n vrou. Sy verstaan motiewe, veral die modus operandi van mense wat moor vir wraak. Sy kyk altyd so ingedagte na hom. Dan gee sy 'n laggie asof dit gaan oor iets wat net sý weet. Iets van hom, iets wat sy raaksien en waarvan sy hou, maar sy verklap nooit wat dit is nie. Dit is haar private grappie en dit irriteer hom meer as die verdomde muskiete wat snags om sy kop zoem. Hier is meer muskiete as op enige ander plek waar hy al was, en die dêm goed is so groot soos foksterriërs.

Berta van Schalkwyk knik en begin tussen die piesangbome rondloop. Sy hurk by 'n boomstam, voel met haar pen aan iets en vroetel ingedagte aan die vrot blare.

"Luitenant." As sy daardie stemtoon gebruik, het sy iets belangriks gesien. Dit is anders as wanneer sy hom peper met vrae.

Hy loop tot by Berta. Sy lig iets met die fyn tangetjie wat sy altyd in haar handsak dra en kyk teen die lig daarna.

'n Sigaretstompie, onlangs gerook en daar weggegooi. Sy gooi dit in 'n buisie.

"Goeie werk, sersant."

"Dankie, luitenant."

Berta het 'n mooi stem. Hy het al gewonder hoe dit sou klink as sy sing. Daarby het sy 'n droë sin vir humor. Hy het al een of twee keer vir haar gegrinnik, maar dan kyk sy hom verstom aan en sê sy is doodernstig, sy maak nie 'n grap nie.

Hadidas vlieg oor hul koppe.

"Raasgatte." Conrad kan die voëls nie verdra nie. Hulle skree hom elke oggend wakker in sy kothuisie op die plaas. Wei gedurig op die grasperk en sodra iets roer, vlieg hulle op met daardie geskree wat deur murg en been sny.

"Luitenant weet wat hulle van die hadidas sê, nè?" Berta hou haar hand by haar oë terwyl sy die gillende voëls agternakyk.

"Dat hulle 'n verpesting geword het?"

"Dat hulle skree omdat hulle hoogtevrees het." Sy buk weer en krap met haar tangetjie tussen die vrot blare rond.

"Hmm." Conrad se droë laggie is skaars hoorbaar, maar klaarblyklik hoor sý dit. Want sy glimlag net so effentjies, asof sy bly is sy het guns in Conrad se oë gekry.

"Het luitenant nog nooit gewonder hoekom hulle so 'n helse lawaai opskop nie?"

"Nog nie dit geGoogle nie. Maar ek is seker jý het." Hy loop terug na die lyk toe.

"Hulle hits mekaar aan, nes leeus wat brul of olifante wat trompetter. Dis hoe hulle kommunikeer, luitenant."

Berta staan op en tel 'n piesang op, die skil gedeeltelik afgetrek. Sy beskou die tandmerke in die sagte witgeel-vleis, dan bag-en-tag sy dit. Haar oë dwaal weer oor die terrein toe sy terugstap na die lyk toe.

'n Rukkie later praat hulle met die lodge-eienaars, 'n man en 'n vrou wat uit die Karoo hierheen getrek het omdat hulle van die rustige omgewing gehou het, net om hulle vas te loop in nog misdaad.

"Julle sal voornemende toeriste moet waarsku," sê Con-rad. "Julle lodge is hier aan die buitewyke van die vallei Bosbokrand toe. Die gevaar het nog altyd van hierdie kant af gekom."

Die lodge-eienaar knik. "Ek en my vrou dink nou aan verkoop, veral na al die inbrake rondom ons. Nou die aand dwaal 'n paloeka op my grasperk rond. Ek skiet 'n skoot oor sy kop. Gaan kla hy my wragtag aan dat ek hom wou vermoor het. Hy het maar net 'n kortpad gekies, sê hy, en toevallig op my grond beland."

Conrad vee die sweet van sy voorkop af. "Hier is 'n bende wat die wêreld platloop. Hulle is goed georganiseer. Hulle breek ook gereeld in. Dieselfde manier van doen. Hulle steel dieselfde elektroniese goed, en wapens. Hulle soek wapens. Maar as hulle lodges takel, moor hulle, want dan kry hulle publisiteit."

Sy selfoon lui. Syne en Berta s'n het dieselfde luitoon – 'n hiëna wat lag. Berta soek in haar handsak, maar merk dan dat Conrad regmaak om te antwoord.

"Ons moet die lui verander, luitenant. Maar ek hou van die hiëna. Trek altyd my aandag."

Dalk moet hy 'n dêm hadida se skree laai as sy selfoondeuntjie, dink hy. Dit sal hom vinniger laat antwoord, net om die gegil stil te kry.

"Nolte."

Dis die superintendent. Hy praat altyd, áltyd Engels moet hom, al is hy heel bedrewe in Afrikaans.

"Luitenant. Accident scene in your vicinity. Young woman's car left the road. Could be that she saw the palookas. Could be another reason. She's in the Pink Palace. Investigate. Ask a few questions. Find out what happened. Apparently the car is on the Mowena Road."

"I will do so." Hy klik sy selfoon af. "Sersant. Ons moet Pink Palace toe."

Berta se mond val oop. "Is hier wraggies nou al 'n Teazers op Hazyview, luitenant? Cool!"

Hy trek sy mond in 'n stram posbusglimlag. "As hier 'n Teazers was, was ek lankal daar, sersant. Die talent is maar dun gesaai. Ek praat van Hotel Njala op die R536, daar oorkant die kwadfietse wat altyd so raas op 'n Saterdag."

"O. Die Jouberts se plek." Sy druk haar donkerbril terug op haar neus. "Snaakse fandamily, luitenant, met 'n baie sexy toergids. So 'n lekker boerseun. Sterk. Gemaklik in sy eie lyf met daai look van moenie laat ek my moer strip nie, maar as ek jou smaak, sal jy sing."

Conrad knip-knip sy oë. "Sersant. Waar val jy nou uit?"

"Almal praat van hom, luitenant. Sy naam is Ryno. Sexy naam. En elke girl in die distrik is agter sy lyf aan. En wat 'n lyf! Pierre Spies kan gaan slaap. Ryno is absoluut in proporsie en hy's nie een van daardie pretty metrosexuals nie. Hy is pure man."

Conrad klap sy sakboekie toe. "Wat moet ek met daardie inligting maak, sersant?"

"Luitenant sê altyd alle inligting is belangrik. Dis juis die klein stukkies detail wat dikwels die saak oplos."

"En Ryno se liggaamlike attribusies moet my help?"

"Wat is attribusies, luitenant?"

"Google dit, sersant."

Dis die nadeel van 'n vroulike kollega: die onnodige detail. Die blomryke uitbreiding op feite. Sy wil altyd alles weet. En Berta het 'n oog vir die manne; hy het al gesien hoe sy na die Hazyviewse boere kyk. Maar dan kyk sy natuurlik veral na hóm op daardie manier wat hom ongemaklik maak.

Hy wink vir haar. "Buya lapa wena. Ons moet toer."

Hulle ry in sy negentien-voertsek-motortjie terug beskawing toe. Stokou meisie. Lavinia, noem hy die motor. Maar boeta, kan sy ry oor Hazyview se slegte grondpaaie! Nie eers slaggate stuit haar in haar vaart nie. Sy hop oor hulle soos die Paashasie op pad om eiers te gaan wegsteek.

By die skewe bordjie wat een kant Hazyview toe wys en die ander kant na Mowena, draai Conrad af.

"Wat soek 'n mens op só 'n goor pad, luitenant?"

Hy beduie. "Hulle werk mos aan die slaggate op die R536 net langs Hotel Njala. Jy kon die afgelope twee dae bedags net met 'n ompad by die hotel uitkom."

Hy sien die rooi motortjie tussen die bosse blink. Gertinus se insleepdiens het dit pas vasgehaak om uit te sleep.

Conrad hou stil en klim uit. Hy praat vinnig met Gertinus, wat gelukkig kort en bondig die nodige inligting gee.

As almal maar so ekonomies met hul feite was, sonder die langdradige gesnater tussenin.

"Ons weet dit was 'n girl, luitenant. Of so sê die mense by Hotel Njala. Glo 'n lelike stamp teen die kop. Nou's daar moerse fout. Soos in, die girl het nie 'n koekieng kloe wie sy is nie. Haar handsak is ook weg met al haar ID's in. Sad case."

"Jy bedoel soos in geheueverlies?"

Gertinus knik. "Dis die storie wat rondlê."

Berta is reeds by die motor. Sy hurk en kyk na die motorspore wat die pad verlaat en 'n ruimte deur die gras oopgeploeg het.

Gertinus sug. "Die girl was dêm gelukkig, luitenant. As sy vinniger gery het, het die skedonkie in die Sabierivier geval."

"Wag. Voor jy uitsleep . . ."

Conrad stap tot by die motor en ruk aan die kattebak. Dit het gedeeltelik oopgebars van die ongeluk.

"Wag, luitenant. Ek help," sê Berta.

As sy tog nie altyd so hulpvaardig wou wees nie! Sy is partykeer meer in die pad as wat sy help. Maar sy is sterk. Daar is meer krag in haar voorarms as wat jy sou verwag.

Die kattebak kraak oop. Agterin is twee tasse. Conrad lig een uit.

"Wag, luitenant, laat ek oopmaak. Dis 'n vrou se tas, dit werk anders." Berta hurk langs die tas. Gertinus rol sy oë.

"Hmm." Weer Conrad Nolte se poging tot 'n laggie.

Die tas se knippe spring oop. Daar is vroueklere, netjies ingepak. Bo-op lê 'n swart rokkie. "Fyn lyfie wat hierin pas," lig Berta haar wenkbroue. Daar is ook briewe – korrespondensie met Hotel Njala se logo daarop.

Conrad bestudeer dit. Hy sien die naam Sonja Daneel. Sy het 'n adres is Steiltes, Nelspruit, 'n uur hiervandaan. Sy begin volgens die datum vandag as ontvangsdame by Hotel Njala werk. Daar is ook besonderhede oor haar onderhoud en pligte.

Die ander tas het ook klere in. Mooi klere, die meisie het smaak. Hy wonder hoe lyk sy.

Hy draai om: "Ek sal soontoe gaan. Ek neem die tasse sommer saam."

Gertinus knik. Conrad sien hoe Berta na sy agterstewe kyk en dan liggies glimlag asof sy dit goedkeur. Gertinus knipoog terug.

Conrad laai die bagasie agter in sy motor en loop dan terug na die ingeduikte rooi motortjie. Hy soek na 'n selfoon, 'n handsak, enigiets. Maar daar is niks.

Hy loop weer na die plek waar die motor oor die randjie van die sandbank gehang het, kyk rond, maak aantekeninge. Lyk beslis vir hom na 'n doodgewone ongeluk. Baie toeriste misgis hulle met Hazyview se grondpaaie, dan moet Gertinus hulle kom uitsleep. Maar hierdie meisie is nie 'n toeris nie, sy bly in Nelspruit en kom hier werk.

"Hmm."

"Hmm wat, luitenant?" vra Berta.

Sy regteroog spring. En as sy regteroog spring, is daar moeilikheid.

Conrad het egter nou belangriker sake om op te los as 'n meisie wat nie gekyk het waar sy ry nie. Daardie aanvalle vra onmiddellike aandag.

"Magtag. Iemand het weer Hazyview se oonddeur oopgelos," sug Berta.

"Sersant, as jy nie die hitte kan vat nie, vra vir 'n verplasing Ermelo toe. Dis lekker koel daar."

"Ek kla nie, luitenant, ek sê net. Ons vroue voel hitte vinniger as julle mans. Ek weet g'n hoe luitenant dit hou met 'n baadjie aan nie. Net die cops in ou moewies dra sulke swart baadjies in sulke hitte."

Berta waggel teen die skuinste uit terug na die motor toe. Sy het 'n stewige agterstewe, merk Conrad vir die soveelste keer – sy sal moet waak teen die baie koeksisters. Die superintendent het hoeka verlede week gepraat van "the ass-brigade with the giant Boere buns. Go on a diet, guys!" terwyl hy na Berta gekyk het. Maar sy het geglimlag asof sy glad nie vermoed het dis veral op haar gemik nie.

"Kom, sersant. Die Pink Palace wag."

"Ek like daai naam, luitenant. Dit sê soveel lekkerder. Hotel Njala is so half . . . ek weet nie, hardlywig." Sy klim in die motor wat effens sak toe sy gaan sit.

En oor hulle koppe vlieg daar weer 'n paar hadidas.

Conrad verander onmiddellik van plan. Hy sal dan eerder "The good, the bad and the ugly" as sy nuwe selfoondeuntjie kies. Hy kan hierdie verdomde hoë gegil nie meer uithou nie.

3

"My naam is Diana Joubert. Ek is die eienaar van Hotel Njala."

Sonja kyk na die vrou wat in die stoel langs haar bed sit. Goed versorg met 'n gladde vel waarop daar nog feitlik geen plooie is nie. Maar haar oë verraai haar. Dit is oë waarin die lewe oud geword het. "Jou naam is Sonja Daneel. Jy het 'n ruk gelede aansoek gedoen om die pos as ontvangsdame by ons."

Diana se hand bewe liggies toe sy aan haar ken raak en aan daardie enkele beweging kan Sonja sien dat sy nie die volle waarheid praat nie. "Ons het jou aansoek aanvaar en ek en my man het jou aangestel. Jy begin vandag hier werk."

Sonja kyk na haar aansoekvorm. Sy merk uit die hoek van haar oog dat die vrou 'n houertjie met pille oopskroef. Haar hand bewe weer liggies toe sy die glas water langs die bed optel, haar kop agtertoe gooi en die pil afsluk. Diana Joubert se lang hare is agter in 'n netjiese bondel vasgebind.

Sy moes op haar dag 'n besonder mooi vrou gewees het – en is steeds, maar haar senuweeagtige bewegings en die manier waarop sy kort-kort na die deur toe kyk, dui op 'n hele paar neuroses.

Sonja kyk na haar eie foto wat aan die bokant van die aansoekvorm vasgespeld is. Daaronder, inligting oor haar. Sonja Daneel. Adres: Verduyne-singel 21, Steiltes, Nelspruit. Ouderdom: 25. Ma: Riana Daneel. Pa: Albertus Daneel. Vorige ervaring: Ontvangsdame by Fig Tree Hotel op Barberton, Bougainvillea Hotel te Kaapsche Hoop, Viergewels Hotel op Machadodorp, die Country Lodge op Malelane en die Juggernaut Inn op Nelspruit. Briewe van verwysing ingesluit. Opleiding: Diploma in Toerisme, TUT-Universiteit, Pretoria. Stokperdjies: Swem, bergklim, tennis, atletiek en rekspring. Ongetroud.

Ingesluit is ook 'n brief van haar ma, Riana, waarin sy verduidelik hoekom Sonja sterk vir die pos oorweeg behoort te word, en bykomende inligting soos haar mediese nommer, 'n polis wat sy uitgeneem het en haar bankbesonderhede by die tak in die Riverside Mall in Nelspruit.

Die ander naasbestaande is haar broer, Albertus. Sy huidige adres is in Sydney, Australië. Daar is ook drie name van vriende, met telefoonnommers by.

"Wil jy steeds hier werk?" vra Diana.

Wat anders kan sy doen? Waarheen anders kan sy gaan? Hier kry sy ten minste 'n salaris en 'n dak oor haar kop!

En dalk, dálk is hier leidrade oor presies wie sy is.

"Mits u my nog wil hê, mevrou Joubert."

"Natuurlik wil ek jou nog hê."

"Die twee meisies wat my in die pad gekry het, wie is . . ."

"O," val Diana haar in die rede. "Adéle bestuur die hotel, onder my toesig natuurlik. Sy is die oudste van my twee dogters. En Magdaleen is onderbestuurder. Ons noem haar sommer Maggie. Sy maak seker al die kamers word gediens, dat die kombuis vlot verloop, en so aan."

"Wie gaan by ontvangs werk terwyl ek hier lê?"

"Vir die oomblik Maggie. En 'n jong man wat tydelik hier werk, Japie."

Sonja voel skielik weer 'n spanning in haar. "My ouers. Ek moet met my ouers praat. My vriende. Is daar telefoonnommers wat ek kan skakel?"

"Ons het reeds jou ma geskakel en . . ." Diana kyk stil na haar. "Ek . . . weet eintlik nie hoe om die nuus aan jou oor te dra nie."

Vrees neem skielik van Sonja besit. "Wat bedoel u, mevrou?"

"Jou, uhm . . . jou ma is onlangs oorlede, Sonja. En jou pa is sewentien jaar terug oorlede."

Dit voel of al die bloed haar gesig verlaat. Dit neem haar 'n ruk om die nuus te verwerk. Sy kan haar ouers glad nie onthou nie. Daar kom nie eers 'n gesig in haar gedagtes op nie.

Diana se stem is baie sag toe sy weer praat. "Ons probeer jou broer in Australië opspoor. Jy het ook 'n vriendin se nommer gelaat vir verwysingsdoeleindes, maar toe ons dit skakel, blyk dit nie meer haar nommer wees nie. Verder het jy 'n ene Pietman Malherbe as referent gegee en ons het hom geskakel, maar . . ."

"Maar wat, mevrou?"

Diana maak keel skoon. "Hy, uhm, hy noem dat julle betrokke was, maar dat jy die verhouding verbreek het."

Sy is dus alleen. Heeltemal, stoksielalleen.

'n Stilte sak tussen hulle.

Sy raak bewus van 'n skaakbord wat in die hoek staan. Die stukke daarop wag, gereed vir 'n volgende spel.

Eers 'n minuut of wat later kry Sonja haar stem terug, terwyl Diana deur haar aansoekvorm en verwysingsbriewe sit en blaai. "Hoekom is die ander ontvangsdames weg?"

"Wel, niemand hou baie lank hier nie." Diana kyk nie in haar oë nie. "Die hitte. Die lang ure, die harde werk. Hulle is nie taai genoeg nie."

In die deur verskyn die blonde vrou wat eerste van haar perd afgespring het. Sy is klein gebou, maar aan haar houding kan Sonja sien dat sý eintlik die baas is hier. Sy kom nader.

"Ons het nog nie formeel gesels nie. Ek is Adéle Joubert." Sy kyk betekenisvol na haar ma. "Ek bestuur die hotel. Ek weet nie of my ma jou gesê het nie."

"Ek het haar reeds gesê, Adéle." Diana se antwoord is net 'n bietjie te skerp.

"Hoe voel jy?" Adéle se stem is koel en onbetrokke, asof sy die vraag vir 'n toeris vra wat 'n lang rit agter die rug het.

"My kop is nog baie seer. En my skouer. Maar verder . . ."

"Ons wonder of jy nog kans sien om hier te werk. As jy eers iewers wil gaan uitrus . . ."

Sonja skud haar kop. "Ek . . . dink ek sal môre kan begin."

Iets soos 'n glimlaggie speel om Adéle se mondhoeke. "Môre. Is jy seker?"

"Sy lyk nie vir my gesond genoeg nie," keer Diana.

"Ek dink dit is vir juffrou Daneel om te besluit, Ma."
Weer die onverbiddelike klank in Adéle se stem. En aan
haar toon kan Sonja duidelik hoor dat Adéle haar nie
hier wil hê nie.

"Dis . . . vir die dokter om te besluit," sê Diana.

Adéle skud haar hare van haar voorkop weg. "Hmm,"
sê sy soos iemand wat van beter weet.

"Buitendien dink ek ons moet juffrou Daneel laat rus.
Die dokter gaan haar weer 'n inspuiting kom gee."

"Is u doodseker u wil nog hier werk, juffrou Daneel?"
vra Adéle met klem op feitlik elke woord. Diana kyk op
en vir 'n oomblik meet ma en dogter mekaar met die oë.
Dit is Diana wat eerste wegkyk. "Of dalk wil Ma in Sonja se
plek werk tot ons iemand anders gekry het?"

Sonja verwag half dat Diana vir Adéle gaan aanspreek
oor die onbeskofte manier waarop sy met haar praat,
maar die vrou laat dit verbygaan.

"Ek sê mos ek wil graag hier werk," antwoord Sonja.
"Dis tog seker hoekom ek aansoek gedoen het. En daar
. . . bly eintlik niks anders vir my oor nie."

"Ek hoop jy onthou nog 'n ontvangsdame se pligte, juf-
frou Daneel?"

Dan tref die beelde Sonja onverwags. Dit is drie maande
gelede. Sy, Sonja, sit voor vier mense terwyl 'n onderhoud
plaasvind. Daar word vrae gestel. Sy probeer dink waar-
oor die vrae gehandel het, maar kan nie. Net deeltjies van
die onderhoud hier by Hotel Njala, dit onthou sy.

Sonja sit regop. Sy onthou ook nou vir hóm – die ou
man met die baard en die kuif, 'n kuif heeltemal te lank vir
sy ouderdom, en die manier waarop hy na haar gekyk het.

"Ek onthou 'n ouer man wat saam met my motor toe gestap het. En . . . my motor. Ja. My rooi motortjie."

Daar was apies bo in die bome, onthou sy ook nou. Baie apies. Dan kom dit vaagweg, die ou man se stem: "Ons skiet die apies partykeer met 'n kettie om te keer dat hulle kwaaddoen." Sy stem was sag terwyl hy die motordeur vir haar oopmaak.

Sy voeg by: "Dit was die ouer man wat gesê het ek het die pos."

Diana en Adéle kyk albei na mekaar.

"Wel. Hy het geen reg gehad om dit vir jou te sê nie. Nie toe al nie," sê Adéle.

"Wie is hy?"

Diana neem 'n sluk water en vou haar hande bewerig om die glas. En toe Adéle praat, stort van die water op haar rok.

"Ma. Ek dink dis tyd dat die voorskrif hernu word."

Diana kyk vinnig van Sonja na Adéle, en beduie met haar oë: Nie voor die besoeker nie. Maar Adéle steur haar nie daaraan nie. "Hy is Jan Joubert. Hy is my pa." En dan, moedswillig, amper as 'n nagedagtenis: "My ma se man."

Waar al die ander familielede met 'n titel vereer is, merk Sonja dat Jan Joubert geen titel kry nie. Daarom vra sy: "Dus behoort die hotel aan meneer en mevrou Joubert?"

Diana sit skielik regop, asof Sonja aan 'n senuwee geraak het. "Nee. Die hotel behoort aan mý." Sy beklemtoon die laaste woord skerp.

Adéle se oë skiet vuur en Sonja kan sien dat sy nie verder durf uitvra nie.

"Jy sal hom wel die een of ander tyd te siene kry, juffrou

Daneel, wanneer hy terug is." Weer die effense moedswilligheid in Adéle se stem: "Weet Ma waar Pa op die oomblik is?"

Diana skud haar kop. "Seker," en die ouer vrou kyk vinnig na haar dogter, "in die bos besig om te skilder."

Adéle steek haar hand uit en trek haar ma uit die stoel op. "Ons verwag die Duitse toeriste enige oomblik. Ma sal hulle moet verwelkom en ek sal die inboekwerk doen." Opdragte, kort en strak, wat dit redelik duidelik maak dat Adéle nooit teenstand kry nie. "Ons sal elke nou en dan kom kyk hoe dit met jou gaan. Ek wil ook hê jy moet deeglik besin oor jou werk hier, juffrou Daneel. Ek gee jou vier-en-twintig uur om te besluit, want as jy eers hier begin werk, moet jy uithaal en wys. Ek duld nie laksheid nie."

Die jong vrou lei haar ma uit die kamer uit. En met die uitstap: "Ons moet Hazyview toe gaan sodat Ma se voorskrif hernu kan word. Ma se senuwees is al weer besig om in te gee."

Dan maak Adéle die deur hard toe.

Sonja lê vir 'n oomblik half verdwaas, amper asof sy nog 'n stamp teen die kop gekry het. As sy die werk gekry het na 'n onderhoud met Adéle, moes sy baie goed gewees het! Maar dit was mos Jan Joubert wat gesê het sy het die werk, skynbaar voor dit volledig deur die Joubertgesin bespreek is.

Sy lê nog 'n ruk in die skemerte. Die gordyne is toe en skynbaar die luike aan die buitekant van die vensters ook, want feitlik geen lig kom die kamer binne nie.

Sy maak haar oë toe. Dink, sê sy vir haarself. Dink. Dink!

Sy dink aan Jan Joubert wat die motordeur vir haar oopgemaak het en wat oor die apies in die bome gepraat het. Hoekom onthou sy sulke onbenullighede, maar nie wat vooraf met haar gebeur het nie? Steek haar onderbewussyn dalk sekere goed weg omdat sy dit nie wil onthou nie? Of durf onthou nie?

Haar kop word seer van die baie dink. Wat het gebeur voor sy hierheen gery het?

Sonja raak aan die slaap. Dit is 'n onrustige slaap waarin daar beelde is, meestal in skakerings van rooi. Rooi blomme, haar rooi motor. En bloed. Baie bloed.

Haar oë vlieg oop. 'n Geluid moes haar wakker gemaak het. Sy is vir 'n oomblik te bang om te beweeg, dan raak sy bewus van 'n beweging vlak langs haar. Hier is iets, iémand in die kamer!

Sy voel hoe sy yskoud word. *Ons skiet die goed partykeer met 'n kettie om te keer dat hulle kwaaddoen.* Sy hoor weer Jan Joubert se stem, asof hy nóú met haar praat. Oor en oor. *Ons skiet die goed partykeer met 'n kettie om te keer dat hulle kwaaddoen.*

Dan draai sy haar kop na die bedtafeltjie. Daar staan 'n oop kissie. Op die kissie se sykant is 'n bos uitgekerf. Sy merk die noukeurige detail van die bome se stamme, dan beweeg haar oë op tot by die poppie in die juwelekissie. Sy dra 'n bloedrooi jassie met 'n rooi kappie oor haar kop.

Sy draai in die rondte. Om en om en om en om.

Die beweging hipnotiseer Sonja.

Sy beur regop. Die oomblik toe sy haar hand uitsteek, gaan die poppie staan.

Sy huiwer. Stadig, baie versigtig, steek sy haar hand uit na die poppie. Dit is asof sy aan 'n slang gaan vat, soos die luislang destyds.

Maar sy onthou dit dan!

Sy hou haar wysvinger gepunt. Dit beweeg nader en nader aan die poppie. Haar hand bewe nou, soos Diana s'n tevore.

Toe raak sy aan die poppie. Sy voel die sagte fluweeljassie onder haar vinger. Die figuurtjie maak 'n vinnige draaibeweging asof sy skrik vir die skielike aanraking, en vir 'n oomblik kan Sonja sweer dat die piepklein ogies skerp na haar kyk. Dat hulle blits.

En die poppie begin weer beweeg.

Sonja gooi die komberse van haar af. Voor haar voete val 'n rooi roos. Dit moes op haar bed gelê het – iemand het 'n rooi roos op die bed neergesit!

Sy buk en tel dit op, en 'n doring prik haar. Sy kyk na die klein druppeltjie bloed wat op haar vingerpunt vorm.

Bloed. Sy onthou weer die bloed. Baie bloed.

Sy plaas die blom op haar bedtafeltjie langs die juwelekissie. Sy soek na pantoffels, vir die koue vloer. Daar is nie.

Sy skakel die bedlampie aan.

Dan loop sy hinkepinke na die spieël toe en bekyk haarself. Sy kyk na dié gesig asof sy dit die eerste keer sien. Sy kyk na haar groot oë, haar lang, swart hare, hoe bleek sy is, die merk aan haar lip en die wit verband wat die dokter omgedraai het vir waar sy haar kop seergemaak het. Daar is 'n pleister op haar wang, wat seker 'n skraap bedek. Sy raak daaraan en kyk weer na die vreemde gesig.

Sy probeer onthou wie sy is en waar sy vandaan kom, maar sy sien net donker kringe om vreemde oë wat bang na haar terugstaar.

Sy onthou 'n skaakbord.

Toe, 'n hand op haar skouer. Sy gil en swaai om.

Hy staan agter haar, dieselfde man wat gesê het sy het die werk.

Hy kyk bekommerd na haar. Sy swart hare met die bietjie grys in val oor sy voorkop. Ook sy baard is gevlek soos sout en peper.

"Sonja." Hy sê dit so sag en teer dat sy dit amper nie hoor nie. "Welkom op Wolwedans."

Haar mond is kurkdroog, maar sy kry tog die woord uit. "Hallo."

"Ek is Jan Joubert. Welkom op Wolwedans," sê hy weer.

"Hotel Njala seker?" waag sy.

Hy skud sy kop. "Wolwedans. Dit word een van die dae weer Wolwedans." Hy kyk lank en stil na haar, sy oë vol simpatie, maar ook pyn.

Daar is iets anders ook. Herkenning? vra sy haarself af. Herken hy my van die onderhoud?

"Wie . . . is ek?"

"Sonja. Sonja Daneel." Jan steek sy hand uit en lei haar na haar bed. "Slaap nou."

Hy help haar in en gaan sit dan langs haar op die bed. Hy plaas sy hand op haar voorkop, streel liggies daaroor. Sonja bewe toe Jan die roos van die bedtafeltjie af optel en na haar uithou.

"Dis joune."

Sy steek haar hand bewerig uit.

"Oppas vir die dorings," maan hy. "Die mooiste rose het altyd die skerpste dorings."

Sy draai haar kop en kyk na die Rooikappie-poppie. Dit draai nog steeds.

Jan kyk ook daarna. "Eendag was daar 'n dogtertjie met 'n bloedrooi rokkie en 'n mandjie. Eendag, lank gelede. En daar was 'n houtkapper in die bos wat 'n houthuis gebou het."

Jan staar 'n hele ruk na die poppie, dan draai sy oë na Sonja. Trane loop oor sy wange sonder dat hy 'n spier trek. Hier langs haar sit 'n ou man en huil, só dat sy skouers daarvan skud. Sy weet nie wat om te doen nie. Sy kyk na die poppie asof sy hulp van haar af kan verwag, maar die poppie staar net met haar geverfde ogies na Jan soos 'n onbetrokke toeskouer wat geen simpatie het om te gee nie.

Jan vee die trane met die agterkant van sy hand weg. Hy steek dieselfde hand uit en raak aan die poppie – en weer, asof op bevel, begin sy te draai. Om en om en om en om.

Hy begin kalm word. Vee die laaste trane af.

En die newels begin weer oor Sonja toesak. Sy wil vir Jan Joubert vrae vra, maar daar is so baie dat sy nie weet waar om te begin nie.

Hy staan op en skakel die bedliggie af. "Rus. Hier is baie werk." Dan loop hy na die deur toe en maak dit oop.

"Nee, wag," probeer sy keer. Hy staan daar in die deur en kyk na haar met soveel hartseer wat sy nie verstaan nie. Agter hom beweeg 'n skaduwee verby, baie vinnig. Net 'n skaduwee.

Dan maak hy die deur toe.

53

Sonja lê onbedaarlik en bewe in die bed.

Tog raak sy aan die slaap.

Hierdie keer droom sy nie veel nie. Daar is nie weer die oormaat verwarrende beelde in haar onderbewussyn nie. Sy bly egter bewus van die hoofpyn, en sy sien 'n wolf voor haar motor in die pad. Skielik, onverwags.

Sy word wakker van 'n klop aan die deur en sit dadelik regop. As dit weer Jan Joubert is! As hy weer met daardie oë na haar kyk . . .

Die jongmeisie wat tevore op die perd bly sit het, kom ingestap. Dit moet Maggie Joubert wees, Diana en Jan se jongste dogter.

Sy lyk nog kleiner as vroeër, met 'n weerloosheid en 'n ingetoë houding wat Sonja van haar laat hou. Sy is pragtig, met blonde hare wat los oor haar skouers hang en groot oë wat knip-knip terwyl sy aan die skemerte in die vertrek gewoond raak.

"Hallo, Sonja." Sy het 'n sagte kleinmeisietjiestem – Adéle oorheers haar seker maklik. Sy stap nader en steek haar hand uit. "Ek is Magdaleen Joubert. Hulle sê sommer vir my Maggie. Eintlik omdat ek so klein is. Of," sy lag senuweeagtig, "omdat ek Adéle se jonger sussie is. In elk geval, die polisie wil jou sien. Kan ek die vensters oopmaak vir 'n bietjie vars lug? Die ergste hitte is verby."

Sy het 'n skugter manier van praat en haar bewegings is onseker, soos 'n hond wat gewoond is om slae te kry. En daarby die inligting wat reëlmatig gegee word, asof dit dialoog is wat sy uit haar kop geleer het.

Toe Sonja orent kom, slaan die hoofpyn haar weer. Sy kreun.

"Ek is jammer. Het jy pyn? My ma sukkel net so met haar senuwees. Sy drink gedurig pille. Ek sê altyd vir haar om nie so baie te drink nie, maar sy is al so gewoond daaraan . . ." 'n Gespanne laggie. "O ja, die dokter kom sien jou weer sodra die polisie klaar is. Kan ek dus maar die vensters oopmaak?"

Sonja knik. In hierdie stadium is dit te veel inligting om op een slag te verwerk, veral met die hoofpyn. En dan die seerplek aan haar lip wat voel of dit weer opswel. Sonja voel oor die pleister op haar gesig waar die skraap is, en wonder of sy 'n permanente letsel gaan oorhou. En dan is daar die verband om haar kop.

"Jy kan maar oopmaak, dankie, Maggie."

Die meisie knik en trek die gordyne oop, en daarna die luike. Lig stroom die kamer binne. Buite hoor Sonja hadidas oor die hotel vlieg en sy dink: Dít onthou ek. Die storie oor die hadida wat iemand se dood voorspel.

Nou, met die lig, lyk haar kamer nie meer so spokerig nie en selfs die poppie vertoon amper vriendelik op die tafeltjie langs haar.

"Jou . . . pa was netnou . . . hier." Sonja besef sy hakkel. Haar mond is weer verskriklik droog.

Maggie kom skink water in haar leë glas, oorhandig dit aan Sonja en glimlag. Dis 'n warm glimlag, maar ook sag, vriendelik en skaam.

"Jy moenie jou aan hom steur nie. My pa is 'n kunstenaar. Skilder die een skildery na die ander. Hy is eintlik 'n argitek, jy weet. Hy het jare lank mense se huise in die omgewing ontwerp. Selfs gastehuise. Maar nou nie meer nie." Sy vee senuweeagtig oor haar mond. "Nou skilder hy net. Verdwyn soms in die bosse. Dan kom hy twee, drie dae later terug met nog 'n skildery."

Daar is 'n ligte kloppie aan die deur. "Klop-klop!" Dis 'n vrou se stem. 'n Mooi, welluidende stem. Vriendelik ook.

"O." Maggie loop versigtig deur toe. "Dit is sersant Berta van Schalkwyk." Sy maak oop. "Sersant, kom binne. Juffrou Daneel verwag u."

Die blonde vrou stap nader. Sy het nogal 'n groot liggaamsbou, amper moederlik, maar daardie paar oë, besef Sonja dadelik, sien alles raak. Dit flits van die poppie na die portrette teen die muur na die oop venster en na die lêer, in vier kort bewegings.

Berta tel die lêer op.

Toe verskyn nog 'n figuur.

Die lang, maer man dra 'n swart pak klere, en dit in hierdie hitte! dink Sonja. Sy pikswart hare is styf teruggekam. Daar is merke op sy gesig, soos iemand wat al in talle gevegte betrokke was. En wat baie geleef het.

Ook sy oë speel oor die vertrek en kom dan op Sonja tot rus. Hulle bly op haar, soos 'n jagter wat 'n bok in sy visier gekry het en besig is om aan te lê. Vir 'n oomblik beweeg niemand nie. Selfs Berta staan doodstil asof sy bang is om dit te doen voordat die man praat. Sy beweeg agteruit en stamp die kerse om wat op 'n lae tafeltjie staan.

"Sersant, asseblief!" Die man se stem is donker. Hy praat afgemete, in 'n monotoon wat Sonja ontsenu.

"Ek . . . ek is jammer, luitenant."

Sonja kan nie haar oë van die luitenant af neem nie. Dis asof hy dwarsdeur haar kyk. "Ek is Nolte. Conrad Nolte van Hazyview. Veertig grade, en dis in die skaduwee."

En dan Berta se poging tot 'n grappie: "Iemand het Hazyview se oonddeur weer vandag oopgelos, luitenant."

Geen reaksie nie. Hy gaan sit in 'n stoel oorkant haar, maar neem sy oë nie vir 'n sekonde van Sonja af nie.

"En jy is Sonja. Sonja . . ." Berta is dadelik daar met 'n lêer en luitenant Conrad Nolte maak dit oop. "Daneel." Sy oë glip oor die inligting. "Wat het gebeur?" Steeds kyk hy nie weg nie. Fyn sweetdruppeltjies vorm op sy bolip en die lig wat deur die venster val, beklemtoon die merke op sy gesig.

Sy kyk na die ruie wenkbroue. Die manier waarop hy liggies aan sy neus raak asof hy vir iemand 'n teken gee. En die gitswart oë.

"Ek . . . kan nie behoorlik onthou nie. Ek weet nie wie ek is nie, ek . . . weet net wat in my lêer staan. En van die wolf."

Dit is die eerste keer dat Conrad sy oë van haar afneem. Hy kyk vinnig na Berta. Nou eers besef Sonja dat Maggie nie meer in die kamer is nie.

"Hier is nie wolwe nie," help Berta haar reg.

"Behalwe die tweebeensoort." Daar is nou 'n effense glimlag om Conrad se mondhoeke. "Maar die wolf is soos die Vlieënde Hollander. Mens hoor net van hom. Jy sien hom nooit."

Berta frons. "Vlieënde Hollander? Maar ek . . ."

"Google dit, sersant." Conrad se stem bly monotoon.

"Luitenant bedoel soos die Rooikappie-storie? Net 'n legende waaroor mense praat, maar min kan sê waar dit vandaan kom?"

Weer die effense glimlag om Conrad se mondhoeke,

en in daardie glimlag kan Sonja sien daar is iets tussen die twee. 'n Professionele verhouding wat moontlik al oor baie jare strek. "Ek is bly jy ken jou letterkunde, sersant."

Berta glimlag. "Luitenant weet dan!"

Conrad wend hy hom weer tot Sonja. " 'n Wolf, sê jy?"

"Dít onthou ek."

Conrad Nolte haal sy boekie uit. Hy maak 'n vinnige aantekening. Steeds die intense staar.

Sy selfoon lui. "Nolte," antwoord hy. Hy kyk na Berta. "Ons is nou daar." Hy staan op. "Nou ja. Lyk my nie hier's werk vir ons nie. Jy het heel moontlik uitgeswaai vir . . ." Hy sê nie die woord wolf nie en anders as Berta wat liggies daaroor geglimlag het, toon hy geen reaksie nie. "Vir 'n hond of 'n ding. Ek dink jy het dalk 'n sielkundige nodig vir die geheueverlies, maar ek dink nie óns kan verder help nie."

Hy huiwer en kyk na die Rooikappie-poppie in die juwelekissie. Hy steek sy vinger uit en raak daaraan. Anders as tevore, beweeg die poppie nie. Hy oorhandig sy kaartjie aan Sonja. Daar is 'n polisie-embleem op en in die regterkantste hoek staan: *Luitenant Conrad Nolte. Speurder. Suid-Afrikaanse Polisiediens.* Met telefoonnommers en die adres van die Hazyview-polisiestasie.

"Die Engels is aan die ander kant," kom dit van Berta.

"Bel my as u iets onthou. Enigiets."

"Net nie oor naweke nie," glimlag Berta verskonend. "Want dan gim die luitenant. Of hy kyk rugby."

'n Kis wat sak. Daardie indruk doem skielik, onder Conrad se stip kyk, in Sonja se bewussyn op. Dit kom iewers vanuit die donker newels waar daar beelde is van apies in die bome en hadidas wat vlieg en wolwe.

Die kis sak stadig af in 'n oop graf. Daar is 'n hand wat styf oor hare geklem is. Sonja sien 'n ring met 'n rooi steen aan daardie hand.

"Ek glo nie . . . dit sal nodig wees nie," sê sy halfhartig. Maar sy weet Conrad Nolte het iets opgemerk.

Sy blik rus op haar. "Tot siens, juffrou Daneel. Sterkte."

"En hou die luike toe. Dan is dit nie so warm nie," voeg Berta by. Sy glimlag en knipoog, dan verlaat hulle die vertrek.

Teen die muur, nou duidelik in die lig wat deur die vensters val: 'n groot skildery van Hotel Njala, met Jan Joubert se naam pertinent daaronder geteken.

Sonja kyk terug na die skaakbord. 'n Wit pion het twee blokkies vorentoe beweeg.

Maar sy kan nie onthou dat enigiemand naby die skaakbord was nie!

Tog staan die pion en wag vir die swarte om die uitdaging te aanvaar.

En 'n swerm hadidas vlieg krysend voor haar venster verby.

4

"Nog 'n toeris is beroof, luitenant. Dié slag by een van die stalletjies." Berta staan in Conrad se kantoordeur en stap nader met 'n bordjie met een koeksister daarop.

Hy huiwer en neem dan die koeksister wat Berta self gebak het. Dikwels staan daar sommer vroegoggend al 'n bordjie gelaai met koeksisters op sy tafel, dan weet hy hy moet vanaand weer 'n ekstra gimsessie probeer inpas as sy werk dit toelaat. Naweke se maagoefeninge en kilometers se draf op die R536 is nie meer genoeg nie.

Dit is hoekom hy haar gerantsoeneer het: "Jy moet net een koeksister hier neersit, sersant. Jy weet ek eet nooit twee van die goed na mekaar nie."

Daar is iets ekstra lekker aan Berta se koeksisters. Sulke lang smulpaap-dunnes wat nie swem in die stroop nie. Sy gebruik 'n resep wat nie dinge oordoen nie. Sy ouma se koeksisters het so 'n verwurg-soet gehad wat soos nat watte in sy keel saamgebondel het sodat hy een keer 'n galaanval daarvan gekry het. Hy het van toe af nooit weer koeksisters geëet nie – tot hy Berta s'n geproe het.

Sy glimlag en maak weer daardie hmm-geluidjie asof sy sy reaksie deerniswekkend snaaks vind.

Conrad neem die koeksister en byt daarin. 'n Loom soetheid vul sy sy mond. Lekker. Dêm lekker.

"Wanneer is die toeris aangeval?"

"Vanoggend, luitenant. Dié slag kom die slagoffer van iewers uit Namibië. Die jafel het alleen gaan stap teen sonsopkoms. Die hadidas was nog nie eers behoorlik wakker nie, toe loop hy na 'n padstalletjie toe wat in elk geval nog gesluit was, en toe takel die menere hom."

"Is hy aangerand?"

Sy skud haar kop. "Hulle't net sy Rolex gevat. Hoekom mense met sulke parafernalia in die bosse gaan stap, sal net hulle weet."

Conrad-hulle het op skool 'n voorgeskrewe boek bestudeer met verhoogstukke in, en in een was daar 'n Mrs Malaprop. Sy was 'n snaakse vrou wat altyd haar uitdrukkings en woorde deurmekaar laat raak het. Berta laat hom soms aan Mrs Malaprop dink.

"Nie parafernalia nie, sersant. Dis iets anders daai."

"Ek bedoel goeters. Bling. Dinges. Watchimacalits, gadgets! Katoeters! Ons het nie 'n lekker Afrikaanse woord daarvoor nie."

Conrad neem sy baadjie en sy motorsleutels. "Ons gaan seker heeloggend uit wees. Kom ons kry gou Mma Marukane se boereworsbulle hier in Hazyview by die taxi's. Ons gaan dit nodig hê as ons bos toe gaan. Jy weet hoe honger jy raak."

Sy lag en skud haar kop. "Dis luitenánt wat elke keer vra of ek nie iets in die motor het nie – veral as luitenant se sigarette op is." En terwyl hulle met die gang afloop: "Nou kan luitenant darem gou 'n dampie maak voor ons die pad vat. So ek dink nie dit gaan net om die boerewors nie."

Sy ken hom heeltemal te goed. Dit laat hom soms beklem voel. "Ja, jong, wat ook al. Ek sweer jy sal nog eendag 'n Happy Meal hartseer maak, Sersant."

Minute later is hulle midde-in die chaos van Hazyview se taxi-area. Dit is die enigste plek waar daar sulke formidabele boereworsrolle verkoop word. Mma Marukane, wat net hier anderkant in Mkuhle bly, se boerewors is lekkerder as enigiets wat Conrad al op 'n Hazyview-boerebraai geëet het en die manne in die omgewing weet hoe om te braai! En rugby te speel.

Hulle speel gewoonlik op Donderdagmiddae by die laerskool. Baie van die spelers kom uit die Sabie-distrik. Dit is die hoogtepunt van die week as die klomp manne bymekaarkom en kan praat oor alles wat eintlik nie saak maak nie.

Alles behalwe werk.

'n Menigte mense, sommiges met helderkleurige kopdoeke, bondel saam by die taxi's onder die groot bord wat Maputo aandui. Twee seuntjies kom vol hoop aangedraf met houtvoëls wat in ringe aan hul hande rondswaai. Nog een staan nader met vyf grasgroen avokado's in 'n sakkie. "Special! Two rand for one avo! Hazyview special. But for you, one rand for one avo! Support the locals! God bless you and your fandamily," rammel die seuntjie sy rympie af. "Nice birds, local birds!" kekkel die ander twee seuns met die houtvoëls.

"Solank dit net nie hadidas is nie. Netnou begin die verbrande houtvoëls ook te skree!" brom Conrad. "Toe, laat wiel, ouens, ons is van hierdie vallei. Ek kom hier van die polisiestasie af."

Die twee seuntjies maak gatskoon.

Conrad gaan staan onder die selfoon-advertensie en langs die vroutjie wat op die grond sit met skape wat van krale gemaak is. Dan draai hy na Mma Marukane se stalletjie met die tafeltjie wat al skeef trek van daardie grote paar elmboë wat daagliks daarop rus.

Agter haar is 'n vuurtjie van mopaniehout. Sy het nie 'n gasstofie soos die ander smouse nie, dan kry 'n mens daardie houtgeur in die boerewors wat Conrad seker is uit oom Kallie se slaghuis kom. Regte, egte boerewors!

Hy steek haastig 'n sigaret aan en trek die rook diep in sy longe. Dit en die mopaniegeur meng so lekker.

Op die vrou se tafeltjie, bloot op genade aangesien dit dreig om te swig voor swaartekrag, staan haar mango-blatjang wat sy soos 'n verematras tussen die brood en die wors gooi. Elke keer wanneer sy gooi, dril die velle aan haar boarms. "Spesenjaal vir jou, generaal!" Mma Marukane noem hom altyd só en praat die mooiste Afrikaans, met r-klanke wat sy hard en soepel in haar mond rondrol. Dan skrik die tsotsi's hier rond, het sy al gesê, want sy ken mos 'n generaal!

"Twee wors-specials, dankie, Mma," sê Conrad terwyl hy kyk na 'n ou vroutjie wat met puimstene na hom toe aangewaggel kom. Hy skud sy kop maar druk tog 'n paar rand in haar hand. Sy knik dankbaar.

Agter haar is daar drie deftige jong dames met heeltemal te veel grimering wat op hoë spykerhakkies oor die ongelyke grond probeer regop bly, op pad na die koelte van 'n kiaatboom. Hulle praat Engels met 'n Amerikaanse aksent, gepeper met Sjangaan-woorde tussenin.

Naby Conrad staan 'n kissie op die grond met oorryp papajas en vlieë wat gedurig weggewaai word deur 'n vrou met 'n geel kopdoek. Sy word terloops dopgehou deur twee mans wat op die vis-en-tjipswinkel se stoepie sit en eet.

Conrad kyk op sy horlosie. "By watter lodge praat ons met die man wat beroof is, sersant?"

"Ek moet hom bel as ons ry. Ek weet nie wat de hel die man makeer het om douvoordag rond te loop sonder 'n siel in visier nie."

"Siel in sig, sersant."

"Ja, dit ook, luitenant. Maar ons moet daai paloekas nou vang. Hulle gee ons dorp 'n slegte naam."

Mma Marukane kyk op. Sy gooi weer die mango-blatjang mildelik tussen twee broodjies in. Die reuk van die wors wat oor die houtvuur gebraai is, maak Conrad ekstra honger. Terwyl sy Sjangaan praat, kyk die ou vrou vinnig rond: "Daar anderkant by my praat die mense baie oor die tsotsi's. Dis 'n bende wat hier rondhang. Mosambiekers. Daar's mos nie meer drade in die wildtuin tussen ons en die Masbiekers nie. Daarom sien ons hulle gereeld." Sy plaas die wors tussen die brode en druk dit dan in 'n papiersakkie.

Conrad neem dit. "As jy nog iets weet, Mma, moet jy my sê."

Die vrou doen dieselfde met Berta se worsie en gee dit aan. Berta hap sommer dadelik sodat die sous teen haar wange afdrup.

"Ek sal luister wat die mense sê," belowe die ou vrou.

"En ek sal kyk, generaal. Dis net nie goed as ons so baie saam gesien word nie. Hier is mense wat rondkyk. Maar ek sal vir generaal kontak as ek weer van iets hoor."

"Dankie, Mma."

Conrad en Berta loop terug polisiestasie toe terwyl hy sy sigaret klaar rook. 'n Klomp wit hoenders wat saamgebondel agter op 'n bakkie in 'n piepklein hokkie staan, kekkel vererg.

Hy klim in sy motortjie. Die vere kraak toe Berta gaan sit. "Luitenant moet die skedonkie laat olie, man. Ek voel altyd soos Miss Plopsiewoeps as die vere so raas."

Wie de hel is dit? Seker die een of ander karakter uit 'n sepie.

Conrad skakel die motor aan, trek weg en draai links op die R40. Taxi's jaag roekeloos aan sy linkerkant verby. Ten spyte van die oorbrug hang daar steeds mense langs die pad rond. 'n Lywige dame met 'n trollie steek die pad vlak voor hom oor, sodat hy haar amper raak ry. Seuns met macadamianeute in plastieksakkies hardloop saam met die motor.

Daar staan drie viertrekkers wat by die stopstraat wil regs draai Phabenihek toe, asook twee toerbusse volgepak met Japannese toeriste wat ywerig foto's neem van die geordende chaos voor die Spar. Oorkant die pad staan hordes kleipotte by 'n stalletjie, langs wit hane met bloedrooi kamme wat uit hout gekerf is en 'n rits kleurvolle grashandsakke. Dit is waarheen die bus op pad was, en die toeriste peul uit voordat dit behoorlik tot stilstand kan kom. Oral is jeeps en voertuie met die embleme van privaat wildtuine en name van gastehuise op. Conrad wonder altyd waar die gastehuiseienaars aan al die name kom. Soos *Al-dee-la* en *Pretville*. Twee koekoekies skrop langs die pad by die aanmekaargetimmerde stellasie wat as 'n ou oompie se lepelwinkel dien. En orals is bondels braaivleishout te koop. Rooshout, herken hy.

Toe Conrad en Berta links draai by die vierrigtingstop langs Perry's Bridge, koop hy vinnig 'n *Laevelder* op die hoek. Op die koerant se voorblad word verwys na die aanval op die lodge en daar is 'n foto van hom.

"Sjoe. Luitenant lyk bietjie disfigured hier."

"Ek hoop jy bedoel distinguished." Hy maak keel skoon. "Dit beteken waardig, sersant. Waardig." Hy onderdruk 'n glimlag.

"Eksaktement. Presies wat ek wou sê, luitenant vat die woorde so uit my mond. Want ek sê vir my sus, luitenant het nog daai outydse moewiestar-look van die polisiemanne met die hare so styf teruggeplak. Nie daai ystervark-Bostik-kuifies van vandag se poeliesmanne nie." Berta blaai vinnig deur die koerant.

Reuse-vragmotors met hout en vrugte agterop donner agter Conrad verby.

"Hmm. Niks van die poppie wat verongeluk het nie," merk sy op.

"Ek dink nie daar is veel om te rapporteer nie. Toeriste gly gereeld in die sand. Dis wat Gertinus se insleepdiens aan die gang hou."

Hulle ry met die R536 verby Hotel Njala, Idle & Wild, Ant and Elephant en Indoena. Conrad draai 'n paar kilometer verder in by die bordjie wat sê *White river rafting*, terwyl Berta die toeris skakel.

"Oe, ek haat voice-mail. Luitenant weet, daai voice-mail wat sê jy hoef nie 'n boodskap te los nie, want 'n SMS sal na die mens toe gestuur word wat te flippen lui was om sy foon te beantwoord!"

"Kalmeer, sersant. Dis negeuur en die kwik staan al op ses-en-dertig. Jy moenie ook nog staan en oorkook nie."

"Ja, maar ek raak so die flippen duiwelsdrek in, luite-nant."

"Gaan nie help nie, sersant. Chill."

Sy kollegas vind dit interessant dat hulle mekaar nog "luitenant" en "sersant", maar hy hou daarvan. Dit werk vir hom.

Hulle ry met die grondpad tot by die parkeerterrein, waar Conrad stilhou. Daar sien hy Hotel Njala se bussie staan. *Hotel Njala – beter as die groot 5!* staan op die deur geskryf.

"Dus kry die toeris ons hiér, sersant?"

"Ja. Hy wil river rafting doen, luitenant. In die bleddie hitte."

Met die uitklim sien Conrad vir Adéle Joubert en haar suster Maggie by die rivier staan. Adéle dra 'n lang romp wat haar liggaam perfek komplementeer. Sy lyk vir hom baie sexy met die rok wat effens deurskyn en haar lang bene beklemtoon. Maggie, wat 'n mooi dagrokkie dra, se hare is netjies vasgemaak en sy is selfs nog maerder as haar suster.

Berta skakel weer die toeris se selfoonnommer, maar aan haar houding kan Conrad sien dat hy steeds nie ant-woord nie.

Om die draai, waar die water wit skuim, kom 'n boot

aangehop. Op die boot sit 'n jong man met swart hare, kaalbolyf, en agter hom twee meisies wat gil van plesier en om lewe en dood vasklou. Die man lag en beduie na waar Adéle en Maggie staan.

"Ryno rules!" roep een van die meisies bo die geraas en maak 'n lang klank wat vir Conrad amper klink na 'n wolf wat huil. 'n Hittige wolvin, sou sy ma gesê het.

Berta skakel nogmaals die toeris, dan hoor hy haar sê: "Ons is hier by die bote en die piekniekplek. U kan maar hiernatoe kom, meneer, want ons moet met u praat. Ons wag vir u."

Conrad gaan sit by een van die tafels naby Adéle en Maggie, wat nie aandag gee aan die twee van hulle nie. Van waar hy sit, het hy 'n onbeperkte uitsig op die susters en die jong man wat die meisies uit die boot help.

Hy herken hom as Ryno Lategan. Hy het hom al by Papa's Pizzeria by Perry's Bridge gesien. Ja-nee, dis die toergids wat meisies laat omkap as hy by hulle verbystap en waaroor Berta en die ander meisies so popel. 'n Mens sou sweer hy is Brad Pitt soos hulle aangaan.

Conrad kyk vinnig na sy selfoon. Geen boodskappe nie. Hy sien hoe die een meisie net 'n bietjie te lank aan Ryno vasklou terwyl hy haar uit die bootjie help. Afluister wil Conrad nie, maar hy kan nie help om te hoor nie:

"Ryno. Jy is laat." Adéle se stem is koud, kortaf.

"Hei, relax, girl. Die rapids is omgekrap! Ek kan tog nie die meisies se lewens in gevaar stel nie."

Die twee meisies giggel selfbewus en die jonger een trek haar bra se streppie reg waar dit onder haar nat bloes uitsteek. Conrad merk ook oop hoe Adéle skerp na die meisie kyk wat Ryno so lank vasgehou het. Dan dwaal haar oë oor sy borskas. 'n Stewige borskas. Conrad sien hoe Maggie ook daarna kyk, maar half onderlangs, asof sy nie wil laat blyk dat sy hou van wat sy sien nie.

Adéle hou 'n kakiehemp uit met 'n Hotel Njala-embleem. "Trek aan. Ons het al gepraat oor hierdie halfkaal lopery van jou."

"Dis frieken bakoondwarm, Adéle – chill, girl!"

"Maak nie saak nie. Trek aan."

Ryno loop tot by haar en skud die water uit sy hare. Dit reën oor Adéle, wat haar oë knip maar geen verdere reaksie toon nie. Maggie staan eenkant en onderdruk 'n glimlag.

En langs Conrad kyk Berta ook nou skaamteloos na Ryno. "Jeez. Hy mag maar."

Conrad reageer nie. Hy hou net die klein drama dop wat voor hulle afspeel.

Ryno neem die hemp stadig uit Adéle se hande. Met die neem, raak hy liggies aan haar hand en streel met sy wysvinger oor haar regterhand se kneukels. Adéle trek haar hand vinnig opsy. Maggie sien dit en kyk weg. Ryno trek die hemp tydsaam aan, sy lyf nog nat, sodat dit aan sy bolyf vaskleef.

"Ryno." Adéle kyk stip na hom. "Jy is nog net hier omdat ek jou beskerm. Oortree weer 'n reël en jy is geskiedenis."

Ryno draai na Maggie, wat bloos. Hy knyp haar aan haar neus en gee 'n breë, eerlike glimlag. "Mags. Oortree ek reëls? Ek bedoel, rêrig, girls! Kry 'n flippen lewe!"

"Nee, Ryno. Jy moet by die reëls hou!"

Ryno draai terug. "Weet jy wat, Adéle? Jy moet jou hare 'n bietjie laat los hang. Relax. Dis die slowveld hierdie. Ons ry hier in vyfde rat."

"Ek weet presies hoe die Laeveld werk. En ek waarsku jou: daag weer laat op, en jy kry jou tweede en laaste waarskuwing. Julle moes al op Graskop gewees het. Amper moes ék die mense vat! Die toeriste wag by Njala. Gelukkig het hulle verslaap. Dit terwyl jy jong meisietjies omklits en wie weet wat met hulle aanvang?"

Ryno lag. "Jaloers, Adéle?" Hy beklemtoon die "êl"-klank in haar naam, *Adêh-êhl.*

Sy vee die druppels van haar gesig af. "Niemand is onvervangbaar nie."

Ryno kyk na haar, dan leun hy vorentoe en met sy hemp se los punte vee hy die res van die water van haar wange af. Sy bolyf raak kortstondig aan haar borste. Adéle verroer nie 'n spier nie.

Toe stap hulle na waar die meisies in die Hotel Njala-voertuig wag. Conrad hoor Ryno vra: "Ek hoor hier kom nuwe talent?"

"Sy is reeds hier," sê Maggie met die wegloop. "Maar sy was in 'n ongeluk."

Langs Conrad verskyn daar skielik 'n man met 'n donkerbril en 'n merk aan sy gesig. "Luitenant. Ek is Petrus Lundie. Ek is vanoggend hier beroof. 'n Sersant Van Schalkwyk het my gebel?"

Berta, wat Ryno nog steeds goedkeurend agternastaar, steek haar hand op. "Guilty as charged!"

Conrad frons toe Berta terugkyk na waar Ryno in die voertuig klim om te bestuur. "Sersant, dic trailer is altyd beter as die fliek. Los die rondkykery en konsentreer," sê hy onderlangs sodat die toeris nie moet hoor nie.

Berta sug en sit haar hand op haar hart. "Hy kan soos warm botter deur 'n mes sny."

"Ons is hier omdat meneer Lundie aangerand is." Conrad draai om en lig sy stem. "Sit, meneer Lundie, sodat ons kan gesels."

Die voertuig verdwyn om die draai. En iewers, hier diep in Conrad se agterkop, pla iets hom. Maar hy is nie seker wat nie.

Sonja Daneel het gesê daar was 'n wolf in die pad. Hy het al tevore gehoor van 'n wolf, maar niemand wat hy ken het die gedierte al ooit gesien nie.

En toe hy gister by Sonja Daneel was, het sy gelyk soos iemand wat wil praat.

Sy moet oppas. Ryno is 'n wolf op twee bene. Hulle is partykeer gevaarliker as die regte dier. Hy moet tog miskien weer die een of ander tyd 'n draai by Hotel Njala maak. Iets trek hom daarheen terug.

Maar eers is daar belangriker sake. Hierdie aanvalle op die toeriste moet stopgesit word. Dit is nou sy prioriteit.

5

Klippies teen haar ruit. Dit is die eerste ding waarvan Sonja bewus raak toe sy wakker skrik. Sy sit regop en kyk op haar horlosie. Dit is sesuur en besig om skemer te word.

Sy het gevra dat die luike en gordyne oopgelaat moet word sodat die lig kan inkom. Sy is moeg daarvan om in die donker te lê met slegs haar eie gedagtes as geselskap – en in die donkerte lyk alles buitendien vir haar spookagtig. Elke geluid, elke voorwerp lyk vir haar bedreigend.

En nou die klippies teen haar ruit.

Sy staan op. Sy voel darem aansienlik beter as vanoggend toe luitenant Conrad Nolte hier was. Het steeds hoofpyn, maar dit is nou net 'n sporadiese geklop in haar agterkop. Toe sy haar voet neersit, is haar enkel steeds effens pynlik, maar dit kan al haar volle gewig neem.

Weer die tip-tip-geluidjies, reëlmatig, asof iemand daar onder met gereelde tussenposes na haar venster toe mik.

Sy loop tot by die venster. Dit is besig om skemer te word oor Hotel Njala en die eerste ding waarvan sy bewus word, is die apies wat in die bome rondskarrel buite haar kamervenster.

Sy maak die venster oop. En 'n neut tref haar teen haar bors. Sy kyk af.

Hy staan onder haar venster. 'n Jong man met pikswart hare en 'n vriendelike, oop gesig. Hy is sterk gebou met breë skouers en swaar wenkbroue. Hy is aantreklik, maar nie popmooi soos die mannetjies wat altyd naweke by hotelle rondhang nie. En hy is manlik. Sterk. Gesaghebbend.

Hy lyk bekommerd. Hy kyk oor sy skouer soos iemand wat bang is hy word betrap, dan lig hy sy hand en mik weer 'n neut na haar venster.

Toe sien hy haar.

"Wat is jou probleem?" vra Sonja.

Hy laat sy hand sak. Hy dra 'n moulose T-hemp en sy sien die bruingebrande vel en T-hemp wat styf oor sy borskas span. En sy maag wat liggies op en af beweeg soos iemand wat gespanne is.

Dit neem lank voordat hy praat. Hy kyk net eers na haar. En toe is sy stem donker, mooi en vreemd. Hy praat 'n bietjie te vinnig.

"Is jy die nuwe skiewie?"

"Die nuwe wat?"

"Die skiewie. Die girl wat by ontvangs sit, man?"

"Moenie vir my man sê nie."

Hy staar haar sprakeloos aan, dan: "Sorry!"

"Wie is jy?" vra Sonja.

"O. Ek is Ryno. Ryno Lategan. Ek's die toergids." Hy vryf oor sy gesig en krap deur sy hare, amper soos 'n skoolseun wat met 'n mooi meisie praat en wie se woorde hom in die steek laat.

"Ek is glo Sonja Daneel."

"Wel, jy is of jy is nié. Watter een is dit?"

Dit klink so ongelooflik melodramaties as sy dit só sê: "Ek ly aan geheueverlies. Ek was in 'n ongeluk, nou probeer ek onthou wie ek is."

"Jy bedoel soos in die soaps?" grinnik hy, maar sy oë lag nie saam nie.

"Seker. Nie dat ek een van hulle onthou nie, maar ek weet darem wat 'n soap is."

Hy kyk na haar op 'n innemende, sagte manier. "Kan jy regtig niks onthou nie?"

"Hoekom sal ek jok, meneer?"

"Hei. Ryno. Sommer pleinweg Ryno."

Sy maak keel skoon. "Goed. Ryno."

"Nee, ek bedoel, dit klink so half, ek weet nie, onmoontlik."

"Ek was in 'n motorongeluk. Ek het 'n helse stamp teen my kop gehad. Dus is ek bietjie . . . deurmekaar."

Hy kyk ondersoekend na haar.

"As jy dink ek maak of ek siek is, het ons niks verder vir mekaar . . ." Sy wil die venster toemaak

"Whoa-whoa-whoa, girl. Chill. Ek joke! Vir wat's jy so uptight? Laat loop jou battery bietjie af, man!"

Sy skep asem. "Sou jy nie ook gespanne gewees het as jy in 'n motorongeluk was en skielik onthou jy niks nie?"

'n Ongemaklike stilte sak tussen hulle neer en hy kyk na haar asof sy 'n wese van 'n vreemde planeet is.

"Bliksem," sê hy saggies.

"Ekskuus?"

"Nee, ek sê maar net . . . Jy is, uhm, baie mooi."

Sy kyk lank na hom. Hy krap weer deur sy hare. Al ken sy hom nog net 'n paar oomblikke, hou sy meer en meer van hom. Hier is darem iemand wat glimlag, wat vriendelik en informeel is in hierdie donker kasarm van 'n hotel.

"Nice try, Ryno."

Hy lag weer. "Hulle het jou teen my gewaarsku, het hulle nie?"

"Moes hulle?"

"Ek's nie soos hulle sê ek is nie."

"En hoe sê hulle is jy?"

Hy trek sy skouers op. "Losgat. Guy met die girls. Gryp enigiets wat 'n rok dra, daai soort tjol. Maar ek is nie so nie."

Hy laat haar weer dink aan 'n skoolseun en hy praat boonop soos een. "Ek vat jou woord daarvoor."

"Sê my naam. Toe. Sê my naam."

Sy glimlag. "Ryno."

Hy krap weer deur sy hare en draai 'n slag in die rondte. "Flippit. Niemand het dit nog ooit só gesê nie. Waar val jy uit, girl?"

"Steiltes in Nelspruit. Ek wil binnekort teruggaan en kyk presies waar ek vandaan kom."

"Nee, man, ek bedoel . . ." Hy lag en trek sy skouers op, dan steek hy sy hande in sy kortbroek se sakke. Hy kyk voor hom op die grond en speel met sy voet oor die klippies in die rivierklippaadjie.

"Onthou jy rêrig niks," en dan amper as 'n nagedagtenis, "uhm, Sonja?"

"Hoekom sê jy my naam só?"

"So . . . hoe?"

Sy sug. "Asof jy nie daarvan hou nie."

"Nee, ek bedoel, dis so half . . . jy weet, formeel. En buitendien, jy sê self jy weet nie of dit regtig jou naam is nie. Dis te formeel vir jou."

"Nou wat moet my naam dan wees, meneer Lategan?"

Hy lag uit sy maag. Dis 'n halwe heserige, sexy laggie. "Nou klink jy nes in die outydse radiostories. *Meneer* Lategan. Lyk ek vir jou soos 'n meneer?"

"Is jy 'n meneer?"

Hy vee met sy hand oor sy bors. "Toe ek netnou in die stort gekyk het, ja, baie beslis. En met 'n moerse houding."

"Te veel inligting, Ryno!"

"Sorry, man. Ek's maar so gemaak en gelaat staan. Ek's meer saam met my buddies in die veld as hier, dan vergeet ek partykeer hoe om met vroumense te praat."

"Wel, lyk nie vir my of jy probleme het nie."

Hy lag. "Sê jou wat, Skiewies. Ek kom gou op daar na jou toe."

Die hoofpyn is skielik weg. Sy kyk verbaas af. "Wat het jy my genoem?"

"Skiewies. Jy gaan mos by ontvangs werk en dis 'n skiewie-job. Buitendien, jy's mos 'n vrou sonder naam. Nou gee ek jou 'n cool naam wat by jou pas." Hy gee weer die hees, mooi laggie. "Skiewies." Hy vryf oor sy ken. "Hmm. Pas by jou. Mooi naam vir 'n cool girl. So, wat sê jy, Skiewies? Ek kom gou op daar na jou toe en ons chat. Ek help jou om die verlede uit te sort. Ek karnuffel jou kop so bietjie – ek's goed daarmee – en als is weer in posisie."

Vir die eerste keer vandat sy hier aangekom het, lag Sonja hard.

Hy skud sy kop en kyk om hom rond. "Is ek so stjoe-pit?"

"Nee, man, ek . . . lag sommer."

Die woorde vloei nou makliker – vir die eerste keer kan sy ontspanne en informeel praat, nie die strak sinne wat tot dusver uit haar mond gekom het nie. As dit is hoe sy wás, hou sy baie meer van hierdie Sonja. Die een wat hierdie ou met sy swart hare en sterk arms en fris lyf en stewige bene in haar wakker maak.

Skiewies.

Sonja kyk na hom. Agter hom gaan die rivierklippaadjie se liggies een vir een aan. En soos hulle aangaan, klap hy sy vingers. "Sien jy? Ek maak magic, Skiewies. Jy moet glo aan magic. Laat jouself net gaan, dan lag die engel-tjies vir jou."

Die laaste liggies gaan agter hom aan, dan buig hy vir haar. En sonder dat sy haarself kan keer, klap sy hande.

Hy kyk verbaas op. "Wow. Ek dag jy is 'n kloosterkoek en hier . . ." Hy lag. Hy kyk om asof hy wil seker maak die liggies is almal aan.

En sy hou op met handeklap en wonder: Wat besiel my? Hoekom doen ek dit? Is dit hoe ek was? Op vyf-en-twintig soos 'n skoolmeisie op haar eerste koshuisafspraak? Maar wie is hierdie ander meisie dan? Die een wat so formeel praat en wroeg en haar bekommer oor elke geluidjie wat sy hoor?

"Kan ek opkom, Skiewies?" vra Ryno.

Sy skud haar kop. "Ek dink nie dis 'n goeie idee nie. En buitendien, ek is in genoeg moeilikheid. As Adéle jou in my kamer kry, is ek hier uit nog voordat ek hier begin het."

77

"Ag, ek kan Adéle hanteer, man. Sy eet soos 'n budjie uit my hand."

"Nee." Sy glimlag. "Soet wees."

"Sorry, girl, dis in my genes. Ek kan nie soet wees nie. Die lewe is te kort daarvoor en dis heeltemal te boring."

"Koebaai, Ryno."

"Naait, Skiewies."

Sonja maak die venster toe. Haar hart klop vinnig. Daar is 'n gloed oor haar wange soos 'n koshuisdogter wat pas deur die skool se rugbykaptein raakgesien is en uitgevra is na 'n dans toe.

Sy staan lank so langs die venster met haar rug teen die muur. Sy glimlag. Hemel, sê sy vir haarself, wat het hier gebeur? Ek ken die man skaars! Hy is duidelik 'n sjarmeerder en sulke ouens behandel alle meisies dieselfde.

Sy gaan stort en dink onder die loom water aan hom. Sy kyk na die merke aan haar lyf, wat nou stadig besig is om gesond te word, en raak aan haar liggaam asof sy raak aan dié van 'n vreemde mens. Ook aan haar borste, ferm en regop. Sy het beslis na haarself gekyk; haar liggaam is in proporsie en haar hare is volgens die jongste mode gesny.

Sy soek tatoeëermerke, 'n ring deur haar naeltjie, enige teken uit haar vorige lewe. Maar haar liggaam is 'n lei waarop haar lewe nou weer begin. Skoon.

Sy staan weer 'n rukkie aan Ryno en dink. Hoewel sy hom net van 'n afstand gesien het, is dit asof hy langs haar in die stort staan.

Sy skrik vir haar eie gedagtes en draai die krane toe.

Daarna gaan maak sy een van haar tasse oop wat intussen in haar kamer afgelewer is. Sy kyk na die klere van 'n vreemde vrou. Sy kies 'n koel rokkie, want al is die lugverkoeling aan, is sy intens bewus van die bedompige hitte wat deur die venster ingesypel het.

Sy beskou haarself in die spieël. Die swelling aan haar lip begin sak. Sy voel aan die verband om haar kop en raak aan die pleister oor haar gesig.

Net voordat sy by die vertrek uitloop, kyk sy na die skaakbord. Die swart pion het ook intussen twee blokke vorentoe beweeg.

Die spel het begin. Maar wie de hel . . .?

Sy verlaat die vertrek. Sy weet nie eers behoorlik hoe die hotel lyk nie. Al wat sy onthou, is die groot, wye trappe buite wat soos 'n halfmaan gebou is, waarteen iemand haar uitgedra het op pad na haar kamer toe. En die welige plantegroei. Die breë blare wat oor die paadjies hang. Die soel reuk van frangipani. Die verdwaalde hibiskusblomme wat op die grasperk gelê het. Die reuse-bome wat sambrele gemaak het oor die parkeerterrein.

Sy is nou in die gang. "Skiewies," sê sy vir haarself. Sy hou daarvan. Skiewies. Om een of ander rede pas dit by haar. En net vir 'n oomblik hoop sy dat Ryno tog opgekom het en in die gang staan.

Maar daar is niemand nie.

Doer aan die onderpunt is 'n groot ou staanhorlosie. Selfs hier waar sy aan die bopunt van die gang staan, kan sy die spokerige tik-tak-geluide hoor. Tik-tak, tik-tak, asof dit die laaste minute aftel na 'n mens se dood toe.

Of die laaste minute na die herwinning van haar geheue?

Sy loop stadig na die horlosie toe, dit trek haar aan. Weerskante van haar in die gang hang portrette van wat moontlik die Jouberts se voorsate was, ou mense in swaar portretrame wat humorloos na haar kyk en elke beweging volg wat sy maak.

Sy ril. Dit voel soos 'n begrafnisstoet – al hierdie dooie mense wat na haar kyk asof na 'n doodskis wat tussen hulle deurgedra word.

Of sou daar van hulle wees wat nog lewe?

Op elke gesig is daar 'n verwytende uitdrukking, asof hulle haar hier weg wens.

Liewe hemel. Wat het sy in haar vorige lewe gedoen? Het sy van iets af weggevlug?

Dit voel soos 'n ewigheid voordat sy die onderpunt van die gang bereik, dan gaan staan sy voor die horlosie. Dit is halfsewe. In die glas sien sy haar eie weerkaatsing. Een van die gloeilampe het geblaas, dus is die horlosie se gesig swak verlig.

Sy ril. Hier is iets verkeerd. Dit voel of iemand 'n koue vinger teen haar rug aftrek en sy kry hoendervleis. Sy kyk na die pendulum wat meedoënloos tik. Tik-tak, tik-tak, tik-tak.

Toe sy opkyk, sien sy die wit, benerige gesig langs hare in die horlosie se venstertjie. Sonja gil en swaai om.

Jan Joubert staan in die skemer agter haar.

"Ek wou jou nie laat skrik nie." Sy stem is amper doods, nes tevore toe hy met haar gepraat het.

"Ek . . . ek is jammer, meneer Joubert. Ek het nie iemand agter my verwag . . ."

Hy skud sy kop. "Dit maak nie saak nie. Aandete is

halfagt in die eetkamer van die hoofhuis. Jy stap deur ontvangs by die deur in waarop staan *Privaat*. Dis die ingang na ons huis. Ons wil jou graag almal daar verwelkom."

Haar keel trek toe en sy verstaan glad nie hoekom nie. "Goed, meneer Joubert."

Hy loop verby haar, maar kyk terug. "Jy moet oppas. Een van die trappe is los. Mens kan maklik jou nek daar breek."

Dan is hy weg. Sy hoor hoe hy versigtig teen die trappe afloop.

Sonja staan lank by die horlosie. Dit is skielik soos 'n lewendige ding. Iets wat asemhaal. Wat met haar praat. Tik-tak-wie-is-jy? Tik-tak-wat-maak-jy-hier? Tik-tak-gaan-weg-indringer, tik-tak-wie-is-jy-regtig?

Sonja loop na die trappe toe waar Jan om die draai verdwyn het. Sy vou haar arms om haar lyf en loop vinnig met die trappe af.

Sy onthou te laat van die los trappie en swik amper, gryp net betyds die reling om staande te bly.

Dit neem 'n rukkie om haar asem terug te kry. Toe loop sy tot onder.

'n Swart man sit by ontvangs. Hy knik in 'n groet en Sonja glimlag gespanne en knik terug. Dan loop sy na buite.

Voor haar strek 'n tropiese tuin asof tot in die oneindigheid. Ver agter is groen plantegroei teen berge waaruit misvingers lui opstyg. Kiaat- en flambojantbome trek haar aandag aan die linkerkant. Sproeiers is besig om die groot grasperke te lawe. Luukse motors staan onder rubberbome geparkeer en apies swaai van een tak na 'n ander.

Iewers kloek kalkoene en 'n gelag klink op. Sy kry die reuk van 'n braaivleisvuur.

Sy loop met die trappe af tot by die helderverligte parkeerterrein. Die skoonheid van die omgewing slaan haar asem weg. 'n Loerie maak iewers sy kô-kô-kô-kô-geluid en dit weergalm in die skemer vallei. Toeriste loop hand aan hand oor die grasperk.

Sonja vorder tot by 'n digbegroeide paadjie met 'n bordjie wat sê: *Swimming pool. Residents only.* Daar draai sy regs.

Parasiete klou aan boomstamme vas, die wortels ontbloot teen die moederboom se stam. Wit wortels en grypende armpies peul uit elke skeur in die stam. Iets skarrel tussen die groot blare rond. Wit maanblomme hang swaar langs haar oor die paadjie. Een val met 'n plonkgeluid voor haar voete en sy kneus die blare met haar skoen.

Sy raak aan een van die blomme bokant haar en voel die sagte, rubberagtige tekstuur. Dit voel soos wanneer sy wakker word in die nag en sy haar arm verlê het; dan is dit asof sy aan iemand anders se vel raak.

Ja. Dít onthou sy! Onbenullige inligting. Maar die belangrikste kan sy nie herroep nie.

Dalk is daar niks om te onthou nie. Dalk is sy net 'n doodgewone mens wat lus gevoel het om in 'n luukse hotel te kom werk. Dalk het sy 'n doodgewone lewe gehad met een of twee kêrels wat sy afgesê het (of wat haar verlaat het?) en wou sy net 'n blaaskans neem.

Sy moet daardie Pietman bel van wie Diana gepraat het. En sy moet teruggaan na haar oorspronklike blyplek sodra sy vrye tyd het.

Of dalk hét daar iets gebeur. Iets so verskriklik dat haar geheue dit doelbewus van haar af wegsteek. Dalk is haar geheueverlies indirek 'n manier om haar te beskerm.

Maar teen wát?

"Goeienaand. Ek neem aan jy is die nuwe ontvangsdame." Dis 'n mooi, jong stem en toe sy omkyk, staan daar 'n blonde man langs haar. Sy oë is waaksaam. Hy is, soos almal hier rond, bruingebrand en sy hare is netjies in 'n moderne styl gejel. Hy dra 'n oopnekhemp en 'n kortbroek wat tot onder sy knieë strek. Maar daar is iets geforseerds aan sy vriendelikheid. Hy steek sy hand uit. "Ek is Armand. Armand Naudé." En dan, soos almal op Hotel Njala, kry hy 'n titel by: "Ek en Adéle raak binnekort verloof. Ek besit Pendula-wildtuin naby Sabi-Sabi, links op die Skukuza-pad."

Sy neem sy hand en skud dit. Dit is 'n pap handdruk, asof hy aan haar raak maar ook nié.

"Aangename kennis. Ek is Sonja Daneel. Of so sê my aansoekvorm."

Hy glimlag styf. "Ek het gehoor, ja. Ek is só jammer oor wat met jou gebeur het."

Sy lig haar skouers. "Ek kon net nie langer in daardie kamer bly nie. Ek was moeg daarvoor om myself jammer te kry, toe kruip ek uit my skuilplek!"

Armand lag. "Skuilplek? Klink of jy 'n roofdier is?"

"Wie weet? Dalk is ek soos 'n wolf of 'n ding."

Die glimlag verdwyn van sy gesig af. "Dan het jy ook gehoor?"

"Wat gehoor?" vra Sonja.

"Dat hier glo 'n wolf in die bosse is."

"Ek het hom gesien," sê Sonja.

Armand kyk ondersoekend na haar. "Gesien?"

"Dis al wat ek onthou van voor my ongeluk. Daar het 'n wolf in die pad gestaan."

"Maar daar is mos nie wolwe in Hazyview nie."

"So sê luitenant Nolte ook, maar ek weet wat ek gesien het."

Armand knik. "Goed. Interessant. Maar, uhm . . ."

"Jy glo my nie?"

Hy skud sy kop. "Dis nie wat ek gesê het nie. Oom Jan het ook dikwels van die wolf gepraat. Hý sien hom gereeld as hy nie te suur is nie." Armand praat sagter. "Ons dink almal die oom is bietjie koekoe. Maar hy hou vol dat hier 'n wolf is. Dit is immers hoekom die plaas se naam eers Wolwedans was."

Twee toeriste stap verby en Armand groet hulle op Duits. "Goeienaand. Die toer Pendula toe vertrek môre-oggend halfvyf. Mens sien die beste diere voor die son opkom. Ons kry mekaar by ontvangs."

Die man en vrou vra 'n paar vrae en verwys na die toerbrosjure in hulle hand. Sonja verskoon haar.

"Ons sien mekaar weer! En sterkte met die gesond word. Ek hoop jy onthou vinnig!" roep Armand agterna.

Armand. Adéle se verloofde. Sy het haar Adéle se toekomstige eggenoot anders voorgestel – 'n sterker man wat haar kan beheer. Wat die leiding kan neem. Soos Ryno.

Sy skrik vir haar eie gedagtes. Soos sy Adéle opgesom het, sal sy haar nie met toergidse ophou nie. Hulle is seker te ver benede haar. Of dalk is haar indrukke van Adéle verkeerd.

Sonja kyk na die swembad. Sommige gaste dwaal nog daar rond en 'n kroegman dra drankies aan. Daar is 'n gazebo net bokant die swembad waar enkele mense rondtalm met drankies in die hand. Iemand vee met sy vinger oor 'n iPad. Alles spreek van luukse gemak en sofistikasie.

Sy stap oor 'n houtbruggie waaronder varings groei en 'n klein stroompie kabbel. Op die bodem van die stroompie wat uitgesement is, is daar rivierklippies ingelas. Tropiese plante hang breëblaar in die water en 'n naaldekoker met bloedrooi vlerke sit op een van die blare wat liggies heen en weer beweeg.

Dan arriveer Sonja by die rivierklippaadjie wat ook onder haar kamervenster verbyloop. Sy gaan staan.

Van hier af lyk dit nog meer indrukwekkend as van daar bo. Alom tros bougainvilleas met rooi, pers en pienk blomme oor die mure en hier en daar staan 'n piesangboom. Daar is orals ligte langs die paadjie, sodat dit 'n sprokiesatmosfeer het. Sy onthou hoe Ryno die ligte kamtig "aangeskakel" het netnou, en glimlag. Links draai daar kort-kort paadjies na bungalows en ander dubbelverdiepinggeboue af, en aan die regterkant is daar nog kamers. Dit is regtig 'n geweldige groot hotel.

Diana Joubert kom van voor af aangestap, haar houding gespanne. Sy kyk vinnig links en regs, pluk hier aan 'n takkie, tel daar 'n papiertjie op en gee opdragte aan werkers wat vinnig met handdoeke oor die arm of skinkborde vol sjokolade die kamers gereed maak vir die aand.

"Maar kyk wie het opgestaan! Ek is bly jy loop 'n bietjie rond, Sonja." Diana kom nader gestap. "Die dokter kom weer môreoggend. Ek neem aan jy sal nog tot môreaand buite aksie wees."

"Nee, mevrou Joubert. Ek wil graag môreoggend begin werk."

"Jy hoef nie."

"Ek wil graag. Dit sal my aandag aftrek. Ek is seker die pleisters sal môre afkom. Ek sal julle darem nie in die skande steek deur soos 'n zombie te lyk nie."

Diana haak by haar in en hulle stap saam in die rigting van die woonhuis wat grens aan die hotel. "Ek weet dit klink dalk vreemd, maar . . ." Sy gaan staan. "Onthou jy darem nog wat die pligte van 'n ontvangsdame is?"

Sonja knip-knip haar oë. Die pligte van 'n ontvangsdame. Dit wat sy skynbaar die afgelope vier of vyf jaar by ander hotelle gedoen het. Onthou sy dít darem?

"Ek moet gaste verwelkom, ek hanteer besprekings, ek teken gaste in en ken kamers toe, ek neem boodskappe en gee dit aan gaste, bespreek toere en help toeriste om hul dae te beplan. Ek beantwoord enige vrae oor die hotel en hanteer probleme. Ek moet ook nog roetes . . ."

Diana haak weer by haar in en kry saam met haar koers na die woonhuis toe. "Genoeg. Jy het dít darem nie vergeet nie. Hoewel die werk van 'n ontvangsdame by Hotel Njala meer vereis as net die gewone – soos ons destyds met jou bespreek het tydens jou onderhoud."

"Al wat ek van die onderhoud onthou, is . . . vaagweg . . . julle vier gesigte voor my. En Jan Joubert . . . uhm, u man, wat na die tyd gesê het ek het die werk."

Sy voel hoe Diana verstyf. "Wel. Ja. Dit is nie eintlik hoe ons dinge hier doen nie, maar . . . my man het destyds seker besluit om die kar voor die perde te span. Terloops, jou getuigskrifte is indrukwekkend. Jy het die regte kwalifikasies, jou lektore het goeie verslae oor jou geskryf en jou punte was hoog. Jou werkgewers is ook vol lof oor jou. Maar jy was glo maar baie op jou eie. 'n Eenkantmens, volgens sommige briewe."

"Ek sal hulle graag wil skakel en uitvra oor myself."

"Hulle nommers is op jou aansoekvorm."

Wie was in haar lewe? wonder sy. Net Pietman? Die vreemde naam op die aansoekvorm onder "vriend". Sy dink aan die hand in hare met die ring met die rooi steen – langs die graf.

"Stap voor." Diana beduie na die deur waarop staan: *Private/Privaat.*

Dit is meteens asof 'n angs Sonja beetpak en 'n hand om haar keel sluit. Paniek neem van haar besit, wil haar versmoor.

Diana merk skynbaar niks op nie. Sy maak die deur wat uit ontvangs lei oop en wag dat Sonja moet instap. Maar al probeer sy hóé, sy kan haarself nie sover kry om dit te doen nie.

6

Sonja bemerk die vraende uitdrukking op Diana se gesig terwyl sy steeds vir haar wag om in te stap.

"Ek . . . ek is jammer. Dis seker maar die skok van die ongeluk, ek . . ." Sonja raak aan die pleister teen haar gesig.

Sy het gehoop dat Diana sal toegee en haar sal aanraai om liewer na haar kamer terug te gaan, maar die gemoduleerde stem dreun voort: "Ons verwág jou vir aandete, Sonja."

Na wat soos 'n ewigheid voel, loop Sonja toe tog maar in 'n groot voorportaal in.

Dan is dít Hotel Njala se woonhuis, dink sy. Dit lyk net so indrukwekkend soos die hotel. Steeds wil die paniek haar nie verlaat nie en moet sy veg om normaal voor te kom. Diana stap voor haar uit. Daar hang orals skilderye in die voorportaal.

"Wie is die skilder?" vra Sonja, want die styl lyk vaagweg bekend. Dan onthou sy waar sy dit tevore gesien het. In haar kamer.

Diana se stem raak koud. "Dis my man, Jan Joubert. Hy . . . skilder graag." Sy kleur die woord "skilder" asof sy nog nie behoorlik aanvaar het dat hy skilder nie.

Hulle arriveer in die eetkamer. Daar is 'n groot etenstafel, keurig gedek, amper soos iets uit 'n tydskrif. In die middel van die tafel staan 'n bos bloedrooi rose in 'n vaas.

"Jy sit hier."

Sonja is eintlik verbaas dat sy genooi is om 'n familie-ete by te woon. Sy het dit glad nie verwag nie. Sy gaan sit ongemaklik.

Die Jouberts verskyn een na die ander, soos karakters in 'n misdaadverhaal wat opdaag om die uiteinde van 'n moordondersoek aan te hoor.

Maggie Joubert stap eerste in. Sy dra weer 'n eenvoudige rokkie, dié keer met blompatrone. Haar hare is in haar nek vasgebind en haar oë is groot en skaam. Sy vroetel senuweeagtig met haar hande toe sy die stoel uittrek en kyk vinnig na Sonja. 'n Glimlaggie plooi om haar mondhoeke.

"Hallo. Welkom weer eens. Ek is bly jy is darem op. Hoe voel jy?" Maggie gaan sit en neem dadelik die servet voor haar, wat sy styf in haar hande klem voordat sy dit oopmaak. En toe, sonder om te wag op 'n antwoord, vervolg sy: "Ek is jammer dis so warm. Selfs die lugverkoeling help nie meer nie. Dalk omdat die vertrek so groot is."

Diana loop agter Maggie verby en druk saggies met haar hande op haar skouer. Maggie sit haar hand op haar ma s'n en gee nog 'n poging tot 'n glimlag.

"Ek voel beter, dankie, Maggie," antwoord Sonja. "Ek . . . is jammer, ek het nie aangetrek vir aandete nie. Ek het nie besef ek is werklik genooi vir . . ."

"Ons doen dit nie gewoonlik nie." Adéle staan in die

deur, haar oë op Sonja gerig. "Maar my pa het daarop aangedring. Hy voel hy wil jou verwelkom."

Adéle stap na die bopunt van die tafel en Sonja verwag dat sy daar sal gaan sit, maar sy trek die stoel aan die regterkant uit. Sy kyk na Sonja asof sy nie lekker ruik nie en neem dan plaas. Sy sprei haar servet met ligte irritasie op haar skoot oop, dan sug sy. "Ons moet na die lugverkoeling laat kyk. Iets werk nie. As ek reg onthou, is dit jou departement, Magdaleen."

Maggie knik gespanne. "Hulle kom môre kyk. Ek het vanmiddag gebel."

"Môre is nie goed genoeg nie. Ek glo dinge moet dadelik gedoen word."

Diana kom tot Maggie se redding: "Die man vir die lugverkoeling kom van Nelspruit af. Dit is die vroegste wat hy kon kom. Hy het ander verpligtinge gehad."

"Ons moes eintlik vir Armand gevra het. Hy kan enigiets doen," kap Adéle terug.

Diana beduie gespanne na die oop sitplek. "Eet Armand saam met ons?"

"Nee, Ma. Hy moet môre vroeg gaste rondneem op Pendula. Hy is terug Pendula-wildtuin toe."

'n Stilte sak oor hulle toe. Buite hoor Sonja paddas. Sommige kwaak met diep brulpaddastemme terwyl ander met skril geluidjies na mekaar roep. En tussenin is daar sonbesies, al het die son reeds gesak. Dalk besef die insekte nog nie die son het ondergegaan nie, omdat die hitte nie wil wyk nie.

Sonja neem haar servet en druk die sweet van haar bolip af.

Adéle sit regop en skud haar hare uit haar oë, haar blik streng. "Hoekom word die beste eetservies vanaand gebruik? Ons gebruik dit net as hier belangrike gaste kom."

"Jou pa het dit goed gedink om dit te gebruik," sê Diana en daar is iets onsekers in haar stem, soos iemand wat verwag om aangespreek te word oor wat sy kwytraak.

"Dis ongewoon."

Maggie kyk oor haar skouer. Sy frommel weer die servet tussen haar vingers, tot Adéle skerp opkyk. "Magdaleen, asseblief, jy is nie meer in matriek toe jy gewag het vir kêrels wat dikwels nie opgedaag het nie!"

Maggie verstyf en laat die servet val. Sy buk onder die tafel en soek dit gespanne tussen die ander se voete. Dan kom sy orent, glimlag verskonend in Adéle se rigting en sprei die servet weer op haar skoot oop. Diana neem haar hand en druk dit, maar sy spreek Adéle nie aan nie.

Sonja kyk na die stywe groepie wat om die etenstafel sit. Daar is nog nie 'n teken van die kos of van wyn nie. Al waarvan sy bewus is, is die blink eetgerei en duur porseleinborde. Op sommige borde is poue se gesigte geverf, die pluimpies parmantig regop.

Stilte. Niemand praat nie, amper soos 'n klomp koshuiskinders wat wag vir die koshuisvader om te bid.

Dan hoor Sonja voetstappe. Sy sien hoe Diana opkyk en Maggie gespanne oor haar skouer kyk. Selfs Adéle ruk haar rug nog meer regop.

Die stilte is tasbaar. Sonja se hande frommel deur die servet, nes Maggie s'n so pas. Haar voorkop begin sweet en sy raak weer bewus van die dowwe hoofpyn.

Toe gaan die deur oop. Jan Joubert verskyn met 'n gebakte hoender in 'n oondbak. Daar is groente en aartappels om die hoender gerangskik.

"Ek is bly julle is almal hier. En betyds." Hy sit die bak in die middel van die tafel neer. 'n Kelner verskyn agter hom met 'n bottel rooiwyn wat hy in elkeen se glas skink sonder om te vra of hy mag. Toe hy by Sonja kom, keer sy hom. Almal kyk gespanne na haar en dan na Jan wat plaasneem.

Jan sprei sy servet op sy skoot oop en bekyk dan sy glas. "Jy is nie 'n wyndrinker nie, Sonja?"

Sy skud haar kop. "Met al die medikasie in my lyf dink ek nie dis 'n goeie ding nie, meneer Joubert."

Adéle, Maggie en Diana kyk al drie na Jan en dan weer na Sonja, asof sy 'n reël oortree het. En Jan kyk na Sonja asof niemand tevore geweier het om wyn te drink nie.

Buite hou die sonbesies nou op met hul trillende geluid. Selfs die hadidas raak stil. Verbeel Sonja haar, of hoor sy 'n hond iewers huil?

'n Glimlag plooi om Jan se mondhoeke. Dis 'n gerusstellende glimlag. "Dan hoef jy nie." Hy knik met sy kop na 'n ander kelner, wat water in haar glas kom gooi. Sonja knik dankbaar.

Jan lig sy glas. Hy leun vorentoe in Sonja se rigting. As hy na haar kyk, is sy intens bewus van sy oë. Donker, grou oë wat na iets soek. "Ek wil net namens ons almal vir jou sê baie welkom op Wolwedans, Sonja."

"Hotel Njala, Jan. Die hotel se naam is Njala," waag Diana dit.

Jan neem 'n sluk wyn wat nat aan sy lippe bly kleef. Hy

kyk van die een dogter na die ander. "Die naam Njala het nooit by hierdie hotel gepas nie. Ek het dit ontwerp as 'n luukse hotel tussen die bosse. 'n Plek waar wolwe huil en hadidas vlieg. Die naam moes Wolwedans gebly het. Dis jý wat die naam gekies het, Diana."

"Want hier is nie wolwe nie, Jan."

Hy glimlag effentjies en trek sy mond in 'n dun lyn. "Jy moet jouself oopstel vir die wolf, Diana. Julle moet julleself almal oopstel vir die wolf. As jy die wolf aanvaar, maak Wolwedans vriende met jou. Anders is dit maar net dooie, vervelige Hotel Njala wat agteruitgaan by die dag. Want dit het nie die wolf se seën nie."

Die vroue loer vinnig na mekaar en Adéle kyk in Sonja se rigting. "Ek dink regtig nie ons gas stel belang in wolf-legendes nie, Pa."

"Dan beter sy begin belangstel as sy gelukkig wil wees hier."

Die glas water bewe in Sonja se hande en haar hande sweet so erg dat sy dit laat val.

Maggie gryp dit net betyds. "Pasop!" Sonja voel die spanning in Maggie se hande toe sy die glas vir haar te-ruggee. "Dit is nog van my ouma se porselein."

Jan glimlag. "My ma sou net opgestaan en 'n ander glas gaan haal het. Aardse goed, Maggie. Aardse goed. Dis wat hier in jou hart is wat saak maak."

"Ek dag Pa glo nie in die hiernamaals nie," sê Maggie.

"Natuurlik glo ek nie daarin nie. Elke mens het sy hel hiér. Soos ek," met 'n vinnige blik na Diana.

Diana se mond trek vasbeslote. "Welkom by Hotel Nja-la, Sonja." Sy lig ook haar glas en kyk eers na Jan, dan na

Sonja. "Dis goed om jou hier te hê. Ek hoop jy is gelukkig by Njala." Sy beklemtoon die hotel se naam.

Sonja skrik vir die uitdrukking in Jan se oë. Hy kyk na Diana asof hy sy vrou wil doodkyk. Asof sý die indringer hier is.

Maggie se hand bewe effens. Dan lig sy haar glas. "Welkom, Sonja." Maar sy noem nie die hotel se naam nie.

Almal se oë draai na Adéle. Sy lig ook haar glas en glimlag half toe sy na Sonja kyk. "Jy weet die pos van ontvangsdame beteken meer as net gaste verwelkom en besprekings maak. En nou hoor jy jy moet ook met wolwe dans. Sterkte."

Jan slaan skielik hard met sy hand op die tafel, sodat die borde daarvan rinkel. Almal ruk soos hulle skrik, behalwe Adéle. Haar oë ontmoet Jan s'n koel en vreesloos. Toe hy praat, is sy stem baie sag. "Julle sal Sonja laat welkom voel in hierdie hotel. Wolwedans het lankal nuwe bloed nodig."

Stilte. Maggie blaas haar asem stadig uit. Diana se skouers trek nog regopper. Adéle sit roerloos.

"Soos ek gesê het. Welkom, Sonja. Die werk by ontvangs is taai. Jy sal moet uithaal en wys," sê Adéle.

Die spanning tussen Jan en dié dogter van hom is tasbaar. Dit is duidelik dat Jan tog 'n mate van respek vir haar het, want Adéle is skynbaar die enigste persoon wat dit waag om hom teen te gaan.

Na 'n lang ruk lig Jan sy glas vir 'n tweede keer in Adéle se rigting. "Jy moet met die wolf in die skemer dans, Sonja. Dis wanneer hy uitkom. Dis wanneer hy sy prooi soek."

"Kan ons nou ophou met hierdie wolwe-snert!" Diana

se senuwees laat haar in die steek en sy sit haar glas hard neer.

Die ander klink glase en Jan neem 'n groot sluk sonder om sy oë vir 'n oomblik van Sonja af te neem. Dan, skielik, sê hy in Adéle se rigting: "Ek sien Armand dwaal al weer hier rond. Dis nie sy hotel nie. Hy is heeltemal te tuis hier."

"Ons raak een van die dae verloof, Pa."

"Dit is jou probleem. Jy weet ek het nog nooit van die man gehou nie, of hy van my nie. Regte klein pierewaaier." Jan neem nog 'n sluk.

Sonja dink daaraan dat sy daardie uitdrukking lank laas gehoor het. Lank laas? Of dalk voordat sy haar geheue verloor het?

"Het iemand jou al ooit geskilder, Sonja?" vra Jan skielik.

Sy kyk verbaas op.

Adéle kom dadelik tussenbeide. "Sy kan dan nie eers onthou wie sy is nie, Pa, wat nog of sy al geskilder is."

"Want jy verdien om geskilder te word." Hy trek liggies met sy vinger oor sy glas se rand sodat dit 'n hoë skreegeluid maak.

"Jan, asseblief," sê Diana.

Maar Jan kyk steeds na Sonja. "Jy is baie, báie mooi."

Sonja neem 'n groot sluk water. Sy wonder hoe sy die ete gaan oorleef. Jy kan die atmosfeer met 'n stomp bottermes sny – hoe gaan sy die kos afgesluk kry? Sy gee 'n stywe glimlaggie. "Wel. Uhm. Soos . . . Adéle gesê het, ek onthou so min, meneer Joubert. Ek twyfel egter of iemand my al geskilder het!"

"Miskien moet ék jou skilder."

Adéle beduie na die hoender in die middel van die tafel langs die rose en wink die kelner nader. "Sal jy vir ons inskep, asseblief?"

Die kelner kom en begin inskep.

Tydens die ete praat niemand vir eers 'n woord nie. Al waarvan Sonja bewus is, is die klank van messe en vurke op fyn porseleinborde. Sy sien hoe Maggie haar kos inwurg. G'n wonder sy is so maer nie.

Adéle eet hare argeloos, dit is maar net nog iets wat sy moet doen. En Diana krap lusteloos deur haar kos.

Net Jan val weg asof hy nog nie vandag kos ingekry het nie. En toe, terwyl hy nog eet: "Ek is so jammer oor jou ongeluk, Sonja. Die paaie het na die reën vreeslik verspoel. Ek is net bly jy het nie seerder gekry nie. Jammer oor jou geheue, maar," hy steek 'n vurk vol kos in sy mond, "dit moet eintlik bevrydend wees om vir die oomblik nie te weet wie jy is nie."

Niemand reageer hierop nie.

Die kos raak dik in haar keel en toe dit begin voel of dit haar gaan verwurg, sit sy haar mes en vurk hard neer, met skaars die helfte van haar kos geëet.

Die nagereg word ingedra.

"Ek . . . voel regtig nog nie goed nie. Baie dankie, die kos was heerlik. Ek moet dalk liewer gaan slaap. My . . ." Enige verskoning. Enigiets! "My kop is nog seer." Sonja staan op voordat iemand haar kan keer.

Adéle plaas haar mes en vurk op haar bord en vee die punte van haar mond met haar servet af. "Jy moet asseblief môreoggend halftien aanmeld. Maggie sal tot dan diens doen om al die gaste wat vertrek en die rekeninge wat betaal moet word te akkommodeer. Daarna begin jou opleiding. En terloops, ons eet elke aand hier as familie saam. Vanaand was maar net om jou te verwelkom."

"Sonja is welkom om elke aand saam met ons te eet," dreun Jan se stem.

"Pa, ek weet nie of ek gemaklik is hiermee . . ."

Jan slaan weer met sy hand op die tafel en staan stadig op. Hy gluur Adéle met woede aan. "Ek is darem nog die baas in hierdie huis, al is ek nie die baas van die hotel nie. Sonja Daneel sál elke aand saam met ons hier eet. Is dit duidelik?" Elke woord afgemete en strak.

Adéle kyk steeds vreesloos na haar pa. Dan kners sy die woorde deur haar tande soos iemand wat iets kwytraak wat haar folteraar haar gedwing het om te sê: "As dit dan moet."

"Ek wens jy was net so heftig in jou keuse van 'n verloofde, Adéle, in plaas van om hierdie klein metroseksuele mannetjie te gekies het op wie se kop jy gaan sit."

Sonja verlaat die eetkamer sonder 'n verdere woord. Die kos is besig om in haar keel op te stoot. Sy hardloop deur ontvangs na buite, en daar gooi sy op. Sy hoes en huil en bring op, alles tegelyk.

Baie later eers bedaar sy. Sy loop na 'n gastebadkamer toe en spoel haar mond uit, was haar gesig en raak liggies aan die pleister oor haar wang.

Sy stap haastig met die rivierklippaadjie af in die rigting van die swembad, maar sy loop verby dit en ook verby die bamboesriete wat 'n gordyn vorm teen die res van die tuin tot op die groot grasperk.

Onder 'n papajaboom sak sy inmekaar. Haar enkel is weer seer en haar skouer pla haar steeds, maar dis die hoofpyn wat nou oorweldigend is.

Sy lê later op haar rug en kyk na die sterre tussen die boomtoppe. Selfs hier krioel dit steeds van apies wat van tak na tak spring. Insekte swerm om die ligte. Iewers vlieg 'n uil op. Tyd gaan verby. Dalk 'n kwartier, dalk 'n half-uur.

Sonja haal weer 'n slag diep asem. Sy ruik aanhoudend frangipani en verrotte blare en maanblomme.

Die volgende oomblik hoor sy 'n spuitgeluid reg langs haar. Toe reën fyn druppeltjies oor haar neer. Die sproei-ers het aangegaan, maar sy gee nie om nie. Dit koel haar af.

Sy lig haarself op en vou haar arms oop. Die druppels is genadiglik koel en maak haar weer behoorlik wakker.

Toe eers merk sy hom op. Ryno Lategan staan by die kraan waaraan 'n tydsmeganisme gekoppel is wat die sproeiers laat aangaan. Hy verstel daaraan en glimlag.

"Kry jy nou lekker?" Sonja voel hoe die druppeltjies teen haar voorkop afloop.

"Lekker is verskillende dinge vir verskillende mense."

"Nou wat is vir jou lekker, Ryno?"

Hy grinnik en kyk op na die sterre. "O sherbet, ek kan jou báie, baie lank daarmee besig hou."

"Gee my die kort weergawe."

"Ek kry lekker as ander mense like wie hulle is. As hulle net hulleself is. En as hulle lag. Of smile. Soos jy, nou." Hy maak sy mond groot oop en lag terselfdertyd.

Hy stap nader en lag steeds. Dis die glimlag van iemand

wat sorgeloos deur die lewe gaan en nie 'n duiwel omgee wat hy doen of hoe hy dinge sê of wat enigiemand van hom dink nie. Hy stap rustig deur die sproeiers tot by haar.

En kom kniel langs haar. "Koel genoeg, Skiewies?"

Sy wil hom iets toevoeg. Sy wil vir hom skree dat sy voel of sy in die hel was netnou by die Jouberts en dat dit meer as koue water sal vat om haar te troos. Maar sy gesig is naby hare en sy oë raak bekommerd toe sy nie antwoord nie. Ten spyte van alles wat sy wil sê, knik sy.

"Ja. Dis . . . koel genoeg."

Hy kom orent en steek sy hand uit, dan trek hy haar orent. Vir 'n oomblik staan sy teen hom en raak bewus van sy hart wat vinnig klop en die warmte van sy nat lyf.

Hy los haar en stap weg. Hy hou sy kop oor een van die sproeierkoppe sodat die water sy hare papnat maak en oor sy gesig stroom.

"Het jy al gewonder hoe haal visse asem? En wie die eerste toebroodjie gemaak het?"

Sy skud haar kop. "Ekskuus?"

"Dis waarvan ek hou, om sommer kaf te praat en te jol en berge te klim en te vergeet van reëls en regulasies. Dis ongeflippenlooflik lekker om in 'n ballon te ry of op 'n quadbike te wees of te river-raft. Ons moet dit alles eendag doen."

"As dit my sal help om my geheue terug te kry, miskien, ja."

Ryno vee oor sy hare sodat dit oor sy voorkop val. Dit maak sy gesig sagter. "Wat sê jy ek word jou bodyguard?"

"Ryno. Ek is nie op die spyskaart nie."

"Ek weet, Skiews. Ek wil ook nie op jou spyskaart wees nie. Ek vra net. Ek wil jou beskerm."

"Hoekom? Is ek dan in gevaar?"

"Hier was aanvalle op die lodges. Adéle laat veiligheids- hekke insit by die ingang. En jy is . . ." Hy skud die water uit sy hare, sy gesig nat en vriendelik. "Klein. En baie fyn. En baie, baie mooi."

"Lyfwagte vra geld," glimlag sy terwyl die spanning stadig uit haar vloei.

Hy stap terug na haar toe. En as hy oorkant haar gaan staan, vee hy die water wat uit haar hare loop van haar wang af. Saggies, baie versigtig. Hy raak aan die pleister op haar wang.

"Vir jou, mahala, Skiewies." Hy los haar skielik.

Hulle staan lank so in die sproeierreën. Elke keer as die straal omtol en hulle tref, grinnik hy. "Moet net keer dat daai straal my nie op die verkeerde plek tref nie. Kan 'n man onkant vang." Hy lag lekker.

Iewers skrik 'n klomp hadidas in 'n boom naby hulle en krys. En vir die eerste keer sedert sy met hom deur haar kamervenster gepraat het, voel Sonja 'n klein bietjie gelukkig.

"Ek sal op die matjie voor jou bed slaap. Ek sal nie aan jou raak nie, ek belowe. Maar iemand moet by jou wees vannag."

"Ai, Ryno." Sy steek haar hande uit na hom en krap sy nat hare deurmekaar.

"Ja, Skiewies?"

"Gaan terug koshuis toe en vra jou maats om vir jou beter pick-up lines te leer."

Hy raak ernstig. "Is nie 'n pick-up line nie, ek sweer. Ek weet jy dink ek is stjoepit en jy vertrou my so min soos 'n underdone steak. Maar ek is genuine bekommerd oor jou, sonder intensies. Die ander girls by ontvangs het ook gesuffer. Iets hier is nie lekker nie."

Die ander ontvangsdames wat so skielik hier weg is . . .

"Wat het met hulle gebeur?"

Dit neem lank voor hy antwoord. "Hulle het iets gepraat van 'n spook, maar ek dink hulle was net nie taf genoeg nie."

"Wel. Ek is oukei en ek bang nie spoke nie."

"Ek slaap op die matjie. En ek snork nie. Al die girls verseker my ek snork nie. Ek sal buitendien nie slaap nie want ek sal jou oppas."

Sy voel meteens bewoë, sy weet nie hoekom nie. Na die aggressiewe atmosfeer netnoumaar tydens die ete, wil sy eintlik huil van verligting dat hier iemand is wat haar wil help op só 'n manier.

Hemel, sy hou van Ryno. Sy hou van die gees in hierdie lyf wat lankal dié van 'n man is, maar wat nog seun wil bly. Sy hou van sy opregtheid en sy jeug en sy vriendelikheid en sy eerlikheid.

"Ek sal jou oppas, Skiewies."

Sy skud haar kop en vee saggies oor die ligte stoppels aan sy wang. Hy gee 'n hartseer glimlag, asof hy geweet het sy gaan weier.

Die hadidas fladder in die boom. Iewers skree 'n nagapie.

"Lekker slaap, Skiewies. Kyk na jouself."

"Lekker slaap, Ryno. Kyk na jouself."

"Ag, ek's oukei. Niks en niemand worry my nie, Skiews. Ek het op straat leer baklei en maande in die bos survive. Mense sukkel nie met my nie."

Sonja kyk hoe hy deur die sproeiers terugstap na die kraan toe. Hy draai dit toe en 'n stilte sak oor Hotel Njala toe.

Met die wegstap, met sy rug na haar, lig Ryno sy regterhand. Toe verdwyn hy tussen die bosse op pad na sy kamer toe.

Sonja bly staan in die middel van die grasperk. Die nagapie roep weer. Dis 'n aardige geluid soos dié van 'n baba wat seergemaak word.

Die paddakoor het ontwaak hier digby haar. Hulle begin weer kwaak en die hadidas gee af en toe 'n gesteurde roep waar Ryno verbystap.

Dan raak alles stil.

Sonja kyk om haar rond. Niks beweeg nie. Daar is nie 'n verdere geluid nie.

Die gras is nat van die sproeiers en water drup liggies uit die groot rubberboomblare en die varings en parasietplante wat aan die stamme vasklou, die wortels nat en ontbloot en die blare blink en groot. 'n Reuse-slak, so groot soos Ryno se skoen, sukkel oor die gras na 'n klip toe.

Toe Sonja haar kop in die rigting van die bos draai – die bos waarin Ryno pas verdwyn het – sien sy duidelik 'n wolf se geel oë in die lig blink.

Vir 'n tydlose oomblik kyk hulle na mekaar.

Haar keel trek toe en sy soek rondom haar na hulp en uitkoms, maar daar is niemand nie. Net die water wat liggies om haar neerdrup. Drup-drup-drup in haar nek, op haar kop, op haar skouers. En dan weer yskoud in haar nek.

Die wolf kyk na haar. Hy hou haar dop en rig sy oë stip op haar. Sy wag dat hy moet storm.

Toe verdwyn hy tussen die riete.

En die paddas begin weer te kwaak.

7

Die renoster verskyn eensklaps vlak voor die voertuig, sodat Conrad vinnig moet rem aanslaan. Berta, wat besig was om op haar selfoon te SMS, skuif vorentoe en keer met haar hand.

"Luitenant sal dat ek in braille praat!"

Toe sien sy die renoster. Hulle staar na die dier wat voor hulle in die pad staan en sy kop in hul rigting draai. Berta neem 'n vinnige foto op haar selfoon en Conrad haal sy kamera uit en leun by die venster uit.

"Dit lyk of hy vir luitenant pose," glimlag Berta.

Conrad kry die dier presies in die middel van sy lenssoeker en neem hom af. "Nou moet ons net nie sê waar ons hom gesien het nie. Dit kan by die verkeerde ore uitkom."

Oomblikke later waggel die renoster op sy kort beentjies terug die bosse in en Conrad skakel weer die motor aan.

"Waar het dié Armand-mannetjie die diewe gesien, luitenant?"

"By sy grensdraad. Daar was drie jafels, maar die hoofman het toutjieshare en 'n sonbril."

"Dreadlocks, bedoel luitenant?"

Hy reageer nie en kyk in sy truspieëltjie. Twee kameel-perde verskyn agter hulle, maar Berta is weer besig met haar selfoon.

"Wat Google jy nou al weer, sersant? Die Rooikappie-storie?"

Sy glimlag. "Ek hét die Rooikappie-storie geGoogle, luitenant. Die geleerde mense sien allerhande goeters daarin wat ek nooit gesien het toe my ma die storie vir my gelees het nie."

Conrad lag. "Jy bedoel dat dit eintlik 'n simboliese storie is oor die verlies van maagdelikheid?"

Berta verstil. Dan draai sy na Conrad. "Hei. Luitenant praat nou diep dinge hier. Rooikappie was maar net 'n tiener."

"Die wolf is simbolies van die manne wat haar wou raps, so lees ek. Daarom dra sy die rooi rokkie en die rooi kap-pie. Dit hou verband met . . . jy weet . . . uhm. Bloed."

Berta skud haar kop. "Dit voel nou of iemand haar on-derarmhare vir my gewys het, luitenant. Heeltemal te veel inligting wat ek nie nodig het nie."

"Ek noem dit maar net omdat jy so opgetrek is met die storie. Wat Google jy nou?"

"Vir Ryno Lategan, luitenant. Die toergids by die Pink Palace."

"Hoekom?"

Sy glimlag. "Ek wil sien of daar nie dalk 'n foudie van die lat is nie. Die meisies van Hazyview praat almal oor hom."

Conrad sug. "Sersant. Ons is besig met 'n moordonder-soek. En jy soek op die web na mooi foto's!"

"Dis nie net vir die kiekies nie, luitenant. Ek Google al die mense van Hotel Njala, sommer vir 'n bietjie info. Maar ek het nog nie iets van hom gekry nie."

Conrad trap weer rem – 'n ratel staan voor hulle in die pad.

"Nie aldag dat mens een van hulle sien nie," lag Berta. "Mooi pels."

Die ratel verdwyn in die gras.

"Wat het jy nog alles van die Jouberts gehoor, sersant? Onthou net, hulle is nie ons prioriteit nie. Ons soek na 'n bende wat die lodges aanval en jy soek na 'n opgekoekte fandamily. Ag nee, sersant."

"Dis hoe ek op die bylmoord afgekom het, luitenant."

Conrad gooi die motor amper om en hy skuif deur sand wat langs die pad lê. Die motor kom onder 'n kierie-klapper tot stilstand.

"Stop die bus, sersant. Watse bylmoord?"

Berta stuur 'n SMS en draai dan na Conrad toe, wat die motor weer aanskakel.

"Sonja Daneel se ma, Riana Daneel. Sy is in haar huis vermoor met 'n byl."

Conrad kyk vinnig na haar. "En ek hoor nou eers daarvan?"

"Luitenant sê mos daai fandamily is nie belangrik nie."

"Wat het jy nog uitgevind?"

Berta draai die ruit af. "Daar was 'n inbraak by mevrou Daneel drie maande gelede. Klomp goed geskaai. Sy was in die gang, toe kap hulle haar met 'n byl uitmekaar. Die Nelspruit-polisie ondersoek nog die saak, maar geen dooie siel is nog gevang nie."

Conrad haal sy selfoon uit en begin skakel. Hy ken darem 'n paar ouens in Nelspruit – speel rugby saam met hulle.

Hy praat met Gawie Dreyer, wat weet van die saak en belowe om weer met hom in aanraking te kom.

"Ek het die berig uit die *Laevelder* in die bib gaan soek, luitenant. Check hierso." Berta vroetel in haar handsak, wat groter is as dié waarmee hy vroue gewoonlik sien loop. Dit is eintlik groot genoeg om 'n foksterriër in weg te steek. In die proses vat sy ook die pakkie koeksisters raak. "Ek wou dit eers vir luitenant gegee het met die terugry, want dis wanneer luitenant se soet tand begin pla. Maar kry solank 'n happie."

Conrad ignoreer die koeksister wat sy uithou en neem die artikel. Hy lees:

'n Bekende inwoner van Nelspruit, mevrou Riana Daneel, se lyk is gistermiddag om ongeveer kwart voor vyf in haar woonhuis in Verduyne-singel aangetref. Die sekuriteitshek was skynbaar nie gesluit nie. Toegang is verder deur 'n deur gekry wat oopgekap is.

Volgens 'n woordvoerder van die polisie word verskeie elektroniese apparaat uit mevrou Daneel se huis vermis. Sy is met 'n byl aangeval en is waarskynlik op slag dood. 'n Polisie-ondersoek het nog geen leidrade opgelewer nie. Die aanval is moontlik die werk van 'n professionele bende. Mevrou Daneel laat twee kinders na: Sonja Daneel, wat tot onlangs by die Tambotie Hotel buite Nelspruit gewerk het, en 'n seun, Albertus Daneel, wat tans in Australië is.

Conrad laat die artikel sak. "Ek en jy moet die een of ander tyd 'n draai daar gaan maak. Is die huis al verkoop?"

Berta lyk trots. "Ek het daaroor ook navraag gedoen, luitenant. Niemand wil dit koop nie. Hulle sê mens voel die dood nog in die huis. En hulle sukkel om die bloed van die mure af te was." Sy kyk weer na haar selfoon. "Iemand sê hier op Twitter dat die storie rondlê dat die bloed nie uitgewas kan word nie. Dit vlek kort-kort deur."

Conrad ry 'n slaggat mis en stuur die voertuig tussen twee rooibokramme deur. "Dan is dit moontlik hoekom Sonja uit Nelspruit weg is Hazyview toe. Hoekom sy by 'n ander hotel gaan werk soek het. Om weg te kom van die huis af."

Berta knik. "En ek het sommer bietjie inligting oor haar ook gekry, by haar klasmaats en die mense van die hotel."

"Wanneer het jy dit gedoen, sersant?"

"Saans as ek by die huis is. Ek het mos nie 'n TV nie. Terwyl ander mense die sepie-afgod aanbid, doen ek my werk. Dink sersant nie ook as Afrikaanse mense tussen godsdiens en sepies moet kies, godsdiens ver sal verloor nie?"

Conrad skud sy kop. "Dit is nie vir my belangrik nie, sersant! Wat het jy oor Sonja Daneel uitgevind?"

Berta hap in een van die koeksisters. "Net die regte skootjie soet. Luitenant moet proe." Sy hou die pakkie na hom toe uit en Conrad kan nie anders as om een te neem nie. Hy beduie dat sy moet voortgaan.

"Die mense saam met wie sy gewerk het, sê Sonja Daneel is eintlik maar 'n koekie. Nie eintlik boyfriends of so nie. Oukei, daar was een of twee, want een van hulle was saam met haar op die begrafnis. Ek dink sy naam is

Pieter of so iets, maar niks ernstigs nie. Sy wou nie commit nie. Wat noem hulle sulke mense? Oujongnooiens."

"Sersant, alle meisies wat nie trou nie, is nie noodwendig oujongnooiens nie."

"Wel, my ma sê as jy nog nie op vyf-en-twintig getroud is nie, wei jy in die ander kampie of daar is groot fout, luitenant."

Conrad sug en draai na Berta. "Dis lekker hier by die see, nè? Hoor hoe blaf die haaie!"

Berta kyk verstom na hom. "Luitenant?"

"Ek kan net soveel met daardie inligting oor oujongnooiens maak as wat jy kan met haaie wat by die see blaf, my magtag, sersant!"

Berta skud haar kop. "Maar dis die punt, luitenant. Sonja is mooi. Ek bedoel, selfs ék kan dit sien. En ek sien ook hoe luitenant vir haar kyk. Maar een van die ouens sê as jy haar uitvat en probeer kafoefel, is sy omtrent so opwindend soos 'n teesakkie wat in paraffien gelê het."

Hy voel 'n gloed in sy nek opstyg. "Nie alle meisies staar graag na plafonne nie, sersant." Hy byt op sy tande. Enersyds irriteer Berta se manier van praat en lam grappies hom, maar andersyds het sy soos gewoonlik 'n punt beet.

Sy vervolg: "Ek weet nie van luitenant nie, maar ek dink ons moet bietjie meer oor Sonja Daneel uitvind. Sy begin my ook nou interesseer, want sy lyk vir my na 'n teaser, paraffien-teesakkie en al."

'n Olifant loop oor die pad en los 'n groot bol mis reg voor hulle.

Terwyl hulle deur Pendula se hekke ry, dink Conrad aan wat Berta kwytgeraak het. En tussen die snert wat sy gepraat het, het daar stukke waarheid na vore gekom – dinge waaraan hy nie gedink het nie.

Berta is reg. 'n Beeldskone meisie soos Sonja, met haar swart hare en olyfkleurige oë en blas vel en daardie lyfie wat in 'n uurglas kan pas, maak 'n man warm. Vreemd dat sy op vyf-en-twintig nog nie getroud is nie. Hy moet bietjie met haar vorige kêrels gaan praat. Maar eers as hy tyd het, want tans geniet haar saak nie voorrang nie.

Conrad ry stadiger toe hy kyk na die spoggerige ingang: *Pendula. Armand Naudé. Toegang streng voorbehou.*

'n Sekuriteitswag stap stadig nader.

"Yes, I am fine and everybody in the car is fine, thank you," sê Conrad toe die man by die venster kom.

Nogtans vra die wag: "How are you?" terwyl hy 'n stuk papier te voorskyn bring.

"We are fine, thank you," antwoord Berta.

Conrad teken in. Net voor hom het 'n toeris ingeteken: *Adolf Hitler. On my way to the gas chamber. Phone Auschwitz. Numberplate KILL 000 MP. Phone number 0860-murder-the-enemy.*

G'n wonder hier is deesdae so baie aanvalle as dít die gehalte van sekuriteit is nie. Hy sal die boere en lodge-eienaars bymekaar moet kry vir 'n vergadering.

"You must make sure about the people signing in. Some of them make jokes. Or want to disguise themselves. You must be careful," waarsku Conrad.

Die man kyk fronsend na die vorm wat hy vir hom te-ruggee.

Hulle vertrek weer. Berta neem 'n foto van die ingang na Pendula, daarna ry hulle op 'n sement-tweespoorpad na die hoofgebou met sy grasdak. Daar staan 'n toerbus geparkeer. Impalalelies blom langs die parkeerterrein – die wit en rooi blomme kelk oophand son toe. Conrad se ma het altyd so baie van dié blomme in Hoedspruit geplant, maar hulle het nooit so mooi soos in die bosse gelyk nie, asof hulle nie vertroetel wou word nie. Nes bloedstrepies oor die blare, het sy ma altyd gesê.

Armand Naudé stap met die trappe af. Hy is lank en skraal, sy hare perfek regop gejel sodat sy kuif amper soos Tin-Tin s'n lyk. Sy kortbroek sit op presies die regte lengte onder sy knieë en hy dra 'n kakiehemp waarop *Pendula Lodge* staan. En selfs van hier af kan Conrad sien dat Armand se bene skoongeskeer is soos dié van 'n fietsryer of swemmer. Hy raak ook bewus van 'n duur naskeermiddel.

Die jonger man se hand is klam van die sweet en lê pap in syne. Conrad gee hom 'n ekstra harde handdruk en sien hoe Armand sy oë knip.

"Luitenant Nolte. Sersant van Schalkwyk. Welkom op Pendula." Armand praat vinnig oor sy skouer met die wildbewaarders: "Vat die gaste Tambotiekamp toe. Hulle't nou net 'n cheetah daar gesien."

"En die renoster is net hier agter by die kremetart," beduie Berta. Aan die manier waarop sy na Armand Naudé kyk, kan Conrad sien sy hou nie eintlik van die man nie.

Die wildbewaarders knik en begin met die gaste praat. Die meeste van hulle is Amerikaners en Duitsers. Hulle dra safari-uitrustings en verspotte groot hoedens teen die son. Donderwolke is besig om na Phalaborwa se kant toe op te steek.

"Ons praat sommer hier op die stoep," bied Armand aan. "Iets om te drink?"

"Net water," knik Conrad.

"En dalk bietjie ystee, meneer Naudé. Suurlemoen. Die luitenant dood eintlik oor suurlemoen-ystee," beduie Berta.

"Laat my toe om vir myself te besluit, sersant."

"Skuus, luitenant." Berta gaan sit en Conrad kan sien dat sy elke klein detail in die vertrek waarneem.

Die voertuie vertrek met die toeriste daarin.

Conrad kry ook sy sit. Armand het 'n iPad waaroor hy vinnig met sy vinger vee, dan roep hy na 'n ander wildbewaarder wat 'n groep toeriste na 'n groter voertuig toe begelei: "Hulle verwag reën vanmiddag, seker net 'n los donderstorm. Probeer om die Yanks watergat toe te neem vir 'n sundowner as die storm verbytrek. Die klomp waterbokke drink saans daar. Lekker photo opportunity."

Hy sit die iPad op 'n tafeltjie neer. Die screensaver is 'n foto van Adéle.

"So. Die verdomde paloekas het nou al tot hiér gekom. Dis dieselfde groep as in die koerant, ek is seker daarvan," sê Armand en beduie na die berig in die *Hazyview Herald* wat ook op die tafeltjie lê.

'n Meisie met 'n breërandhoed kom aangehardloop en vra iets in Duits. Armand antwoord, ook in Duits, en glimlag geoefend, soos seker elke keer as 'n toeris met hom praat. Sy lag en draf terug na die voertuig wat die laaste oorblywende gaste op 'n wildrit gaan neem.

Dit is vir Conrad opvallend hoe Armand se vriendelikheid ooreenstem met die manier waarop hy met hom en

Berta praat. Hy praat dus nie anders met sy betalende gaste as met onwelkome besoekers nie. Hy wil-wil so 'n aks meer respek vir die man kry.

Die laaste voertuig vertrek en Armand kyk dit agterna. "Die wildouens het gistermiddag koedoes by die grensdraad gesien. Ons is altyd in radioverbinding met mekaar, toe stuur ek die toeriste soontoe. Kort daarna het een van die wildbewaarders die drie paloekas in die pad sien hardloop, gebukkend." Hy verskuif sy blik na Conrad. "Hulle het daarna in 'n Land Rover sonder nommerplate gespring en laat wiel. Toe iewers op 'n afdraaipaadjie beland en verdamp. My manne het hulle probeer volg, maar hulle was . . . Pfoe! Weg!"

"Het die wildbewaarders hulle al tevore gesien?"

Armand skud sy kop. "Nee. Hulle het net die een jafel se dreadlocks herken. Nou wil ek van jou weet, luitenant. Wat nou? Huur ek ekstra sekuriteit? Patrolleer ons Pendula? Wat maak ons?"

Conrad neem 'n sluk van die ystee wat die kelner pas saam met 'n glas water voor hom neergesit het.

"Ons moet juis praat oor julle sekuriteit, meneer Naudé. Dis maar bra laks. Jy moet jou sekuriteitspersoneel beter oplei."

'n Spiertjie spring in Armand se wang en alle hartlikheid verdwyn. "Ek lei my sekuriteitspersoneel persoonlik op. Daar skort niks met hulle opleiding nie."

"Wel, Adolf Hitler het net voor my ingeteken en hy is op pad na die gaskamers toe. Jy sal moet vinger trek, meneer Naudé."

Armand gryp sy selfoon en skakel 'n nommer. "Ek wil

alle sekuriteitspersoneel eenuur in die lapa sien." Hy druk dood en leun terug in sy stoel, sy arms agter sy kop. "En wat doen julle aan die saak, luitenant? Beskerm julle ons?"

"Hoe kan ons julle beskerm, meneer Naudé? Die area is groot. Ons het beperkte mannekrag. Julle sal self moet mobiliseer en die sekuriteit opskerp. Maar ons is nou bewus van die bedreiging en ons hou ons oog op die gebied."

"Hmm." Armand neem 'n sluk water. "Los nog nie my probleem op nie. Wat gebeur as 'n buitelander aangeval word?"

"Wees waaksaam en moenie dat hulle alleen op afgeleë paaie ronddwaal nie. Ons gaan in elk geval nou kyk na die gebied waar die bende opgemerk is. As jy net vir ons presies kan beduie waar die insident plaasgevind het?"

Op daardie oomblik lui Armand se selfoon. Hy sug en kyk vinnig daarna. Sy gesigsuitdrukking verander, dan beantwoord hy dit met 'n glimlag. "Hallo, lief." Berta kyk vinnig na Conrad. "Hoeveel gaste wil jy stuur?" Hy kyk op sy horlosie. "Ons kan hulle akkommodeer, ja. Moet net nie daai arrogante spiertiertjie stuur nie. Ryno, wat's-sy-van, hippo whisperer. Vryf my verkeerd op." Hy luister en knik. "Goed. Sien jou vanaand. Lief vir jou."

Hy skakel sy selfoon af en tel sy iPad op. Hy blaai op die skerm na die tydtafel vir sy wildbewaarders en tik die nuwe bespreking in. Terwyl hy dit doen, kyk Berta na hom, voordat sy haar glas lig wat op 'n drupmatjie neergesit is. Die matjie kleef aan die glas vas en die oomblik wat sy dit na haar mond bring, val dit en land op die grond.

Conrad merk dat Armand iets wil sê, maar hom bedink. Sy oë flits van die iPad na die matjie op die vloer en toe Berta wil buk om dit op te tel, leun hy vorentoe en raap dit voor haar weg. Hy vee die nat glas se ring met 'n servet van die tafel af en plaas die drupmatjie terug waar dit was, netjies op die hoek van die tafel.

"Ek verneem dat Pendula en Hotel Njala dalk eendag verenig kan word." Conrad sluk weer aan sy ystee en vee sy mond met die agterkant van sy hand droog. Hy plaas die glas doelbewus op die glastafel en nie op 'n drupmatjie nie. Armand sit sy iPad op die tafel neer en kyk na die ring wat die glas maak. Dan beweeg sy oë na Conrad s'n.

"Dis die plan, ja. Na my en juffrou Joubert se troue kombineer ons die twee."

"Ek verneem ook meneer Jan Joubert is nie ten gunste van so 'n vereniging nie."

Conrad lig sy glas. Armand kyk na die nat ring op die tafel.

"Meneer Joubert het nie 'n sê oor die saak nie. Die hotel behoort aan mevrou Diana Joubert. Sy en Adéle het 'n goeie verstandhouding. Die hotel en die lodge sál na ons troue verenig word."

Conrad plaas sy glas langs die ander nat ring, dieper in op die tafel.

Armand roep oor sy skouer: "Laat kom vir Vera. Sê sy moet 'n nat lap bring."

Conrad onderdruk 'n glimlag toe hy die manier opmerk waarop Armand se vingers op sy sitplek se leuning trommel. "Dit lyk nie of mense baie van meneer Jan Joubert hou nie, meneer Naudé."

Berta kruis haar bene en kyk reguit na Armand. Dit is duidelik dat sy die impromptu ondervraging geniet.

"Ek wonder partykeer of hy van homself hou. Selfs nóú nog dwaal die ou ballie waterval toe. Dan gaan staan hy daar bo en duik in die water. Mense het al verdrink daar, daarom mag toeriste nie soontoe gaan nie. Maar hy het 'n obsessie met die plek. Gaan duik en swem gedurig daar. Dis waar hy Adéle en haar suster Maggie leer swem het. Ek het Adéle verbied om weer soontoe te gaan."

"En luister sy na u, meneer Naudé?" vra Conrad.

Weer 'n rooi kleurtjie wat Armand se gesig vlek. "Wel. Nie altyd nie. Maar selfs sý vermy die plek nou."

Conrad kyk vinnig na Berta. En hy weet dat sy ook weet: sodra hulle 'n vry tydjie het, gaan hulle die waterval besoek. Dis wat so lekker is van hulle werksverhouding, daardie instinktiewe wete van wat gedoen moet word.

Armand staan op. "Sal daar nog iets wees, luitenant?"

'n Vrou met 'n lap daag op en Armand beduie na die nat ringe op die glastafel sonder om iets te sê. Die vrou begin dit skoonvee.

Conrad steek sy hand uit en druk Armand s'n weer ekstra hard. Hy bemerk 'n effense pyntrek op die jonger man se gesig. "Skerp u sekuriteit op, meneer Naudé."

Armand knik stram en Berta glimlag vir hom. "Tot siens, meneer Naudé." Sy sluk die laaste van haar ystee af en plaas die glas terug op die drupmatjie. Toe loop hulle uit.

Hulle ry in stilte tot by die hek. Die sekuriteitswag kom weer aangestap.

"I am fine and my friend is also fine. We are all fine," sê Conrad en teken uit.

"How are you?" vra die sekuriteitswag nietemin.

"We are all fine," antwoord Berta.

Hulle ry deur die hekke af met die koorsboomlaning tot by een van die paaie wat na die ander lodge toe lei. Conrad draai skielik af, sodat Berta haarself moet stut.

"Anale mannetjie, dink luitenant nie? So jittery soos 'n chihuahua." Sy druk weer 'n koeksister in haar mond en hou een na Conrad toe uit. Hy neem dit. Hy kan die dêm goed nie weerstaan nie. "Hy lyk vir my soos iemand wat 'n groot piepie het, maar dit probeer inhou as hy praat. Ek kan nie verstaan dat 'n vrou soos Adéle Joubert met hom wil trou nie."

"Hoekom dínk jy wil 'n formidabele vrou soos Adéle Joubert met iemand soos Armand Naudé trou, sersant?"

"Sodat hy haar skoothondjie kan wees. Sodat sy soveel moontlik voordeel uit hom kan trek. Adéle Joubert, of dis die indruk wat ek kry, ken mense vir wat sy uit hulle kan kry en sy pas haar optrede by die funksie aan wat die mense kan vervul."

Conrad se selfoon lui. "Nolte," antwoord hy en swaai uit vir 'n eland wat oor die pad loop.

Haar stem is sag en baie mooi, en in die paar woorde wat sy sê, hoor Conrad 'n weerloosheid wat sy hart week maak. "Luitenant? Dit is Sonja Daneel hier, van Hotel Njala. U onthou, ek was in . . ."

" 'n Ongeluk en u het u geheue verloor. Ja, natuurlik onthou ek, juffrou Daneel. Is daar fout?"

Berta loer na Conrad en bring haar kop nader.

"Ek . . . ek weet nie."

"Hoe bedoel u u weet nie?"

Daar is 'n stilte, asof Sonja moed bymekaarskraap om verder te praat. "Uhm, luitenant, ek dink . . . ek was al tevore by Hotel Njala."

"Dit weet ons mos, juffrou Daneel – toe u die onderhoud gehad het met die Jouberts." Stilte. "Juffrou Daneel?"

"Ek bedoel vóór die tyd. Hier is iets bekends. Ek was pas in meneer Jan Joubert se studeerkamer en ek is seker ek was al tevore daar."

"Waar is die onderhoud gevoer?"

"Moontlik daar."

"Nou ja?" Sonja antwoord nie en Conrad verplaas die selfoon na sy ander oor. "Wil u hê ek moet soontoe kom?"

Weer 'n stilte. "Nee, luitenant. Maar u het gesê as ek iets onthou, moet ek u daarvan sê."

"Hmm." Conrad knyp die selfoon teen sy skouer vas, want hy moet uitswaai vir 'n stuk boom wat 'n olifant seker onlangs oor die grondpad gestoot het. "Is u bang, juffrou Daneel? Voel u onveilig?"

Sy antwoord dadelik: "Nie bang nie. Net . . . vreemd. Asof ek die plek ken uit 'n vorige lewe."

"En u is seker niemand daar ken u nie?"

"Nee, luitenant. Ek dink ek was dalk hier sonder dat die mense van Hotel Njala daarvan geweet het."

Kolskoot. Sjoe.

Hy dink 'n oomblik. "Ek sê u wat. Ek maak môre vroeg weer 'n draai by die hotel. Ons is tans besig met 'n paar ander sake. Misdaad vier hoogty in Hazyview."

"Dankie, luitenant. Jammer ek het gepla."

"Geen probleem nie, juffrou Daneel."

Haar stem is sag toe sy antwoord: "Luitenant, noem my Sonja. Ek weet in elk geval nie wie ek is nie. En my naam klink bietjie minder . . . stroef. Asseblief."

Hy bring die motor tot stilstand by 'n T-aansluiting. "Goed. Sonja. Ons praat weer. Mooi dag." Hy skakel sy selfoon af.

Berta kyk stip na hom. "En luitenant sê ek moenie na daai hunky toergids kyk nie. Nammies."

"Hoekom sê jy dit vir my, sersant?" vra hy kortaf.

"Want luitenant is die kleur van rooi poinsettiablare."

"Jy weet, sersant, jy is een van daai mense wat uit 'n motor sal klim, dan tref 'n asteroïede jou."

"Wat beteken dit, luitenant?"

"Omdat jy so baie stront praat."

Conrad bring die voertuig in beweging en kyk vinnig na haar.

Die volgende oomblik hoor hulle skote. Hy bring die motor tot stilstand en die wiele gly in die los sand. Iewers agter die bome hardloop mense.

Conrad sien 'n man met rastalokke wat omswaai en sy rewolwer op hom rig. Vir 'n oomblik kyk hulle mekaar in die oë. Conrad val plat in die motor, maar die man trek nie 'n skoot af nie. Hy verdwyn tussen die bosse.

Conrad gryp sy rewolwer uit die paneelkissie en Berta haal hare onmiddellik oor. Hulle spring uit die motor en neem stelling in daaragter, elke sintuig gespanne.

Hulle oë fynkam die omgewing.

Hulle hoor 'n Land Rover vertrek iewers agter die bosse. Conrad sou sy motor graag tussen die bome wou instuur, maar klippe versper sy pad. Hy hardloop dus maar gebuk-

119

kend tussen die bosse in en is net betyds om 'n gedeelte van 'n wit Land Rover in die ruigtes te sien verdwyn. Dit het nie nommerplate nie.

En deur die oop ruit sien hy weer die rastalokke.

Toe hy terugkom by die motor, het Berta reeds vir versterkings gevra.

8

Middernag. Sonja het die slae een vir een afgetel. Sy lê in die pikdonker met die komberse oor haar kop getrek, te bang om na haar kamer te kyk. Sodra sy haar oë oopmaak, verbeel sy haar allerhande dinge. Wonder sy of dit die werklikheid of haar verbeelding is.

Terwyl sy so lê, konsentreer sy op haar gedagtes – en probeer onthou. Dit is egter soos om in 'n diep poel te duik: hoe laer sy afsink, hoe digter koek die modder om haar saam en hoe donkerder raak dit.

Maar daar is flitse. Die hand wat aan hare raak langs 'n graf. Die rooi steen aan 'n ring aan een van die man se vingers, en hoe hy haar hand druk . . .

En nou, uiteindelik, kom daar 'n gesig in haar gedagtes op.

Pietman. Sy moet hom bel!

Sy onthou ook die kis wat in die graf afsak. En dan die bloed. Die arm wat teen die bad se rand afhang, vol bloed.

Sy sit regop.

Die eerste ding wat sy sien in die maanlig wat deur die venster val, is die skaakbord. Die vorige kere het een wit en een swart pion elk twee blokke vorentoe beweeg, asof iemand met 'n spel begin het – maar daar was nie weer beweging nie. Nietemin klop haar hart in haar keel. Sy wil vlug . . .

Sy loop na die venster toe en maak dit oop. Onder haar lê Hotel Njala se rivierklippaadjie. Die ligte is afgeskakel en sy sien die klippies blink in die maanlig. Dit het vroeër gereën, daarom is elke klippie helderblink. Struike hang oor die wit muur en oranje bougainvillea-blomme tros tot byna op die paadjie. Elders rank bleeding heart oor die muur. Alles hang roerloos, daar is nie 'n luggie wat trek nie.

Sonja voel die hitte op haar wange, maar moet kies tussen die verkoelde slaapkamer en dié vars, warm lug. Eerder laasgenoemde.

Sy was al vantevore hier, en dit het nie noodwendig iets met haar onderhoud te doen gehad nie . . .

Die gedagte kom by haar op: Dalk as sy rondloop, sal sy dinge begin onthou. Maar sy is bang.

Tog, hoe anders gaan sy uitvind?

'n Muskiet zoem om haar kop en sy klap daarna. Dit vlieg nie weg nie, maar bly om haar kring met 'n hoë, skerp geluid. Toe dit die soveelste keer voor haar gesig verbyvlieg, klap sy hard genoeg om dit te verwilder. Dit raak stil en Sonja sug dankbaar.

Dan gewaar sy 'n donker kolletjie op haar voorarm. Sy lig haar hand en bring dit hard neer. Daar bly net 'n bloedkol oor – maar in die oomblik wat die klapgeluid die stilte verbreek, sien sy 'n beweging onder by die bleeding hearts wat oor die muur hang soos 'n serp vol oop rooibekkies.

Die wolf het sy kop in die rigting van die klapgeluid ge-
draai. Hy kyk op na haar toe, sy pels glinsterend en die
hare op sy rug deurmekaar. Van waar Sonja staan, kan sy sy
oë duidelik sien blink in die maanlig. Die wolf staan roer-
loos na haar en kyk en sy waag dit nie om te beweeg nie.

Dan raak sy van 'n ander beweging bewus. Iewers van-
uit die skaduwees kom 'n figuur te voorskyn, aan die ver-
ste punt van die paadjie naby die swembad. Sy kan nie
uitmaak wie dit is nie.

Die wolf begin stadig in die persoon se rigting loop.
Sonja wil hom of haar waarsku, maar haar stem steek in
haar keel vas.

Sy sien hoe die persoon en die wolf na mekaar toe stap
– en tot haar skok lyk dit of die figuur 'n rooi jas dra met
'n kappie oor die kop. Sy kan nie die gesig sien nie. Die
figuur stap mank, asof hy of sy onlangs seergekry het.

Die skewe Rooikappie waggel met die paadjie af, byl in
die hand.

Sonja se hand klamp om haar mond.

Die figuur kom tot stilstand. Die wolf gaan staan reg
oorkant die figuur, hulle is enkele treë van mekaar af.

Dan beweeg die persoon verby die wolf. Die dier kyk na
die figuur wat mank-mank op die donker stoep verdwyn,
maar maak geen aanstaltes om te beweeg nie – kyk hom of
haar net lank agterna asof hulle mekaar ken. Dan draf die
wolf in die rigting van die bamboesbos en verdwyn ook.

Sonja staan vasgenael. "Wat de hel . . .?" fluister sy. Sy
swaai om en kyk na haar kamerdeur. Sy loop vinnig soon-
toe, wil dit sluit, maar daar is steeds nie 'n sleutel nie. Sy
moet môre vir Diana Joubert daarvoor vra!

Net toe begin die Rooikappie-poppie skielik te draai in die kissie. Al in die rondte, al vinniger – en met elke omdraai vang die maanlig haar gesiggie kortstondig en kyk die ogies direk na Sonja.

Sonja kan nie sê hoekom nie, maar haar blik beweeg na die skaakbord.

Die perd en nog 'n pion het geskuif.

Asof iemand daar gesit en skaak speel het. Nou staan die wit biskop en die swart perd voor die reguit ry oorblywende pionne aan weerskante van die slagveld . . .

Haar hand is steeds op die deurknop. Sy kry weer die herinnering aan 'n bordjie: *Toegang verbode. Geen ingang. Ingozi. Gevaar. Danger.* Maar in haar gedagtes loop sy verby die bordjie en voel 'n rilling deur haar gaan.

Dít onthou sy ook: die bordjie wat haar toegang verbied. En in dieselfde oomblik as wat sy haar hand bewerig op haar hart plaas, maak sy met haar ander hand die deur oop.

Dit is asof sy geen beheer oor haarself het nie. Asof die wolf haar aantrek. Sy wil na hom toe stap. Sy wil aan sy pels vat. Sy weet nie of sy droom en of sy wakker is nie, sy weet net sy moet uit haar kamer uit kom.

Sy kyk terug na die skaakbord. Nog een van die pionne het beweeg – asof die skaakbord 'n lewe van sy eie het.

Is sy aan die mal raak?! Sy kan dit nie meer hou nie. Sy storm uit.

Die gang is dofweg verlig. Dit is 'n lang gang met 'n mat vol patroontjies op. Sy voel die sagte wol onder haar voete. Sy droom dus nié, sy is wakker!

Aan die onderkant tik-tak die horlosie meedoënloos.

Kort na middernag, die uur wanneer Pandora se boksie oopgaan en al die geeste en kieme en slegte gedaantes uitpeul, onthou sy uit 'n sprokie wat haar ma uit 'n groen *Skatkisboek* vir haar gelees het.

Sy onthou dit – haar ma met die *Skatkisboek*!

Haar ma wat dood is . . .

Sy probeer onthou. Wat nog? Dink, Sonja, dink!

Nee. Sy dink haar kop seer, maar onthou steeds net Pandora se boks. Dit is doodstil in die gang. Sommige deure is oop.

In haar gedagtes kom daar nog iets. Sy sien 'n hand die groen *Skatkisboek* toemaak en langs haar bed neersit. Sy voel die sagte soentjie wat op haar voorkop gedruk word. Haar ma ruik na Vinolia-seep en talkpoeier en haar hare is sag en lekker hier teen haar gesig.

Maar dit is al. En die graf. Die kis. Dit moet haar ma se graf wees. Sy onthou dat sy gehuil het. Pietman moes langs haar gestaan het.

Toe sy haar weer kan kry, is sy by die groot oupahorlosie. Sy het geen idee hoe sy hier gekom het nie. Sy kyk na die wysers.

Dit staan presies op twaalfuur. Die pendulum beweeg nie meer nie.

Sy kyk om. Die gang strek tot in die oneindigheid agter haar. Sy kyk na die deur regs van haar – Jan Joubert se studeerkamer, waar sy vroeër die dag toevallig beland het . . . en waar sy daardie gevoel van bekendheid gekry het, asof sy in haar vorige lewe in dié vertrek was.

Sy maak die deur oop. Dit is skemerverlig deur 'n lessenaarlampie. Die luike is oop en sy sien selfs tot in die diepste hoekies danksy die maanlig deur die ander venster.

Sy loop tot by die groot vensters met die rame wat open afskuif. Langs die venster hang foto's van 'n plaas. Sy kyk daarna en telkens weerkaats haar gesig spokerig in die glas.

Wolwedans-mangoplaas 1967 staan onder die een foto. Sonja herken die berge op die agtergrond, en die koppie. Dit moet wees hoe die plaas gelyk het voor dit 'n hotel geword het.

Korrek, ja, want langsaan word die verskeie stadia uitgebeeld waarin die hotel gebou en ontwikkel is, met datums daaronder. En in die voorgrond staan Jan Joubert keer op keer trots, soms met opgerolde planne onder sy arm. Hy glimlag direk vir die kamera.

Sy loop tot sy kom by 'n foto waar daar staan *Hotel Njala 1981*.

Jan en Diana Joubert staan voor die hotel. Diana kyk na Jan, maar hy kyk oudergewoonte direk na die kamera. Dié slag glimlag hy egter nie en sy lyf is weggedraai van Diana af asof hy haar wêreld en haar liefde wil uitsluit.

Op die lessenaar lê dokumente, sien Sonja – en heel bo haar aansoekvorm. Sy kyk weer daarna, maar daar is geen inligting wat sy nie reeds het nie.

Haar vinger huiwer by: *Ouers: Riana Daneel.* Daar staan nie dat haar ma oorlede is nie. Die aansoek is dus ingevul voordat haar ma dood is.

Haar vinger beweeg oor die name. Sy soek 'n stuk papier en skryf Pietman se telefoonnommer daarop, druk dit dan in haar nagklere se sak.

Dan sien Sonja die halfoop laai. Sy kyk vinnig in die vertrek rond, maar natuurlik is daar niemand nie. Sy skuif dit oop en sien wit A4-papier, die soort wat vir drukkers gebruik word. Dit is toe sy dit wegskuif, dat die foto onder uitsteek.

Sy haal dit uit. Op die foto is 'n pragtige vrou met pikswart hare. Sy lyk statig. Waardig. Sonja word getref deur haar gesofistikeerde skoonheid. Sy lê met haar kop teen Jan Joubert se skouer en lag soos iemand wat pas gehoor het sy gaan trou.

Onderaan staan: *Vir my liefste Jan. Van Arista. Joune vir altyd.*

Sonja bewe toe sy die foto terugplaas onder die papiere.

Daar staan 'n bos rose op die lessenaar. Varsgeplukte rooi rose.

Sonja stap terug na die deur toe – en sy word bewus van 'n geluid in die gang. O hemel, dit kan Jan Joubert wees! As hy haar hiér kry, kan sy haar werk verloor. Sy mag nie hier ronddwaal nie!

Sy maak die deur oop, dan besef sy wat nou anders is in die gang.

Die ligte is af.

Haar hart klop in haar keel. Sy waag skaars om asem te haal. Dan merk sy 'n beweging links van haar, uit haar kamer se rigting.

Duidelik, in die lig van die maan wat aan die onderpunt van die gang in die groot venster hang, sien sy iemand met 'n jas en 'n kappie aangestap kom, met 'n byl in die hand. Die persoon loop half waggelend, soos tevore in

127

die rivierklippaadjie, baie gewig op die een been, min op die ander.

Sonja kan nie beweeg nie. Die byl se lem blink soos die maanlig deur die oop deure daarop val – dan verdwyn dit in die donker, dan blink dit weer.

Bloed in die bad. 'n Hand in hare met 'n ring met 'n rooi steen. Rooi rose op die tafel. Dit alles flits deur haar kop.

En die wolf. Die wolf in die pad.

Sonja staan gevries. Die figuur kom al nader en sy voel die deur agter haar en raak bewus van 'n nabye geluid, en haar bloed word koud.

Die horlosie het vanself weer begin loop!

Toe kry sy dit reg om te beweeg. Sy hardloop met die trappe af, struikel oor die los trappie en gryp woes na die reëlings, wat haar val stuit. Toe sy onder in die voorportaal is, kyk sy terug. En duidelik, aan die bokant van die trappe, is dit steeds, die Rooikappie-figuur met die byl.

Die figuur kom af, een trappie op 'n slag.

Sonja dink nie eers meer daaraan om te skree nie. Sy hardloop deur die voorportaal na die oop deur en storm uit.

Buite lê Hotel Njala se uitgestrekte grasperk. Die kiaatbome staan soos spookgedaantes aan weerskante en die maan hang groot en roerloos agter die bome.

Sy kyk om. Die figuur kom by die trappe af. Sleep-sleep, mank en stadig, maar meedoënloos met die byl in die hand.

Sonja begin hardloop. Sy kies kortpad tussen die bosse deur, weg van die grasperk af. Sy struikel, val oor 'n

boomwortel wat bokant die grond uitsteek. Sy lê 'n oom-
blik duiselig en spring dan weer op. Toe sy omkyk, sien sy
die figuur nog altyd naderkom.

Sy hardloop deur bosse wat haar krap. Sy spring bo-oor
klippe, duik deur struike, rol 'n slag om oor die gras en
loop haar byna disnis teen 'n boomstam. Sy is gedisoriën-
teerd.

Sy kyk oor haar skouer. Steeds kom die figuur nader,
onverstoord, met maanlig wat op die byl se lem flits.

Sonja swenk na links. Sy weet nie waarheen sy hardloop
nie, net dat sy moet wegkom.

Sy struikel, sukkel, hardloop tot sy skielik die swembad
voor haar sien blink. In haar deurmekaar toestand het sy
dit gelukkig weer gekry! Sy is terug by die hotel, op die
een of ander manier!

Sy val-val tot in die rivierklippaadjie, voel die hardheid
van die klippies onder haar voetsole en begin weer hard-
loop, terug na die enigste plek waar sy veilig sal voel. Haar
kamer.

Sy hardloop teen die trappe op tot sy weer in die lang,
donker gang is, storm tot by haar kamer en druk die deur
agter haar toe. Met al die krag wat sy voel sy nog het,
begin sy 'n kas voor die deur stoot. Dit is swaar en pynlik
stadig skuif dit voor die deur in.

Sy kreun, druk weer – nog net 'n klein entjie . . . Weer
en . . . weer. Sy hoor haar eie hygende asemhaling. Sweet
tap haar af. Haar voete is seer van die gruis en klippe
waaroor sy gehardloop het.

Die deurknop begin draai . . .

Sy sien baie duidelik hoe dit draai.

Die deur gaan op 'n skrefie oop en sy hoor iets wat na 'n sug klink.

Toe stamp Sonja die kas vorentoe, sodat dit vas teen die deur is en die deur weer op knip gaan.

Sy staan en bewe. Sy tree agteruit, weg van die deur af.

Sy gaan sak op haar bed neer en raak aan die huil. Sy trek die komberse op teen haar ken en bewe. Sy kry koud, al loop die sweet van haar af. Haar bene is lam soos jellie.

Weer 'n beweging, dié keer in haar kamer, en haar kop ruk links. Dit is nie meer die deurknop wat draai nie, maar die Rooikappie-poppie in die kissie beweeg stadig in die rondte. Om en om en om met 'n reëlmaat wat haar wil gek maak.

Die laaste iets wat sy sien, is daardie poppie wat so stadig draai. En net voor sy haar bewussyn verloor, gaan dit eensklaps staan.

Klop-klop-klop! Sy hoor die geluide asof van iewers in 'n onderwêreld.

Stilte. Dan word die klop herhaal, dringender. Iemand probeer die deur oopmaak, maar die kas is in die pad. Weer die klop.

"Sonja!" En 'n bietjie harder: "Sonja!"

Dit is Maggie se stem.

Dit is oggend. Sonlig stroom deur haar kamervenster. Stadig kom die lewe in haar terug.

"Sonja?"

"Maggie?"

"Die deur wil nie oop nie. Wat gaan aan?"

Sonja sukkel uit die bed. Haar voetsole voel rou. Sy

loop tot by die kas en skuif dit moeisaam weg, dan maak sy die deur oop.

Maggie lyk verstom. "Wat . . .?"

"Iemand wou my laas nag vermoor."

Die meisie verbleek. "Wát?"

"Hier sluip 'n Rooikappie rond met 'n byl wat my deur die bosse gejaag het, en hier is nie 'n sleutel nie, en my voete is seer en die wolf het na my gekyk en . . ."

Dan sak sy ineen.

Maggie kniel langs haar. "Waarvan práát jy? Wat gaan aan?"

Sonja huil en praat deurmekaar. "Nolte. Bel luitenant Nolte . . ."

Maggie haal haar selfoon uit en soek na Conrad Nolte se nommer. Sy skakel dit en kyk bekommerd na Sonja. "Ek gaan sommer ook die dokter bel." Sy maak so, hou die foon teen haar oor, kyk dan na Sonja. "Dis net sy stempos. Moet ek 'n boodskap los?"

"Ek . . . ek sal later met hom praat. Ek is só jammer, maar . . ."

"Wat moet ek sê, Sonja?"

Sonja beduie hulpeloos met haar hand. "Los dit vir eers. Los dit net."

Maggie skakel haar selfoon af en help Sonja op. Hulle gaan sit op die bed en Maggie skakel weer. Dié slag tel die dokter op.

"Juffrou Daneel is in 'n toestand van skok, dokter. Kan u asseblief dadelik Hotel Njala toe kom?"

Sy vee die sweet van Sonja se voorkop af. "Wat is dit van 'n Rooikappie of iets?"

Terwyl Sonja vertel, weet sy hoe absurd dit klink. Maggie staar haar ook aan asof sy pas gesê het dat sy met 'n Marsman getrou het. Sy laat Sonja egter toe om die storie 'n tweede keer te vertel, voor sy haar hand neem.

"Ek het geen idee waarvan jy praat nie. Het jy met sekuriteit gepraat?"

"Daar was nie 'n wag nie."

"Sonja." Maggie se stem is sag en simpatiek. "Jy het toe jy hier aangekom het net so onsamehangend gepraat. Dis skok. Jou brein probeer al die inligting verwerk. Jy probeer sin maak van wat met jou gebeur het. Daar is 'n oormaat inligting in jou brein en alles raak nou deurmekaar. Jy moes gedroom het. Liewe hemel, jy maak selfs vir my bang!"

Sonja beduie na haar eie voete: "En dit?"

Maggie trek haar asem deur haar tande in. "Ek gaan die dokter vra om jou voete te ontsmet. Sonja, ek is verskriklik jammer, maar . . . hier het nog nooit so iets gebeur nie. Ek weet nie waarvan jy praat nie."

Sonja sak vooroor en Maggie steun haar. Die meisie maak nog 'n oproep. "Bring suikerwater en 'n kalmeerpil na Sonja Daneel se kamer. Maak gou."

Sonja huil weer. Sy praat weer, maar onsamehangend, terwyl Maggie haar probeer troos. Dan stap 'n meisie in. Sy het twee pille in haar handpalm en Sonja sluk dit dankbaar.

"Sleutel. Laat 'n sleutel maak vir my kamer. Asseblief, asseblief!"

Maggie help haar om weer in die bed te klim. "Ek stuur die dokter op sodra hy gekom het."

"Ek wil met Ryno praat!"

"Hy het 'n klomp Duitsers na die Bourke's Luck-maal-gate toe geneem. Moet ek hom bel?"

Sonja skud haar kop. "Nee, nee, dis . . ." Sy lê terug teen die kussings. Is dit moontlik dat sy in haar slaap ge-loop het? Dat sy gedroom het? Sy is besig om van haar kop af te raak!

"Die dokter is seker amper hier. Lê net rustig. Ek is nou terug."

Maggie kom in die deur tot stilstand en kyk bekom-merd terug na Sonja, toe verdwyn sy in die gang.

Sonja lê nog 'n rukkie, toe onthou sy van die nommer wat sy afgeskryf het. Dit sal 'n bewys wees dat sy nie ge-droom het nie! Sy vroetel in haar pajamabroek se sak – en vat die papier raak, pluk dit uit en kyk daarna.

Sy is nié mal nie. Haar hand bewe toe sy dit na die te-lefoon langs haar bed uitsteek. Sy lig die gehoorbuis en skakel die selfoonnommer wat sy die vorige aand neerge-skryf het – Pietman s'n.

'n Manstem: "Hallo, dis Piet."

Sy huiwer. Dit klink nie bekend nie. Sy het gehoop dat die stemtoon dalk iets sou terugbring, maar daar is niks.

Toe sy praat, is haar keel steeds rou. "Ha-hallo, Piet, dis Sonja."

'n Rukkie stilte. Die stem is kil toe hy voortgaan: "Ek praat nie met jou nie. Wat makeer jou om my weer te bel?"

"Moenie neersit nie, Piet. Asseblief. Ek . . . ek was in 'n ongeluk."

"Soos jy ry, is ek nie verbaas nie."

"Ek . . . ek ly aan geheueverlies."

"Flippen hel. Ook maar netsowel." En 'n stilte. "Wat soek jy van my?"

"Was ek in 'n verhouding met jou? Kan jy my . . . iets, enigiets van myself vertel?"

Hy aarsel, sug dan. "Ons was saam op skool. Ek het op 'n kol gedink daar was iets tussen ons, maar daar was zilch van jou kant af!" Hy gaan nie verder nie. Toe, onverwags: "Ek is jammer oor jou ma, maar . . . Jy is blerrie siek, Son-ja. Moet my asseblief nie weer bel nie. What goes around comes around."

Hy sit die foon neer.

Sonja sit lank so met die gehoorbuis in haar hand. Dan laat sy dit stadig sak.

Jy is blerrie siek, Sonja. Die woorde maal oor en oor deur haar kop. *Jy is blerrie siek, Sonja.*

Dalk wíl sy nie onthou nie. Dalk was sy so 'n verskriklike mens in haar vorige lewe, dat sy nie durf onthou wie sy was nie.

Skielik, 'n beeld van haar en 'n jong man, heelwat jon-ger as sy, wat in Nelspruit na 'n klassieke musiekuitvoe-ring luister. Hy skuif rond en hy sug.

"Boring as jy my vra."

Dis wat hy gesê het. Dieselfde stem. Die stem wat sy pas gehoor het.

Hy moet nog iets van haar weet.

Sy skakel weer die nommer, maar dié slag gaan sy tele-foon dadelik oor na stempos.

Sonja sit neer. Iemand klop.

Dis dieselfde dokter as tevore. Hy ondersoek haar en

134

gee haar 'n inspuiting. Hy laat ook 'n voorskrif vir 'n kalmeermiddel langs haar bed. Toe hy uitloop, kom Adéle in.

"Dankie, dokter." Adéle stap tot langs Sonja. "Ek is jammer om te hoor jy voel weer siek."

"Iemand het my met 'n byl gejaag."

Adéle staar onbegrypend na haar. "Hallusinasies van die stamp teen jou kop." Sy knik vir die dokter. "Dit is duidelik dat sy nie vandag by ontvangs sal kan begin werk nie. Rus uit, Sonja, dan praat ons weer. En ons moet besluit of jy hier kan werk of nie. As jy sulke rare stories uitdink, hoe weet ek my gaste is veilig? Jy kan hulle die skrik op die lyf jaag. Ek dink nie dit is 'n goeie idee dat jy hier werk nie. Ek sal weer vir die pos van ontvangsdame adverteer en . . ."

"Nee. Sy bly net waar sy is."

Jan Joubert kom ingestap. Hy kyk Adéle reguit aan.

"Maar Pa, kyk net in watter toestand . . ."

"Ek het gesê sy blý hier!" Hy gaan sit langs Sonja op die bed. "Ek is jammer. Ek weet nie wat gebeur het nie, maar ons gaan jou hierdeur kry. En ons gaan jou help om jou geheue terug te kry." Hy kyk skerp op na sy dogter. "Hoe laat is sy veronderstel om te begin?"

"Tienuur vanoggend," kom die antwoord deur saamgeperste lippe.

"Ek sal aan haar verduidelik wat van haar verwag word."

"Weet u wie ek is, meneer Joubert?" vra Sonja toe Adéle die deur agter haar toeslaan.

"Slaap nou. Jy is moeg. Ek sal jou beskerm. As iemand jou leed wil aandoen, sal ek na jou kyk. Slaap nou net."

"Wie is ek?" roep sy harder uit.

Jan se hand is warm en sweterig op haar voorkop. "Jy is Sonja Daneel wat hier kom werk as ontvangsdame. Slaap nou. Ek sal hier sit en kyk dat niks met jou gebeur nie."

Sonja sit met 'n vaart regop en kyk na die skaakbord.

Die stukke het weer beweeg. Sy knip haar oë. Die wit stukke se koning is in skaakmatposisie.

Maar sy voel die vaakheid oor haar neersak. Sy lê terug.

"Pietman . . ." sê sy net voor sy wegraak.

9

Drie toeriste neem brosjures en babbel vrolik in Duits ter-
wyl Sonja die portiere vra om hul bagasie na een van die
nuutgeboude Spaanse villas te neem. Sy vind dat die werk
hier by ontvangs haar aandag aftrek van wat laas nag ge-
beur het. Sy vind dit ook verbasend maklik om hier te werk
– dit is duidelik dat haar geheueverlies beslis nie haar werk-
vermoë of vaardigheid as ontvangsdame aangetas het nie.

Adéle kom vinnig nadergeloop. " 'n Klomp buitelanders
kom vir twee dae hier oornag." Sy sit die besprekingslys
langs Sonja neer. "Sorg dat hulle die beste kamers kry."
Dan roep sy: "Maggie! Kamer dertien se handdoeke het
verdwyn! Sorg dat daar varses uitgesit word." Sy draai na
Sonja. "Hoe voel jy nou?"

"Die werk help my om te vergeet."

"Jy dink dít is harde werk! Wag tot môre wanneer die
hotel vol is. Dan sal jy moet uithaal en wys!"

Sy loop uit ontvangs terug in die rigting van die swem-
bad. Nog vier toeriste teken in. Die vorige ontvangsdame
het 'n fout met hulle besprekings gemaak en dit neem
Sonja 'n kwartier om dit reg te stel. Sy hoop net dat Adéle
nie hiervan hoor nie, want dan is die duiwel weer los.

Toe Diana Joubert later afkom ontvangs toe, is die probleem opgelos. "Knap dametjie wat julle hier het," knik 'n ouer toeris in Sonja se rigting. "Wens alle ontvangsdames was so bekwaam!"

Nadat hulle uit is, draai Diana na haar toe. "Jou skof eindig tweeuur. Sorg dat jy bietjie rus kry. Middagete word in die restaurant bedien. Ons hou jou kos tot dan warm. Die personeel het hulle eie eetplekkie." Sy beduie na die mense wat ontvangs verlaat het. "Dit lyk asof die toeriste van jou hou. Dit is die uitstalruimte van die hotel dié. Dit is hoekom ons die ander ontvangsdames laat loop het – hulle was nie reg vir Njala se beeld nie en hulle kon nie die spanning hanteer nie. Geniet die ete."

Enigiets, net om nie weer saam met die Jouberts te eet nie, dink Sonja en knik. En rus is die allerlaaste ding wat sy nou nodig het. Sy ril as sy dink dat sy weer na haar kamer toe moet gaan.

Asof Diana haar gedagtes kon lees, sê sy: "Die slotmaker was hier. Ek weet nie hoekom jou kamer nie 'n sleutel het nie." Sy sit 'n sleutel op die toonbank neer tussen die reisbrosjures en besprekingslyste. "Ek hoop nie jy kry weer nagmerries nie."

Sy loop uit.

Diana is skaars weg of Sonja skakel weer Conrad Nolte se nommer. Sy kry egter steeds net sy stempos, en einde en ten laaste skakel sy sy kantoor. Die vrou wat antwoord sê dat Conrad en Berta saam met 'n soekgeselskap in die bosse tussen Bosbokrand en die Krugerwildtuin beweeg. Hy sal glo eers die volgende dag terug wees.

Sonja laat sak die gehoorbuis. Buite hoor sy 'n toerbus

stilhou. Kwetterende toeriste peul uit die bus. Sy hoor Ryno se lag en hoe vroue ingenome gesels. Oomblikke later is ontvangs gepak met toeriste wat van die Blyderivierspoort-toer terugkeer. Hulle swerm om Ryno.

Maggie kom ingestap en kyk na die geordende chaos. Sy gaan staan om met die toeriste te praat en Sonja sien dat sy gespanne is, seker omdat sy met so baie mense tegelyk moet kommunikeer. Maggie maak keel skoon en raak senuweeagtig aan haar wang. Ryno, wat dit merk, knipoog vir haar en sit sy hand op sy hart asof hy wil sê: Praat met mý.

Maggie skraap weer haar keel en sê: "Dames en here. Uhm, ek vertrou julle het . . . wel, die uitstappie Blydepoort toe geniet!"

Die mense begin almal tegelyk praat, tot Ryno 'n fluit gee. "Hei! Ouens! Gee die girl 'n kans! Veral so 'n mooi girl!"

Maggie bloos en kyk na die gesigte om haar. Ryno vorm die woorde: "Charm hulle, Maggie!" en gee sy mooi glimlag vir haar. Hy hou sy hand op toe iemand weer wil praat en buig in Maggie se rigting.

"Uhm, dankie, Ryno," sê sy.

"Vir jou, enigiets, Mags."

"Omdat die toer skynbaar so 'n sukses was," begin sy en die toeriste klap weer hande en beduie in Ryno se rigting, "het ons besluit om vanaand 'n spesiale braai te hou."

"Mits ou Rynsch braai!" roep een van die manne.

"Dit is nie deel van sy pligte nie, meneer!"

"Ag, ek doen dit pasella. No problem," glimlag Ryno.

Sonja verkyk haar aan die gemak waarmee hy met mense werk. Sy merk hoe die meisies openlik na hom kyk en sy weet dat hy enigeen van hulle met 'n klap van sy vingers kan kry.

"Dankie. Sal ons sê . . . halfagt?" vra Maggie. "Genoeg rustyd vir jou, Ryno?"

"Wie rus? Die lewe is te kort. Ek gaan gim eers gou, en dan kyk ek wat's daar nog om te doen! Miskien gaan ek die likkewane voer, of wag vir 'n hadida om op my kop te blerts."

Die toeriste loop al pratend uit en een van die meisies druk 'n papiertjie in Ryno se broeksak. Maggie sien dit.

Toe dit uiteindelik stil raak, vra sy: "Was daar ekstras op die toer ingesluit?"

Ryno kyk op. "Ek het hulle die Graskop gewys wat selfs Graskop nie ken nie. Nice gepraat, Mags. Sien jy? As jy net relax, is als oukei."

Die meisie raak weer aan haar wang. "Ek . . . hou nie daarvan om voor so baie mense te praat nie."

"Could have fooled me. Of hoe, Sonja?"

Sonja is verbaas om skielik by die gesprek betrek te word, want sy is besig om die volgende dag se toere te reël. "Maggie weet mos hoe, Ryno. Jy hoef dit nie eers te verduidelik nie."

Hy glimlag asof hy wil sê: Ons is op dieselfde bladsy, Skiewies. Hy beduie met sy duim dat sy die regte geluide gemaak het.

Maggie gee haar skaam glimlaggie. "In daardie geval, daar's 'n geselligheid in Numbi-park môreaand, by Jungle Café. Lus om saam te gaan?"

Ryno krap deur sy deurmekaar hare en Sonja dink: As

Adéle dit sien, sal sy hom oor sy voorkoms berispe. Hy dra 'n moulose T-hemp en lig dit kort-kort om die sweet van sy gesig af te vee. En Maggie kyk elke keer na sy maag as hy dit doen, maar hy blyk onbewus te wees van haar aandag.

"Sorry, Mags. Ek het klaar 'n date. Jy moes vroeër gevra het."

Kortaf reageer sy: "En hoeveel gunsies bewys sý jou?"

Ryno frons effens. "Ek weet nooit voor die tyd wat hulle gaan doen nie. Buitendien, die afspraak is lankal gemaak. Ek kan die girl mos nie nou drop nie."

Maggie loop tot by hom en haal die papiertjie uit sy sak wat die meisie daar ingedruk het. Sy hou dit na Ryno toe uit, wat verbaas daarna kyk. "Mags! Dis deel van my toere, baie girls doen dit. Moenie mý daarvoor blameer nie." Hy buk skielik af en knyp haar neus. "Moenie so vies word vir snert nie. Daar's baie ander ouens wat saam met jou sal gaan. Hoekom met 'n arme toergids sukkel?"

Sy kyk 'n oomblik na hom. "Jy sal nooit verander nie, sal jy?"

"Wat is daar om te verander? Ek hou van die lewe, ek hou van mense, ek love my werk, ek dink Hotel Njala is cool, hoewel dit baie kan verbeter. So, wat's fout?"

"Niks is fout nie, Ryno. Moenie laat wees vanaand nie. En dra iets ordentliks. Adéle vang 'n fit as sy sien hoe jy lyk. Jy weet jy moet 'n Hotel Njala-hemp dra."

"Daai hemde is warmer as 'n mofskaap se wol in die Haai Karoo. Dan sweet ek my in 'n ander bloedgroep in!" Hy vee weer sy gesig af en gee die papiertjie terug aan Maggie: "Sê vir haar daar's baie tweebeenwolwe in Hazyview. Sy kan een van hulle try! Ek hoor die latte hierlangs is lekker rof."

Maggie skud net haar kop. Dit is vir Sonja duidelik dat sy tot oor haar ore verlief is op Ryno. Maar Ryno Lategan is nie die soort man op wie 'n meisie verlief moet raak nie. Aantreklike ouens soos hy is almal s'n. Wie het dit nou weer gesê? Sy probeer dink.

Haar ma. Dis reg, haar ma het so gesê. Sy knip-knip haar oë soos sy verder probeer onthou.

Maggie verlaat ontvangs en Ryno draai na haar. "Iets in jou oog? Wag, ek help."

Sy skud haar kop. "Nee, nee, ek . . ." Maar Ryno is reeds langs haar en neem haar gesig in sy hande en lig haar boonste ooglid. Hy staan naby haar, téén haar. Sy voel die warmte van sy liggaam. Sy merk die effense sweterigheid aan sy hande en sien sy vriendelike gesig, die laatmiddag-skaduwee wat begin deurskemer en die effense stoppels om sy ken.

Hy lig die onderste ooglid ook. "Beter, Skiewies?"

"Daar is regtig niks in my . . ."

"Dan probeer ek die ander oog."

Hy draai haar gesig in sy hande en bekyk dit. Terwyl hy die onderste lid lig, sê hy saggies: "Iemand al vir jou gesê jou oë smile altyd, selfs al is jy gestres?"

"Nie wat ek kan onthou nie. Ek onthou mos niks."

"Kon jy al enigiets nuuts onthou?"

"Ek het netnou onthou wat my ma gesê het."

"Wat?"

Sy lig haar skouers. "Sommer iets. Ek onthou onbenullighede. Soos frases. Storieboeke. Of die feit dat ek van klassieke musiek hou."

"Watse klassieke musiek? Ek's dol oor Tchaikovski. En Purcell. En Mozart."

Sy kyk verbaas na hom. Klassieke musiek – Ryno? Hy staan nog altyd naby haar, so naby dat sy vir 'n oomblik dink hy gaan haar soen. En in daardie oomblik is sy hulpeloos, weet sy as hy dit doen, sal sy hom terug soen.

Weet sy dat sy wens hy wil dit doen. Sy verstaan dit nie. Sy is intens aangetrokke tot hom; al probeer sy hoe hard, sy kan hom nie weerstaan nie.

Hy glimlag en trek met sy vinger oor haar neus. "Jy oukei, Skiews?"

Sy knik. Sy mond, sy lippe is so naby. Sy voel duiselig en moet aan sy skouers vat om staande te bly. Hy kyk lank en ernstig na haar, nou sonder 'n sweempie van 'n glimlag.

"Skiewies." Sy stem is baie sag. Donker.

Sonja kan nie praat nie, sy wag net dat hy haar moet soen. Sy voel sy asem teen haar gesig en sien fyn sweetdruppeltjies teen sy slape afloop. Sonder dat sy beheer het oor wat sy doen, lig sy haar hand en vee dit saggies af.

Hy maak sy oë momenteel toe, dan kyk hy weer na haar. "As jy lag, is daar sulke fyn plooitjies om jou oë. Jy moes baie gelag het toe jy . . . ek bedoel, wie jy ook al was."

Haar lippe vorm sy naam sonder dat daar enige klank uitkom. Steeds wag sy dat hy haar moet soen. Maar hy doen dit nie, kyk net op 'n onverwagse ernstige manier na haar asof hy haar die eerste keer werklik raaksien.

"Ouens sal oor sesvoet-mure met elektriese drade klim vir jou, Skiewies."

Hy los haar en draai weg. Staan 'n ruk met sy rug na haar toe asof hy afkoel, en kyk deur die venster.

Sy kry haar stem terug. Net om iets te sê, vra sy: "Jy hou . . . van klassieke musiek?"

Dit neem 'n ruk voor hy antwoord. "Kan losgat laities wat motorbikes ry en girls vry nie van goeie musiek hou nie?"

"Ek weet nie. Sê jy my?"

Hy draai om. "Die lewe is te kort om 'n smartlap te wees, Skiewies. Ek vat hom soos hy kom en ek hou my met gewone goed besig. Soos psychedelic toebroodjies en visse wat onderwater asemhaal en foefie-sliding oor Hazyview se boomtoppe. Dít maak saak, niks anders nie. Dit en mooi girls met fyn sproetjies en sandkorrels in hulle oë. Ek like rooi-oog-dagbreke en lywe wat bedien wil word en halfvol wynglase. Ek wroeg nie en ek ly nie. Ek ís net."

Sy verwag dat hy weer 'n grap gaan maak, maar hy bly ernstig. En sy dink: Hierdie sterk man met sy donker hare en sy sagte, mooi oë en donker stem het baie meer fasette as wat op die oog af blyk. Sy hou van die Ryno wat nou teenoor haar staan, wat nie soos 'n matriekseun simpel grappe maak en infantiel optree nie.

En sonder dat sy haarself kan keer, vra sy: "Wie is jy eintlik, Ryno?"

"Wie van ons weet ooit wie ons is, Skiewies? Miskien is dit beter as mens nie weet nie. As mens, soos jy, voor kan begin en sommer net kan wees, sonder daai klippe van wie jy wás in jou sak. Klippe wat jou afrem as jy swem en jou wil laat verdrink. Rotse van wat jy gedoen het of nié mag doen nie, of wil doen en nie kan nie."

"Is daar 'n meisie in jou lewe?"

144

Hy kyk lank na haar. "Wanneer maak jou skof klaar?"

"Tweeuur."

"Kry my by die trappe. Ons gaan 'n entjie ry, dan vertel ek jou."

Sy wil teëstribbel, maar daar is iets aan sy houding wat haar laat instem. Sy het nog kans om nee te sê. Om dalk nie net nog een van die vele verliefde meisietjies in sy lewe te word nie. Maar haar mond vorm die woorde: "Net na twee by die trappe."

"En trek koel aan. Nie daai stuk lap wat jy aanhet nie. Dit steek te veel van jou weg." Hy wys met twee vingers na sy eie oë en dan weer na hare: "Ek watch jou, Skiewies."

"Ek watch jou, Ryno." Hoekom het sy dit gesê?

Hy kyk verbaas na haar. "Dis beter as jy my nie watch nie. Jy gaan nie altyd hou van wat jy sien nie."

Hy verlaat die vertrek.

Vir die res van haar skof is Sonja so besig dat sy skaars tyd het om weer aan hom te dink. Tog kyk sy gereeld na die horlosie. Toe Japie instap om haar af te los, verduidelik sy vinnig wat hy alles moet doen, dan draf sy na haar kamer en trek koeler aan. Sy wil eers 'n bloes aantrek, maar haal 'n T-hemp met 'n lae hals uit haar tas. Sy bekyk dit goed. Sy moes 'n wilde meisie in haar verlede gewees het. Die T-hemp wys meer as wat goed is vir haar en dit sit styf.

Sy trek dit egter tog aan en bekyk haarself in die spieël. Sy hou van wat sy sien. Haar middeltjie wat so slank is dat sy in 'n groot man se hande sal pas. Haar swart hare wat oor haar skouers hang. Haar groot oë wat vir die eerste keer met sekerheid en opgewondenheid terugkyk. Die

145

fyn plooitjies as sy glimlag en die kleur wat in haar wange kom as sy lag. En haar blas vel. Dis glad en lekker om aan te raak. Haar borste wat wil-wil wys onder die T-hemp. Sy raak vinnig aan die klofie tussen haar borste en wonder tog of sy nie liewer iets anders moet aantrek nie. Vir 'n oomblik wil sy die T-hemp met iets meer konserwatiefs vervang.

Maar dan loop sy uit. Sy sluit haar deur en steek die sleutel in haar sak.

Onder by die trappe hoor sy 'n motorfiets aankom. Ryno dra 'n kortbroek en 'n frokkie. Hy gooi 'n windmaker-draai en hou voor haar stil.

"Wow." Hy kyk na haar. "Wow, Skiewies." Hy beduie dat sy moet opklim.

Sy maak so. Hy draai om en sit haar helm op haar kop. Hy kyk weer na die los T-hempie en na haar rokkie wat hoog opskuif as sy so wydsbeen sit. Sy oë beweeg ook vlugtig na haar borste.

"Sal ons ry?" vra Sonja ongemaklik.

Hy sit sy helm op. "Hou vas," roep hy oor die geraas, "as ek hom ooptrek, word hy 'n komeet."

"Ry beskaafd!" roep sy uit.

"Jy sal aan my moet vashou."

Sy skud haar kop. "Ek weet hoe om motorfiets te ry. Ek het genoeg vashouplek hier agter."

Hy kyk om. "Nóg iets wat jy onthou, Skiewies?"

Sy dink skielik, ja, hy is reg. Stukkies van wie sy was, ís, kom tog in flarde terug na haar toe. Maar dit bly net vae beelde, inligting waarmee sy op die oomblik niks kan doen nie.

"Ry nou, Ryno!"

"Dit rym!"

"Whatever!"

Hy trek weg dat haar asem wegslaan. Sy herwin darem haar balans en hou aan die sitplek vas. Met die verbyry sien sy hoe Adéle hande in die sye na hulle staan en kyk. Ryno groet, maar Adéle groet nie terug nie.

Hy ry redelik stadig oor die stofpad vol hobbels en klippe en kyk kort-kort om. "Jy moet vashou, girl."

"Ek is doodgemaklik." Sy gooi haar kop agtertoe en kyk na die blaredak bokant hulle. Die takke strek wyd en gesellig.

Toe Ryno op die R536 regs draai, begin hy te jaag. Die krag onder Sonja maak haar opgewonde en sy besef iewers in haar vorige lewe het sy ook motorfiets gery. Het sý bestuur. Haar liggaam kantel instinktief saam met syne as hulle om die skerp draaie gaan.

By die T-aansluiting langs Perry's Bridge roep hy: "Lus vir iets om te eet?"

"Nee!"

Hy draai links en ry oor die Sabierivier. Dan ry hy skielik stadig.

"En nou?" vra sy.

"Hier's altyd spietkops voor die rivier."

Hy is reg. Daar staan lede van die metropolisie voor die brug oor die Sabie. Ryno waai vriendelik vir hulle, maar hulle waai nie terug nie.

Hy draai links by die Graskop-bordjie, waar 'n klomp vroue tafeldoeke vol Afrika-motiewe en wit houthoendertjies verkoop. Die tafeldoeke is aan drade tussen worsbome en kierieklappers opgehang. Ryno skree iets vir hulle en hulle lag en waai; dit is duidelik dat hulle hom ken. Sonja waai terug. Hy hou stil en ry agteruit.

Met die afklim praat hy in die vroue se taal, Sjangaan. Hulle lag. Hy wink Sonja nader en stel haar aan hulle bekend. Die vroue kyk na haar en knik.

"Watter een soek jy, Skiews?"

"Hoe bedoel jy watter een soek ek?"

"Van die haantjies. Kry iets vir jouself. Jou eerste present aan jouself in jou nuwe lewe."

'n Flertsie van 'n herinnering flits in haar kop. Iemand het onlangs iets vir haar gekoop, sy onthou dit vaagweg. Dalk was dit Pietman wat haar vir oulaas probeer omkoop het om van hom te hou.

Sy beduie na een van die wit haantjies met die bloedrooi kamme en die parmantige swart stertvere uit hout gekerf. Ryno vroetel in sy gatsak en haal geld te voorskyn.

"Wag, ek sal," keer sy.

"Ek dag jou handsak het verdamp."

"Die Jouberts het my darem geld voorgeskiet."

Hy skud sy kop. "Dis my present aan jou, Skiewies."

"Maar hoekom?"

"Die lewe is gemaak om te leef. Hy wil hê jy moet smile so breed soos die pad Nelspruit toe. Mens moet doen wat jou hart sê." En skielik: "Te hel met al die ander gemors!"

Sy kyk skerp op. Dit is die eerste keer dat sy hom so aggressief sien.

Hy koop die haantjie en sit dit in die motorfiets se bêre-sakkie. Dan help hy haar op die fiets en groet die vroue, wat ululeer.

Ryno trek oop op die Graskoppad. Dit is onwerklik mooi. Regs van hulle sien Sonja 'n plaas onder in die vallei omring deur digte bome. Hoe verder hulle ry, hoe meer bome sien sy: denne- en bloekomplantasies waar die boomstamme soos reuse-vuurhoutjies regop staan. En oorkant die pad die onvergelyklike uitsig op Hazyview en Hotel Njala doer onder.

Ryno ry op met 'n bult waar denneplantasies aan albei kante voor hulle uitstrek. Toe hulle die afdraande vat en hy om 'n draai gaan, is Sonja verplig om aan hom vas te hou.

Dit voel wonderlik om haar hande om sy bolyf te sit. Sy hemp is oopgeknoop en sy voel die hitte van sy vel en die hardheid van sy maag. Sy voel ook die krag in hom en die spiere wat liggies onder haar vingers beweeg.

Vir die res van die rit hou sy styf aan Ryno vas en sy dink: Ek is gelukkig nou, hier, so, by hom en teen hom.

Hulle ry met Kowynspas op deur die tonnel, uit teen die steilte tot heel bo in Graskop. Weer ry Ryno stadiger toe hy by die Panorama-ruskamp verbygaan. "Hier's ook altyd speedies!" roep hy en beduie na die ingang na die dorp.

Hulle ry deur die dorp en hy beduie na Harry's: "Beste pannekoeke in die land! Veral die Dutch Bacon!" Links van hulle is 'n sywinkel waar vroue met spinwiele op die sypaadjie sit en klere weef.

Ryno jaag teen die bult op en beduie na die Graskop-ruskamp, waar hulle links draai God's Window toe.

'n Ent verder draai hy op 'n grondpad af en ry tussen bome op 'n nou grondpaadjie deur, tot 'n panorama voor hulle oopvou. Die rotstoring troon in die middel van die vallei uit. Links loop die grondpaadjie deur 'n drif, met 'n stroom wat in die dieptes afstort. Ryno ry tot by die drif en hou dan in die middel van die stroom stil.

Sonja hou nog 'n oomblik aan hom vas. Sy wil nie laat los nie. Hulle sit 'n rukkie só.

"Toevallige toeriste, of hoe, Skiewies?" merk hy op.

"Wat mekaar vlugtig ontmoet en dan weer verdwyn? Dis ons, ja."

Hy wikkel sy skouers en maak haar arms om sy bors los. Toe hy aan haar vingers raak, voel dit of daar elektrisiteit deur haar gaan.

Hy pluk sy skoene uit en beduie dat sy dieselfde moet doen. Sy sien die donker hare op sy bene en die stewige kuite en die manier waarop die spiere onder sy vel beweeg as hy loop.

"Jy gedink jy ry verniet, Skiewies?"

"Hoe so?" vra sy terwyl sy haar skoene uittrek. Sy ruik dennenaalde en soet, Laeveldse lug en die geur van blomme iewers.

Ryno gaan staan en pluk sy hemp uit. "Jy moet help was! Of dink jy motorfietse was hulleself?" Hy gooi 'n lap na haar toe.

Sy voel die yskoue water onder haar voete en oor haar enkels stroom. Sy gly op die gladde rivierklippies – en hy gryp haar. Hulle val amper saam in die water.

"Ek soek nie halwe werk nie."

"So, dis al waarvoor ek goed is? Om jou yster te was?"

"Jy doen mos skiewie-jobs. Toe dag ek jy sal tuis voel met hierdie een."

Hy plaas sy hande in sy sye en sy kyk na hom. Haar oë speel oor sy liggaam en sy dink hy lyk hier, waar hy in die water staan, nog beter as by Hotel Njala. Daar is 'n sagt-heid in hom wat sy nie tevore teëgekom het nie. Die sweet loop teen sy nek, oor sy keel en teen sy bors af, en haar oë volg die straaltjies wat tussen sy borshare verdwyn. Sy voel skielik so aangetrokke tot hom dat sy haar hande om sy nek wil sit en hom net wil vashou.

Hy staan na haar en kyk. Dalk weet hy wat sy dink. Toe sy aanstaltes maak om na hom toe te loop, keer hy: "Hei. My bike gaan nie homself was nie. Ek help jou."

Sonja sug en begin dit was asof dit die natuurlikste ding onder die son is. Sy weet presies waar al die hoekies en draaitjies van 'n motorfiets sit. En terwyl sy dit doen, wil-wil daar beelde in haar kop opkom.

Ryno gooi water oor sy bolyf om die sweet af te was, dan gooi hy water oor haar. Sonja is in elk geval al so nat dat sy nie omgee nie. Sy besef nou eers dat haar T-hemp deur-skyn en dat haar borste wys. Sy buk af agter die motor-fiets, skaam – sy moet haar borste wegsteek.

En meteens is daar weer duidelike beelde in haar ge-dagtes, so duidelik asof dit gister gebeur het.

Haar matriekafskeid.

Sonja onthou 'n limousine. Iemand hou die motor-deur vir haar oop.

Wie? Wie?

Hy dra 'n aandpak, maar sy kan nie sy gesig sien nie.

Sy klim in die voertuig en hy klim agterna. Hy maak 'n bottel sjampanje oop en hulle klink glase.

"Vandag begin alles," hoor sy hom sê, maar dis vaag. Tog weerklink dit hard en duidelik in haar kop.

Die seun vra die bestuurder om die dak oop te maak,

en staan op. Sy ook. Hulle hou hul hande in die lug en die wind waai deur hulle hare. Die lug is soel en Laevelds.

"Ek het jou lief!" skree sy vir die matriekseun.

En hier in die stroom by die rotstoring, hier en nou, weet Sonja dit is die heel eerste keer dat sy daardie woorde gesê het.

Sy probeer 'n duideliker prentjie van die seun kry, maar sy gesig wil nie in fokus kom nie.

"Ek het jou lief! Ek het jou lief! Ek het jou lief!" skree sy.

En sy hoor iemand langs haar in die limousine sê: "Ek het jóú lief."

Sy is terug in die werklikheid, hier by die rotstoring. Sy kom agter dat Ryno opgehou het om die motorfiets te was en dat hy verskrik na haar kyk. "En nou?"

"Ek het jou . . ." Sy raak stil.

"Hei, girl. Stadig. Wat's los? Jy laat wiel met een moewiese gil! Voel jy oukei?"

" 'n Limousine. Ek is in matriek." Sy vee oor haar voorkop. "En hierdie . . . hierdie fantastiese ou het my met sy laaste spaargeld kom haal matriekafskeid toe. Ek is so verlief op hom, ek kan ontplof daarvan. "

Hy lag. "Ek hou daarvan. Gee detail!"

Sy dink. Die beelde glip uit die modder in haar onderbewussyn op. "Ons ry uit Nelspruit en die limousine hou stil en hy sê . . ." Sy dink. Die woorde is so verstrengel soos die wortels van die parasietplante by Hotel Njala. "Iets van dat ons nie na 'n simpel matriekafskeid toe hoef te gaan nie. Die onnies het in elk geval vere vir ons gevoel. So iets."

"Wow. Klink koel. Wanneer is daar fireworks? Gee detail."

Sonja gooi die lap oor die motorfiets. Sy is vaagweg daarvan bewus dat hy na haar liggaam kyk, veral na haar borste wat deur haar nat T-hemp wys.

"Kom ons tuimel in die toekoms in. Dis wat hy gesê het."

"Flippit. Het hy geweet hy's 'n digter?" lag Ryno.

"Ek . . . weet net, dis die eerste keer dat ek vir hom sê ek het hom lief en dat hy sê hy het my lief en ek voel vry!" Sy draai 'n slag om, asof sy haar matriekkêrel se gesig in die rotstoring se klippe sal kan uitmaak. "Wie is hy, Ryno? Waar is hy? Wat de hel?"

"Hoe lyk die lat? Het jy 'n foudie iewers? Waar soek ons na hom?"

"Jy moet my terugvat na my ma se huis toe." Sy laat val die lap en dit dryf met die stroom af, tot dit oor die rand van die waterval tuimel. "Ek sal daar onthou. Die adres is op my aansoekvorm. Sal jy saamgaan, Ryno?"

Hy kyk na waar die lap verdwyn het. "Het ek 'n flippen keuse?" Hy vee die water van haar gesig met sy hemp af. "Wanneer is jy weer af?"

"Saterdag."

Hy dink 'n oomblik. "O hel, ek het 'n toer Kaapsche Hoop toe." Hy vryf deur sy hare. "Maar ek charm Adéle daaruit. Moenie komkommer nie. Ons slip weg."

"Dankie." Sy streel oor die motorfiets.

"Hei." Die seun in hom is skielik terug. "Jy vat aan my meisie. Jy't haar nou net gewas, nou's sy vol vingermerke."

"Wat wou jy hier vir my vertel het?"

Onmiddellik verdwyn die glimlag. Ryno vee die nattigheid van sy bors af met sy hemp, voor hy sug en sy hemp op die motorfiets gooi. Ingedagte tel Sonja dit op. Sy druk dit teen haar gesig en ruik hom daaraan.

"Ek wil jou vertel van . . . die ultimate girl." Hy kyk na waar die water in die dieptes afstort. Hy stap tot op die rand van die waterval en kyk uit oor die rotstoring.

Sy volg hom. Iewers skree 'n loerie. Sy is ook bewus van sonbesies en yskoue water oor haar voete en sy rug hier voor haar. Sy raak saggies met haar vingerpunte daaraan, maar hy beweeg weg.

"Is jy bang vir hoogtes?" vra hy terwyl hy afkyk.

"So bietjie."

Ryno draai terug. "Jy's veilig by my, Skiews."

"Moenie die onderwerp verander nie. Vertel my van die ultimate girl."

Hy leun vorentoe totdat hy die rotse kan sien waarop die water doer onder afstort. "Ek het haar liefgehad. Hel, sy was dié een. Die meisie by wie ek die res van my lewe wou wees. Ek sou alles vir haar gedoen het. Ek sou die wêreld vol saam met haar getoer het, gepaartie het, ontdek het. Ons sou die liefde stukkie-stukkie bymekaar gesteel het. Ons sou ge-skydive het, lietsjies van boere se bome af gesteel het en graffiti oor ons liefde op mure gespuit het."

"Het julle?"

"Te min."

"Wat is liefde, Ryno?" vra Sonja.

Hy staan daar langs haar met sy arms langs sy sye. Hy maak vuiste en sy sien die spiere onder sy vel beweeg.

"Het jy dit ook vergeet, Skiewies?"

Sy trek haar skouers op. "Liefde is . . . liefde, Ryno. Vryheid. Liefde is weet wie jy is maar nie bekommerd wees daaroor nie. Liefde is myle saam met iemand draf en niks sê nie, want die woorde is in ons lywe. Liefde is die warm sitplek waar hy nou net gesit het. Liefde is om snags na sy asemhaling te luister en 'n selfoon te neem en sy ligte snorkies op te neem sodat jy later weer daarna kan luister."

Ryno kyk verstom na haar. "Jy't die regte deel van jou geheue verloor, Skiewies. Die bagasie. Jy moet dit aanhou vergeet. Want wat jy nou, hier voel, is al wat jy hoef te weet van die lewe."

Sy gaan sit op 'n klip en kyk hoe die son op sy kaal bolyf glim, steeds nat van die druppels wat uit sy hare loop.

"En jou ultimate girl, Ryno?"

"Die ironie is dat ek selde vir haar kon sê ek lief haar, ek flippen crave haar. Ek raak naar, siek en dol oor haar."

"Hoekom het jy dit nie meer dikwels vir haar gesê nie?"

Hy stap tot by haar en lig haar ken. Hy staan teen die son en sy sien net sy lyf in silhoeët voor haar.

"Ek het gedink sy sal uitfreak. Dat sy na een van haar ander boyfriends toe sal gaan en hom sal vra om my te donner, want hoe kan ek dit waag om te dink dat ek en sy in dieselfde klas is?"

'n Naaldekoker huiwer op die water.

"Maar toe, eendag," gaan hy voort, "het ek uiteindelik die moed gekry om dit vir haar te sê. Dit was 'n moerse oomblik. Dit het my hele lewe verander. Soos wanneer jy daai eerste droom kry in die nag. Dáái droom. Jy lê op jou rug en jy weet nie wat de duiwel met jou gebeur nie, maar jy weet dat die meisie van wie jy gedroom het dit laat gebeur het. Dat sy iets uit jou geskeur het en haarself voelbaar gemaak het, net vir jou, al is sy nie by jou nie. En dat jy nou reg is om by haar te wees."

Sonja laat haar kop sak. Die oomblik, die belydenis, is vir haar so intiem en so rou dat sy nie verder kan praat nie. Hulle luister net na die water.

Eers baie later vra sy: "Hoe het sy gereageer toe jy sê jy's lief vir haar?"

Hy speel met sy vingers deur die water. "Sy wou niks weet nie. Sy het gedink ek is nie reg vir haar nie. Dat ons twee nie . . ." Hy kyk weg. "Ons was soos een mens, Skiewies. Ek het 'n sin begin, dan maak sy dit klaar. Ek wou iets by 'n restaurant bestel, dan het sy dit klaar vir my bestel. Ek like 'n song, dan sing sy dit vir my. Ek wou na weird plekke toe gaan, dan't sy klaar plek bespreek. Ek wou skinny-dip, dan is sy lankal in die water. En ons jaag soos mal goed na een of ander plek en sy gil en sy lag en sy vryf deur my hare met daai lang, sexy vingers van haar. En as sy my kopvel masseer, wil ek flippenwil ontplof.

"Dan smeer ons mekaar se gesigte met die melktert wat ons gekoop het en ons lag ons gatte af. Of ons ry met ons bergfietse Barberton toe en kyk wie die kortste draai teen die heuwels kan gooi. Of ons gaan moewie en ons hande gaan elke keer saam na die popcornboks toe. En ons praat 'n hele nag oor hoe weird dit is om so dieselfde oor goed te voel en hoe min ons mekaar sien.

"Ons hou van dieselfde goed, ons práát oor dieselfde goed. Ons is mal oor mekaar en ons wil net bymekaar wees. Ons koop Kersliggies in Julie en ons span dit om die doringbome, en ek koop vir haar 'n kransie vir haar hare en ons probeer die liggies tel terwyl ons die hele wêreld se probleme oplos. Almal se probleme, behalwe ons eie."

"Jy het nog nie my vraag beantwoord nie. Toe jy uiteindelik vir haar sê jy het haar lief, wat toe?"

Hy stap terug na sy motorfiets toe. Sonja staan traag op en volg hom.

"Dit was die einde. Ek was te losgat, te kommin, te stjoepit vir haar, te ver benede haar klas, te dit, te dat. Ek was nie reg vir haar nie. Haar ma sou my doodgemaak het. Dit sou nie gewerk het nie. Sy het klaar uitgewerk met wie haar dogter sou trou en dit was nie ek nie. Ek was net 'n aanhangsel." Hy trek sy hemp aan en plaas sy valhelm op sy kop. Hy gee hare aan. "Toe los sy my."

Sonja plaas die valhelm op haar kop. Sy klim agter hom op, maar hy bly vir eers sit.

"Sy het opgehou om met my te praat. Ek het dit verloor, Skiewies. Ek het myself flippen verloor. Ek wou nie verder lewe nie. Ek wou net daar van 'n verdomde krans afspring, want toe besit sy al so baie van my, en ek kan daai goeters nooit terugkry nie want dis hier uit my derms geskeur." Hy vee oor sy oë. "Toe pak ek op en toer. Ek het die wêreld gaan sien en haar nie eers gegroet nie. Ek het hierdie bike gegryp en deur die land gery en uitgefreak. Gehuil. Geskree. Gesuffer. Ouens gebliksem, kroeë afgebreek, vragmotors afgepak, tussen die Karoobossies getjank en die een girl na die ander kafgedraf en ballisties geraak.

157

"Ek het een nag in die tronk geslaap oor ek iemand so erg gebliksem het dat hy my aangekla het. Ek het onder vrugtebome geslaap, of op straat onder 'n donderse snelweg, of op die strand onder 'n bos. En ek het getjank dat my keel hees was daarvan."

"Het jy haar ooit weer gesien?" vra Sonja sag.

Dit neem lank voor hy antwoord. "Ja, maar ons kon niks doen of sê nie. Die probleem is, sy het stukke van my hart gevat, Skiewies. Ek het nie meer 'n hart oor om vir iemand te gee nie. Ek vertrou niemand meer nie, want as 'n girl dit ooit weer aan my doen, vrek ek. Ek sweer ek sal my eie lewe . . . ."

Hy skop die motorfiets aan die gang. "Ons is uitmekaar oor gemors. Oor vooroordele. Oor simpel, stjoepit, donderse gemors!"

"Dalk was julle te jonk vir mekaar."

Hy antwoord nie en jaag so vinnig weg dat sy weer aan hom moet vasklou. Sy wag tot Ryno by die teerpad stilhou, dan skree sy: "En al die meisies by wie jy slaap? Is dit om haar te vergeet? Elke aand iemand anders om haar uit jou kop te kry?"

"Ja. En jy gaan nie een van hulle wees nie, verstaan jy, Skiewies? Ek kan nie aan jou raak voordat ek haar uit my kop gekry het nie."

Hulle ry weer deur Graskop, af met Kowynspas, in die rigting van Bosbokrand en uiteindelik met die Kiepersolpad af na die R536.

Sy is dankbaar toe hulle by Hotel Njala stilhou. Dit is al skemer en sy hoor die hadidas terugvlieg na hul neste toe.

Ryno gee die haantjie wat hy gekoop het vir haar en

loop terug na sy kamer toe sonder om weer met haar te praat.

Sy gaan sit en speel die toneel oor en oor in haar kop af. In 'n stadium raak sy bewoë en begin sommer huil, sy weet nie hoekom nie. Sy soek deur haar besittings en probeer weer iets onthou. Soek na 'n verband tussen haar klere en die flitse wat vandag na haar toe teruggekom het. Maar sy kan Ryno nie uit haar kop kry nie.

En sy besef soms is 'n mens so hartseer dat jy nie eers kan huil nie. Nie vir iemand anders nie en ook nie vir jouself nie.

En sy is nou daar.

Maar Sonja weet ook met 'n verblindende sekerheid: voor sy met haar lewe kan voortgaan, voordat sy Ryno kan help om homself te vind, sal sy eers haarself moet kry.

En sy begin vanaand.

10

Die volgende dag sien Sonja Ryno feitlik glad nie. Sy wonder of hy haar dalk nie in die oë wil kyk na wat hy alles vir haar vertel het nie.

Maggie verduidelik wat daardie dag van haar verwag word, maar Sonja vind dat sy haar aandag moeilik by haar werk bepaal.

"Dis maklik om op hom verlief te raak, is dit nie?" vra die meisie meteens.

Sonja skrik. "Van wie praat jy?"

Ryno stap net toe verby en gesels land en sand met die toeriste wat saam met hom Blyderivierspoort toe gaan.

Sonja se oë ontmoet die ander meisie s'n. "Ek is nie verlief op hom nie, Maggie."

Maggie glimlag effens. "Vreemd. Want ék is."

Sonja is verbaas oor die skielike belydenis.

"Maar party mense," en Maggie maak die toeriste se kroegrekeninge bymekaar en gaan sit agter die rekenaar, "is maar altyd wallflowers. Sit teen die muur en kyk hoe die lewe by hulle verbygaan."

"Miskien omdat hulle toelaat dat die lewe by hulle verbygaan?"

"Of ander word gebore om altyd tweede te kom. Iemand anders staan gewoonlik eerste in die tou. Dis soos om in te skryf vir 'n kompetisie en altyd die tweede prys te kry."

Sonja voel jammer vir haar. Maggie begin die toeriste se uitgawes by hulle rekeninge te voeg en praat nie verder nie.

"Droom jy van hom?" vra Sonja uiteindelik.

Maggie glimlag effens. "Meer as wat selfs ek dalk besef. Mens vergeet mos partykeer jou drome."

Sonja se nuuskierigheid kry die oorhand. "Jy't seker al . . . baie ouens geken? Op skool? Of hier?"

"Ek en Adéle was in Pretoria op skool. Geen skool hier naby was goed genoeg vir my ma of my pa nie. Ek was daar nog meer alleen as hier. Ek en Adéle het 'n kamer gedeel, maar as iemand die aand sou uitgaan, sou dit altyd sy wees. Ek het maar teen die muur bly sit." Sy kyk op. "Jammer, ek het nie bedoel om 'n smartvraat te wees nie."

"Maar daar was tog seker iemand, Maggie?"

Die meisie hou op met tik. "Weet jy hoe voel dit as mense jou net ken vir wie jy is of vir wat jy dalk eendag kan erf? Die meeste ouens dink ek kry eendag die hotel. Dat ek 'n soort paspoort is tot rykdom. En sodra hulle agterkom dat Adéle daardie eer kry . . ." Sy takel weer die sleutelbord asof haar lewe daarvan afhang.

"Jy het nog nooit 'n verhouding gehad nie, Maggie?" Sonja besef dat die vraag dalk voorbarig is en sy wil dadelik om verskoning vra.

Maggie skud haar kop. "Nee."

Op daardie oomblik kom Adéle haastig by die deur ingestap. "Lyk of dit gaan reën vanmiddag. Ons sal die middagete binne moet hou. Hier kom 'n klomp Noorweegse toeriste. Sorg dat die lugverkoeling in hul kamers aan is voordat hulle inteken. En moenie hier sit en snert praat nie. Daar is nie tyd nie."

Sy verlaat ontvangs weer. Maggie het aangehou met tik sonder om eers op te kyk.

"Daar is net een man wat Adéle sal kan tem. Vir wie sy sal toegee," sê sy ingedagte.

"Armand?"

Maggie lag. "Kom nou, Sonja. Jy kan tog nie so naïef wees nie."

"Jy bedoel . . .?"

Sy knik. "Ryno."

"Jy verstaan nie, Maggie. Vir Ryno was daar net een meisie. Sy het hom flenters gebreek. Ek glo nie Adéle sal daai wonde kan genees nie."

"Jy sal verbaas wees wat geld alles kan regkry. Wat Hotel Njala alles kan regkry, Sonja."

Hulle hoor albei die toerbus voor Hotel Njala stilhou. Sonja staan op en kry die sleutels en intekenvorms gereed vir die Noorweegse toergroep. Sy wil verder met Maggie praat, maar daar is nie tyd nie.

Later die oggend vra Maggie haar om vorms na Diana Joubert toe te neem, wat glo besig is om haar rose te snoei. Sonja loop tot by die deur waarop staan *Privaat. Geen toegang.* Toe sy dit oopmaak, voel sy 'n bekende tinteling deur haar gaan . . .

In haar verlede moes sy dikwels verbode dinge gedoen het, soos om geen-toegang-bordjies te ignoreer. Iets flits deur haar kop. Sy en 'n seun wat by 'n deur inglip en verstom staan en kyk na wat alles agter daardie deur gewag het. Sy hoor haarself lag. Sy voel 'n opwinding in haar wat sy amper nie kan beheer nie. Hulle hardloop met 'n gang af, sy agter die seun aan.

Maar dan verdwyn die beelde uit haar kop, so vinnig as wat dit gekom het.

Sy skrik toe sy Jan Joubert in die sitkamer sien. Hy is besig om skaak te speel, maar daar sit niemand oorkant hom nie. Sonja gaan staan.

Sonder om op te kyk, vra Jan: "Speel jy skaak?"

In haar kop is beelde van 'n skaakbord. Nie die een hier in haar kamer nie, maar op 'n patio. Sy sien 'n vrouehand. Dalk haar ma s'n?

"Ek . . . kan nie onthou nie. Ek dink so."

"Jy en 'n kêrel?" vra Jan.

Die woordkeuse klink so outyds dat Sonja glimlag. "Ek dink . . ." Sy probeer gesigte by die beelde sit. "Dalk ek en my ma? Daar is 'n skaakbord in my kamer, meneer Joubert."

Dit gaan werklik belaglik klink as sy vertel van die stukke wat vanself beweeg. Nes dit belaglik geklink het toe sy Adéle vertel het dat 'n Rooikappie-figuur haar met 'n byl gejaag het. Sy twyfel self al of sy dit werklik gesien het en of dit deel is van die warboel gedagtes in haar kop. Hallusineer sy of gebeur dit werklik?

"Dis 'n erfstuk, ja," antwoord hy.

"Maar moet dit dan nie . . . ek bedoel, in u studeerkamer . . .?" Hoekom stamel sy so as sy met Jan Joubert praat?

"My studeerkamer is al so vol, daar is nie meer plek nie, toe skuif Diana sekere dinge na die gastekamer. Jou kamer word gewoonlik vir persoonlike gaste gebruik."

"Ek sien."

"Ons kan skaak speel as jy wil." Jan kyk vir die eerste keer op.

Sonja skud haar kop. "Ek het te veel werk vandag. Ek, uhm, ek moet juis hierdie dokumente vir mevrou Joubert gee en ek moet . . ."

Hy beduie. "Sit. Diana kan wag."

Sonja se bene bewe toe sy gaan sit.

"Wat sal jou volgende skuif wees?" vra hy.

Sy kyk gespanne na die bord. Sy som die spel vinnig op – dalk het sy in haar vorige lewe elke dag skaak gespeel. Sy steek haar hand uit en skuif 'n kasteel.

Jan lyk beïndruk. "Hmm." Hy vryf deur sy baard en skuif 'n pion. Sonja se hand beweeg vinnig en sy spring met 'n perd oor 'n pion en neem Jan se biskop. Hy lig sy wenkbroue. "Uh-huh."

Sy staan op. "Ek moet . . . hierdie dokumente . . ."

Diana het in die deur verskyn. Sy kyk van Jan na Sonja. "O. Ek sien jy het 'n skaakmaat gekry."

"Wat ek waardeer, want niemand anders hier rond wil met my skaak speel nie."

"Omdat jy altyd wen, Jan. En omdat jy so bloedig kwaad word as jy die slag verloor. Soos daardie dag met Adéle." Diana loop nader en Sonja merk die rooi rose in die mandjie wat sy dra. Sonja oorhandig die dokumente aan haar.

"Hoe gaan dit met die klomp Noorweërs?" vra Diana.

Jan reageer asof 'n slang hom gepik het. "Ek is besig met 'n lewensbelangrike spel en jy praat van verdomde toeriste?"

Al word Sonja koud, kyk Diana na Jan asof sy gewoond is aan hierdie soort uitbarstings. "Dalk moet jy háár vra om skaak saam met jou te kom speel. Julle was mos die twee beste spelers in die Laeveld."

Vir 'n oomblik dink Sonja dat Diana na háár verwys, dan besef sy dat dit dalk die vrou uit Jan se verlede moet wees. Arista. Die gesprek raak nou so persoonlik dat sy omdraai en haastig uitstap. Haar hart klop nog in haar keel toe sy die deur toemaak. Sy staan 'n oomblik met haar rug daarteen.

Maggie het pas klaar 'n bespreking gedoen en plaas die gehoorbuis neer. "Het hulle al weer baklei?" vra sy sonder om na Sonja te kyk.

Sonja knik en stap tot agter die toonbank. Die deur gaan oop en Diana kom uitgestap met die mandjie rooi rose. Sy lyk bleek. Sy loop tot by Sonja en hou 'n roos na haar toe uit. "Ek is jammer dat jy dit moes hoor."

Sonja knik net en neem die roos, versigtig sodat die dorings haar nie steek nie.

Diana loop met die trappe op. "Nou vir die studeerkamer," sê sy vir Maggie. "Jy weet hoe vies word jou pa as ek nie rose op sy lessenaar sit nie."

Nog toeriste teken in en Maggie en Sonja het nie weer tyd om oor iets anders as werk te praat nie.

Maggie moet later die kamers gaan inspekteer en Sonja bly alleen by ontvangs agter. Nadat sy haar werk voltooi het, haal sy weer haar aansoekvorm uit en kyk daarna. Sy lig die telefoon en skakel die nommer van een van die vriendinne wat sy as referente neergeskryf het.

Die vrou klink kortaf. "Ek is jammer oor jou ongeluk," sê sy nadat Sonja verduidelik het wat gebeur het, "en oor jou ma."

"Hoe goed het jy my geken?"

Die antwoord kom dadelik: "So goed as wat jy enige van jou vriende toegelaat het om jou te ken. Jy was maar altyd eenkant. Ons het soms uitgegaan, gaan fliek, daardie soort ding. Dan praat ons oor sommer enigiets. Jy het partykeer gesê jou ma probeer jou gevange hou. Dat sy jou nou skielik in Nelspruit wil hê en dat die dae verby is wat jy op ander dorpe kan werk. Ek het die idee gehad julle is nie baie na aan mekaar nie."

"En het ek enige verhoudings gehad?"

Stilte. "Arme Pietman. Jy't hom 'n slegte deal gegee. Die arme ou het weke lank gesulk toe jy hom gelos het."

"Hoekom het ek hom gelos?"

"Vra hom. Ek weet nie, en hy het nooit daaroor gepraat nie."

"Is daar nog iets wat jy voel ek moet weet, Marinda?"

'n Lang stilte. "Dis wat jy van al jou geheimsinnigheid het, Sonja. Mense het min van jou geweet, asof jy iets wegsteek. Iets wat jou vriende nie mag weet nie. Verder kan ek jou nie help nie."

Toe Sonja later weer in haar kamer kom, maak sy 'n lysie van plekke waarheen sy wil gaan sodra sy weer vrye tyd het. Sy het Ryno reeds gevra om haar na haar ouers se huis in Steiltes te neem. Sy maak ook 'n lysie van die ander adresse op haar aansoekvorm, maar die meeste van die mense is in Pretoria of van die omliggende dorpe.

Iemand moet meer weet as Marinda. Haar naam verskyn as die derde referent op die aansoekvorm.

Sy sal egter heel eerste Steiltes toe moet gaan.

Momenteel dink sy aan wat Ryno gesê het. Dat dit partykeer beter is om nie te onthou nie. Maar sy weet: sy moet uitvind wie sy is, waar presies sy vandaan kom en wat gebeur het.

Sy moet uitvind hoekom sy en Pietman hul verhouding verbreek het. En wat sy weggesteek het, selfs van haar beste vriende.

Dit is asof sy in 'n lugleegte gewoon het.

Sy eet daardie aand alleen in haar kamer en stap daarna deur die tuin. Daar is oral toeriste. Sonja vind dit interessant dat feitlik almal buitelanders is, asof Suid-Afrikaners óf nie meer kan bekostig om hier te kom toer nie, óf verkies om dit op ander plekke te doen.

Sy gewaar Ryno in 'n stadium saam met twee meisies loop. Een van hulle hang letterlik aan hom en met die verbystap sien Sonja hoe die meisie haar hand op Ryno se boud sit. Hy gee haar 'n ligte drukkie en maak dan haar arms los om hom. "Lekker aand, meisies!" sê hy voor hy in die rigting van die personeelkwartiere stap.

"Aau!" huil-kla die een. "So 'n dish en hy wil alleen slaap. Wat word van die mans in die Laeveld?"

"Dalk is hy gay!" giggel die ander.

Sonja sluit haar deur voordat sy haar nagklere aantrek.

Net voor sy in die bed klim, is daar 'n klop aan haar

deur. Sy maak dit haastig oop, met die hoop dat dit Ryno gaan wees.

Jan Joubert staan oorkant haar en Sonja skrik haar koud.

"Is alles reg hier?" vra hy.

Hy lyk moeg, soos iemand wat lank laas geslaap het. Die lewe het oud geword in sy oë, dink sy – die Jan Joubert wat sy op die foto's gesien het en die een wat oorkant haar staan, is twee verskillende mense. Sy voel skielik jammer vir hom en steek impulsief haar hand uit en raak aan syne.

"Ja, dankie, meneer Joubert. Alles reg."

Die oë lyk hartseer, asof hy van 'n ander planeet na haar kyk. "Ek wil net vir jou sê ek is só bly jy is hier."

Sy knik, want sy weet nie wat anders om voor daardie deurdringende oë te doen nie.

"As mens eers verlief geraak het op Wolwedans, gaan jy nooit weer weg nie."

"Hotel Njala, bedoel u?"

Hy skud sy kop. "As ék die dag oorneem, word dit weer Wolwedans. Waar die wolf in die donkerte aan jou hand kom lek. En dit gaan gouer gebeur as wat die ou spul dink." Jan Joubert glimlag en daar kom weer hoop in sy oë. "O, om hierdie hotel te herstel na sy glorie van destyds. Al ons planne kan nou eers werklikheid word."

Sonja skrik toe hy na die skaakstel toe stap. Die stukke staan nog soos tevore. Hy skuif dit terug, gereed vir 'n nuwe spel.

"Dit was skaakmat. Die spel moet oor begin."

Sy hoor haarself vra: "Weet u wie ek is, meneer Joubert?"

Dit neem baie lank voor hy antwoord: "Die regte dinge

gebeur op die regte tyd, soos dit veronderstel is om te gebeur." Hy stap terug na haar toe, kyk na die kissie met die Rooikappie-poppie en merk op: "Dit was eers Arista s'n."

"Wie het dit hier gesit?"

"Ek. Ek wou nie hê dit moet in een van die ander se hande beland nie. Jy moet dit oppas. Dis 'n gelukbringer."

Sy raak bewus van die wind wat die gordyne liggies roer.

"Lekker slaap, Sonja."

Sy kyk hoe Jan uit die vertrek loop en die deur toetrek. Sy sluit dit dadelik en klim in die bed. Sy kyk na die Rooikappie-poppie en verwag amper dit moet begin draai.

Ook die skaakstukke bly staan roerloos.

Noudat sy onder die laken lê met die geluid van die waaier langs haar, kan sy nie slaap nie. Sy kyk na die bewegings in die skrefie lig onder haar kamerdeur. En na die gordyne wat liggies in die wind beweeg. Sy verkies die waaier bo die lugverkoeling, en sy hou van die vars lug.

Net voordat sy aan die slaap raak, hoor sy 'n ligte geklingel. Dis 'n windharpie en die geluid klink vaagweg bekend.

Dan raak alles stil.

Die horlosie slaan tweeuur toe Sonja wakker word.

Sy staan op om badkamer toe te gaan, dan hoor sy voetstappe buite haar deur. Sy gaan druk haar oor teen die hout.

Die voetstappe sleep verby.

Stilte. Stilte.

Dit klink of iets geskuif word in die gang.

Stilte.

Asof gehipnotiseer sluit sy die deur oop en kyk in die gang af. Net vlugtig sien sy iets roois in die donker verdwyn.

En sy hoor 'n gil. Iets val.

Sy sluit haar deur. Sy bly staan 'n paar oomblikke so, met haar rug daarteen. Dan buk sy en kyk na die lig onder die deur. Niks versteur dit nie.

Eers dan waag Sonja dit om die deur oop te maak.

Sy kyk af in die lang. Die horlosie tik-tak.

Kraak. Kraak. Sy hoor iets by die trappe. Sy draai terug en tel die swaar kandelaar op – die een wat sersant Berta nou die dag omgestamp het.

Iets trek haar nader. Met die kandelaar as wapen loop sy in die lang gang af tot waar die trappe aflei na ontvangs. Toe sy by die horlosie verbyloop, wil sy haar al verbeel dat iemand dit geskuif het. Sy ril en stap verby.

Sy is aan die bopunt van die trappe.

Kraak. Kraak.

Buite is selfs die paddas stil. 'n Verdwaalde sonbesies vryf sy vlerkies teen mekaar vir die maan.

Met die afkyk sien sy iets aan die onderpunt van die trappe lê. Instinktief begin Sonja beweeg en sy onthou net betyds van die los trappie. Sy klim versigtig na onder en steek haar hand uit na die ligskakelaar.

Toe die lig aangaan, kyk sy vas in Jan Joubert se lewelose oë. Dit is hy wat daar lê. Sy nek is gebreek, dit weet sy dadelik, en 'n stroom bloed loop onder sy liggaam uit tot in die groefies van die teëls.

Sy herken die gille eers na 'n rukkie as haar eie.

11

Hazyview as die son opkom.

Mense stap langs die pad na hul sloerwerkies of piece-jobs. Ander van die omgewing peul uit taxi's in die mid-dedorp. Vroue begin hul stalletjies oopmaak naby die taxistaanplek, en mans en vroue met supermarktrollies vol bloedrooi mango's beweeg langs die R40.

Conrad en Berta stort gou by hul onderskeie huise en ry dan terug dorp toe.

Conrad is dol oor Hazyview. Hy hou van die chaos, die hordes mense wat altyd daar saamdrom, die busse met grootoog-toeriste wat die een digitale foto na die ander met duur kameras neem.

Orals langs die pad is dose opmekaar gestapel met die woorde *Lietsjies!* op die karton geskryf. Ander smouse pak grasgroen avokado's uit terwyl vroue piesangs op wankel-rige houttoonbankies staanmaak.

Hy hou daarvan om te ry oor die Sabie wat gedurende die groot vloed van Januarie in 'n monster verander het. Op regterhand sien hy Hippo Hollow se dakkies uitsteek, en links beur die breë rivier na Sanbonani en Krugerpark Lodge voordat dit in die wildtuin uitmond en in Skukuza se rigting vloei. Hy onthou hoe hulle tydens die vloed toeriste uit Tambotiekamp moes gaan red, en hoeveel paaie in die wildtuin verspoel het.

Conrad is nie in 'n goeie stemming nie. Na hul tweede vrugtelose soektog na die moordenaars van lodge-eienaars en toeriste, is hy egter meer beïndruk met Berta as wat hy verwag het. Sy het gemaklik bygehou deur die bosse en selfs oor onherbergsame terrein, en het met waardevolle voorstelle vorendag gekom.

Hy het reeds die yster in haar opgemerk toe sy in die vloedtyd naby Pretoriuskop gehelp het om toeriste deur 'n stroom, wat in 'n ommesientjie in 'n rivier ontaard het, na veiligheid te bring. Hy was toe in 'n helikopter na die Tshokwane-piekniekarea op pad, waar mense in hul motors moes oornag omdat die paaie verspoel het.

Hy kan nie help om te glimlag as hy iets anders onthou nie. Twee nagte gelede, op soek na 'n misdadiger, was hy en Berta genoodsaak om in 'n tentjie in die veld langs mekaar te slaap. Sy het hom kort-kort wakkergemaak: "Luitenant. Luitenant praat verskriklik in luitenant se slaap."

"Ag snert, man."

"Nee, dis waar, luitenant."

"En wat sê ek miskien?"

"Luitenant praat van die vloede destyds en hoe ons mense gered het."

"En wat nog?"

Berta het haar hare agter haar oor ingedruk. "Iets van koeksisters. Dat luitenant se soet tand op 'n hongerstaking is. O ja, en dan het luitenant baie van Sonja gepraat. En luitenant het gesê hoe slank haar lyfie is en hoe . . ."

"Sersant."

"Ja, luitenant."

"As kaf praat 'n ui was, was jy nou 'n hamburger. Slaap."

En nou is hulle terug in Hazyview. Hulle is op pad terug kantoor toe en soos gewoonlik is daar chaos oral om hulle. Hulle hou by die Spar-sentrum stil om ystee te koop en karwagte kom aangehardloop en belowe om die motor op te pas.

"Elkeen doen sy eie ding," beduie Berta toe avokado-peerverkopers die aftog blaas nadat hulle die motor se Mpumalanga-registrasienommer sien. "Ons is locals, ou-ens," sê Conrad in Sjangaan om die karwassers te ont-moedig.

"Dis darem eienaardig, luitenant," merk Berta op toe hulle by die apteek verbyloop waar die tou by die deur uitstaan. "Hierdie warboel is op Hotel Njala se voorstoep. Maar die Pink Palace leef in 'n ander millennium, salig onbewus van hoe Afrika regtig lyk. Dis asof hulle in die koloniale tyd vasgesteek het."

'n Voertuig met 'n klomp toeriste agterop ry voor hulle verby, beslis op pad wildtuin toe om die Groot Vyf te gaan soek. Die mense beduie na Conrad in sy swart pak. "In this frikken heat!" hoor hulle 'n vrou in die verbygaan sê.

"Ek vra weer. Hoekom dra luitenant dié pakke? Ek be-doel, selfs die kwêvoëls kwê op 'n ander noot in hierdie hitte, maar luitenant bly in swart."

"Wat wil jy hê moet ek dra, sersant? 'n Pienk pakkie en 'n stertriem?"

"Oe. Ek dink nogal luitenant sal baie sexy lyk. Soos daai

dude, wat's sy naam? Sacha Baron Cohen, met die groen broekie wat in ons kantoor op die kennisgewingbord is."

"Sersant?"

"Ja, luitenant?"

"Sjarrap."

"Nee, ek bedoel maar. Luitenant het so goed gelyk in die bosuniform toe ons die bos in is. Maar sodra luitenant die kantoor slaan, lyk luitenant soos Die Ruiter in Swart."

Nie onaardig nie, dink Conrad terwyl hy na Berta kyk. Party mans se koppe draai as die blonde meisie verbyloop, veral as sy haar regterheup met die rewolwer so parmantig uitgooi. Eintlik maak haar stewige heupe haar sexy vir sekere mans. Miskien, as sy saam met hom kom draf, kan sy in beter proporsie kom. Daar is iets aan haar stap, iets selfversekerds en gesaghebbends, maar tog ook soos 'n skooldogter op pad na 'n hokkie-oefening, wat haar heel aanvallig maak.

"Het jy hokkie gespeel toe jy op skool was, sersant?"

"Jip. Hoekom, luitenant?"

"Ek vra sommer."

Sy haal haar sonbril af en kyk verbaas na hom. Conrad vra niks "sommer" nie.

Hulle loop verby 'n bakkie waarop 'n klomp wit hoenders in 'n piepklein hokkie smag na koelte. Vroue maak hulle op die sypaadjies tuis, bene uitgestrek, elkeen met 'n Coke in die hand en kaaskrulle en grasgroen avokado's voor hulle.

"I need money for my son's school shoes!" bedel 'n man by hulle en sonder om twee keer te dink, druk Conrad

174

geld in sy hand. "God bless you, sir. My name is Alfeus. God and I will remember you."

Conrad kyk op. "As if."

Volgelaaide taxi's uit Mosambiek hou voor die sentrum stil en vroue met gekleurde rokke en buitensporige hooftooisels peul daaruit. 'n Radio blêr alreeds Kersmusiek en 'n stem nooi kopers om na die spesiale aanbiedings te kom kyk.

Iemand pluk aan Berta se mou. "Smartphones, madam, cheap-cheap special." Berta pluk haar kenteken uit en druk dit onder die outjie se neus. Hy laat spaander en loop 'n bedelaar met 'n krom rug en krukke onderstebo. Twee vroue klik hul tonge en help die man op terwyl 'n derde vrou die seun agternasit met 'n stortvloed teregwysings.

Hazyview op 'n doodgewone Donderdag. Niks kan hierdie ritme versteur nie.

Hulle is nou in die reuse-afdelingswinkel en baan hul weg tussen honderde mense wat sakke meel in trollies laai langs groot pakke waspoeier, Masweu, droë kaaskrulle en geblikte vis. Twee toeriste steek verbouereerd in die paadjies vas en probeer sin maak uit die massa mense wat in die lang supermarkgange saamdrom en tydsaam van item na item stap.

"Sal jy enige ander plek wil bly, sersant?" vra Conrad toe hulle elkeen 'n suurlemoenystee haal uit die yskas langs rakke wat kreun onder tydskrifte.

"Ek is hier gebore, getoë en gelaat staan, luitenant. Dis my vallei hierdie," sê Berta toe sy die ystee oomblikke later oor die betaalpunt se toonbank stoot. "My treat," beduie sy toe hy sy hand in sy binnesak steek.

"Dan verwag jy seker weer ek moet jou later vir 'n boere-worsbul stiek?" vra hy met 'n grinnik.

"Ek hou my gewig dop, luitenant. Geen brood meer vir my nie."

Dan lui Conrad se selfoon. Hy haal dit uit en kyk na die venstertjie.

"Nolte."

Die stem aan die ander kant klink ontsteld. "Luitenant, dit is Diana Joubert van Hotel Njala. Die polisie is hier."

Kan niks vandag Hazyview se ritme versteur nie? Hy was verkeerd . . . Conrad beduie met sy vinger vir Berta wat 'n blok sjokolade wil optel wat op die toonbank uitgestal is. Sy sug en trek haar hand terug.

"Wat het gebeur, mevrou Joubert?"

Dit laat Berta omkyk.

"My man was in 'n ongeluk vanoggend. Hy het op 'n los trappie gegly. Die paramedici het hom," hy hoor iets soos 'n snik, "dood verklaar."

Conrad kom tot stilstand in die Spar se ingang. Luste-lose mense stamp teen hom en 'n groot vrou druk hom met haar elmboog uit die pad. 'n Ander vrou met krullers in die hare en 'n oorvol trollie druk haar hand in haar sy toe 'n man horlosies aan haar probeer verkoop.

"Ons is nou daar." Conrad skakel sy selfoon af.

"Luitenant?" Berta neem 'n sluk van haar ystee.

Hy druk die selfoon terug in sy baadjiesak langs sy pak-kie Cool-sigarette. "Daar was 'n insident by die Pink Palace. Jan Joubert is dood."

Sy was net op pad om weer 'n sluk te neem. Sy knip haar oë. "Hú?"

"Jan Joubert is dood, sersant."

"Bliksem." Berta skud haar kop. "Jammer, luitenant. Uhm, hartaanval?"

"Glo van die trappe afgeval. Kom, sersant."

Hulle loop tussen die hordes mense deur wat koers kies na die staalbrug oor die R40. 'n Man wat skeef in 'n kruiwa lê, bedel geld terwyl vrugteverkopers mango's met bruin kolle op aan hulle probeer afsmeer. By die motor druk Conrad 'n vyfrandstuk in die karwag se hand terwyl twee seuntjies houtvoëls aan hulle probeer verkwansel.

Dit neem hulle tien minute om uit Hazyview te kom en op die R536 te beland, Conrad se ystee vergete tussen sy bene. Hy het selfs nog nie eers aan 'n sigaret gedink nie.

Hy kyk na die bekende name wat by hom verbyflits. Sabie River Sun, Ons Plek, waarskuwings teen slaggate, Inkosi Avonture, Skyway Trails, Idle & Wild, en dan die bord na Hotel Njala digby die advertensie vir die Elephant Sanctuary.

Nie een van hulle praat op die stukkie grondpad na die hotel toe nie.

Kort voor die sementpaadjie wat na die hotel se parkeerterrein lei, is 'n groep werkers besig om die gebied langs die pad skoon te kap.

"Seker om sekuriteitshekke in te sit. Ek het lankal gedink hulle moet die hotel beveilig," sê Berta. Sy vroetel op die agterste sitplek en haal 'n blik met koeksisters uit. *Quality Street*, sê die blik.

Conrad kan dit nie weerstaan nie en neem 'n koeksister. Vanmiddag moet hy weer minstens vyftien kilometer draf om daardie kilojoules af te kry. Maar vanmid-

dag draf Berta saam, besluit hy. Dis tyd dat hy bietjie lei-
ding neem.

Met die inry na die halfmaanvormige parkeerterrein,
kom Ryno Lategan aangestap. Daar is twee meisies by die
toergids en hulle gesels land en sand met hom, die een
se broekie korter as die ander. Mooi bene, dink Conrad
terwyl hy na die blonde enetjie kyk. Dan kyk Ryno op en
daar is iets aan die kyk wat Conrad opval.

"Sjoe. Mooi boude. Goed in proporsie," glimlag Berta
terwyl sy na Ryno beduie. "Hulle maak boerseuns net so
in hierdie geweste."

Conrad gee haar 'n vinnige kyk.

"Maar luitenant kyk dan na die meisies!" keer sy.

Hulle hou stil en klim uit. Adéle Joubert wag hulle aan
die bopunt van die trappe in. Conrad kyk na die Hotel
Njala-bord. *Sedert 1981*, staan daar.

Adéle lyk befoeterd. Maar so lyk Adéle nog elke keer as
hy by Hotel Njala aankom.

Haar stem is egter minder kortaf as gewoonlik. "Môre,
luitenant."

"Môre, juffrou Joubert."

Sy beduie oor haar skouer. "Ons, uhm . . . ons het . . ."
Dit is asof sy nie die woord kan sê nie. "Sy liggaam is van-
oggend ontdek."

Berta steek haar hand moedswillig uit omdat Adéle
haar nie ook groet nie. "Goeiemôre. Wie het sy lyk ont-
dek?"

Conrad merk nou eers hoe rooi Adéle se oë is. Sy het
gehuil. "My suster Maggie. My ma is by sy . . . wel, by hom.
En . . . die polisie ook."

Conrad stap by ontvangs in. Hy kyk opnuut na die meubels, die tydskrifte op die tafel en die formele portrette teen die mure. Dit val hom op dat die vertrek lyk soos iets uit die 1980's.

Van sy kollegas en die fotograaf groet hom en verduidelik dat die oubaas sy balans op die trappe moet verloor het. Hulle is vroeg vanoggend na Hotel Njala ontbied, maar Diana Joubert het gevoel sy wil met Conrad ook praat. Diana, met 'n kopdoek om en haar gesig so wit soos 'n laken, kom orent.

Berta brom onderlangs: "Dis die eerste oulady wat ek sien wat goed lyk sonder make-up. Seker al die pille en face-lifts."

Conrad stamp haar in die ribbes en sy maak 'n verbaasde geluid.

Conrad simpatiseer met Diana en Maggie, dan kniel hy langs Jan Joubert se lyk en kyk op na die trappe. Dit lyk of die derde een van bo af middeldeur gekraak is en van die houtrelings onder is ook gebreek soos Jan afgetuimel het.

Conrad kyk weer na die vertrek en dan opnuut na die trappe. Berta loer onderlangs na hom vir toestemming om op te gaan en hy knik. Sy haal haar sonbril af, kyk vinnig na Adéle en bestyg dan die trappe. Sy loop by die stukkende relings verby en toets die ander trappe met haar voet.

Die derde trappie van bo af is inderdaad middeldeur gekraak. Berta neem foto's daarvan, sommer op haar selfoon.

Conrad lig die laken wat oor Jan Joubert gegooi is. Die

paramedici buite is gereed om hom weg te neem, maar hulle moet wag. Jan lyk, om die waarheid te sê, rustig. Asof hy in die dood die vrede gevind het wat hy nooit in die lewe kon kry nie.

Hy kyk weer op na die trappe. "Hoe laat het die ongeluk gebeur?"

"Ons weet nie, iewers gedurende die nag," sê Diana.

Conrad kom orent. "Maar u is tog getroud, mevrou. Hoe kon u eers vanoggend uitgevind het u man is dood?"

Adéle kyk na haar ma. "Die nuwe ontvangsdame het hom in die vroeë oggendure ontdek."

Berta en Conrad kyk albei vinnig na mekaar.

"My pa het die manier om snags rond te loop. Hy ly aan slapeloosheid," vervolg Adéle.

Berta is steeds besig om die stukkende trappie te ondersoek. "Hoe lank is hierdie trappie al stukkend, juffrou Joubert?"

" 'n Paar weke."

"Maar hoekom dit nie regmaak nie?"

"Ons . . . het nooit daarby uitgekom nie," antwoord Diana. "En nou . . ."

Maggie praat vir die eerste keer waar sy verwese agter die ontvangstoonbank sit. "Ek het Ma gewaarsku." Sy begin te huil en Diana stap na haar toe. Sy druk Maggie teen haar vas.

"U man wat so ronddwaal snags. Het dit dikwels gebeur?" vra Conrad.

Diana knik. "Hy het soms dae lank weggebly. Dan loop hy iewers in die bosse rond en kom terug met 'n skildery of twee."

"Hy skilder in die bosse? Waar?"

Adéle antwoord: "Ons weet nie. Ons vra ook nie. As ons vra, het hy hom vervies en . . ." Dit lyk of die emosie haar oorweldig. Sy kniel langs haar pa. "Niemand van ons het hom ooit . . . ek bedoel, ons verstaan hom nie, ons weet nie hoekom hy . . ." Sy kyk na Diana, asof sy haar verwyt.

En Diana kyk weg.

Berta kom met die trappe afgeloop. "Dit lyk op die oog af na 'n ongeluk, luitenant."

"Hmm." Hy klim ook met die trappe op en bekyk die trappie van naderby. Hy neem ook foto's daarvan met sy selfoon.

Duidelik moes Jan hom misgis het. Hoeveel mense het nie al gemor oor sy eksentrisiteit nie? Oor die feit dat hy op so 'n vreemde manier na mense kyk wat daar kom kuier.

Hmm.

Conrad draai na Adéle. "Julle is reg. Hier is niks verder vir ons nie." Hy stap eers deur ontvangs en dan terug na Jan Joubert se lyk. "Wat gaan nou van die hotel word?"

"Dit gaan maar aan soos tevore," antwoord Diana toonloos.

Adéle laat hoor: "Ja, Ma. Natuurlik soos tevore. Ma wat nooit die hotel op Pa se naam wou plaas nie. Hy was maar altyd 'n buitestander, al het hy die hotel ontwerp en die hele tyd toesig gehou terwyl dit gebou is."

"Hmm." Conrad loer na Berta. Dan trek hy sy oë op skrefies: hy merk iets wat net effentjies uit Jan Joubert se sak steek. Hy neem sy sakdoek en lig dit versigtig uit.

Dis 'n foto van 'n pragtige vrou met gitswart hare.

"Wie is hierdie vrou, mevrou?"

Diana word bleek. Haar hand was op pad na haar mond toe, maar sy keer dit.

"Wat het dit met my man se dood te make, luitenant?"

"Antwoord net die vraag, mevrou," tree Berta tussenbeide.

"Dit is my man . . . se eertydse verloofde, Arista du Randt."

Conrad lig sy wenkbroue. "Hoekom sou hy 'n foto van haar in sy sak gehad het?"

Diana kyk na Adéle asof sy hulp soek. Dan antwoord Adéle toe Conrad met sy hand beduie dat hy 'n antwoord soek: "Sy het glo ook, volgens my pa, in die hotel belanggestel terwyl dit destyds op die grond gebou is wat eers aan haar ouers behoort het. Die plaas se naam was toe Wolwedans. Toe speel die mangoplaas bankrot en my oupa het dit gekoop. Die Du Randts het getrek en Arista is saam met hulle. Niemand het haar ooit weer gesien nie. Maar ek dink nie my pa het haar ooit vergeet nie."

"Hmm." Conrad maak 'n aantekening in sy boekie en plaas die foto terug in Jan se sak.

"Waar kan ek dié . . . Arista opspoor?"

"Ons weet nie," sê Maggie.

"Hoekom is die verlowing tussen Arista du Randt en u man verbreek, mevrou?"

Diana kyk weer rond asof sy na uitkoms soek. "Hulle het rusie gemaak, ek is nie seker waaroor nie. Ek en Jan het daarna begin uitgaan en toe getrou."

"Maar hy kon haar skynbaar nie vergeet nie. Jammer om so 'n persoonlike vraag te vra, mevrou, maar die kere wat u man so, uhm, verdwyn het . . . is dit moontlik dat hy na hierdie juffrou Du Randt gaan soek het? Dat daar dalk . . . steeds 'n verhouding was?"

Diana staar na Conrad. Die atmosfeer in die vertrek raak nog dikker.

"Ek . . . ek weet nie, luitenant."

Nou kyk Berta en Conrad openlik na mekaar. Interessante geskiedenis, dink Conrad. Helse interessante geskiedenis. The plot sickens, soos Berta altyd sê as hulle ernstige sake ondersoek.

Conrad kyk eers weer in die vertrek rond, dan knik hy vir die paramedici. Hulle gooi die laken terug oor Jan Joubert se lyk en plaas dit op 'n draagbaar. Maggie kom agter die ontvangstoonbank uit en loop tot langs haar pa. Sy plaas haar hand oor syne, deur die laken, en druk dit. Diana begin weer huil. Dit is net Adéle wat strak voor haar uitstaar.

Jan Joubert se lyk word uitgedra. Adéle se oë volg hom.

"Daardie trappie, mevrou . . ." begin Conrad.

"Ek sal dit laat regmaak," snik sy.

"Hoe gaan dit met juffrou Daneel? Die nuwe ontvangsdame?" Hy ignoreer Berta se blik.

Adéle antwoord na 'n rukkie: "Beter."

"Onthou sy al iets?"

"Nee, maar sy kan darem haar werk doen."

"Hoe het dit gebeur dat juis sy u man se lyk ontdek het, mevrou?"

"Sy het glo iets gehoor . . . hoe hy teen die trappe afgeval het," antwoord Diana.

Conrad kry 'n SMS. Hy sug en kyk na die boodskap wat

op sy selfoon se skermpie verskyn. Die superintendent wil hom dadelik sien. Hy sal nie nou met Sonja kan praat nie.

"Ek is regtig jammer vir u verlies, mevrou. Juffrou Joubert." Conrad kyk om die beurt na Adéle en Maggie.

"Ons sien 'n bedrywigheid hier buite in die pad langs die dam," beduie Berta terwyl sy weer haar sonbril opsit.

"Ek het besluit om 'n sekuriteitshek daar te laat oprig. Ons gaan die nagwag daarheen verskuif," sê Adéle, "veral na al die aanvalle op die lodges en die plase."

"Hoog tyd." Conrad draai terug en kyk na die ontvangstoonbank, dan knik hy vir Berta.

Hulle stap uit. Die verstikkende, klam hitte hang soos 'n kombers oor hulle. Met die afstap tap die sweet Conrad reeds af en toe hulle by die motor kom, trek hy sy baadjie vir die eerste keer uit. "Iemand het weer die hel en Hazyview met mekaar verwar," sê hy terwyl hy oopsluit.

"Dit laat my na Phalaborwa verlang waar ek grootgeword het, luitenant. Selfs daar is dit koeler."

"As jy 'n baie sterk verbeelding het, ja."

Op daardie oomblik hou 'n voertuig met die woorde *Pendula Lodge* daarop stil en Armand Naudé klim uit, netjies aangetrek in sy wildbewaarderuniform. Adéle wag hom in voor die hotel en Conrad kyk hoe hy haastig teen die trappe uitloop wat na die fonteintjie voor die ontvangsarea lei.

Berta loer oor haar sonbril na Armand en brom iets van 'n metrosexual wat heeltemal anders is as die ander boerseuns wat sy hier ken. "Selfs sy onderbroek pas seker by sy kleurskema."

Armand neem Adéle in sy arms en druk haar teen hom vas, maar sy maak haar na 'n oomblik uit sy omhelsing los.

"Ek het julle gewaarsku daai trappie is gevaarlik," hoor Conrad Armand sê. "As ek saam met jou hier bly, gaan hier nog meer veranderings kom."

"Sê vir Maggie en my ma van die trappie. Dit is hulle departement." Die verwyt in haar stem is duidelik.

"Wat gaan julle maak?"

"Wat kán ons maak? Dis slegte reklame vir die hotel. Hoe dink jy gaan ons voel elke keer as ons by ontvangs werk of as ons daar deurloop? Mens sal elke keer onthou. En die pers gaan seker nou op ons toesak."

"Ek is só jammer, Adéle."

"Jammer." Daar is 'n harde klank in haar stem. "Dit was vir hom 'n verlossing. Vir hom en my ma. Dit kon nie langer so aangegaan het nie en jy weet dit. Buitendien, dis nie asof julle twee hand-om-die-skouers was nie."

Adéle stap weg en Armand volg haar haastig. Hulle loop in die rigting van ontvangs toe Conrad die motor aanskakel.

Dit is toe hy wegry dat hy Sonja Daneel in die deur sien staan. Hy oorweeg dit om stil te hou, maar Berta wys op haar horlosie: "Die super kry weer tien ystervarkies as hy moet wag, luitenant."

Terwyl Conrad om die draai gaan, sien hy Armand uit die ontvangsarea te voorskyn tree. Hy loop na Sonja toe en begin met haar te praat, maar die meisie draai weg en verdwyn om die hoek. Armand beduie met sy arms in die lug asof hy iets nie verstaan nie.

"Snaakse fandamily," merk Conrad op.

"Wat hier op hulle eie klein eilandjie bly. Die vraag is net, wat gaan gebeur as die rivier rondom die eilandjie opdroog?" Berta byt 'n stukkie van 'n koeksister af.

"Ek hou van jou beeldspraak, sersant."

Sy frons en kyk na hom. "Beeld . . . watse goed, luitenant?"

"Google dit, sersant. Google dit."

12

Dit is 'n week na Jan Joubert se begrafnis.

Sonja voel die verlies kwaai. Aanvanklik was sy bang vir Jan Joubert, maar toe sy 'n week gelede langs sy graf gestaan het, het sy die laaste keer onthou toe sy hom gesien het. Hoe hartseer hy gelyk het. Vir haar was hy, ironies genoeg, self 'n wolf wat teen die maan sit en huil het. Afgedwaal, honger vir geselskap en eensaam in wat sy doel ook al was.

Sy onthou ook sy voorliefde vir rooi rose. Toe sy gister by sy studeerkamer verbygeloop het, was daar weer vars rose in 'n vaas op sy lessenaar.

Sy moes 'n paar dubbelskofte by ontvangs werk omdat Maggie te bedruk was. Adéle het gedurig toesig gehou, maar selfs sy, kon Sonja agterkom, was nie haarself nie. Dit was of sy daardie ekstra drif in haar stap verloor het. Steeds het sy die hotel met gesag bestuur, maar sy het min met Sonja gepraat, net opdragte gegee en navrae hanteer wat buite Sonja se pligte gelê het.

Langs die graf het Adéle regop langs Armand gestaan, haar lang hare stewig in haar nek vasgevat. Diana het Maggie ondersteun, wat onbedaarlik gehuil het, maar

Adéle het roerloos gestaan en net af en toe met haar kneukels aan haar neus geraak asof sy die emosie wou terugdwing. Armand het sy hand uitgesteek om aan hare te raak. Adéle het dit kortstondig vasgehou en toe weer gelos.

Sonja het pas 'n groep Noorweegse toeriste ingeteken. Slegs die toergids kon Engels praat en dit het baie handgebare en verduidelikings gekos om te verduidelik waar malariapille beskikbaar was en dat elke kamer lugverkoeling het en daar muskietweerder langs elke bed staan. En toe moes sy die vrae beantwoord oor of daar leeus in die bosse langs die hotel is en of seekoeie so gevaarlik is soos wat die toergids gesê het.

Adéle kom op die stertkant van die gesprek in. Mense neem foto's van die snuisterye in ontvangs wat nog uit vergange se dae kom, en beduie na die tropiese plante in die tuin. En sommige glimlag vir Sonja en probeer enkele Engelse woorde praat.

Nadat die Noorweërs na hul kamers toe is, kom staan Adéle teenoor Sonja. Sy verwag 'n skrobbering, want tot dusver het die meisie haar dikwels gekritiseer of kortaf reggehelp as sy ontevrede was met iets. Vandag staan sy egter nie daar met haar arms gevou soos gewoonlik nie, maar vee liggies oor haar wang.

"Ek besef dit was 'n baie woeste week. Dinge sal van nou af gemakliker verloop. Dit wil sê ás mens die Kerstyd as rustig kan bestempel."

Sonja knik net en gaan voort om navrae per e-pos te beantwoord.

"Hoe reageer die besoekers op . . . uhm, die ongeluk?"

Sonja druk "Send" en draai dan na Adéle. "Nie goed nie, juffrou Joubert." Sy verkies om haar formeel aan te spreek.

"Wat beteken dit?"

Sonja kyk in haar oë en besef sy sal oop kaarte moet speel. "Soos jy weet, was daar 'n paar kansellasies. Maar dit was alles plaaslik. Dit het nie die buitelandse besprekings juis beïnvloed nie."

"Jy moet die gerugte die nek inslaan, juffrou Daneel. Ek hou nie van die stories wat rondloop nie."

"Juffrou Joubert, ek kan nie veel aan die gerugte doen nie. Mense is bang vir Hotel Njala. Hulle sê die plek is vervloek. Hulle sê ook dat die geskiedenis besig is om die hotel in te haal. Ek is jammer dat ek dit vir u moet sê, maar die aantyging kom uit meer as een oord."

"Ag bog, man. Dis sommer net mense wat nie weet waarvan hulle praat nie."

Sonja weet nie of sy nóg slegte nuus moet gee nie.

"Kom, kom, juffrou Daneel! As daar iets is wat ek haat, is dit as mense dinge van my wegsteek. Wat sê hulle nog?"

Nou goed, as Adéle dan die waarheid wil weet . . . "Dat die hotel te duur is. Dat daar ander hotelle in die omgewing is met spa's, en dat hulle gemakliker daar voel. Ook dat hulle die intimiteit van gastehuise verkies. Die hotel is te groot. Hulle verdwaal en hulle vind dit . . ."

Adéle beduie met haar hand. "Toe. Hulle vind dit hoe?"

"Spokerig. Hier sluip iemand rond waaroor mense aardig voel. Iemand wat skielik verdwyn as hy agterkom mense sien hom."

"Dit is die wagte! Of ander toeriste, in hemelsnaam!"

189

"Wel, ek het dit sélf ervaar, maar niemand wil my glo nie. Daarom het ek nie eers vir luitenant Nolte daarvan gesê nie, want almal dink dit was my verbeelding. Maar ek weet wat ek gesien het. En ek weet ook dat hier 'n wolf in die bosse is."

Aan Adéle se reaksie kan Sonja dadelik sien dat sy 'n sensitiewe punt aangeraak het. Net vir 'n oomblik is sy onkant gevang, wankel haar ysterharde houding. Dan is die ou Adéle terug. "Juffrou Daneel. Jy kan nie eers onthou wat 'n maand gelede met jou gebeur het nie. Hoe kan ons nog glo wat jy andersins kwytraak?"

Sonja kyk skerp op. "Ek is darem nie 'n wrak nie. Ek mag my geheue verloor het, maar ek is nie seniel nie."

"Moenie jou allerhande dinge wysmaak nie. Dit nadat ek jou eintlik wou komplimenteer met jou werk hier die afgelope week. Maar nou is dit duidelik dat jy liefs nie komplimente moet kry nie."

"Ek is bly u is tevrede, juffrou Joubert. Maar ek weet wat daardie aand met my gebeur het, en ek kan dit nie verswyg of ontken bloot omdat dit u gaan ontstel nie."

Adéle loop vinnig vorentoe en vir 'n oomblik dink Sonja dat sy haar gaan klap. Hulle staan enkele sentimeters van mekaar af en Sonja voel ongemaklik dat die meisie haar persoonlike ruimte binnegedring het.

"As jy ongemaklik hier voel, moet jy liewers bedank, juffrou Daneel. Want ons het nie hier plek vir senuweewrakke nie."

Ryno se stem klink skielik hard agter hulle: "Die toeriste kan nie uitgepraat raak oor haar nie. Dis die eerste keer vandat ek hier is dat álmal oor 'n ontvangsdame

praat. En hulle rave oor haar. Gee haar 'n break, Adéle!"
Adéle draai om en dit lyk of sy Ryno ook te lyf wil gaan. Hy
glimlag egter vreesloos en stap tot by haar. "Rêrig, baas.
Hierdie girl is 'n aanwins. Maak nie saak watter probleme
sy kry nie, sy hanteer dit met styl. Selfs jý moet erken dat
sy goed cope."

Dit lyk of die drif in Adéle vir 'n oomblik geblus word.
Dit is ook asof sy nie kan glo dat hulle dit albei waag om
haar teen te gaan nie.

"Ek probeer maar net die hotel se reputasie beskerm,
meneer Lategan."

"Dan moet jy jou hotel in die een-en-twintigste eeu in-
vat, Adéle. Dit lyk en voel soos iets uit die vorige millen-
nium."

"Dis hoe my pa daarvan gehou het!" kap sy terug.

"Met alle respek, Adéle," Ryno se stem word sag, "jou
pa is nie meer hier nie."

"Nou wat stel jy voor doen ek, meneer Lategan? Kry
plesierpoppies wat die gaste elke aand vermaak en doen
sirkustoertjies in die voorportaal?"

"Ek vermaak in elk geval die gaste. En hier's 'n olifant-
oord net hier langsaan. Wat jý nodig het, is om te chill.
Hotel Njala is so blerrie hardlywig, nie eers Maalox sal
help nie. Raak meer informeel. Gee die plek vir my en
binne ses maande is jy elke naweek vol. Promise."

"Gee dit vir jóú!" Sy lag. "En wat sal jy miskien doen?"

Ryno raak ernstig en in die manier wat hy haar vraag
beantwoord, kan Sonja sien hy het lank en deeglik hier-
oor gedink. "Gee elke Saterdagaand 'n braai. Vat mense
op ballon-trips. Die dude wat dit aanbied, bly in elk geval

net hier langsaan. En ons ontwerp 'n boma. Ek bedoel, hier't jy hierdie stunning plek in die bosse, maar mense moet aantrek as hulle gaan eet! Dan sit hulle soos bliksoldaatjies in 'n formele restaurant! Ouens wil relax. Dis Afrika, Adéle! En hier's nie eers 'n spa nie. Bied kursusse aan soos die ander gastehuise, hou workshops, die works. En bou 'n konferensiesentrum. Gee spesiale tariewe vir groot maatskappye. Adverteer dat jy spanbousessies hier sal aanbied, daai soort ding."

"En wie, meneer Lategan, gaan dit alles doen?"

"Ek kan die meeste van daai goed doen. En rêrig. Mense noem mekaar in hygstories 'meneer Lategan' en 'juffrou Daneel'. Ek's Ryno. Of Rynsch as jy wil. Of Vaalseun. Dis wat die ouens my in die pubs noem. En sy is Sonja. Of Skiewies. Pas by haar. Skiewies."

Sonja se mond val oop. Dit is weer 'n ander Ryno: 'n intelligente, gesaghebbende, ernstige man wat in staat is om teen Adéle op te staan en prakties uitvoerbare planne vir die hotel het. Sy kan in Adéle se oë sien dat sy ewe verras is. Of sy dit sal erken, is 'n ander saak.

Die telefoon lui en Sonja beantwoord dit. Terwyl sy die bespreking afneem, hoor sy hoe Adéle in 'n sagter toon met Ryno praat.

"Veranderings, sê jy."

"Jip."

Sy kyk lank na hom. "Sal jy dit alles op skrif sit en aan my voorlê?"

Ryno stap tot by haar en druk haar hare van haar voorkop weg. Sy oë is sag en vriendelik. "Kom ons chat by Jungle Café in Numbipark. Dis meer informeel daar. Ons kom weg van hierdie aambei-atmosfeer en jy laat jou hare los hang, dan gesels ons oor 'n hamburger. Ek hou nie daarvan om goed te skryf nie. Ek praat dit eerder."

Sonja verwag dat Adéle vir Ryno gaan afjak, maar sy glimlag. "Jungle Café?"

"Uh-huh. Is jy lus?"

"Waar is dit, sê jy?"

Ryno skud sy kop. "Jy bly jou hele lewe lank al hier en jy weet nie waar Jungle Café is nie?"

"Soos jy weet, beweeg ek nie baie in die omgewing rond nie, Ryno."

"Aha. Ryno! Dis 'n begin. Jy het my al tevore op my naam genoem, maar dit het geklink soos wanneer iemand my 'oom' noem en ek sê ek's vyf-en-twintig, ek's nie 'n oom nie. Dan kom my naam so moeilik en stomperig oor daai kinders se lippe."

"Hoe laat vertrek ons?" vra Adéle.

"Jungle Café toe?"

"Dis mos wat jy voorgestel het, is dit nie, Vaalseun?"

Sonja kyk skerp op. Selfs Ryno lyk verbaas.

"Wow. Oukei. Oukei."

"Toe. Sal ons vertrek?" En toe weer, moedswillig: "Vaalseun?"

Dit vang Ryno ontkant. "Wel. Uhm. Kan ons met jou sportmotor ry? My bike is op die koffie. Ek moet hom eers fix." Toe hy dit sê, kyk hy na Sonja en sy kan onmiddellik sien hy jok. Hy wil Adéle nie op sy motorfiets hê nie; dis haar plek.

Adéle het 'n selftevrede glimlag, die soort wat jy kry as jy pas 'n oorwinning behaal het. "Ek sal in elk geval ook nie op jou motorfiets klim nie. Jy ry soos die duiwel." Sy stap na die trappe toe. "Kry my oor vyftien minute in die parkeerterrein."

Sy klim teen die trappe uit, gaan staan 'n oomblik by die derde een van bo af wat onlangs herstel is, dan verdwyn sy.

Sonja is weer besig met 'n bespreking toe Ryno na haar toe loop. Hy staan geduldig en wag dat sy moet klaarmaak, maar die persoon op die telefoon is onseker oor watter dag hy na Hotel Njala toe wil kom.

Uiteindelik neem Ryno die gehoorbuis uit Sonja se hand. "Hallo? Dit is Ryno Lategan hier, eienaar van Hotel Njala. As jy onseker is oor wanneer om hierheen te kom, meneer, sal ek eerlik met jou wees. Hier is nog net een kamer oor. Ek sou jou dus aanraai om dadelik te bespreek as jy nog akkommodasie wil hê." Sonja probeer tevergeefs die gehoorbuis by hom terugvat. "Die agt-entwintigste tot die dertigste November, ja. Hier's 'n beeldskone ontvangsdame wat jou gou sal inbespreek meneer, uhm . . .?" Hy luister. "Louw. Reg so. Ek oorhandig weer die telefoon aan haar, as ek my oë van haar kan afneem. Wens u kon haar sien, meneer. Sy sou die Israeliete se trip deur die woestyn met dekades verkort het as hulle geweet het wat wag!"

Hy oorhandig die gehoorbuis weer aan Sonja. Sy bloos en neem die man se besonderhede af, dan sit sy die foon neer.

"Jy sien, Skiewies. Dít is hoe dit gedoen moet word. Charm die manne. Flirt met hulle. Relax. Die lewe is te kort om 'n smartlap te wees. Jy weet mos!"

194

Die telefoon lui weer, maar Ryno lig dit van die mikkie en plaas dit op die lessenaar. Sonja wil die gehoorbuis neem, maar hy keer haar. "Ek het jou rooster gecheck. Jy begin eers môre na lunch. Ek het 'n pel hier langsaan wat die lugballonne vlieg. Hy skuld my. Toe sê ek ek het hierdie stunning girl wat mal is oor mooi plekke en sal hy ons môre voor die son opkom vir 'n piekniek vat die berge in met sy ballon? En hy het ja gesê. Is dit 'n date?"

Sy skud haar kop. "Nee."

"Hoekom nie?"

Sy neem die gehoorbuis. "Hallo? Hallo?" Maar die persoon aan die ander kant het reeds neergesit. "Jy en Adéle gaan mos uit. Ek glo nie daar is plek vir nog iemand op jou rooster nie, Ryno."

"Hei, hei, whoa, girl! Hoe's jy dan nou?" Hy grinnik. "Moenie my sê jy is jaloers nie?"

"Waarop sal ek jaloers wees, Ryno?"

Sy oë lag. "Ek neem net die baas uit hierdie hardlywige spookhuis om haar van jou af weg te kry, sodat sy nie heeltyd in jou nekhare blaas nie. Ek doen dit vir jóú, Skiewies!"

"Probeer 'n ander een. Toe, skoert nou. Ek het werk."

Hy leun oor die toonbank en toe hy in haar oë kyk, weet sy dat iemand al tevore so met haar flankeer het. Presies net so. En in haar gedagtes kom daar herinneringe op. 'n Restaurant. Iemand, dalk Pietman, wat oorkant haar kom sit en grappe maak. Maar soos sy oor die telefoon na hom geluister het, is Pietman nie noodwendig die informele tipe nie. Tog, sy naam het in haar gedagtes opgeflits en sy wil-wil iets onthou.

"Gaan môreoggend saam met my. Toe, Skiewies."

"Nee."

"Seblief?"

"Ryno, ek het gesê nee."

"Seblief-seblief-seblief?"

"My nee is my nee. Jammer."

Hy staan lank so na haar en kyk. In haar gedagtes is daar allerhande beelde. Die restaurant. Iemand wat op sy knieë voor haar staan asof hy haar vra om aan hom verloof te raak. Iemand, iemand. Maar verdomp, wie?!

Dan pluk Ryno sy hemp uit. Sonja kyk verskrik op. "Jy weet hoe's Adéle oor kleredrag." Sy beduie na 'n kennisgewing. "Jy moet ordentlik aangetrek wees as jy . . ."

"Sê jy sal saamgaan."

"Nee, Ryno!"

Hy kyk weer lank na haar. Dan pluk hy sy skoene uit. "Dis anyway te warm vir skoene. Toe. Ek trek alles uit, óf jy sê jy gaan saam!"

"Jy's soos 'n vervlakste skoolseun! Word groot!"

Net vir 'n oomblik kom daar 'n ernstige lig in sy oë. "Dis oor ons almal te vinnig grootword dat almal hier so 'n pyn in die gat is, Sonja. Wees wie jy is, nie wie hierdie verdomde hotel en sy mense wil hê jy moet wees nie."

"Ek is wie ek is, Ryno."

"Nee, jy is nie. Jy weet self nie wie jy is nie. En ek sê nou vir jou: jy is nie 'n dêm kloosterkoek nie. Ek kan nie glo jy was so nie! Chill, girl, in vadersnaam!"

Twee meisies stap verby en steek vas. Hulle draai terug en kyk na Ryno. Hy waai vir hulle en hulle waai blosend terug, dan stap hulle weg terwyl hulle vrolik kwetter.

"Ek kry jou môreoggend halfvyf, dan gaan piekniek ons. Ek vra Phineas om 'n piekniekmandjie te pak."

"Nee." Sy draai na haar rekenaar en begin 'n brief te tik, maar maak dadelik foute.

"Nou maar goed." Ryno haal sy lyfband af en laat dit op die toonbank val. Sonja maak of sy dit nie sien nie.

Dan pluk hy sy broek uit. Sy vries.

"Ryno. As iemand nou hier instap . . ."

"Kry sy die sight van haar lewe. Toe."

"Nee! Hou op om kinderagtig te wees!"

Hy sit sy broek op die toonbank voor haar neer en kyk stip na haar. "Jy dink ek sal nie? Ek doen altyd wat ek be-lowe."

"Watter deel van die woord nee verstaan jy nie?"

Hy krap deur sy hare. "Oukei. Dan doen ek die full Monty."

Sy sluk. Sy kyk verskrik na hom en skielik, in haar kop, is daar nog beelde, 'n oomblik, iets wat met haar gebeur het wat sy wil-wil onthou.

Hy druk sy duim in die onderbroek se rek. "Gereed vir die groot revelation?"

"Ryno!" roep sy uit.

"Jis, Skiewies?"

"Stop dit nou. Dis . . . dis infantiel, man!"

"Nee. Dis die léwe, Skiewies. Dis lekker, dis jonk, dis cool. En ons is nog jonk. En cool, hoop ek." Hy begin die materiaal aftrek. "Oukei. Jy het gevra daarvoor."

"Ja, ja! Ek sal saamgaan!"

Hy kyk na haar. "Was dit 'n ja?"

"Ja!"

"Ja, ja en nogmaals . . .?"

"Ja, verdomp! Ek kan nie glo ek sit hier soos in 'n skool-opvoering en . . ."

"Dis lekker, Skiewies. Dat daar bietjie lewe in hierdie dodehuis kom."

Maggie staan aan die bopunt van die trappe en kyk af na Ryno. En aan die manier waarop sy na hom kyk, sien Sonja ongetwyfeld liefde. Bewondering. En nog iets. Vreugde. Dit is die eerste keer dat Sonja dit in die bedruk-te meisie se oë sien. Sy kyk na Ryno met iets soos 'n glim-lag, en hy kyk terug.

"Jis, Mags. Nuwe outfit vir ontvangs. Dis te warm vir klere vandag."

Sy glimlag. "Wat's die geleentheid?"

"Die lewe is die geleentheid."

Maggie stap stadig met die trappe af en kyk na hom: "Ek sien jy gim nog."

"Alles vir Hotel Njala. Sodat ek in proporsie is vir die plek."

Toe Maggie by hom kom, neem sy sy klere van die toon-bank af en hou dit na hom toe uit. "Voor Adéle hier in-kom."

Hy grinnik. "Ek dink nie sy sal mind nie." Hy gooi dit oor sy skouer en loop uit. In die deur gaan hy staan. "Dan's dit 'n date, Skiewies?"

"Mits jy my daarna na my ma se huis toe vat. Dis my enigste voorwaarde."

"Oukei. As jy die adres het, toer ons as die ballon-trippie klaar is. Ek belowe."

Dan is Ryno weg.

Maggie kyk hom lank agterna. Dan draai sy terug. "Jy's gelukkig. Hy wil nie eers saam met my na 'n geleentheid toe gaan nie. En hier pluk hy sy klere uit om jou te oortuig om saam te gaan." Sy sug. "Dis wat Hotel Njala nog vreemder maak. Niemand kry wat hulle wil hê nie. En die mense wat dit kan kry, wil dit nie hê nie." Sy stap deur toe. "Jy is baie gelukkig dat hy so van jou hou, Sonja. Elke meisie in Hazyview is agter hom aan, maar hy speel net met hulle van 'n afstand af. Waardeer hom." En sy loop uit.

Die telefoon lui en Sonja lig die gehoorbuis. "Hotel Njala. Goeiemôre?"

Dit is Armand. "Sonja, is Adéle daar?"

"Probeer haar op haar sel."

"Ek het, maar sy antwoord nie."

"Sy gaan saam met Ryno iewers heen."

Daar is 'n stilte. "Ryno?"

Sonja besef dat sy haar mond verbygepraat het. "Wel, uhm, ja."

"Waarheen? Waarvoor?"

"Ek . . . is nie seker nie. Dalk moet jy weer haar selfoon probeer." Sonja stotter soos iemand wat nie weet hoe om haar uit 'n leuen uit te lieg nie. "As . . . ek haar sien, sal ek jou boodskap oordra, meneer Naudé."

"Dankie. Sy móét my terugskakel. En noem my Armand, asseblief."

"Goed. Armand. Tot siens." Sy lui af.

Oomblikke later hoor sy hoe Adéle se motor voor Hotel Njala vertrek.

Sy werk tot tweeuur en loop dan swembad toe, waar die kelner haar kos bring. 'n Hele paar toeriste met spierwit

199

lywe probeer bruin brand in die son – buitelanders wat die Afrika-son onderskat.

Sonja hou hulle dop. Inderdaad buitelanders. Vandat sy hier aangekom het, was daar regtig nog bitter min Suid-Afrikaners. Dié wat wel gebel het, het genoem dat hulle nie plek in die wildtuin kon kry nie en dat hulle alternatiewe verblyf soek. Maar die oomblik wat sy die pryse genoem het, het hulle geskok gereageer. Of ander het uit nuuskierigheid gebel en gevra of dit waar is dat Jan Joubert dood is.

Die besprekings uit die buiteland het ook afgeneem vir Januarie. Dit is dus duidelik dat al hoe minder mense na Hotel Njala kom. Veral ook as gevolg van die misdaad.

Uiteindelik gaan lê Sonja op een van die lêbanke in die tuin en raak aan die slaap.

Sy word baie later wakker van manstemme in die gaze-bo. Sy lig haarself om te sien wie so hard praat – sy lê net buite sig – en toe sy weer luister, herken sy Ryno en Armand se stemme.

Armand klink vererg. "En hoekom was haar selfoon die hele tyd af?"

"Vra vir haar. Hoe moet ek weet?"

"En waaroor was die kamtige vergadering?"

"Dit moet jy ook vir haar vra, Armand. En daar's niks kamtig aan nie."

Sonja hoor 'n stoel skuif. "Kyk. Jy het 'n reputasie langer as die land se misdaadsyfer. Ek en Adéle gaan verloof raak. Kry haar uit jou radar, of . . ."

Stilte. "Of wat, Armand?"

"Ek bliksem jou."

"O. Jy en wie nog?"

"Lategan, moenie inmeng waar jy nie nodig is nie."

"Met ander woorde, Armand, Hotel Njala is reeds joune."

"As ek en Adéle trou, bestuur ons Njala en Pendula saam."

"Weet sy dit?" hoor Sonja Ryno se stem.

"Dis vanselfsprekend."

"Moet niks as vanselfsprekend aanvaar nie."

Weer 'n stoel wat skuif. Dit moet Armand wees wat opstaan. Toe hy weer praat, is sy stem so sag dat Sonja skaars kan hoor wat hy sê. "Luister. Jy is 'n toergids. Dis jou funksie. Los die hotel vir grootmense. Jy is te infantiel om te verstaan wat hier aangaan, of om hierby betrokke te raak. Gaan speel op 'n ander plek en woeker jou kinderagtigheid daar uit. Hier is nie plek vir jou nie."

Die volgende oomblik loop Armand die trappe met mening af, by haar verby en terug rivierklippaadjie toe.

Dan hoor sy Ryno wegstap.

Sy is alleen by die swembad. Sy stap na die rand en gaan sit, doop haar voete in die water en kyk om haar rond.

Die tropiese bome is roerloos in die versengende hitte. Nou en dan val die groot blare van 'n rubberboom met 'n plofgeluid op die paadjie. Iets roer in die bamboesbos. Die water klots liggies teen die rand van die swembad.

Sonja stap terug na haar lêbank en gaan lê weer. Maak haarself gemaklik en sluit haar oë. Veraf hoor sy toeriste gesels. 'n Viertrekker hou stil en mense praat.

Dan raak sy aan die slaap.

En sy word wakker – van iets op haar bors. Sy maak

haar oë oop en eers weet sy nie waar sy is nie. Sy dink skielik aan die studente wat saam met haar klas gedraf het. Sy onthou een of twee se gesigte. Dit alles skielik, onverwags. Net vir 'n oomblik.

Sy lig haar kop.

Op haar bors lê 'n bloedrooi roos.

En bokant haar in die bome skarrel apies weg.

13

Al het Sonja haar kamerdeur gesluit, voel sy steeds on-
veilig. Sy oorweeg dit om weer die kas voor die deur te
skuif, maar doen dit uiteindelik nie. Sy kan nie toelaat dat
hierdie plek haar baasraak nie.

Sy raak elke nou en dan bewus van 'n geluid, iets wat
klink soos bamboesbalkies wat teen mekaar kap. Dán raak
dit weg, dan keer dit terug sodra daar 'n windjie trek.

Sy onthou iets. 'n Kamer met twee beddens.

Ja. Dis is nou duidelik in haar kop. En tussenin die ge-
luid van bamboes, 'n mooi, romantiese klank wat haar
kalmeer. En sy weet dat dit uit haar verlede kom, dat sy
daardie klank kén.

Sy verbeel haar sy het dit al vantevore hiér gehoor.

Toe sy teen halftwaalf nog wakker is, staan sy op.

Die Rooikappie-poppie staan roerloos, so ook die
skaakstukke. Dalk het sy regtig tevore gehallusineer.

Sy gaan venster toe, maak die luike oop en kyk af op
die rivierklippaadjie. Die ligte brand nog.

Sy huiwer. Weer flits bordjies wat sê *Toegang verbode* voor
haar verby. Elke keer het sy daardie deure oopgemaak.
Elke keer? Hoe kan sy onthou dit was elke keer? Maar

nee, sy is seker – haar nuuskierigheid het telkens die oorhand gekry.

Sy kyk behoorlik . . . en daar, in die hoek, weggesteek agter maanblomblare, hang 'n windharpie wat uit bamboesstokkies bestaan. Dit hang aan 'n tak van een van die bome wat oor die rivierklippaadjie strek. Dit is 'n pragtige geluid en sy luister betower daarna.

Die plante langs die paadjie staan roerloos. Die hitte hang soos 'n koorsigheid oor die Laeveld, maar dit is bekend, sy is gewoond daaraan. Sy ken dit haar hele lewe lank, weet sy nou.

'n Nagwag stap onder verby, kyk op en groet haar. Sonja groet terug.

Sy hoor 'n deur iewers oopgaan, uit die rigting van Jan Joubert se studeerkamer.

Dít is waar sy haar verlede gaan ontdek. Sy weet dit skielik met 'n verblindende helderheid.

Die nagwag loop hier onder rond. Sy voel veiliger as tevore.

Iewers weer 'n geluid.

Sy steek haar hand uit en sluit die deur oop. Sy kyk af in die verligte gang.

Weer geluide, iets wat sy nie behoorlik kan identifiseer nie. Dit trek haar aan.

In die gang voel dit asof die horlosie aan die onderpunt haar weer nadertrek.

Sy stap nader, soos 'n vlieg wat deur 'n spinnekop gelok word. Die lang wyser skuif aan en dit word drie-en-twintig minute voor twaalf. Soos die vorige keer, gaan staan Sonja voor die horlosievenster en kyk na haar eie weerkaatsing.

Die gesig wat na haar terugstaar, is nie so moeg en bleek soos tevore nie en sy betrap haarself dat sy uitsien na die rit in die lugballon vroeg môreoggend.

Sy kyk na regs, waarvandaan die geluide moes gekom het. Dit is Jan Joubert se studeerkamer. Die deur is gedeeltelik oop en sy hoor weer iewers geluide. Dit kan beslis van binne af kom.

Sy moenie. Sy moet teruggaan na haar kamer toe.

Maar hierdie vervloekte plek het 'n bedwelmende invloed op haar. Die geluide hipnotiseer haar.

Geen toegang. Verbode.

Maar elke keer gaan sy in . . .

Sy steek haar hand uit en druk die deur stadig oop. En die beelde kom in fokus. Die mat op die vloer met die blompatrone soos uit die 1950's. Die groot, swaar lessenaar met die bos rooi rose in die middel. Die boeke op die rakke teen die mure. Die portrette met Hotel Njala se geskiedenis.

En 'n figuur wat in die lig van die tafellampie sit en reëlmatige bewegings uitvoer.

Dit is Diana Joubert en sy is besig om iets op te skeur. En weer. En weer. Sonja besef dat sy oortree, dat sy nie veronderstel is om hier te wees nie. Sy wil net omdraai, toe Diana opkyk. Sy skrik en gryp na haar hart.

"Dis ek, mevrou. Sonja. Ek is jammer . . ."

"Liewe hemel. Vir 'n oomblik het ek gedink . . ." Sy kyk na Sonja asof sy 'n spook gesien het. Sy skud haar kop en haar spraak is onseker, soos iemand wat dronk is.

"Ek wou eintlik vars lug skep. Ek kon nie slaap nie," stamel Sonja. Dit moet absurd klink. Sy, wat so bang is vir

Hotel Njala, dwaal nou snags hier rond, nes Jan Joubert. Maar die plek het daardie invloed op haar.

Haar oog val op dit wat Diana Joubert besig is om op te skeur. Foto's van 'n vrou. Op sommige staan Jan aan die linkerkant en die vrou op regterhand, maar almal is nou middeldeur geskeur. Op ander is net gedeeltes van die vrou se gesig nog sigbaar.

Onderaan een foto staan die naam: *Arista.*

"Hy het elke aand sy eie soort nagmaal hier saam met haar gehou," sê Diana skielik. "Wat help dit tog ek steek dit nog weg? Dit was húlle plek, hierdie studeerkamer, al was dit net in sy verbeelding. Sy laaie is vol foto's van haar."

Sonja voel ongemaklik; sy het 'n wêreld betree wat nie hare is nie. Diana praat voort, asof met haarself: "Hy en Arista was reeds verloof toe ek Jan ontmoet het. Maar vandat ek en hy mekaar die eerste keer gesien het, was daar iets. Ek het gedink dis liefde, maar dit was nie. Dit was die hotel. Jan wou altyd die hotel gehad het." En asof sy haarself korrigeer: "Jan en Arista wou die hotel vir hulleself gehad het en ek was in die pad. Ek het later gedink hulle sou my . . ."

Sy kyk na Sonja asof sy haar vir die eerste keer opmerk. "Hulle sou my uit die weg ruim om die hotel te kry, maar dit was op my naam. Dit was die enigste manier om my lewe te beskerm. Die hotel was, ís, myne. En daarna sal dit na Adéle toe gaan."

Nou sien Sonja die botteltjie met kalmeerpille wat langs Diana staan. Dit lê omgekeer. Dalk het sy dit in haar hand uitgekeer en sommer net van die pille begin sluk.

"Mevrou, ek dink u het miskien 'n pil of twee te veel gedrink. Kom ek neem u kamer toe."

Diana staar na haar. "Geen pil help meer nie. Niks vat die wete weg dat ek net 'n middel tot 'n doel was nie. As ek nie meer hier was nie, het Jan en Arista oorgeneem. Hy sou Adéle gemanipuleer of geterroriseer het soos hy my geterroriseer het, tot ek ingee. En ek hét amper ingegee. Ek het gedink, in Godsnaam, enigiets, net om rus en vrede te kry. Dalk moet ek die hotel op Jan se naam sit dat ek net kan rus. Maar dan sou hulle my hier weggedryf het. Hy en Arista."

"Waar is Arista nou, mevrou?"

Diana laat haar kop sak. "Wie sou weet? Dalk dwaal sy snags . . ." Sy ruk haarself reg.

Sonja help Diana om regop te kom. "Ek help u kamer toe." Sy lei Diana uit die vertrek. Sy is nie seker waar haar kamer is nie. "Watter kamer is u s'n, mevrou?"

Hulle stap by 'n oop deur verby en Diana loop outomaties daar in. Sonja sien Jan Joubert se foto's teen die mure, en die bed waaruit iemand onlangs opgestaan het. Dit moet Diana se kamer wees.

Sy help Diana in die bed in. Skielik gryp die vrou haar aan die arm. "Belowe my Arista sal nie eendag hier oorneem nie." Sonja ril. Sy trek die lakens tot onder Diana se ken. Sy mompel: "Sy gaan terugkom. Sy gaan kom eis wat sy dink is hare. Sy gaan alles oorvat, want sy . . ."

Dan dommel Diana weg.

Sonja loop uit die vertrek en met die trappe af. Sy kan nie teruggaan na haar kamer toe nie. Sy moet uitkom, sy moet weer vars lug kry!

Die rivierklippaadjie is steeds helder verlig. Daar is eg-ter nou geen teken van die nagwag nie.

Sonja is dankbaar vir die ligte langs die paadjie. Sy stap na die windharpie toe wat net-net buite haar bereik hang. Die windjie speel daardeur en sy luister weer na die klanke van bamboes teen bamboes.

Die volgende oomblik gaan die twee ligte weerskante van die windharpie af, eers die een, dan die ander. Sonja skrik, trek haar asem in. Sy loop haastig verder met die paadjie af – en terwyl sy loop, gaan die ligte af as sy ver-bygaan.

'n Koue rilling gly langs haar ruggraat af. Dit is of hier-die verdomde hotel 'n lewe van sy eie het . . .

Sy kyk om. Agter haar is dit donker, geen lig het weer aangegaan nie. Sy hoor nog die bamboesklanke, klang-klang-klang, reëlmatig soos die wind daardeur speel. En so vinnig as wat sy loop, gaan die ligte een na die ander af.

Sy begin hardloop, kies koers swembad toe – en die laaste ligte langs die rivierklippaadjie gaan af. Dit is nou pikdonker agter haar. Net die windharpie speel nog.

Sy hardloop oor die houtbruggie, die water kabbelend daaronder, tot by die swembad. Paddas kwaak. Iets skree in die bome. 'n Nagapie? Dit klink soos iets wat doodge-maak word, 'n lang, aaklige geluid.

Die ligte by die swembad is darem nog aan.

Sonja draf met die trappe op tot by die gazebo vanwaar sy 'n beter uitsig op die swembad en die omgewing het. Sy wag vir die swembadligte om ook af te gaan, maar dit bly skyn. Ongeag die hitte, vou sy haar arms om haar liggaam. Sy staan en kyk na die swembad, toe weer na die bosse agter haar.

Niks gebeur nie.

Sy sal met die donker rivierklippaadjie moet terugstap na haar kamer toe.

Sy verstaan nie hoekom sy aanhoudend die begeerte het om die plek te verken nie, ten spyte van haar vrees. Dit laat haar besef dat haar onderbewussyn vir haar boodskappe deurgee: hier is iewers iets wat haar gaan laat onthou.

Iewers.

Sy gaan sit met haar kop teen haar knieë. Begin huil.

Sy is nie seker hoe lank sy daar gesit het, toe sy iemand in die swembad hoor duik nie. Sy spring orent.

Dis Ryno, sy weet dadelik dis hy. Hy swem met egalige hale deur die water en toe hy aan die diep kant van die swembad kom, lig hy sy kop en duik terug en swem na die vlak kant.

Sonja hardloop met die trappe af en toe hy weer sy kop uit die water lig, sien hy haar. "Skiewies! Wat maak jy . . .?"

"Ek kon nie slaap nie."

Hy klim uit die water. "Jy moenie so alleen hier rond-loop nie."

"Hoor wie praat!" is al wat sy kan dink om te sê. Sy staan en bewe.

Hy sit sy arms om haar. "Hei. Wat bewe jy so?" Haar slaaprok word nat, maar sy gee nie om nie.

"Ek is bang. Die rivierklippaadjie se ligte het afgegaan terwyl ek verbygeloop het."

Ryno skud sy kop. "Dit kom elke aand op dieselfde tyd stuk-stuk aan en brand dan dwarsdeur die nag."

"Wel, gaan sien self! Dit is af!"

Hy los haar en kyk versigtig na haar. "Kom ons gaan kyk."

"Nee!"

"Hei, Skiews. Ek sal jou beskerm." Hy neem haar aan haar skouers. "Kyk na my." Maar sy hou haar kop geboë. "Kýk na my!" Sonja lig haar kop en hy gaan voort: "Ek sal jou nooit seermaak nie. Ek wil hê jy moet weet, as ek by jou is, sal niémand jou seermaak nie. Begryp jy?" En toe sy knik: "Kom saam met my. Ek vat jou terug na jou kamer toe."

Hy lei haar van die swembad oor die houtbruggie tot by die rivierklippaadjie. Die ligte brand almal.

"Sien jy?" vra hy.

Sy ril en sy begin praat, hard en aanhoudend, die woorde stort net uit. "Ek kan tog nie mal wees nie! Iemand het my daardie keer gejaag. Die ligte het afgegaan. Die poppie draai vanself. Die horlosie gaan staan. Iemand speel skaak! Mense loop snags in die gang! Die wolf staan in die bosse en die windharpie roep my!"

"Waarvan praat jy?"

Sy besef dat sy nog meer onsamehangend moet klink as wat Diana het. G'n wonder niemand glo haar nie.

"Vat my terug kamer toe."

Hy sit weer sy arm om haar skouers en lei haar met die rivierklippaadjie langs. Die ligte brand steeds, maar die windharpie is nou stil. Sy kyk om. Ryno se nat spore lê op die paadjie agter hulle.

Bloedspore. Sy onthou dit vaagweg – iewers het sy bloedspore gesien . . .

Ryno lei haar terug in die huis wat aan die hotel grens, op met die trappe tot in die lang gang. En vir die eerste keer wat sy hierdie gang betree, is sy nie bang nie, want hy is by haar.

Hy stap tot by haar kamer en maak die deur oop. Hy skakel die hooflig aan. "Alles is veilig. Kom."

Sonja stap in en hy maak die deur toe. Hy lei haar na haar bed toe, nes sy met Diana vroeër. Die voel of haar knieë onder haar wil ingee, en hy tel haar op en sit haar in die bed. Hy gaan sit langs haar en vee die natgeswete hare van haar voorkop af weg. Hy lyk bekommerd. En verward.

"Moenie my alleen los nie," sê sy.

Hy streel haar gesig. "Jy is veilig, Skiewies."

Is dit slaap? Is dit moegheid? Wat dit ook al is, dit begin oorneem en sy sak in die newels weg.

Haar lippe beweeg. "Ek het jou lief," hoor sy haarself sê. "Ek het jou lief, Ryno."

Sy lê terug teen die kussings. Hy kan nou enigiets met haar doen, dink sy. Sy sal haarself onvoorwaardelik oorgee. Sy weet nou sy het hom so lief soos sy nie kan dink sy enigiemand in haar vorige lewe liefgehad het nie.

Só raak sy aan die slaap. Dalk sê sy weer sy het hom lief. Dalk vra sy dat hy langs haar moet inklim en haar moet vashou en met haar moet doen wat hy wil.

Maar terwyl sy wegdommel, voel sy hoe hy opstaan.

Iewers diep in die nag word sy wakker. Die beelde is dadelik terug in haar gedagtes: die rivierklippaadjie en die ligte. Sy kom orent en soek hom langs haar, maar hy is nie daar nie.

211

Tog hoor sy Ryno se asemhaling iewers in die vertrek – en toe sy afkyk, tref sy hom op die matjie voor haar bed aan, soos 'n hond wat haar oppas.

"Ryno?"

Maar hy hoor haar nie. Sy staan op en kniel langs hom. Hy lê op sy rug, sy bolyf nat van die sweet, sy mond effens oop.

Sonja raak aan sy bolyf; dit is warm. Sy vee die sweet ingedagte met haar vingers af. Ryno beweeg in sy slaap, sy hare deurmekaar oor sy voorkop, sy gesig vredig. En baie mooi. Sy sit lank so na hom en kyk. Sien hoe hy rustig asemhaal. Merk die fyn haartjies op sy bors en die sweet. Sy steek haar hand uit en keer 'n straaltjie wat tot in sy naeltjie loop. Net daardie aanraking maak haar duiselig.

Sy maag beweeg onder haar vingers in reaksie.

Die asem stoot onseker oor haar lippe. Sy wil hom soen. Sy wil vorentoe buk en hom wakker soen. Sy wil hom vra om haar weg te neem van hierdie verskriklike plek af. Sy stel nie meer belang om te weet wie sy is nie, dit is dalk beter om nie te weet nie, en dat die lei skoon is. Dat sy 'n nuwe lewe kan begin saam met hierdie man wat sy nie ordentlik ken nie, maar saam met wie sy die res van haar lewe wil deurbring.

"Ek is lief vir jou," sê sy sag naby die fyn stoppelbaard wat begin deurskemer. "Ek is lief vir jou, Vaalseun."

Toe klim sy terug in haar bed en draai op haar sy sodat sy na hom kan kyk. Sy luister na sy asemhaling tot sy self weer wegdommel.

Dit is grouskemer toe sy wakker word. Ryno buk oor haar.

"Hei. Skiews. Ons moet toer. Die lugballon." Sy sit haar arms om sy nek om hom nader te trek, maar hy maak haar vingers los. "Toe, dis tyd. Ek gaan shower gou, dan kry ek my bike en klere." Hy beduie na sy swembroek en stap deur toe.

Sonja skud haar kop. Sy wil nie nou uitgaan nie. Sy stel nie belang in lugballonne of reise of enigiets anders nie, sy wil net by hom wees. Sy weet dat sy hierdie man met so 'n verpletterende emosie liefhet, dat sy kan doodgaan daarvan.

"Ryno!"

"Skiews, trek aan. Ons moet toer." Hy huiwer en sy verwag dat hy na haar toe gaan stap, maar dan maak hy die deur agter hom toe.

Die ultimate girl, dink Sonja. Sy vervloek daardie meisie wat by hom betrokke was en wat sy lewe opgefoeter het.

Sy lê nog 'n oomblik en asem hom in asof hy nog daar is. Sy voel hom nog in die kamer, al is hy weg. "Ryno?" vra sy, asof hy kan antwoord.

Sy stort en kies die T-hemp waarvan hy so gehou het. Sy trek daarby een van haar kortbroeke aan en twee minute later is sy by die parkeerterrein. Sy motorfiets staan reeds en wag en sy oë beweeg oor haar liggaam toe sy met die trappies afgestap kom, maar hy sê niks. Sy loop tot by hom en trek liggies met haar vinger oor sy wang.

"Haai."

Hy glimlag. "Jy's beautiful." Hy ruik skoon.

Sy klim agter op die motorfiets en hy sit sy valhelm op en gee hare aan.

Hy laat die motorfiets aanvanklik vry beweeg. Hy fluister soos 'n matriekseun wat uit die koshuis wegsluip: "As hulle hoor, is die hel weer los, dan pla ek die gaste. Ek sal ooptrek as ons by die dam verby is."

Sy lag. "Oukei."

Hulle ry verby die nagwag, wat sy hand lig. "Jis, bra," groet Ryno.

Toe hy uiteindelik die motorfiets aanskakel en ooptrek op die grondpad, skree Sonja van opgewondenheid. Sy hou aan hom vas en lê met haar kop teen sy rug en lag soos 'n kind wat vir die eerste keer ontdek wat dit is om te lag. Dis wonderlik, ongelooflik hier by hom.

Hy draai links op die R536.

Hy kies later 'n grondpaadjie regs. En daar staan die lugballon en wag vir hulle.

'n Jong man kom aangestap en hy en Ryno druk hul vuiste teen mekaar.

"Hi, bru. Wat sê jy?"

Die man lag. "Ek skuld jou mos, boet."

'n Ruk later is Ryno en Sonja in die lug. Die son is op die punt om op te kom. Van hier af het sy 'n ongeewenaarde uitsig op die Hazyview-vallei. Sy sien Hotel Njala met sy rivierklippaadjie en sy Spaanse villas en reuse-huis en die dam en die swembad, en alles wat daar onder so bekend is.

Verder af sien sy 'n waterval. En naby dit iets wat soos 'n geboutjie lyk. Sy wens sy het 'n verkyker saamgebring. Sy wil vir Ryno vra wat dit is, maar hy beduie in die rigting van die Kruger-wildtuin waar die son nou aan die opkom is. Hy sit agter haar en sit sy arms om haar.

"Dis 'n nuwe dag, Skiewies. 'n Dag nader aan wees wie jy wil wees."

Haar asem slaan weg. Nie net vir die skoonheid oral om haar nie, maar ook vir sy teenwoordigheid, sy aanraking. Dit is asof Ryno Lategan vir haar lewe gee. Sy lê met haar kop teen sy bors en hy vryf saggies met sy ken deur haar hare.

"Mooi, hú, Skiews?"

"Die vallei is beeldskoon."

"Ek praat nie noodwendig net van die vallei nie."

Hy beduie waar die dorp Hazyview lê en hoe mooi Hippo Hollow hier onder hulle is. Hy wys vir haar waar die Sabi Sand-reservaat en Phabenihek-wildtuin lê, en Armand se privaat wildtuin.

"Met die groot vloed in Januarie het dit soos die see langs die Sabierivier gelyk."

Sy luister na sy stem, tegelyk seun en man. Hy praat met die opgewondenheid van 'n ou op skool wat sy meisie vir die eerste keer uitneem. Sy onthou dat hy vir haar gesê het 'n mens moet nooit grootword nie. Dat jy moet kind bly so lank as wat jy kan, anders word jy soos die ander vervelige grootmense. En dat die Jouberts in 'n tydgleuf vasgevang is waaruit hulle nie kan ontsnap nie.

En nou, hier, is sy iemand wat vir die eerste keer verlief geraak het. Sonja weet dit maak nie saak wié anders tevore in haar lewe was nie, sy is volkome lief vir hierdie man. Sy wil hom nooit laat gaan nie, maak nie saak wat gebeur nie.

"Waar dink jy kom drome vandaan?" Sy kyk na die son wat oor die Kruger-wildtuin opkom en verbeel haar sy sien kameelperde veraf.

Hy tik teen haar kop. "Dis die veiligste plek vir drome, Skiewies. Want drome is wat jy wil hê dit moet wees. Drome is al wat jou partykeer aan die lewe hou. Ek dink partykeer mens moet doodgaan voordat jou drome lelik word."

Sy kyk na die honderde huisies onder haar wat die settlement tot ver anderkant Bosbokrand vorm. Rokies trek orals. Mense is reeds besig om werk toe te loop. Trokke vol hout begin met die Graskoppad afbeweeg Nelspruit se kant toe.

"Waaroor droom jý, Ryno?"

Sonder om te aarsel antwoord hy: "Om lief te hê wie ek wil liefhê sonder bagasie en sonder om seer te maak."

Dit raak koud hier bo. Sy moes warmer aangetrek het. Sy bewe. Hy trek sy hemp uit en hang dit om haar skouers. Sy kyk na die groen heuwels agter haar wat Graskop se kant toe golf. Onder haar is damme en riviere en piesangplantasies en plase. Terwyl die ballon terugbeweeg Graskop se kant toe, sien sy die Sabie-koffieplantasie waar drie riviere bymekaarkom.

Skielik is die Laeveld hier onder haar Ryno. Word die twee een. Sien sy hom in die rowwe kranse, die lowergroen wat teen die berge afgolf en die spikkels kleur wat uit plaastuine aandag trek. Ryno is in die koue hier bo, in die warmte van sy arms om haar en in die klein stukkies mis wat uit die klowe opstyg.

"Kom ons gaan weg," sê sy saggies.

"Waarheen?"

"Die Laeveld is groot. Enige plek."

"Ek dag jy wil eers uitvind wie jy is."

"Ek wil en ek wil ook nie. Iets sê vir my dat ek nie verder sal wil leef as ek eers weet nie."

Hy druk haar teen hom vas. "Hei. Jy moenie twak praat nie."

"Sál jy my wegneem van die hotel af as ek uitgevind het wie ek is?" vra sy en bewe nog ten spyte van sy arms om haar.

Hy antwoord nie.

"Sal jy, Ryno?"

"Eers moet ek daai girl kry. Ek moet met haar vrede maak. Ek moet vir haar sê ek is jammer dat ek haar so liefgehad het dat ek haar vernietig het. Dan, en net dan, Skiewies."

"Waar sal jy na haar soek?" vra Sonja.

"Ek wens ek het geweet."

"Maar hoekom moet jy haar kry?"

"Oor wat ek aan haar gedoen het. Oor wat sy van my dink."

Sy asem die lug diep in en kyk weer na die neutbome hier onder haar, en die papajabome wat langs 'n groep kleinerige huisies staan.

'n Uur later sak die lugballon. Die man staan vir hulle en wag. Teen hierdie tyd het Ryno weer sy hemp aan en sit hy langs haar. Haar wange gloei van opgewondenheid, die koue lug daar bo en die asemrowende natuurskoon.

Toe hy haar later voor Hotel Njala aflaai, herinner sy hom: "Jy het belowe jy vat my na my ma se huis toe."

"Skiewies." Hy vryf oor sy gesig. "Ek moet vanoggend

'n toergroep God's Window toe vat. Maar ek belowe, ek belówe, môre, nes jou skof klaar is, vat ek jou." Hy sit sy hand op sy hart. "Ek sweer. Is dit oukei met jou?"

Sy is nie in staat om beswaar te maak nie. Inteendeel, sy verdrink in sy oë en sagte stem en in die sterkte en eerlikheid wat hy uitstraal. Sy knik net, want sy vertrou nie haar eie stem nie.

Ryno trek weg en ry terug in die rigting van waar hy in die personeelkwartiere aan die buitewyke van Hotel Njala bly.

Toe Sonja met die trappe opstap, wag Adéle haar in.

"Ek dag jy word hier geterroriseer. Nou flenter jy douvoordag saam met die toergids rond. Maar jy verwyt mý as jy kamtig aangerand word of gejaag word, of wat ook al."

Sonja sluk. "Hy het my genooi om te gaan kyk hoe die son opkom."

Adéle glimlag beterweterig. "Die son kom elke dag op dieselfde manier op, juffrou Daneel." Sy plaas haar hande in haar sye. "As jy maar weet hoeveel meisietjies se harte Ryno al gebreek het."

"Daar is niks tussen ons nie. Hy het my net gaan wys hoe die dag breek oor Hazyview."

Adéle word ernstig. "Kan ek jou vertel hoeveel meisies al na die tyd by my kom huil het? Toeriste wat 'n vakansieromanse gesoek het? Meisietjies uit die omgewing wat hulle harte aan hom verloor het. Hy gee sy hart vir niemand nie, Sonja. Onthou dit. Sy hart behoort aan iemand anders. Jy is net nog een in 'n lang ry verliefde meisietjies wat hom van 'n ander meisie laat vergeet."

Adéle draai om en stap terug by ontvangs in.

Die res van die oggend bring Sonja in haar kamer deur. Sy maak aantekeninge en skryf gedagtes neer van wat sy alles intussen begin onthou het – hoe vaag ook al. Van beelde wat in haar gedagtes opgekom het. By Ryno voel sy of sy nooit weer wil onthou nie, maar hier, alleen, en veral na Adéle se woorde, is sy weer die meisie sonder geheue wat moet weet wie sy is en wat sy hier kom maak het.

Skielik onthou sy van die gebou naby die waterval wat sy uit die lugballon gesien het. Sy moet dit gaan soek – dit het interessant gelyk van bo af en buitendien, wat anders gaan sy heeloggend doen tot haar skof begin?

Toe sy 'n rukkie later by die swembad verbyloop, kom Armand aangestap. Hy lyk meer opgewonde as wat sy sou verwag het – elke keer wat sy hom nog gesien het, het hy beswaard voorgekom.

Maar steeds kan sy haar nie vir Armand by Adéle voorstel nie. Die twee wil net nie heeltemal kliek in haar gedagtes nie.

Armand glimlag. "Dis 'n verrassing."

"Ek wil sommer 'n entjie stap." Sy besef dat hy seker gisteraand by Adéle oornag het.

"Alleen in hierdie bosse? Waarheen?"

"Ek wil kyk waar ek verongeluk het. Die pad is mos hier naby. Dalk onthou ek iets."

"Ek stap saam," bied hy aan.

"Dis nie nodig nie. Ek is heeltemal in staat om . . ."

Maar hy skud sy kop. "Ek stap saam. Jy kan g'n alleen in hierdie bosse infoeter nie. Buitendien, ek ken die wêreld.

Ek weet hoe om by die pad te kom waar jy verongeluk het. Jy sal verdwaal."

Dit neem hom 'n rukkie om haar te oortuig, maar Sonja stem tog maar in omdat hy reg is: sy durf nie alleen die bosse invaar nie.

"Maar moet jy nie op Pendula wees nie?"

"Ek is baas daar. Ek besluit wanneer ek soontoe wil gaan en wanneer nie."

Sy loop agter Armand aan waar hy agter die gazebo 'n bospaadjie kies en koers inslaan die vallei in.

"Dan wys ek jou sommer die waterval waar oom Jan altyd gaan swem het," sê hy oor sy skouer.

Sonja volg hom. Hy kyk kort-kort om en maak seker sy is nog daar, en steek soms sy hand uit om haar oor klippe te help. Hy wys ook vir haar bome en plante uit, amper soos 'n toergids wat werk vir 'n fooitjie.

Die bosse raak al digter hoe verder hulle van die hotel af wegstap. Sonja kyk voortdurend om haar rond. Verwag sy iemand? Of iets? Sy weet nie. Daar is in elk geval niks of niemand nie.

Nie wat sy kan sien nie . . .

Sy struikel meteens, en val. Armand, wat 'n bietjie veld gewen het, kom haastig terug na haar toe.

"Het jy seergekry?"

"Nee." Sy kyk vies na die boomwortel wat haar gepootjie het. Armand steek sy hand uit, maar sy sukkel self orent.

Hulle sien dit tegelyk. 'n Paadjie wat tussen die bome uitswenk. Dit is versteek – daar is 'n los, vrot stomp in die pad . . . en dit wil al lyk of dit oor die paadjie getrek is.

"Waar gaan dit heen?" vra Sonja verbaas.

Armand trek sy skouers op. "Seker ook na die pad hier anderkant. Ek het dit nog nooit gesien nie." Hy trek die gras weg. "Dis ook so weggesteek." Hy peuter aan die stok en dit skuif gemaklik uit die pad, asof dit al dikwels so geskuif is. Aan die regterkant merk albei dat die gras plat is, ook asof die stomp dikwels daar sy lê kry.

Hulle kyk na mekaar en Sonja besef dat hulle dieselfde gedagte het.

"Kan ons gaan kyk?" vra sy.

"Ek wil jou eintlik die waterval wys."

Sy skud haar kop. "Ek was vroeër in 'n lugballon saam met Ryno, toe sien ek 'n gebou hier onder. Ek was nuuskierig."

"Hier is nie geboue nie, Sonja."

"Wel, ek hét iets gesien!"

Hy frons. "Goed. As jy wil gaan kyk. Maar ek was nog nooit hiér nie. Nie eers geweet hier is 'n paadjie nie."

Armand loop voor haar uit. Die paadjie is redelik oopgetrap, dit moet dikwels gebruik word, of is onlangs.

Sonja kyk na die dennebome se regop stamme, amper soos 'n mini-plantasie.

Toe sien hulle dit. Tussen die bome staan 'n boshut wat van hout aanmekaargetimmer is. Dit is vir seker die gebou wat sy van bo af gesien het. Wie dit ook al gebou het, het vier boomstamme as hoekpale gebruik, met 'n vyfde boom aan die agterkant as ekstra stut.

Daar is openinge vir ruite – met gekraakte glas daarin; stukke het al uitgebreek. Mos groei oor die openinge tussen die houtlatte en die dak is met dennenaalde bedek.

Meteens is dit koud. Sonja ril en vou haar arms om haar.

Armand beduie na 'n deur – dit is groot en swaar – en stap vorentoe, en sy volg. Só is dit weer, asof iets haar na die hut toe aantrek. Sy steek Armand verby, stamp die deur oop en val byna die hut binne.

Aan die houtpilare sien sy verfspatsels, kwasstrepe, en nog spatsels verf op die dennenaalde op die grond.

Dan slaan haar asem weg. Daar staan vier esels wat uit rowwe hout geprakseer is. Onafgewerk, aards. En op drie van die esels staan skilderye van een en dieselfde vrou. Sonja herken Arista, wie se foto's Diana die vorige nag opgeskeur het.

Die vierde skildery is van Jan Joubert en Arista du Randt wat mekaar omhels en soen.

Sonja kyk na Armand. Hulle het Jan Joubert se skuilplek ontdek.

En dan raak Sonja van 'n ander teenwoordigheid bewus en draai om. Die wolf staan in die deur na hulle en kyk.

Sy gil en Armand swaai om. Sy beduie na die deur.

Maar die wolf is nie meer daar nie.

14

Terwyl Conrad agter Armand Naudé aanloop, besluit hy, nie vir die eerste keer nie, dat hy nie veel erg aan die man het nie. Hy is net te netjies, te presies. Tipiese toergids wat al die regte geluide maak en 'n front voorhou wat dalk nie so eg is as wat hy voorgee nie.

Of dalk is die mannetjie skadeloos, is dit maar net 'n geval van twee mense wat nie van mekaar hou nie. Selfs Berta steur haar nie veel aan hom nie.

Maar toe Sonja hom bel en vertel wat Armand vir haar gewys het, het hy besluit om te kom kyk. Enersyds was dit om Sonja weer te sien, andersyds wou hy eintlik kom kyk of die misdadigers wat die vallei so terroriseer nie dalk hier skuilhou nie.

Met hul aankoms op Njala was Adéle en Maggie in Nelspruit vir hotelsake, toe bied Armand aan om hulle tot by die boshut te neem.

Armand hou sy hand op, beduie vir stilte en haal sy rewolwer uit sy skede. Berta haal ook haar rewolwer uit, dan stap sy en Conrad behoedsaam tot by die boshut terwyl Armand bly staan.

Berta en Conrad loop in. Conrad kan sy oë nie glo nie.

Dit lyk na 'n kunstenaar se ateljee, 'n plek waar iemand kon kom wegkruip om alleen te wees en uiting aan sy verbeelding te gee. Maar dis 'n dêm gevaarlike idee, so alleen in die bos in hierdie tye.

Berta stap uit en loop om die houthuis, en Conrad volg. Sy sê: "My ouma het altyd sulke mooi tekeninge gehad wat sy teen haar muur opgehang het van oulike huisies in die bos. Hierdie een lyk net so."

"Hmm." Die plek laat hom weer dink aan die prentjie van die houtkapper se hut in die Rooikappie-storie. Daar is niks romanties daaraan nie. Die hut is dan in die middel van die bos in die middel van nêrens.

"Tot waar strek Njala se grond?" vra hy vir Armand wat nou naderstaan.

"Tot by die rivier hier onder, en dan tot teen die kop waar die piesangplantasies begin."

Conrad neem foto's van die boshut, dan stap hy en Berta terug binnetoe en bekyk die skilderye. Dit is baie duidelik die plek waarheen Jan Joubert so dikwels verdwyn het.

"Dink luitenant dit was 'n liefdesnessie?" vra Berta.

"Met daardie ou koringkriek was enigiets moontlik."

"Mense was bang vir hom. Is steeds bang vir hom. Ek sweer hy sal op hierdie plek spook."

"Kom nou, sersant. Trap jou verbeelding nekaf en kyk net na die feite."

"Goed." Berta maak die aantekeningboek oop wat sy altyd met haar saamdra. "Feite." Sy kyk na die skilderye. "Jan Joubert ontmoet Arista du Randt moontlik iewers in hulle kinderdae. Hy raak verlief op haar. Toe raak hulle verloof en wil Wolwedans omskep in die een of ander paradys, maar net vir hulleself."

Conrad skryf weer die naam *Arista du Randt* in sy swart boekie neer. Sy ander sake het hom so besig gehou dat hy nog nie kans gekry het om verder navraag oor haar te doen nie.

"Maar die plaas speel bankrot en al die mango's word vrot. Woerts! Hier pop die Malans op, hou net so baie van die plaas en koop dit. Jan kry die skok van sy lewe. Hy en Arista staan toe al op troue en Jan moet kies: Wolwedans of Arista. Toe wen die wolf en die meisie laat waai, dik die duiwel in."

Conrad kyk na die skilderye. Arista lyk op elkeen onge-lukkig. Hartseer. Sy ouma sou dit verbitterdheid genoem het.

"Wat sou luitenant gedoen het?" vra Berta.

"Hoe bedoel jy wat sou ek gedoen het, sersant?"

"As luitenant moes kies tussen die meisie en die plaas."

"Geen plaas is belangriker as die meisie nie, sersant."

"So, daar wás al 'n meisie?" vra Berta.

Conrad, wat besig was om aantekeninge te maak, hou op met skryf. Hy kyk so streng na haar dat sy 'n hênsop-beweging maak.

"Ekskuus. Ek weet luitenant het gesê ons moet nooit oor persoonlike sake praat nie. Maar die ouens wonder oor luitenant. Middelveertigs, nie getroud nie, toe won-der hulle maar of luitenant nie dalk vir die ander span speel nie."

Conrad merk 'n slak wat in die hoek van die boshut langs die muur aansukkel. Die ding is omtrent so groot soos sy kop. Hy raak daaraan en die slak trek terug in sy skulp. "In die eerste plek gee ek nie 'n moer om wat mense van my dink nie. Ek is nie van hulle goedkeuring afhanklik nie. In die tweede plek wás ek getroud vir drie miserabele jare. Sy kon nie my werk hanteer of my skedules verstaan nie. In die derde plek is ek nie die onderwerp van bespreking nie. Bepaal jou by die saak, sersant."

"Maar ís dit 'n saak, luitenant? Ek meen, die ou koringkriek het 'n boshut gebou op die mooiste deel van die plaas, maar niemand het daarvan geweet nie. Nie eers sy twee dogters nie."

"Dit moet ons nog uitvind."

"Hy kom plak hier en verf prentjies van sy vorige verloofde. Watse soort huwelik sou hy en daai pil-popping Diana dan gehad het? En, wat het Diana alles geweet?"

Conrad loop sit die slak buite die hut neer. Met die terugkom maak hy nog 'n aantekening.

Berta bekyk weer een van die skilderye. "Ek laat my nie vertel Diana Joubert het net die hele tyd geProzac en die malariawyfies op die plafon dopgehou terwyl sy vir Jan gewag het nie."

"My regteroog spring," sê Conrad. "My ma het altyd gesê dis 'n teken van 'n ramp wat kom."

Hy onthou dat sy regteroog ook gespring het die Maandagmiddag in Januarie toe die donker wolke oor die Laeveld saamgepak het en die vloed begin het. Sy eie kothuisie het amper weggespoel.

"Ek het nie geweet luitenant is bygelowig nie."

"Bygelowig se moer, sersant. Dis feite."

Voetstappe buite. Conrad beduie vir Berta dat hier nog

besoekers is, en sy sit haar hande in haar sye soos sy gewoonlik maak as sy met 'n ondervraging wil begin.

Adéle en Maggie kom ingestap, met Armand agterna. Die twee meisies lyk of hulle verdwaal het. Hulle kyk verstom na die boshut en Conrad sien hoe Adéle verbleek.

"Juffrou Joubert. En juffrou Joubert," sê Berta soos gewoonlik om die beurt vir hulle. "Sonja Daneel het ons gebel oor iemand wat haar dophou. Toe vertel sy ons dat sy hierdie boshut ontdek het, en van die weggesteekte voetpaadjie. Ons het gedink die misdadigers kruip dalk hier weg. Maar duidelik nie."

"Vir wat sal Sonja julle skakel?" onderbreek Adéle hom. "Die hut het niks met haar uit te waai nie!" Haar oë beweeg steeds oor die vertrek en sy neem alles in, duidelik ontsteld.

"Het u geweet van die boshut?" vra Conrad.

Maggie is so bleek soos 'n laken. Sy loop na een van die skilderye toe.

Adéle ignoreer Conrad en beweeg ook na die skilderye. Haar voete maak sagte kraakgeluide toe sy gaan staan by die grootste een – die een waarop Jan en Arista mekaar soen. Sy kyk na die paraffienstofie en die bottels met water. Ook na die plek waar die dennenaalde in die hoek platgelê is. Sy vermy Maggie se oë, hurk en raak aan die slaapplek asof sy haar pa nog daar kan voel.

"Hy het amper soos 'n hond hier op die grond lê en slaap. Of . . . soos 'n wolf," sê Berta. Almal kyk na haar.

Conrad draai na Adéle toe sy orent kom. "Ek vra weer. Het julle van hierdie boshut geweet?"

Die harde klank is terug in Adéle se stem. En verbeel

Conrad hom, of is daar 'n ligte histerie by? "Dink u ons sou stilgebly het hieroor? Om watter rede tog?"

Maggie gaan sit plat op die dennenaalde. Adéle, wat haar nie aan haar suster gesteur het nie, begin bekommerd lyk. Maggie skud haar kop, dan vroetel sy in haar hare wat in 'n vlegsel om haar kop vasgemaak is. Toe sy praat, is haar kleinmeisietjie-stemmetjie toonloos en sy kyk na Adéle. "Ek het eendag agter Pa aangeloop. Dit was net na die matriekeksamen toe Ma my gevra het om waar te neem terwyl jy jou finale eksamen op universiteit geskryf het, Adéle."

"Jy het my destyds niks daarvan vertel nie," sê haar suster.

"Hy't nie hiérheen gekom nie. Hy het waterval toe gestap."

"Pa het amper elke dag waterval toe gestap."

"Maar daardie dag was anders. Daar het 'n esel langs die poel gestaan." Sy kyk na een van dié esels wat uit rowwe hout aanmekaargetimmer is. "Hy het met sy sak met verf soontoe gegaan, soos iemand wat in sy slaap loop."

"Hoekom het jy agter hom aan geloop?"

"Want hy en Ma het weer vreeslik baklei en ek wou waterval toe gaan om weg te kom van die geskree af. Toe sien ek hom verbyloop met sy sak. Hy het by die waterval begin skilder."

"Wát?" vra Conrad.

" 'n Seun wat aan die bokant van die waterval gestaan het, en 'n dogtertjie onder."

Adéle frons.

"My voet het geglip en ek het in die water beland."

228

Maggie praat al vinniger. "Die poel was diep. Ek onthou ek het in die water weggesak. Ek was nog nooit so bang nie." Sy sit haar hand op haar bors. "My voete het grond geraak. Ek . . . kon toe darem my kop bokant die water uitsteek."

"Wat het toe gebeur?" vra Conrad.

Sy knip-knip haar oë soos sy die trane probeer keer. "My pa het na my staan en kyk. Ek het my hande in die lug gesteek en geskree, maar hy het niks gedoen nie."

"U bedoel, hy het nie nadergeloop om te help nie?" vra Berta.

Maggie skud haar kop. "Toe gee die sand onder my voete mee. Ek het gespartel. Eers toe my kop weer bo die water verskyn, het hy ingeduik. Hy het doodrustig na my toe geswem, asof daar nie gevaar was nie."

Sy staan op en stap na die venster toe. "Hy het tot by my geswem en my opgetel. Hy vra toe waaraan ek gedink het toe ek onder die water verdwyn het. Toe skree ek dat ek bang was, want ek het gedink ek gaan dood."

Maggie raak aan die stukkende ruit met haar wysvinger, en die glas sny dit. Adéle stap nader, haal haar sakdoek uit en draai dit om die vinger. Hulle staan 'n oomblik so.

Toe Maggie vervolg, praat sy baie sag. "My pa het gesê: 'Die dood is 'n wonderlike ding, Maggie. Jy moet nooit bang wees daarvoor nie. Die dood maak jou vry. Die dood vat jou na die mense toe vir wie jy lief was.'"

Berta kyk vinnig na Conrad toe Maggie vervolg: "Daar het hy my geleer swem. Dit het die hele middag geneem, want ek was bang. Maar toe ons klaar was, was ek nooit weer bang vir water nie. Dis toe ek daar begin swem het. Nie in die swembad by Njala nie, want die mense het altyd na my gekyk, of vir my gelag omdat ek so maer was en . . ."

Adéle val haar in die rede. "Hy het dit met my ook gedoen. Hy met my na die waterval toe gevat en my daar leer swem."

"Jou sessies was seker net makliker as myne." Maggie se stem is sag.

Adéle haal haar sakdoek weg. Die snyplek bloei nie meer nie. "Hoekom het jy my nooit van die insident by die waterval vertel nie?"

"Ek het gedink jy sal vir my lag omdat ek so laat in my lewe leer swem het."

"Het hy verduidelik wie die seuntjie en die dogtertjie op die skildery was?" vra Conrad toe dit stil raak.

"Die regte eienaars van die plaas," antwoord Maggie.

"En wie was hulle?" vra Conrad, al weet hy reeds.

Nóg Maggie nóg Adéle antwoord.

Conrad maak weer sy swart boekie oop. "Weet julle of hy 'n verhouding gehad het? Of hy iemand dalk hier ontmoet het?"

Adéle frons. "My pa het nooit oor sulke dinge gepraat nie. As daar iemand anders was, het ek beslis nie daarvan geweet nie."

"Hy het dus 'n lewe gehad waarvan niemand geweet het nie. Veral nie julle nie?" tree Berta tussenbeide. En weer antwoord die susters nie.

"Dink u u pa het hierdie . . . Arista du Randt hiér in die geheim ontmoet?" vra Conrad vir Maggie.

"Niemand sal nou weet nie."

Adéle tree tussenbeide. "Ek wil beswaar maak dat u

hier is, luitenant. Hier is nie 'n misdaad gepleeg nie. As 'n ontvangsdame inmekaarstort omdat sy 'n boshut ontdek, moet sy u nie daarmee belas nie. Dis privaat eiendom en geen wette is oortree nie. Ek sal dit waardeer as u nou gaan."

Conrad raak aan sy regteroog. Hy druk sy boekie in sy sak en wend hom na Berta. "Juffrou Joubert is reg, sersant. Hier is niks vir ons nie. Ons is besig met ander sake. Die een na die ander gastehuis en lodge sluit oor misdaad in die omgewing. Daardie sake is tans belangriker. Ons sal u nie weer pla nie." Hy hou egter sy hand op. "Hotel Njala is nie dalk al tevore beroof nie? Of deur misdadigers aangeval nie?"

Adéle skud haar kop.

Conrad kan sien dat Berta iets wil sê, maar hy praat haar dood: "Dankie, juffrou Joubert." Hy kyk na Maggie: "Miskien moet jy 'n dokter laat kom. Sal ek iemand bel?"

Weer tree haar suster tussenbeide. "Magdaleen moet leer om spanning te hanteer. Dit is vir ons albei 'n skok, maar 'n mens kan nie elke slag omkap as iets buite die gewone gebeur nie."

Die ou, strak Adéle is terug en Conrad wonder onwillekeurig of sy haar ooit volkome aan iemand oorgee. Hoe sou haar en Armand se verhouding wees? Domineer sy hom? Laat sy hom toe om aan haar te raak? Gee sy ooit toe aan iemand? Wys sy ware emosie?

"En luitenant." Adéle se stem is kortaf. "Ek sal bly wees as u nie hieroor praat nie. Dit het niks met die buitewêreld te doen nie."

Conrad knik. Hy beduie dat Berta moet uitloop, en hulle verlaat die boshut met sy skilderye.

Hy kan hoor dat Maggie huil en wil amper omdraai om haar te gaan troos, want hy het baie simpatie met haar, maar hy besef dat dit dinge net sal vererger. Hy en Berta moet liewer teruggaan kantoor toe.

Hulle stap en stap, en toe Berta twintig minute later in die motor klim, trek sy oudergewoonte haar skoene uit.

Hulle praat min op pad terug. Conrad swaai kort-kort vir slaggate uit. "Hulle het nou net die dêm goed regge-maak en hier pop al weer nuwes op," kla hy.

Sy selfoon lui. Dit is een van die sersante, wat rappor-teer: "Nog 'n lodge is beroof. Eintlik 'n winkel in die bosse wat aandenkings verkoop. Die paloekas het sommer net ingeloop, gewere op die eienaars gerig en met kontant en selfone weggestap." Die sersant gee die adres en Con-rad dink dat hy elke dag by die winkel verby ry.

"Elke paradys het sy slang," sê hy toe hy sy selfoon af-skakel.

"Hoe bedoel luitenant?"

Conrad beduie na die lowergroen bosse om hom en die berge wat in mis versluier is op die agtergrond. "Mooi wêreld. Mooier as enige ander deel wat ek ken. En nou raak dit vergiftig, bietjie vir bietjie. Kyk hoeveel *Te koop-*bordjies is hier."

"Dis die ekonomie, luitenant. Hier is te veel lodges en verblyfplekke. Hoe noem luitenant dit altyd? 'n Ooraan-bod. Party moet seker maar toemaak."

"Ek stem. Maar aan die ander kant: kyk na die elek-triese heinings, die waarskuwings, die leë huise. Renosters word een na die ander in die wildtuin geskiet, so erg dat mense nie eers meer kopspelde kan indruk in kampe waar hulle renosters gesien het nie."

"Nou maak luitenant my nerwe vodde."

Hy skakel sy flikkerlig aan en draai by die afdraaipad in waar op 'n bordjie *Souvenirs, mangoes and African crafts* geskryf staan.

"En tog is óns nog hier, luitenant?" Berta stel dit as 'n vraag. "Ons water word kort-kort afgesny, die paaie het slaggate dieper as party mense se verlede, huise word elke dag beroof, mense word doodgeskiet vir 'n selfoon. En ons bekommer ons oor 'n boshut vol skilderye."

"Interessant dat Hotel Njala nog nooit beroof of aangeval is nie."

"Want selfs die kriminele is bang om soontoe te gaan. Hulle sê die plek is getoor. Dus beskerm dit die hotel indirek. My nekhare kriewel as ek daar ronddwaal, en veral netnou in daai boshut. Dit voel of ek in iemand se graf gaan krap het."

Hy kyk na haar. "As jou senuwees dit nie kan vat nie, sersant, is daar altyd desk jobs."

Sy snuif. "My oumagrootjie het nou wel met skoene aan oor die Drakensberge getrek, maar sy is in een stuk oor. Ek laat my deur g'n blerrie gemorsbende hier weg terroriseer nie."

Hulle hou voor die toeristewinkel stil, waar daar reeds 'n klomp polisievoertuie staan. Die eienaars sit verwese eenkant, die man met 'n verband om sy kop waar hy seker met 'n geweerkolf deur die gesig geslaan is nes die eienaars by vorige misdaadtonele.

"Jou oumagrootjie het skoene aangehad?" vra Conrad nou eers onderlangs. "Hoe weet jy dit?"

"Ons het almal ons mooi voete van haar geërf, luitenant. En sy sou nooit haar voete aan 'n klomp klippers blootgestel het nie. Al moes sy 'n dassie vang om skoene uit sy vel te maak," antwoord Berta terwyl sy haar skoene aanpluk.

Conrad kyk vinnig na haar voete. Sy's reg. Sy hét mooi voete. En mooi voete het nog altyd dinge aan hom gedoen.

15

Sonja bekyk die besprekingslys. Sedert Jan Joubert se dood het feitlik die helfte van die plaaslike toeriste hul besprekings gekanselleer. Selfs vanuit die buiteland het daar kansellasies gekom nadat die storie begin versprei het.

Drie toeriste uit die Oos-Kaap is besig om in te teken toe haar skof eindig. Japie, die jong ontvangsklerk, het die dag vakansie geneem en dus moet Maggie instaan. Sonja sien van vroeg af reeds dat sy gespanne is vanweë die bykomende verantwoordelikheid om vandag nog by ontvangs ook diens te doen, maar Ryno keer binnekort terug vanaf Pelgrimsrus en hy het haar mos belowe om haar na haar ma se huis te neem. Sy moet ten alle koste gaan.

"Ek sal aanbly tot Ryno opdaag," bied sy aan.

Maggie gaan sit agter die toonbank. Sy gee vinnig opdragte aan die werkers en beduie dat die afleweringswa na die agterkant van die hotel moet gaan. "Daar staan mos duidelik *Deliviries left* by die ingang geskryf!" sê sy ongemaklik aan die man wat die rekening onder haar neus druk.

Sonja help die drie Oos-Kapenaars om in te teken en beantwoord vrae oor waar hulle in die omgewing op olifante kan ry en waar hulle die goedkoopste, lekkerste lietsjies kan kry.

Toe die ontvangsarea uiteindelik stil is, sit Maggie agteroor. "En hulle sê Hotel Njala loop leeg. Kyk hoe gaan dit!"

"Is jy oukei?" vra Sonja.

"So oukei soos iemand kan wees wat haar pa onlangs begrawe het. En wat daardie boshut gesien het."

"As jy wil, kan ek hier bly sit tot Ryno my kom haal."

"Ryno kom jou haal?"

Sonja knik. "Hy neem my na my ma se huis. Ek moes lankal gegaan het, maar daar was nog nie tyd nie. Ek moet iewers begin soek."

Maggie beantwoord die telefoon en maak 'n vinnige aantekening. Toe sy aflui, blaas sy haar uit. "Enigiets waarvan ek moet weet hier by ontvangs?"

Sonja gaan die dag se toere en verwagte besoekers met haar deur. Terwyl sy praat, raak die meisie kalmer, want anders as Adéle, behandel Sonja haar nie soos 'n kind nie en verduidelik rustig wat Maggie te wagte kan wees. "Die Duitse toergroep behoort oor sowat 'n uur op te daag. Hulle het geskakel om te sê hulle eet middagete by die Viva-restaurant in Schoemanskloof. Ons moet hulle dus later verwag as wat beplan is. En hulle wil vanaand 'n Afrika-braai hê."

Maggie skryf dit neer.

"Ek is net hier langsaan as jy my soek," beduie Sonja. "Ek het nog nie middagete gehad nie."

"Sonja." Maggie ignoreer die telefoon wat begin lui. "Dankie. Ek waardeer jou hulp. Dis net . . ." Sy skep asem en beduie hulpeloos. "Daar gebeur te veel dinge tegelyk en met my pa se dood . . ."

"Ek verstaan." Sonja loop na die aangrensende vertrek, waar die personeel middagete kry.

Die telefoon lui drie keer in 'n ry en sy kan hoor hoe die meisie toenemend gespanne raak, maar sy besluit om nie in te meng nie. Dit klink darem of Maggie die probleme op die oomblik kan hanteer sonder om beheer te verloor.

Alles verander toe 'n geïrriteerde toeris instorm. Die man het 'n slap laphoedjie in sy hand, sien Sonja toe hy by die deur verbyloop. Hy waai homself daarmee koel.

"Juffrou!"

Maar Maggie is besig op die foon en dit antagoniseer die man net verder.

"Meneer, ek sal die geiser laat regmaak," sê sy oor die telefoon. "U is in kamer nommer sewe . . ." Sonja hoor hoe sy die foon neersit en toe trek die toeris met die laphoedjie los.

"Juffrou, dit spook in hierdie blerrie hotel."

"Meneer, ek is jammer, maar ek . . ."

"Iemand hou my dop!"

"Dis is seker die wag wat sy rondtes doen en dan . . ."

"Wat my deur die venster staan en dophou?" blaf die toeris.

"Meneer!" Sonja kan hoor dat Maggie self besig is om haar humeur te verloor. "Wat wil u hê moet ek doen?"

"Maggie!" Diana Joubert stap in en sy wend haar tot die man. "Ek is jammer, meneer. Dit is moontlik maar net die wag wat die gronde patrolleer. Ek sal met hom praat."

"G'n wonder daar kom deesdae so min mense na hierdie hotel toe nie," trek die toeris weer los. "Julle sien my nie weer nie!"

Hy verlaat die vertrek stomend en daar heers 'n oomblik stilte.

Toe praat Diana saggies. "Maggie, jy sal moet leer om kalm te bly. Die toeriste is altyd reg. Jy moet hulle help, nie wegjaag as hulle oor iets kla nie!"

"Ek is jammer, Ma, maar as mense oor sulke snert kom kla . . ."

"Maak soos Adéle en hanteer die probleme logies. Moenie jou humeur verloor nie, al kook jy binne!"

"Dis natuurlik hoekom Adéle die hotel eendag gaan kry en nie ek nie." Dit klink of die meisie wil huil.

"Dink jouself in my posisie in, Maggie. Ons moet meeding met hordes gastehuise en hotelle. So vinnig as wat plekke toemaak, so vinnig skiet nuwes op. Die mark is oorvoer. Ons is duur en ons moet oorleef en jy weet hoe vinnig stories versprei. Bly asseblief net kalm!"

Diana verlaat die vertrek en steek vas toe sy Sonja gewaar in die privaat eetkamer wat aan die ontvangsarea grens. Sonja gaan voort met eet, maar Diana kom sit oorkant haar.

"Dankie dat jy ekstra diens gedoen het. Ons waardeer dit. En jy sal beslis ekstra vergoed word."

"Dis 'n plesier, mevrou Joubert."

"Verstaan net dat . . . met my man se dood . . ." Diana praat nie verder nie, asof die emosie haar oorweldig. Dan vervolg sy tog: "Ek is bang Maggie knak onder die spanning. Selfs Adéle raak oorstuur."

"Ek sal help waar ek kan, mevrou."

Sonja kyk na Diana. Sy is spierwit in die gesig. Sy dra 'n kopdoek – het dalk nie vandag haar hare versorg nie – en daar vorm plooie om haar mond as sy praat. Sy moes 'n pragtige vrou op haar dae gewees het, en is steeds mooi. Om die waarheid te sê, die foto's wat teen die mure hang bevestig dit. Maar daar is 'n onsekerheid in haar oë, amper 'n vrees wat nou selfs sterker merkbaar is. Diana Joubert besit 'n hotel wat besig is om toeriste te verloor. Wat na haar dood na Adéle sal gaan, wat Maggie seker hier sal wegboelie sodra sy oorneem.

Sonja werk net hier omdat sy dink dit is die enigste plek waar sy haar verlede kan naspoor. Omdat dit al plek is wat sy op die oomblik ken. En omdat dit haar enigste bron van inkomste is. As sy in haar vorige lewe dalk ver vooruit beplan het, leef sy nou van dag tot dag.

En wag sy net vir die oomblik wanneer sy Ryno weer sien.

Sy sit haar mes en vurk neer en vee haar mond met 'n servet af. "Verskoon my asseblief, mevrou."

Diana knik moeg. Toe Sonja uitloop, sien sy hoe die ouer vrou met haar kop op haar arms rus. Sy hoor ook hoe Maggie gespanne met twee toeriste praat wat navraag doen oor 'n besoek aan die nabygeleë koffieplantasie. Die toeriste loop al geselsend uit en 'n stilte sak toe.

Sonja gaan steek haar kop om die deur.

"Alles reg?"

Maggie wip soos sy skrik. "Ja, dankie."

Sonja verlaat die vertrek en stap oomblikke later met die lang gang af na haar kamer toe. Sy hoor die stadige getik-tak, en soos tevore gaan staan sy voor die horlosie. Sewe-en-twintig minute oor twee. Die wyser beweeg vorentoe. Agt-en-twintig minute oor twee. Tik-tak, tik-tak. Die geluid is dawerend in die gang se koue stilte.

Sonja kyk oor haar skouer in die rigting van Jan Joubert se studeerkamer. Die deur is op 'n skrefie oop – verbeel sy haar, of was dit oomblikke gelede toe? Sy het daar verbygeloop . . . Dalk hét sy haar verbeel. Die deur is gewoonlik toe. Sy het dit moontlik net nie opgemerk nie omdat die horlosie haar aandag afgetrek het. Die horlosie met sy swaar getik-tak wat die stilte elke sekonde troef.

Sonja kyk weer na die horlosie en dan voel sy hoe haar bloed vries.

Sewe-en-twintig minute oor twee.

Dit is 'n minuut vroeër as toe sy netnou gekyk het.

Liewe hemel, is sy besig om mal te word?!

En dan, voor haar oë, beweeg die wyser agteruit, na ses-en-twintig minute oor twee.

Haar hand beweeg na haar mond, maar sy kan nie die geluid keer wat uitkom nie. Droom sy? Dis tog nie moontlik nie!

Sy kyk weer. Vyf-en-twintig minute oor twee. Die wysers beweeg regtig agteruit!

Sy loop vinnig na haar kamerdeur toe. Haar hande bewe so erg dat sy nie die sleutel behoorlik in die slot kan plaas nie.

Toe sy die deur uiteindelik oopsluit, hoor sy hoe die horlosie halfdrie slaan, maar sy waag dit nie om om te kyk nie.

Sonja maak die deur toe en voel haar hart in haar keel

klop. Sy gaan sit op die bed met haar kop in haar hande en probeer die trane keer wat in haar opwel.

Dan skud sy haar kop. Dit moet die skok van die afgelope paar dae wees wat hierdie invloed op haar het. Sy moes haar verbeel het.

Haar kop draai stadig in die rigting van die skaakstel.

Die stukke staan roerloos en wag op 'n nuwe spel om te begin.

Sy begin haar klere uittrek en onthou dan dat sy nie die lugverkoeling geaktiveer het nie. Dit maak egter nie meer saak nie, Ryno kom haar mos nou-nou haal.

Sy trek klaar uit en bewe ondanks die hitte. Sy loop na die stort toe en draai die water oop. Sy wag tot dit louwarm is, want sy wil nie in hierdie hitte 'n kokende stort neem nie.

Die water was die moegheid en spanning van haar skof by ontvangs weg. Sy staan lank só, waarskynlik langer as die vyf minute wat sy beplan het. In 'n stadium probeer sy onthou of sy haar kamerdeur gesluit het. Sy dink sy het, sy is nie seker nie.

En in 'n stadium verbeel sy haar dat sy iets in haar kamer hoor, maar die skuim brand haar oë en sy moet hulle uitspoel tot die brand bedaar. Dan draai sy die kraan toe.

Haar hande soek-soek na die handdoek wat net buite die stort hang.

Toe, skielik, voel sy 'n steekpyn. Sy skrik, maak haar oë oop en knip dit teen die branderigheid.

'n Rooi roos is horisontaal oor die hakies geplaas. Dit is een van die dorings wat haar vinger geprik het. Sy tree terug. Die water drup-drup nog op die teëls en buite hoor sy die eentonige geluid van die sonbesies. 'n Bosveld-loerie skree sy kekkelgeluid iewers in 'n boom.

Sonja bly eers agter die stortdeur staan, dan druk sy dit weer oop. Die geluid klater deur die stilte toe dit teen die muur stamp.

Sy vat die handdoek raak en steek haar vinger in haar mond. Sy kry die smaak van die bloed, dan draai sy die handdoek om haar en kyk vinnig in die kamer rond.

Die Rooikappie-poppie draai stadig in die rondte, asof iemand dit pas geaktiveer het. Die kissie is oop.

Twee pionne en 'n biskop is geskuif op die skaakstel.

Sonja loop na haar kamerdeur toe en voel daaraan.

Sy hét vergeet om dit te sluit.

Sy sluit dit nou en loop na die venster toe. Sy kyk na buite.

Armand Naudé stap verby. Hy kyk op asof hy haar daar verwag, maar sy tree vinnig agteruit.

Toe sy weer buitentoe kyk, is hy weg.

Dit vat Sonja lank om te bedaar. Sy tel die roos versigtig op, asof dit 'n slang is wat haar gaan pik, en sit dit op die tafel langs die Rooikappie-poppie neer.

Die oomblik toe sy die roos los, gaan staan die poppie.

Sy skuif die skaakstukke terug na waar hulle oorspronk-lik was. Sy sal die skaakstel uit haar slaapkamer verwyder en dit in Jan Joubert se studeerkamer gaan sit – enigiets, solank dit net hier wegkom. En sy gaan ook van die kissie ontslae raak, maar eers wanneer sy terugkom.

Sy trek haastig aan, haar kop 'n warboel van emosies. Sy moet Diana Joubert van hierdie insidente vertel. Maar wat sê sy vir haar? Dat iemand 'n roos in haar kamer neergesit het? Daar sal weer die een of ander verklaring wees, soos daar 'n verklaring vir alles is. Dit sal seker maar een van die werkers gewees het. Of daar word altyd rose in kamers geplaas voordat besoekers opdaag. Of dit is onmoontlik dat 'n horlosie agteruit kan loop. Of die Rooikappie-boksie is al oud, dis antiek, dit werk nie meer behoorlik nie, die veer is seker al verweer. Sy moes haar verbeel het oor die skaakstukke. Of dalk het een van die skoonmakers daaraan geraak.

Sonja sluit die deur oop en gooi haar sak oor haar skouer. Sy loop uit in die gang. Aan die onderpunt tik-tak die horlosie soos tevore. Sonja sluit die deur en stap in die rigting van die trappe. Sy kyk nie na die horlosie nie, al trek dit haar soos 'n magneet. "Jan-Jou-bert, Jan-Joubert," tik-tak dit in haar kop. "Jan-Jou-bert."

Toe sy by die studeerkamer verbyloop, staan die deur steeds op 'n skrefie oop.

Sy het skielik geen beheer oor haar optrede nie – sy stoot die deur oop en stap in. Die vertrek is yskoud. Die lugverkoeling moet seker tot op sy uiterste gestel wees.

Sy kyk rond. 'n Bos rooi rose staan op die tafel. Teen die mure hang al die gesins- en familiefoto's nog. In die middel is die foto van Hotel Njala se verskillende fases: toe die fondamente gegooi is, toe die eerste geboue begin opgaan het, toe die rivierklippaadjie gebou is en toe die dak uiteindelik opgesit is. Voor elke foto staan Jan Joubert met opgerolde planne onder sy arm. Opgewonde, begeester, asof hy die hotel vir homself bou.

Vir homself en daardie vreemde vrou op wie se skilderye Sonja in die boshut afgekom het.

Arista du Randt.

"Soek jy iets?" Adéle staan in die deur.

"Ek is jammer," sê Sonja sag. "Ek het nie bedoel om rond te snuffel nie."

Adéle loop nader. "Kyk, Sonja. Ek waardeer wat jy vir ons by ontvangs doen. Mense praat nogal goed van jou. Maar hier is niks anders vir jou nie. Jy het aansoek gedoen vir werk by die hotel, jy het baie goeie getuigskrifte gehad, my pa het gevoel jy was die regte persoon, daarom het ons jou aangestel. Nie ek of enigiemand anders het jou tevore geken nie. Ek dink jy moet dit nou aanvaar."

Sonja knik en skuur by Adéle verby. Sy het pas die toerbussie buite hoor stilhou. Ryno is seker al terug.

"En ek is regtig vies omdat jy die polisie gebel het toe jy op die boshut afgekom het. Dit het die hotel en ons as gesin omvergewerp. As iets jou pla, praat met my. Luitenant Nolte het genoeg hooi op sy vurk, hy kan hom nie nog met sulke kleinighede ophou nie."

Sonja wil vir Adéle sê wat pas met haar gebeur het. Van die horlosie, die Rooikappie-poppie, die roos, die skaakstel. Maar wat help dit tog? Sy sal dit afmaak as oordrywing.

"Waarheen gaan jy?" vra die meisie.

"Ek . . . en Ryno gaan sommer . . . 'n entjie ry."

"Juffrou Daneel." Sy is meteens weer formeel. "Ryno is allemansbesit. Daar is nie 'n meisie wie se hart hy nog nie gebreek het nie. Moenie jy ook in die tou gaan staan nie."

"Jy het my al gewaarsku, Adéle." En toe die meisie skerp opkyk by die gebruik van haar naam: "As jy my sal verskoon."

Sonja loop by die horlosie verby – en net toe slaan dit drieuur. Verbeel sy haar, of is die klank harder as tevore? Asof die horlosie haar koggel?

Sy stap vinnig met die trappe af.

Maggie sit by ontvangs, besig om iets op die rekenaar te tik toe Sonja aankom. Ryno verskyn in die deur.

"Jis, Skiewies." Maggie kyk skerp op en hy voeg by: "Jis, Mags. Als oukei hier?"

Maggie glimlag. "Als oukei, dankie, Ryno."

"Hoe was die tedoe nou die aand by Numbipark?"

"Ek het toe nie gegaan nie. Ek was nie lus om alleen teen die muur te staan nie."

"Maar hier's baie boere in Hazyview wat saam kon gaan? Goeie ouens."

Maggie skud haar kop. "Ek was net nie lus nie."

Hy loop na haar toe en trek die haarnaalde uit haar hare.

"Wat maak jy?" wil sy keer.

"Ek kanselleer daai kloosterkoek-haarstyl van jou." Maggie se hare val oor haar skouers. "Dis beter. Nou sal die ouens soos dobbelstene vir jou val." Hy knyp haar neus. "Sien jou later. Kyk mooi na die hotel." Hy beduie na die deur en dan na Sonja. "Oukei, Skiewies. After you."

Sonja loop uit.

"Cheers, Mags," en Ryno volg haar.

Hulle praat nie op pad by die trappe af na die parkeerterrein nie. Toe Sonja opkyk, sien sy egter hoe Adéle hulle deur haar pa se studeerkamervenster dophou.

Armand kom aangestap, sy mond op 'n streep getrek. "Die baas klaar gecharm?" vra hy vir Ryno.

"Wat het dit met jou te doen, ou beesblaas?"

Armand kyk op sy horlosie. "Het jou toer nie bietjie vroeg klaargemaak nie?"

Ryno gaan staan voor hom. "Dis nie jou hotel nie, dude. Nog nie. So, moenie worry oor my kom en gaan nie. Ek weet wat ek doen."

Armand bekyk hom van onder sy wenkbroue. "Solank jy net nie jou werk verwaarloos nie."

"Dis vir Adéle om te besluit, nie vir jou nie." Ryno krap sy gejelde hare deurmekaar en Armand se hand skiet uit om te keer. Hulle gluur mekaar vir 'n oomblik aan.

"Kan ons ry, asseblief?" vra Sonja.

"Pas jouself mooi op, Sonja. Hierdie vent het 'n reputasie langer as die pad wildtuin toe." Armand druk sy vingers deur sy kuif en gluur vir oulaas na Ryno, wat lyk of hy hom wil foeter. Maar Armand skrik nie. "Ons gesels weer," waarsku hy toe hy wegloop.

"Vra net eers Adéle se toestemming," grinnik Ryno en Armand gaan momenteel staan sonder om om te draai, dan loop hy by die trappe op.

Ryno help Sonja op sy motorfiets. Toe hy die valhelm op haar kop sit, raak hy saggies aan haar gesig. "Jy gemaklik, Skiewies?"

Sy knik.

Hy klim op en trek met 'n woeste vaart weg. Sonja moet aan hom gryp om nie af te val nie, en sy moet behoorlik vasklou op die een kilometer grondpad tot by die R536.

Daar draai hulle regs, ry later deur Hazyview en neem dan die R40 Witrivier toe. By Uxolo ry hy stadiger en beduie met sy kop na die verkeersbeamptes wat motoris-

246

te vir spoed aftrek. Hy kyk oor sy skouer na Sonja en lag.

Toe Ryno by Jungle Café verbygaan, lig hy sy hand en groet die mense wat buite staan. Hulle waai terug. Dan trek hy die motorfiets oop.

Sonja verkyk haar aan die skoonheid langs die pad: die vallei Hotel Njala se kant toe, die piesangplantasies en die gastehuise. Hulle ry verby die Karieba-winkelsentrum en dan op met die bult. Ryno beduie na die plaasdamme aan die regterkant tussen die piesangplantasies.

Hulle ry verder oor die Dagamadam, toe ry hy stadiger. "Dagga Madam!" roep hy. "Die locals noem dit Dagga Madam omdat die naam die toeriste so verwar!"

Hy trek weer oop en Sonja kyk na die dam links van die pad. Hierna hou sy styf aan Ryno vas en kyk elke keer in die rigting wat hy beduie.

Die Swartvleidam aan die regterkant strek tot by Pine Lake Inn. Dit is vir haar die mooiste. En vaagweg in haar onderbewussyn kom iets terug. Weet sy dat sy hierdie pad al verskeie kere gery het. Verwag sy die name van plekke aan weerskante van die pad. En weet sy dat die Casterbridge-kompleks net voor Witrivier aan die linkerkant sit.

"Ek het al by daai teater gemoewie!" roep sy oor sy skouer toe hulle by Casterbridge verbyry. "Iemand het die hele fliek uitgekoop, net vir my! Ek onthou dit!"

Ryno beduie dat hy nie kan hoor nie en sy probeer weer praat, maar dit help tog nie. Maar sy weet: iewers in haar verlede, dalk toe sy nog op skool was, het iemand haar na die klein fliekteater in die Casterbridge-sentrum geneem. Dit was net hulle twee. Sy probeer die fliek se

247

naam onthou. *The notebook,* sê sy vir haarself. Hulle het na *The notebook* gaan kyk!

Sy probeer onthou. Sy weet 'n man het vir haar spring-mielies gekoop en baie sjokolade by die winkeltjie in dieselfde sentrum. Hulle het by 'n sjokoladefontein ge-staan waaruit die bruin soetigheid dik en heerlik gedrup het. Hy het sy vinger in die sjokolade gedruk toe die as-sistente nie kyk nie. En hy het 'n ring met 'n rooi steen gedra. Dieselfde ring as wat sy van die begrafnis onthou.

Hy het sy vinger in sy mond gesteek en die sjokolade af-gelek, en toe 'n bakkie vol sjokolade vir haar gekoop. En sy onthou nou, hier, duidelik, die wonderlike volroomsmaak.

En toe, met net hulle in die fliek, het hulle heel voor gesit. "Mens moet altyd vóór in 'n fliek sit," het hy gesê, "sodat jy aan die fliek kan vat."

"Wie? Wie was dit?" roep sy uit, maar die wind waai haar woorde weg.

Hulle ry deur Witrivier, af met die berge tot in Nel-spruit. En dan, later, kies Ryno die bord wat die pad na Steiltes aandui.

'n Uur nadat hulle uit Hazyview weg is, hou hy by 'n vurk stil.

"Wat's die adres, Skiewies?"

Sy gee die straatnaam en die nommer wat op haar aan-soekvorm gestaan het. Ryno kyk rond, dan roep hy na 'n verbyganger. "Hei, meneer. Ons is bietjie verdwaal!"

Hy knoop 'n gesprek met die man aan, wat vir hom beduie waarheen om te ry.

"Lelike ding het daar gebeur," sê die man. "'n Vrou is met 'n byl daar vermoor. Niemand wil die huis koop nie."

Ryno draai na Sonja. "Is jy seker jy wil gaan, Skiewies?"

"Ek moet gaan. Ek het nie 'n keuse nie."

"Links hier voor en dan weer regs by die groot boom?" maak Ryno seker.

"Wees maar versigtig!" waarsku die man voor hulle wegtrek.

Hy ry 'n slag verkeerd, draai om en soek weer na die straatnaam. Dan kry hulle dit.

Sonja kyk rond. Sy probeer die huise herken, sy probeer die straat eien soos sy netnou die teater by Casterbridge onthou het, maar niks wil terugkom nie.

Oomblikke later hou hulle voor 'n huis stil. Die grasperk is lank, dit is nie onlangs gesny nie. Die struike lyk ook slordig. Ryno haal sy valhelm af en help haar met hare. Hy kyk na die hoë muur.

"Hoe gaan ons inkom?" vra sy.

"No problem, Skiews. Vir jou seil ek oor daai sesvoeter."

Sy hoor 'n geluid wat haar skielik aan iets herinner. Dit is 'n fyn geklingel.

Ryno kyk rond. "Jy beter kywie hou voor die cops verbykom!"

Hy hys homself teen die muur op en die volgende oomblik wip hy bo-oor. Sonja kyk gespanne rond. As iemand hulle nou gewaar, slaap hulle vannag in die tronk!

Te koop, sien sy buite dié plek wat veronderstel is om haar ouerhuis te wees. Daar staan vier bordjies met verskillende agente se name daarop.

Dan word die ysterhek oopgesluit en sy kyk verras na Ryno.

"Jou ma was blykbaar nie baie veiligheidsbewus nie. Die

hek se sleutel is onder die pot net langs die sekuriteitshek by die voordeur."

Sy loop in en hy maak die hek toe. Sy kyk na die tuin. Dit is duidelik dat dit in 'n stadium 'n spogtuin was, maar dit is erg verwaarloos.

Toe sien sy die windharpie wat op die stoep hang. Die bamboesstukkies klingel liggies teen mekaar in die windjie. Sonja verstar.

Die geluide. Die sagte klingeldeuntjie . . . Iets wil deurskemer.

"Skiewies?" Ryno kyk bekommerd na haar.

Iets wil terugkom. Sy wat met 'n bal in die tuin gespeel het. Sy wat met haar fiets met die paadjie afgery het. Sy wat haar fiets onder die boom staangemaak het.

Sy wat na die windharpie geluister het.

Maar dis al. Niks verder nie. Geen gesigte nie en geen name nie. Net Pietman s'n. Pietman wat elke middag na skool saam met haar tot by die hek gery het en dan alleen verder is.

Sy kyk na die voordeur wat op 'n skrefie staan. Ryno beduie dat hy sal gaan seker maak of alles veilig is. Hy druk aan die deur en stap in.

Hy bly lank weg, so lank dat sy begin bekommerd raak. Toe eers kom hy te voorskyn. Hy wink.

Die oomblik toe sy instap, voel dit vir Sonja of sy weer haar verlede binnegaan. Sy kry bekende reuke. Sy raak aan die kaal mure. Sy loop met die gang af en kyk by al die kamers in. Die meubels is reeds verwyder.

Teen die muur by die deur is daar kolle, en sy besef dat dit bloed moet wees. Sy ril.

By 'n rooi deur gaan sy staan. Sy hurk en kyk na die merkies teen die muur. *3 jaar, 4 jaar, 9 jaar, 12 jaar.* Seker merkies van hoe sy gegroei het.

Sy stap by 'n vertrek in. Daar staan twee katels, elk teen 'n muur. Ryno frons. "Weird. Hoekom het dít bly staan en die ander meubels is verwyder?"

Buite hoor Sonja steeds die geklingel van die windharpie en sy besef dat sy seker jare lank daarna moes lê en luister het in haar bed.

Sy stap instinktief na die katel langs die venster en gaan sit daarop. Sy kyk na die ander katel – en iets ruk in haar. 'n Geweldige hartseer. 'n Verlange. 'n Vreemde gevoel wat sy nie kan verklaar nie.

Sy raak aan die huil. Ryno het met sy rug na haar toe gestaan en kopskuddend deur die vertrek gekyk, daarom sien hy eers met die omdraai hoe haar skouers ruk. Hy loop verskrik nader.

"Skiews. Wat is dit?" Hy kniel voor haar. "Wat onthou jy?" Sy probeer praat, maar kan nie, en sy stem word dringender. "Wat onthou jy?"

"Skuld. Hartseer," sê sy. " 'n Verskriklike hartseer wat . . ." Sy skud haar kop. Hy trek haar orent en druk haar teen hom vas. Sy huil nou onbeheersd.

"Sonja?" Sy stem is bekommerd. "Ek dink ons moet gaan. Ek dink nie jy moet hier . . ."

"Die boomhuis!" Sy beduie met haar kop na die venster toe. "Ek onthou die boomhuis."

"Watse boomhuis?" Hy kyk soontoe, dan streel hy oor haar hare. "Ek dink nie jy moet verder hier rondloop nie. Jy freak my uit, Skiewies."

Sy breek los en loop haastig met die gang af.

"Skiewies!"

Sy loop tot by die badkamer. Die deur is toe en sy ruk dit oop. Bloed. Oral is bloed. Bloed wat oor die rante drup, bloed wat onder die deur na haar toe vloei. Bloed. Bloed. Oral net bloed.

Maar as daar bloed by die deur was, hoekom onthou sy dit hier ook?

Wat het in hierdie huis gebeur?

"Sonja!" Ryno raak aan haar skouer en sy vlieg om. Sy skree. Hy neem haar in sy arms, maar sy beur opsy, terug in die badkamer in.

"Ma! Ma!" skree sy.

Ryno trek haar weg, loop met haar by die stukkende voordeur uit. Sy kyk na die bruin vlekke langs die deur. Sy huil steeds.

Ryno gaan sit op 'n lendelam bankie in die tuin met haar op sy skoot en laat haar toe om haar uit te woed. Sy huil tot sy nie meer kan nie. Toe praat hy eers, sag. "Onthou jy nou iets?"

Sy kyk op. Deur haar trane sien sy die huis asof in 'n waas. Onthou sy dat sy uitgestorm het nadat sy op haar ma se lyk afgekom het. Dat sy geskree het. Maar verder niks. Dit is asof haar brein die res nog altyd vir haar wegsteek. Hoe hard sy ook al probeer, sy kan niks verder onthou nie.

Hulle sit lank so.

Sy staan later op en stap na die boomhuis toe. Sy loop tot by die lendelam leertjie en begin teen dit uitklim.

"Wag, ek moet dit eers toets! Jy kan val!" keer Ryno,

maar sy steur haar nie aan hom nie en klouter vinnig boontoe, tot in die hut.

Sy kry bekende reuke. Sy soek op die vloer rond – onthou sy besittings? Iewers is iets. Iewers, iewers.

Sy merk verweerde boek in die hoek op, kruip tot daar en vat dit raak. Sy hoes van die stof. Ryno is langs haar.

Sy maak 'n boek oop. Dit is sprokies. Hansie en Grietjie, Repelsteeltjie, die Slapende Skone, Sneeuwitjie en die sewe dwergies.

Dan val die boek oop by die storie van Rooikappie. Tussen die bladsye was 'n saamgeperste rooi roos wat wil-wil verkrummel.

Haar vingers beweeg oor die woorde wat sy opsê terwyl sy die storie lees.

"Sê seblief vir my jy onthou iets!" sê Ryno.

"Ek het iets verskriklike gedoen," prewel sy. "Iets wat so gruwelik was dat ek dit nie wil onthou nie!"

"Skiewies . . ." Hy probeer die boek by haar neem, maar sy klou daaraan vas.

"Kom ons gaan terug," fluister Ryno uiteindelik. Hy lei haar uit die boomhuisie, af met die paadjie en deur die sekuriteitshek, wat hy sluit. Hulle loop terug na sy motorfiets toe.

"Wat de hel het hier gebeur, Ryno?" vra sy.

Hy help haar op. "Skiewies. As daar iets is, enigiets wat ek kan doen om te help, sal ek dit doen. Nou. Wat onthou jy?"

Die twee katels. Die merkies teen die muur. 'n Hand met 'n ring waarop 'n rooi steen gemonteer is. En bloed. Baie, baie bloed.

"Ek onthou niks meer nie," fluister sy.

En van agter die mure hoor sy weer die sagte geklingel van die windharpie.

16

Twee dae het verloop sedert die eienaars van 'n aandenkingswinkel in die Hazyview-omgewing aangeval is. Die winkel is op die Bosbokrandpad geleë.

Conrad is besig om die verslag op te stel. Hy haat verslae met 'n passie. Dis hierdie soort papierwerk wat hom uiteindelik sal onderkry. Hy wil die regte werk doen, die mense ondervra, die verdomde misdadigers arresteer. Maar dit is die sleurwerk wat aan hom vat. Wat hom versmoor, wat hom teen Hazyview se heuwels en berge uitdryf.

Die misdadigers het op die aandenkingswinkel toegesak op 'n oomblik toe dit stil was. Daar was geen toeriste nie, net die eienaar en sy vrou en twee helpers. Toe het daar drie mans in die deur gestaan. Hulle het die eienaar met 'n geweerkolf deur sy gesig geslaan en sy vrou vasgebind. Die werkers is in 'n aangrensende vertrek toegesluit. Selfone, rekenaars en kontant is geroof, asook 'n aantal geweefde matte en tafeldoeke waarin die winkel spesialiseer.

Dit was veral vir Berta opmerklik: "Gewoonlik gryp hulle die gewone goed en maak gatskoon. Maar hierdie mense het matte ook geroof. Duur matte, asof hulle dit weer wil verkoop."

Conrad het aan sy potlood gekou. "Inside job?"

Sy het geknik. "Dalk deur werkers wat gehelp het met die matte en wat ontevrede was met die bedrag wat hulle betaal is?"

"Of dalk buitestanders wat gierig was en die ander werkers omgekoop het vir inligting?"

"Dink luitenant dit is dieselfde bende wat die ander lodges beroof het?"

Conrad het weer aan sy potlood gekou. "Vind bietjie uit watter matte en tafeldoeke gesteel is, of die mense kan onthou. Was daar iets unieks aan die matte of tafeldoeke? Iets waaraan ons dit kan uitken, sodat ons ons manne op die grond kan vra om hulle oë oop te hou daarvoor?"

Berta het dadelik geskakel terwyl hy die verdwaasde eienaars ondervra het, 'n ouerige egpaar wat die winkeltjie met sy helder uithangbord met die wit hoenderhaan daarop al jare lank bestuur. "Julle sal die sekuriteit moet opskerp. Dalk 'n elektriese omheining plus paniekknoppies en 'n wag, dié soort ding," het hy aanbeveel.

Maar die oubaas was verwese: "Ons het die winkeltjie al vyftien jaar, luitenant. Nog nooit soveel as 'n potlood weggeraak nie. En nou . . . skielik."

Conrad het belowe om die skuldiges vas te trek. Hy het die egpaar aangeraai om vir 'n paar dae te sluit.

"En waarvan leef ons dan, luitenant? Dis al wat ons het. En noudat die gastehuise aan weerskante toegemaak het, gaan dit nog slegter. Ons weet nie meer wat om te doen nie."

Dit was twee dae gelede en intussen het daar baie ge-beur; daar gebeur elke dag baie in hierdie omgewing. En dan is daar boonop die renosterstropery.

Hy vat ingedagte 'n slukkie van sy rooibostee. Almal hier rond drink koffie, maar hy verkies tee. Daar is ge-noeg testosteroon en dinge in sy lyf, hy wil dit nie nog verder aanwakker met koffie nie. Hy gooi suikerpoeier uit 'n klein koevertjie in die tee en mik met die koevertjie na die oorvol snippermandjie. Hy gooi dit soos gewoon-lik reg in die middel van die klomp papiere.

Nou die verdomde teesakkie. Hy weet nooit wat om daarmee te maak nie. Hy trek 'n vel wit papier nader, maar merk dan dat daar 'n klomp telefoonnommers op geskryf is. Hy soek verder rond.

Berta verskyn in sy kantoordeur. Sy het 'n pierinkie in haar hand, waarop sy die teesakkie plaas. Sy lig haar wenkbroue effens en glimlag.

"Hier anderkant by die koffiewinkel is mooi coaster-tjies, luitenant. Net groot genoeg vir 'n teesakkie. Ek sal vir luitenant een koop as jy weer verjaar."

"Ek soek nie 'n kantoor vol fieterjasies nie!" brom hy.

"Wel, kyk hoe lyk luitenant se tafel al van die vlekke. Dit lyk kis!"

"Praat ons oor verdomde teesakkies of die aanval op die aandenkingswinkel? Jy moet jou blerrie prioriteite regkry, sersant."

Sy haal 'n stuk papier onder haar arm uit en sit dit voor hom neer. Daarop is beskrywings van die tafeldoeke en matte wat gesteel is.

Hy maak haastig aantekeninge in sy swart boekie. "Watter kar in die car-pool is beskikbaar? Ek ry nie verdomp weer met my kar nie." Berta noem 'n naam en hy vervolg: "My flippen knieë pas nie eers daarin nie, sersant! Kon jy nie 'n ander een gekry het nie?"

"Dan moet luitenant jou eie jaloppie gebruik. Al die ander karre is uit. Moeilikheid by Kuhlu. Die manne is almal soontoe."

Conrad teken sy verslag. Hy weet hy gaan weer inge-roep word daaroor, dan gluur die super hom weer aan en brom: "Jou donnerse boude moes blou geslaan gewees het op skool oor jou handskrif. Lyk soos 'n mot wat 'n panty probeer bevrug!"

Hy en Berta gebruik noodgedwonge een van die mo-tors uit die poel en hy swets elke keer as hy moet draai. Dit voel of sy knieë sy ore groet.

Hulle werk daarna weer aan verslae. Conrad word nog 'n slag uitgeroep, dié keer sonder Berta, en hy besef nogmaals dat misdaad beslis aan die toeneem is in die gemeenskap.

Laat daardie middag kry hy 'n oproep van Ben, wat vra of hulle weer môre by die laerskool kan rugby oefen. "Sa-bie se manne kan almal kom."

"Sê maar so," en Conrad sit die telefoon neer en staan op toe Berta weer in die deur verskyn. "Kom gim jy saam met my, sersant?"

Dadelik is sy op haar perdjie. "Wat probeer luitenant sê? Dat ek besig is om vet te word?"

Hoe beantwoord hy nou daardie vraag? "As jy skuldig voel . . ." Hy neem sy baadjie, maar sy staan steeds in die deur en vroetel deur haar hare. "Husse met lang ore in jou kuif nesgeskop, sersant?" vra hy.

258

"My motor is by Gertinus in vir diens. Oulike laitie daai, baie bekwaam en so. Kan luitenant my dalk by my huisie aflaai en dan môre weer kom oplaai? Gertinus het belowe dit sal teen middagete klaar wees."

Conrad kyk op sy horlosie. "Kom."

Hulle stap na sy voertuig toe wat onder 'n moepelboom geparkeer is. "Luitenant nog nie daaraan gedink om 'n ander jaloppie aan te skaf nie?" vra Berta.

"Hoekom? Sy het vier wiele en 'n stuurwiel en daar is plek vir my knieë en my voete!"

"Nee, ek dink maar sommer. Luitenant is mos deesdae 'n man met status en meisies hou nie daarvan om uitge-neem te word in so 'n mankoliekerige merrie nie."

Conrad hou die deur vir haar oop. Dit kraak. "Ek ge-bruik hierdie merrie net vir werk, sersant. Nie vir hoer en rumoer nie."

"Dis tog jammer!"

Hy wil die deur toeslaan, maar keer homself. "Wat sê jy?"

"Nee. Ek sê die lietsjies by die vierrigtingstop kos twin-tig rand. Daylight robbery, luitenant. Hier anderkant dus-kant Kiepersol kos dit vyftien rand en by die stalletjies duskant Nelspruit net tien."

"Hmm." Hy slaan die deur toe.

Berta skuif so rond dat die motorvere beswaar aanteken. Toe Conrad sy deur oopmaak, kreun die skarniere nog harder as met die passasiersdeur. Berta kug en haal haar donkerbril af en begin dit skoonmaak.

Sy is nogal regtig dêm mooi, dink Conrad met die in-klim. Mooi borste. Sterk neus. Wange wat net-net gloei as sy kwaad word. En die blonde hare wat sy altyd losmaak as sy by die kantoor uitstap. En daardie parfuum wat sy gebruik. Iets wat duur is. Iets wat sy eers onlangs begin gebruik het.

Hy draai links en word deel van die nimmereindige stroom vragmotors en taxi's tussen Hazyview en Bosbokrand. 'n Vrou met 'n stapel hoedens op haar kop skarrel oor die pad. "Wat help dit hulle het die staalbrug bo-oor gebou?" vra Conrad terwyl hy uitswaai vir 'n man met twee supermarktrollies wat vol mango's gelaai is. Iemand hou 'n tros piesangs na hom toe uit. "En dan is die blerrie goed nog groen ook!" brom hy.

Hy merk hoe Berta na die lappe kyk wat langs die pad uitgestal word. Tafeldoeke met olifante op, stukke materiaal met tarentale en loeries. Sy druk haar sonbril terug op haar neus en verrek haar nek byna om die doeke behoorlik te beskou.

"Iets bekends?" vra Conrad.

"Nee. Ek dink maar net dit sal mooi lyk op my tafel. Ek is al moeg vir my oorle ouma se gehekelde tafeldoek. Dis so fifties." Maar hy weet dat sy die doeke probeer eien wat twee dae gelede by die Almikari-aandenkingswinkel geroof is.

Hulle draai links op die R536, toe Conrad se selfoon lui. Dis Boeta, een van sy kollegas. "Numbipark is al weer sonder flippen water," rapporteer hy. "Tweede keer binne 'n week."

"JoJo groentenks, boet," antwoord Conrad. "Dis al hoe ek deesdae kan stort. Die water is meer dikwels af as wat die donnerse hadidas skree van hoogtevrees." Conrad swaai uit vir twee slaggate op die R536. "Die verdomde goed is groter as Malema se mond! Party van hulle dateer nog van Januarie se vloed!"

'n Toerbus kom van voor af en hop op sy beurt oor 'n gat in die pad. Apies skarrel deur die bome.

Toe hulle Hotel Njala se uitdraaibord sien, kyk albei daarna. "Interessant, die rooi roos wat deel is van die embleem," sê Berta. "Dink luitenant nie ook so nie?"

"Ek hoor Diana Joubert het glo 'n roostuin in 'n kweekhuis. Dis vol rooi rose, sê een van die tuiniers," antwoord Conrad.

Dan sien hulle tegelyk hoe 'n drawwer die pad oorsteek. Hy dra 'n kort voetbalbroekie en Berta rek haar nek om hom beter te bekyk. "Een ding van boerseuns," sug sy. "Daai rugbyspelerbene is gebou om te hou."

Conrad kyk in sy truspieëltjie. Dit is Ryno Lategan.

"Hmm." Hy ry stadiger en draai in by die plaas waar Berta se kothuisie langs die pad geleë is. "Kry ons mekaar vir 'n drafsessie oor 'n halfuur?" Hy sien Ryno draf teen hierdie tyd met die afdraande af, gemaklik, soos iemand wat weet waarheen hy op pad is.

"Ek moet nog my wasgoed doen, luitenant. Miskien môre?"

"Koop 'n verdomde wasmasjien, sersant."

"Met my danger pay kan ek nie eers die waspoeier bekostig nie." Berta klim uit en druk haar hare agter haar oor in. Sy kyk om in Ryno se rigting.

Conrad brom: "En los die katelknapies uit, sersant. Sy doeke is nog nat."

Sy gee 'n halwe glimlaggie. "Ha-ha. En dink oor die

nuwe jaloppie, luitenant. Hierdie een se vere is meer poe-gaai as 'n student se Fordjie s'n in die drive-in."

"Daar is nie meer drive-ins in Mpumalanga nie, ser-sant," en Nolte vat die pad.

Hy betrap homself dat hy stadiger ry. Hy kyk na Ryno wat nou die bult uit hardloop, gemaklik en ritmies, soos iemand wat sy hele lewe lank daaraan gewoond is om te draf.

Dan draai Ryno skielik van die pad af in die bosse in. Conrad kom tot stilstand. Dit is dieselfde pad as waar Sonja verongeluk het.

Hy dink 'n oomblik, toe maak hy 'n vinnige U-draai naby die Aan-de-Vliet-bordjie en ry terug in die rigting van die dorp.

Hy ry steeds stadig. Terwyl hy by Berta se uitdraaipad verby ry, kyk hy of sy nie dalk nog daar is nie, maar sy is seker reeds in haar kothuisie. Conrad huiwer, dan draai hy in by die pad waar Ryno afgedraai het.

Hy ry 'n entjie en kies dan 'n dowwe tweespoorpaadjie wat na die linkerkant toe uitvurk. Hy parkeer sy motor en klim uit. Dit voel of hy in 'n bakoond instap toe die be-dompige lug hom in die gesig tref. Hy maak sy das los en voel die klammigheid onder sy arms. Knapsekêrels kleef aan sy langbroek soos beskuitkrummels aan 'n wolkom-bers en hy krap dit geïrriteerd af. Die das moet af en hy knoop ook sy hemp oop teen die hitte, toe loop hy in die rigting waarin Ryno verdwyn het.

'n Rukkie later kom hy by die boom wat oor die pad gelê het waar Sonja verongeluk het. Hy gaan staan en kyk weer na die stomp – dit is beslis afgekap. Links van hom is die skuinste met die Sabierivier doer onder. Die opdrif-sels van die vloed sit nog aan die kante. Dit is waar Sonja se motor gerol het.

Perdepote iewers.

Conrad beweeg instinktief tussen die bosse in. Hy trap op die langwerpige vrugte van 'n worsboom en gly am-per. Miere skarrel oor sy skoene en 'n glibberige reptiellyf glip agter 'n wildeklapper in.

Die perd kom met 'n stewige vaart verby. Conrad staan roerloos tot die perd en ruiter verby is.

Toe hy weer in die pad verskyn, sien hy dit is 'n vrou wat om die draai verdwyn. En hy hoor hoe die perd tot stilstand kom.

Conrad stap nader, versigtig sodat hulle hom nie kan sien nie.

Iemand praat en met die naderkom herken hy Adéle Joubert se stem. Hy spits sy ore en beweeg tot agter 'n sekelbos, waarvandaan hy 'n goeie uitsig sal hê en sal kan hoor wat sy praat.

Ryno staan by die rivier. Berta is reg, die mannetjie is stewig gebou. En hy is deeglik bewus van die ruiter wat pas daar aangekom het. Conrad kry die indruk dat die hele hemp uittrekkery vir haar bedoel is.

Adéle Joubert spring van die perd af, maak haar hare los en knoop haar bloes halfpad oop teen die hitte. Conrad sien dat Ryno maak of hy haar nie opmerk nie – hy buk vorentoe en gooi weer water oor sy lyf. Adéle staan onbe-skaamd na sy agterstewe en kyk, 'n effense glimlag om haar mondhoeke. Sy hou duidelik van wat sy sien.

Dan stap sy nader. "Warm," merk sy op.

Ryno kom orent en vroetel aan sy broekie se rek. "Haai."

"Hoe was die toer?"

"Great. Die anties hou van Bourke's Luck."

"Niemand in die maalgate afgegooi nie?" vra Adéle.

"Een van die anties wou haar man daar instamp, toe keer ek haar."

"Wou sy dit vir jou doen, Ryno?"

"Wat bedoel jy?" vra hy en vee met sy hand oor sy bors.

"Ek het pas 'n klomp vraelyste teruggekry, almal oor Hotel Njala se diens."

"Kla hulle nog oor die spoke?"

"Jy sal hierna seker 'n bonus soek."

Ryno vryf met sy hande deur sy hare en skud sy kop dat die druppels oor Adéle reën, maar sy beweeg nie. "Watse bonus?" vra hy.

"Jy het amper deur die bank nege uit tien gekry – en in die ander gevalle tien uit tien. Veral van die meisies."

"Thanks. Ek ken my job."

"Darem iets wat jy ordentlik doen, Ryno."

Hy gee 'n tree, tot by haar. Hy steek sy hand uit en knoop haar bloes heeltemal oop. Toe vee hy die waterdruppeltjies van haar nek af. Conrad verwag dat sy sy hand gaan vasgryp, maar sy doen niks. Ryno se hand beweeg tot net bokant die materiaal wat haar bors bedek.

"Ek sou kon doen met 'n bonus, baas."

"Ons sal daaroor moet praat." Sy plaas haar hande op haar heupe. Hulle kyk na mekaar.

Ryno vryf sy vingers deur sy hare en trek dit terug van

sy voorkop af. Hy raak op die oog af per ongeluk aan haar bors en skuur sy hand oor haar tepel.

Sy klap hom en sy kop ruk.

Hy staan 'n oomblik so. Toe kyk hy op na 'n visarend wat bokant hom in die boom kom sit. Dan draai hy eers sy kop terug.

Haar bors beweeg vinnig op en neer. Die materiaal span styf.

Hy lag vir haar. "Wat sê hulle van die ander wang?"

En hy draai sy wang.

Sy bekyk hom met 'n effense glimlag. Ryno steek sy hand uit en raak aan haar ander bors. Dié slag steek hy sy vinger onder die materiaal net bokant haar tepel in.

Adéle klap hom weer.

"As dit is hoe jy reageer as ek my job goed doen, wil ek nie weet wat jy gaan doen as ek in die hek duik nie."

"Ek hou nie van vatterige mans nie."

"Dan is dit hoekom arme ou Armand so suur lyk. Mag seker ook nie aan jou raak nie. En dis moeilik, Adéle. Om nie aan jou te raak nie."

Hy staan nou so naby aan haar dat sy bolyf amper aan haar borste raak. Hy trek sy rugbybroekie op en vee oor sy stoppelbaard. Conrad kan duidelik sien hoe haar hande om sy lyf na sy boude toe begin beweeg.

Ryno keer haar hand en bekyk dit dan. Dit is rooi van hoe hard sy hom geklap het.

"Mens onderskat jou, baas."

"Anders as die dosyne ou meisietjies wat vir jou gaan lê as jy jou vingers klap, nè?"

Hy grinnik. "Ek wag vir my bonus. In watter vorm jy dit

ook al gaan gee." Hy tree agteruit en sy neem haar oë nie vir 'n oomblik van hom af nie. Hy lig sy hand in 'n groet. "Cheers, Adéle!"

Hy begin terugdraf.

Conrad hurk laer af agter die sekelbos. Toe Ryno verby draf, sien Conrad hy het 'n breë glimlag op sy gesig.

Adéle skud haar hare verder los oor haar skouers en Conrad sien dat sy ook glimlag. Sy raak vir 'n oomblik ingedagte aan haar borste, toe hurk sy langs die rivier. Sy druk haar kop onder die water, staan oomblikke later op met water wat oor haar gesig en bolyf stroom. Conrad kan van sy wegkruipplek af duidelik haar borste deur die materiaal afgeëts sien.

Adéle raak aan haar nek en vee oor haar vel, dan weer oor haar borste. Sy kyk vir die soveelste keer in Ryno se rigting, dan klim sy op haar perd en verdwyn tussen die bosse.

Toe Conrad later terugdraai op die R536 Sabie toe, is daar nie 'n teken van Ryno nie.

17

Sonja sit oorkant Adéle in Jan Joubert se studeerkamer. Adéle is besig om die volgende week se besprekings met haar deur te gaan, maar sy vind dit moeilik om haar aandag by die gesprek te bepaal. Sy dink aanhoudend aan die vorige week toe sy en Ryno by haar ma se huis was.

Die stukkies onthou wat deurgeskemer het, was net genoeg om haar te laat besef dat sy verlief was op 'n man wat haar in die steek gelaat het. Sy het daarna weer vir Pietman geskakel, die enigste man wat sy kan onthou, met wie sy dalk uitgegaan het, wat moontlik lig op die saak kon werp. Maar hy antwoord nie sy telefoon nie.

Moontlik herken hy die Hotel Njala-telefoonnommer en antwoord om daardie rede nie. Of dalk het hy gevlug? Dalk antwoord hy nie meer oproepe wat *Private number* sê nie. Maar hoekom nie? Wat het tussen hulle gebeur?

En dan is daar die windharpie met sy klingeldeuntjie wat herinneringe wil opdiep. Die een hier by Hotel Njala hang nog steeds langs die rivierklippaadjie. Vir een aaklige oomblik het sy gewonder of iemand dit dalk doelbewus langs die rivierklippaadjie opgehang het.

"En dan kom 'n groep musikante hier oorbly," sê Adéle.

"Hulle tree in Nelspruit en die omgewing op. Jy moet asseblief sorg dat hulle so tuis moontlik voel en . . ." Sy kyk op. "Hoor jy wat ek sê, juffrou Daneel?"

"Noem my Sonja, asseblief. Dit is die enigste ding waarvan ek seker is, dat my naam Sonja is. Dit is al wat ek het. Noem my asseblief op my naam!"

Sy kan sien dat Adéle van stryk gebring word deur die dringendheid in haar stem. Sy draai weg van die rekenaarskerm voor haar en kyk reguit na Sonja. "Ek is jammer."

Liewe hemel, is dit moontlik dat hierdie harde mens om verskoning kan vra?

Adéle voeg by: "Die probleem is net, ons besprekings neem steeds af en ek probeer om diegene wat nog lojaal teenoor ons is te behou."

"Waarom vra jy nie die musikante om 'n uitvoering by Hotel Njala te gee nie?" Sonja beduie na die rekenaarskerm met die besprekings op. "Die toeriste wat hier is, kan mos gratis daarna luister. Adverteer vanmiddag in Hazyview op die kennisgewingborde voor Checkers en die ander winkels. Vra 'n geringe toegangsfooi. Dit is die soort ding wat jy hier moet doen . . ." Sy sukkel om haar werkgewer se naam weer te sê, maar kry dit tog reg: "Adéle."

Adéle tik op die sleutelbord en druk dan *Enter*. Sy dink 'n oomblik. Sy skuif aan die dokumente op die lessenaar. "Dit is nie 'n slegte idee nie."

Sonja merk dat daar *Voorstelle vir Njala* geskryf staan op die boonste dokument wat voor Adéle lê. Toe die meisie ingedagte deur die dokumente vroetel, merk Sonja gedeeltes van sketse op.

268

Sy beduie na die rooi rose op die lessenaar. "Jou ma is baie lief vir rose."

Adéle staar na haar asof sy vir 'n oomblik nie weet waarvan sy praat nie. Toe knik sy. "Dit is haar geliefkoosde blomme. Toe sy en my pa begin uitgaan het, het hy haar oorlaai met rooi rose. Dit is een van die redes hoekom sy op hom verlief geraak het. Maar dit is moeilik om hulle in hierdie klimaat te groei. My ma moes 'n spesiale klein kweekhuis laat oprig hier agter die hotel."

"Kweekhuis?" vra Sonja.

Adéle knik. "Dit lei uit my ma se suite na haar private tuin. Niemand van ons gaan ooit soontoe nie. Dit is agter die huis, 'n binnetuin."

"Jy bedoel dit is iets soos jou pa se boshut?"

'n Kleurtjie kom oor Adéle se gesig. "So iets, ja."

En Sonja dink: albei daardie mense het plekke geskep waarheen hulle kon ontvlug, want hulle het beslis nie geluk by mekaar gekry nie.

Hotel Njala is soos 'n vesting van onbeantwoorde liefde. Van wense wat nie waar word nie. Van mense wat in 'n ander tydvak lewe en weier om in te skakel by wat in die wêreld gebeur. Sy wat Sonja is, ontsnap hier indirek van haar eie verlede saam met die Jouberts in 'n lugleegte waarin daar geen oplossing vir hulle probleme skyn te wees nie.

Sy neem haarself voor om Diana se roostuin te gaan bekyk, as sy net ongesiens daar kan uitkom. Die hotel se gronde is so groot en sy het nog nie alles gefynkam nie. Dalk, dálk vind sy iets daar.

Daar is 'n ligte kloppie aan die deur en Armand Naudé stap in. Hy lyk verras toe hy Sonja sien.

"Goeiemiddag."

"Goeiemiddag," groet sy.

Armand wend hom tot Adéle. "Ek het pas 'n klomp van jou toeriste Pendula toe geneem. Hulle kan nie uitgepraat raak oor Sonja nie."

"Seker oor Ryno ook nie," kap sy terug.

Armand lag grimmig. "Ja. Maar dit is Sonja wat die meeste aandag trek." Hy draai na Sonja terwyl hy met Adéle praat. "Dalk moet jy en Sonja saam Pendula toe kom wanneer sy weer vry is."

"Waarom tog?"

"Want nadat ons getroud is, raak Pendula en Njala tog verenig. Ontvangsdames sal dan om die beurt by albei diens doen."

Sy manier van praat is net so formeel soos Adéle s'n, dink Sonja. Noukeurig en bestudeerd, nes sy kleredrag – nog een van die gevangenes van Hotel Njala wat lewe soos hulle veronderstel is om te lewe, nie noodwendig soos hulle wil nie. En Sonja wonder onwillekeurig: as Adéle nie in Armand se lewe was nie, sou hy anders gewees het?

"Jy dink te ver vooruit, Armand," sê Adéle. "Buitendien, ons is nog nie eers verloof nie."

"Daaraan kan ook iets gedoen word." Hy gaan sit oorkant haar. "Ek het volgende naweek vir ons by Mount Sheba bespreek – een van daai romantiese huisies wat op die vallei se afgrond staan."

"Ek verstaan nie?"

Sonja kom orent, want sy moet teruggaan ontvangs toe.

"Ek dink daar is sekere dinge wat bespreek moet word," sê Armand.

Adéle staan ook op. "Hemel, Armand. As dit is hoe jy verloof wil raak, is jy pateties! Jy praat daaroor asof jy . . . 'n waterpomp moet regmaak!" Sy loop haastig na die deur toe. "Jou skof begin oor 'n halfuur, Sonja. Sorg dat jy minstens tien minute voor die tyd aanmeld. Daardie Japie-vent kan nie wag om afgelos te word nie. Sodra ek 'n beter ontvangsaansoek kry, klap sy doppie."

Sy verlaat die vertrek. Armand en Sonja bly in die donker vertrek agter. Dit is duidelik dat Armand nog iets wou sê, maar Adéle is te vinnig weg. Sonja maak keel skoon en hulle kyk 'n oomblik verleë na mekaar.

"Tot siens, Armand," groet sy maar. Die woorde klink vir haar vals, al kry sy hom jammer.

"Sonja . . . Net voor jy gaan." Hoekom raak hy aan Adéle verloof? wonder sy. Het hy haar werklik só lief? Is dit die regte soort huwelik in die oë van die mense van die distrik? Dat die eienaar van 'n spoggerige privaat wildtuin en die mees vooraanstaande hotel in die Laeveld kragte saamsnoer? Gaan dit 'n besigheidstransaksie word, soos die huwelik tussen Diana en Jan Joubert skynbaar was? Leer niemand dan uit die foute wat reeds gemaak is nie?

Sonja draai terug. Hy is aantreklik, dink sy meteens, amper op 'n outydse manier, soos die rolprentsterre in toeka se rolprente. En na die onsekerheid by Adéle, skemer daar 'n vriendelikheid by Armand deur. Dit wil lyk of hy uitreik na haar, of dalk maar na enige buitestander wat bereid is om te luister.

"Ja, meneer Naudé?"

"Armand. Asseblief."

Sy raak ongemaklik. "Armand."

"Wanneer is jy weer vry?"

"Môremiddag."

"Ek kom haal jou, dan wys ek Pendula vir jou. Dit grens aan die Sabi-Sabi-wildreservaat. Dit is regtig baie mooi. Toe die vloede almal platgetrek het in Januarie, was Pendula een van die min wildtuine wat relatief ongeskaad gebly het. Ons het dit juis so ontwerp dat dit op hoë grond staan vir wanneer die Sabie die dag afkom." Hy praat aanhoudend, wil haar dalk oortuig dat Pendula enige dag met Njala vergelyk kan word.

Sy skud haar kop. "Ek . . . dink nie ek sal tyd hê nie."

"Adéle sal saamgaan. Asseblief. Ek wil dinge verder ontwikkel by Pendula en ek het raad nodig."

Sy maak die deur oop. Onder uit ontvangs hoor sy Adéle roep: "Bring asseblief die besprekingslys saam. Dit lê op die lessenaar!"

Sonja stap terug na die lessenaar en begin tussen die dokumente na die besprekingslys soek.

"Ons bespreek die besoek met Adéle, dan kom jy saam. Jy sal nie spyt wees nie. Regtig," sê Armand.

Sonja neem die ontvangslys, maar maak in die proses die dokumente oop waardeur Adéle tevore geblaai het.

Dan verstar Armand. Hy vou die dokumente oop. En van waar sy staan, kan Sonja sien wat daar staan:

Voorgestelde planne vir nuwe ontwikkelings by Hotel Njala. Deur Ryno Lategan.

Armand kom stadig orent. Sy vinger gly oor die lys voorstelle wat langs die planne lê. Dit is netjies langs die sketse uiteengesit.

Hulle hoor albei Adéle se haastige voetstappe teen die

272

trappe uit. "Hemel, Sonja, daar is toeriste wat navraag doen oor . . ." Dan sien sy Armand wat oor die planne gebuk staan.

Vermaaklikheidsarea staan op die voorblad.

"Wat is hierdie?" vra hy.

Adéle loop tot by die lessenaar en neem die dokumente. "Ryno het voorstelle gemaak oor hoe om mense terug te lok Njala toe. Soos 'n vermaaklikheidsarea. Die besoekers raak minder en ons sal iets moet doen om met die ander plekke mee te ding."

"Maar ék het al hoeveel keer voorstelle gemaak." Hy raak rooi in die gesig. "Wat van die wildreservaat teen die koppie wat ek voorgestel het? Die pakket tussen Pendula en Njala? Die opdam van die stroompie na nog 'n dam?"

Adéle raap die dokumente weg. "Enigiemand het die reg om voorstelle te maak. Ryno s'n het toevallig gister by my uitgekom. Ek is besig om na joune ook te kyk." Sy keer haar rug op Armand en verlaat die vertrek. "Sonja, asseblief, ons wag vir jou."

Hulle bly verslae agter. Armand staar voor hom uit. Sonja gee die warboel dokumente op die tafel 'n laaste kyk en loop na die deur toe.

"Ek . . . sal probeer om saam te gaan Pendula toe," sê sy amper as toegif.

Sy loop haastig met die trappe af tot by ontvangs. Japie kom dankbaar orent en mompel iets van: "Omtrent hoog tyd!" Adéle, steeds met Ryno se voorstelle en dokumente onder haar arm, beduie vir Sonja: "Die musikante het laat weet hulle ry op die oomblik verby die Böhms-gasteplaas.

Hulle sal binnekort hier wees. Sorg asseblief dat hulle die kamers langs die swembad kry."

Armand kom met die trappe af terwyl Japie uitloop. Hy kyk stip na Adéle, maar sy vermy sy oë. Sonja weet nie waar om te kyk nie. Armand loop tot by Adéle, maar sy druk by hom verby.

"Ons praat vanaand op Pendula hieroor," sê hy gespanne.

"Jammer. Ek moet kanselleer. Daar daag belangrike besoekers op en ek wil die hele tyd op Njala wees om te kyk dat alles vlot verloop."

"Adéle!" Armand se stem sny deur die stilte.

"Word groot," is al wat sy sê voordat sy die deur na die woonhuis agter haar toeslaan. Hulle hoor albei hoe sy dit sluit.

Sonja is dankbaar toe die telefoon lui. Haar hande bewe toe sy dit optel.

Sy neem 'n bespreking af en toe sy weer opkyk, is Armand genadiglik weg.

'n Kwartier later teken die besoekende musikante in. Adéle kom te voorskyn en bied aan om hulle deur die hotel te neem.

Die res van Sonja se skof word in beslag geneem deur 'n Duitse toergroep wat vroeër arriveer as wat verwag is, probleme met die geisers in die onderste kamers, navrae oor muskietweermiddel, vrese vir malaria – en oorkruipers wat in die rivierklippaadjie opgemerk is, en wat op aarde is dit, wil 'n gas weet.

"Die blerrie muskiete hier is groter as foksterriërs," kla 'n ander toeris wat 'n klam doekie teen haar wange koester.

Toe Sonja se skof teen laatmiddag eindig, is sy dankbaar dat Maggie kom oorneem. Sy voel werklik moeg, eintlik meer van spanning oor die onderonsie tussen Adéle en Armand as oor die hoeveelheid werk wat sy moes afhandel.

Dis toe Sonja teen die buitenste trappe afloop om in die skemer te gaan stap, dat Ryno op sy motorfiets voor haar stilhou. "Is jy nie al moeg vir hotelkos nie?"

Sy voel tegelyk bly om hom te sien en huiwerig. "Nie eintlik nie. Hoekom?"

"Wanneer het jy laas in 'n properse roadhouse geëet, Skiewies?"

Sy lag. "Nie wat ek onlangs kan onthou nie!"

"Hop op, ek stiek jou."

"Ryno, asseblief. Ek voel nie baie lekker nie. Ek wil net 'n entjie gaan stap en dan . . ."

"Hulle maak die beste dagwoods in die hele Mpumalanga. Kom."

Sy wil protesteer, maar hy beduie met sy kop in Sabie se rigting en raak skielik ernstig. "Toe. Jy gaan in elk geval heelaand hier sit en smart uitdink. Dis nie die moeite werd nie. Kom ons toer."

Sonja stap na hom toe asof sy geen wil van haar eie het nie en plaas die valhelm op haar kop. Ryno kyk vir oulaas om en maak seker sy is veilig, dan knipoog hy vir haar en plaas sy valhelm op sy kop.

Hy jaag deur die bosveldbome oor die grondpaadjie terwyl dit skemer word. Vroue met mandjies vol mango's op hul koppe waggel verskrik uit die pad. 'n Steenbokkie kyk met verstarde oë na hulle en Ryno ry stadiger tot die bokkie uit die pad spring. 'n Toerbussie kom aangery en die toeriste waai en fluit vir hom.

Toe hy op die R536 kom, trek Ryno oudergewoonte oop. Hy ry in die rigting van Sabie.

Sonja maak haar oë toe en leun met haar gesig teen sy rug. Sy voel die geweldige krag van die motorfiets onder haar en die wind wat verby swiep. Sy voel sy bors waaraan sy so styf vashou, sy vinnige asemhaling. Toe hulle by 'n T-aansluiting kom, raak hy aan haar vingers en maak dit saggies los.

"Relax, Skiewies. Ek is seker hulle sal genoeg tamatie-sous hê." Hy trek weg en sy moet weer – en in dié oom-blikke voel sy skielik vry. Is dit wonderlik om hom hier by haar te voel en te weet sy is veilig.

Sy hoor die musiek toe hulle by die padkafee indraai. Daar staan enkele motors met skinkborde aan hul ven-sters vasgehaak. Verliefdes met tamatiesousmonde veror-ber hamburgers en plek-plek flits motors hul ligte.

Ryno maak sy motorfiets staan en verwyder sy valhelm. Hy lig ook hare af, tel haar gemaklik van die fiets af en steek sy neus in haar hare asof hy haar wil inasem. Hulle gaan sit by 'n kliptafeltjie en Ryno wink 'n kelner nader.

"Special treat. Die girl word mondig vanaand. Ons wil julle beste dagwoods hê met extra-large chips, lekker ge-spice, en sjampanje. En moenie vir my sê julle het nie 'n licence nie, dude. Ek weet julle't champers onder die counter. En bring twee glase." Die outjie kyk verskrik na hom. "En as jy my oom noem, moer ek jou."

Toe plaas Ryno sy ken in sy handpalms en kyk na haar. Sonja vind hom weer onweerstaanbaar. Sy ruik frangipani en hamburgers en 'n braaivleisvuur iewers. 'n Motor flits weer sy ligte en een van die kelners draf om die skinkbord weg te neem. Oor die luidsprekers speel "Smoke gets in your eyes".

"Ek onthou weer my matriekafskeid," sê sy.

"Wat onthou jy?" Hy sit vorentoe.

Sy dink. "Ek en . . . seker my kêrel het met die limo uit die dorp gery en sommer net gepraat. Gepraat en gepraat oor hoe onregverdig die lewe is en hoe stunning dit is om verlief te wees."

Die glimlag verdwyn van Ryno se lippe. "Ons praat nie nou oor hom nie."

"Maar jy het dan gesê ek moet probeer onthou. Dat jy my gaan help onthou."

"Skiewies." Ryno staan op en steek sy hande uit. "Aan die een kant is dit belangrik dat jy onthou. Maar aan die ander kant moet jy aanbeweeg. Wees wie jy nou is – nie wie jy moet wees of wîl wees nie. Oukei?"

"Oukei," knik sy.

"En moenie van 'kêrel' praat nie. Dit klink so . . . hardlywig."

"Wat noem ek hom dan?"

"Ek weet nie van die paloeka uit jou verlede nie. Ek praat van nou. As jy weer verlief raak, dink 'n ander woord uit as 'kêrel'. Flippen hel, ons speel nie in 'n ou Afrikaanse moewie nie, Skiewies!"

Skielik staan drie kelners voor hulle en begin sing: "Happy birthday to you". Vir 'n oomblik weet Sonja nie wat aangaan nie, dan onthou sy dat Ryno voorgegee het dis haar verjaardag.

Sy wag tot hulle klaar gesing het en knik dan. "Dankie."

"Happy birthday, Skiewies."

"Volgens my aansoekvorm verjaar ek eers oor drie maande."

"Vergeet die aansoekvorm. Dit ís jou verjaardag vandag. Die eerste dag van die nuwe Sonja wat haar hare losmaak en macadamianeute steel en foefie-slides ry en die maan pluk en oor elektriese heinings klim om by 'n dude te wees wat haar verdien." Ryno kyk om in die rigting van die kelners. "Hei. Stoot bietjie daai volume, boeta!"

Dit word harder gedraai. Van die paartjies wat klaar ge-eet het, vertrek en net twee motors bly oor, albei ver van hulle af. Skielik het Ryno en Sonja die grootste deel van die parkeerterrein vir hulleself. Sy is bewus van die neonligte wat oor sy mooi gesig speel en voel die krag in sy arms toe hy haar optel en in die rondte draai.

Hy bly staan asof hy nie weet wat om verder met haar te maak nie, asof hy te bang is om aan weer aan haar te raak. Sy wag dat hy weer sy arms om haar sit, maar hy kyk net na haar soos iemand wat 'n geskenk gekry het. Daarom neem sý sy arms en plaas dit om haar lyf. Toe begin sy stadig saam met hom op maat van die musiek beweeg. Aanvanklik is sy bewegings traag, toe val hy in.

Frangipani's. Die growwe teer onder hul kaal voete. Uie wat braai. Sabie se liggies. En 'n jakkalsbessie wat sy maanskadu oor die parkeerterrein gooi.

Sonja kyk op na die maan wat halfmas bokant hulle water skep. Sy gee nie om wie sien nie, sy dans stadig op maat van die liedjie saam met hom.

"Dis ons song," sê sy saggies.

"Hoe sê jy, Skiewies?"

Sy skud haar kop. "Dis sommer niks."

Ryno saam met haar, by haar. Sy is in sy arms, hy teen haar. Hy rus met sy kop op hare en vryf liggies met sy ken deur haar hare. Tussen kelners wat met borde vol hamburgers verby hulle draf en een van die motors wat sy ligte flits en die neonlig wat die padkafee se naam adverteer, aan en af, net soos wat die onthou en vergeet deur haar brein flits.

Die tyd staan stil. Liewe Vader in die hemel, dink sy, dit is wonderlik om hier by iemand te wees, by hóm wat vir haar omgee en haar so saggies in sy arms vashou. Sy prewel die woorde teen sy bors en besef dat sy die liedjie baie goed ken, dat dit iewers uit haar verlede kom.

Dan, sonder dat sy haarself kan beheer, beweeg haar hande oor Ryno se rug. Sy begin hom streel, saggies en met oneindig liefde.

Hy gaan staan en maak haar arms los om hom. En sonder om na haar te kyk, sê hy: "Die main course wag, Skiewies."

Die kelner plaas twee yslike dagwoods met 'n brandende kersie binne-in elkeen gebed op die kliptafeltjie, saam met 'n bottel vonkelwyn. Ryno en Sonja gaan sit. Hy maak die bottel oop en skink hul koeldrankglase vol. Dan lig hy sy glas.

Sy kyk na hom en dink dat sy nou, hier, sou kon doodgaan. Dat sy nie meer omgee of sy onthou of nié. Al wat nou saak maak, is die oomblik en haar onwerklike liefde vir hom en die geur van dagwoods en skyfies en asyn.

Hy bring sy glas vorentoe en sy stem is baie sag toe hy

sê: "Op dagwoods met te veel tamatiesous en extra-large chips." Sy wil haar glas teen syne klink, maar hy gaan voort: "Op skewe sterre en nie weet wie jy is nie, en sommer net hier wees. Nou. Sonder 'n verlede. Sonder 'n toekoms. Sonder hangups. En op skiewie-jobs wat ons bymekaarge-bring het. Op nóú, Skiewies."

Hulle klink glase. Sy wil praat, maar die emosie is te veel. Partykeer is 'n mens so gelukkig dat jy dit nie in woorde kan uitdruk nie. Sy wil sê sy het hom lief, oneindig, verskriklik, sielsverskeurend, maar sy kan nie. Dit sal simpel klink. En dalk vals ook, hier onder die skewe sterre waarvan hy gepraat het en met die opgestapelde vleisbroodjies voor hulle.

Sy neem 'n sluk van die warm vonkelwyn, toe lig sy haar dagwood en wil dit begin afskil, broodjie vir ui vir tamatie vir vleisbroodjie, maar hy skud sy kop. "Eet hom wholesale."

Sy maak haar mond so groot oop as wat sy kan en byt. Sy proe die soet uie en die warm tamatiesous, wat teen haar ken begin afloop, en die vleisbroodjie en die slaaiblare. En sy besef dit is die lekkerste, heel lekkerste kos wat sy al in haar lewe geëet het. Sy wil die tamatiesous van haar ken afvee, maar Ryno skud sy kop terwyl hy 'n groot hap van sy eie dagwood vat. Tamatiesous drup ook teen sy ken af, asook uie, en daar is 'n vetterigheid om sy mond. Sonja wil daaraan raak, al is dit net om aan hom te vat, maar hulle vee dit nie af nie. Dit maak tog nie saak nie. Niemand gee om nie. Dis net hulle, nou, in die middel van iewers en aan die buitewyke van nêrens.

Hulle eet asof hulle nooit gaan ophou nie. Ryno kyk

na haar en glimlag. Die liedjie eindig en hy neem 'n volgende groot hap. Hy haal sy oë nie vir 'n oomblik van haar af nie.

"Jy het dinge ook vir my verander, Skiewies."

"Hoe bedoel jy?"

Hy praat met sy mond vol: "Ek hou nie van wie ek is nie. Om die waarheid te sê, ek like hierdie dude niks wat nie sy lewe kan uitsort nie en wat nie die ultimate girl kan vergeet en flippen aanbeweeg nie. Eendag, die vet weet, ééndag sal ek vry wees daarvan. En sal ek weer kan lief wees vir iemand. Sal ek, soos jy, oor kan begin sonder fokken bagasie."

Sy skrik, want hy het nog nooit só voor haar gepraat nie. Maar dit lyk nie of hy eers daarvan bewus is dat hy dit gesê het nie.

Hy eet die laaste stuk van sy dagwood. Dan waag Sonja dit om die tamatiesous en vetterigheid saggies met haar vingerpunte langs sy mond weg te vee. Hy kyk steeds na haar en kantel sy gesig effens asof hy die aanraking probeer verleng, asof hy haar koester. Sy voel die ligte stoppelbaard en hitte van sy vel en hoe hy onder haar vingers glimlag. Toe hy asem uitblaas, is dit warm en wonderlik sag teen haar vingers.

Sy vee die laaste bietjie tamatiesous af en steek dan haar vingers in haar mond. Dit is asof sy hom kan proe.

Hy lig sy glas. "Hel. Warm sjampanje in 'n warm dorp. Cheers."

Toe hulle klaar geëet het, gee hy vir die outjie wat hulle bedien het 'n groot fooitjie. "Dude, eendag sal jy hieraan terugdink en weet jy was deel van ons history."

Ryno en Sonja klim op sy motorfiets en ry deur die soel Laeveldse nag terug na Hotel Njala. Sy kyk na die donker bosse wat by hulle verbyflits. Na die groot bosveldbome wat oor die pad hang. Sy sien kort-kort die halwe maantjie deur die takke, en al die name wat verlig is: *Sabaan, Hadida Gastehuis, Blue Mountain Lodge, River Creek* en *Tanks*.

Vir 'n oomblik los sy Ryno en gooi haar arms in die lug op en skree van blydskap en liefde en ekstase en nog iets waaraan sy nie 'n naam kan gee nie. Iets uit haar verlede wat terugkom en haar laat besef dat sy hier, agter op Ryno se motorfiets, teen sy rug, die gelukkigste is wat sy nog was.

Ryno draai by die wit mosaïekbord af waarop *Njala* geskryf staan. Die kollig val reg op die rooi roos onder die woord.

Hy hou voor die trappe stil en sy klim af.

"Skiewies."

"Ja, Ryno?"

"Het jy 'n swart nommertjie?"

" 'n Swart nommertjie?"

Vir 'n oomblik verstaan sy nie. Dan knik sy.

"Gaan trek hom aan."

"Hoekom?"

"Sommer."

Sonja beduie vir hom om te wag. Sy loop haastig teen die trappe uit hotel toe en hoor hoe Ryno sy motorfiets afskakel – en skielik stu iets deur haar, soos wanneer daar iets groots en belangriks gaan gebeur. Sy raak duiselig.

Sy loop deur ontvangs en hardloop teen die trappe op na haar kamer toe, verby die horlosie waarvoor sy altyd so bang is en verby Jan Joubert se studeerkamerdeur wat nou toe is.

Sy bewe so dat sy skaars haar kamerdeur kan oopsluit. Sy stroop haar klere af sonder om die deur toe te maak, ruk haar bra en broekie af en gooi dit in 'n bondeltjie op die vloer. Sy raak aan haar liggaam asof hý daaraan raak, en gloei van 'n opwinding waaroor sy geen beheer het nie. Haar vingers voel die warmte van haar vel en sy raak saggies aan haar borste, skulp hulle vir 'n oomblik toe asof Ryno daaraan raak.

Dan pluk sy haar kort, swart rokkie oor haar kop en is op pad terug. Sy maak nie eers haar kamerdeur toe nie. Sy hardloop met die gang af, verby die horlosie wat reëlmatig tik-tak, verby die stoere portrette teen die muur, af met die trappe wat Jan Joubert se lewe gekos het, deur ontvangs wat nou verlate is, tot by die fontein en halfmaanvormige trappe voor Hotel Njala.

Onder sien sy Ryno wat vir haar wag, nog wydsbeen op die motorfiets. Hy het sy hemp oopgeknoop teen die hitte en sy sien sy lyf blink van die sweet in die lig van die halfmasmaantjie wat bokant hulle hang. Sy kom tot stilstand.

Hy kyk met onbeskaamde bewondering na haar. Sy oë glip oor haar liggaam terwyl sy stadig met die trappe afgestap kom. Tree vir tree nader aan hom. Trappie vir trappie vir trappie.

Ryno kyk na haar met daardie sagte oë wat elke beweging inneem. Al wat sy hoor, is die paddas wat in die dam en langs die fonteintjie agter haar roep. En iewers skree 'n verwarde sonbesie nog, en 'n uil roep in die boom bokant hulle. En die Laeveldse hitte damp om haar soos 'n kombers. Sy voel dit saggies teen haar liggaam en sien sy oë wat van haar borste afbeweeg tot by die punt van haar rokkie wat met elke tree wil opskuif.

Hy klim stadig van sy motorfiets af en sy loop na hom toe. Dit voel soos 'n ewigheid. Sy wil haar arms om sy nek sit en vir hom sê dat sy nou syne is. Dat sy vir die res van die nag en vir altyd by hom wil wees. Dat sy nie eers haar skamele besittings gaan inpak nie, hulle kan sommer net wegry, ver, ver weg van hier af. Dat hulle moet ry tot die brandstof opraak en dat sy, waar dit ook al gebeur, saam met hom sal bly. Al is dit in 'n boshut met 'n stukkende dak, afgesonder van die beskawing, hier iewers in die Laeveld. En dat sy nie meer wil onthou nie, dat haar verlede nie meer saak maak nie. Dat sý verlede nie meer moet saak maak nie. Dat niks anders behalwe hy en sy en dit wat hulle vir mekaar voel belangrik is nie.

Ryno staan teenoor haar, maar hy raak nie aan haar nie. Dit voel of sy hom kan inasem. Asof sy een word met sy siel. Sy het hom so lief op hierdie oomblik, dat dit 'n pyn in haar veroorsaak waarvan sy kan skree.

Fyn sweetdruppeltjies loop deur sy borshare af en oor sy maag. Dan sê hy: "Jy verdien beter as ek, Skiewies. Glo my. Jy verdien meer."

Hy bly kyk na haar. Sy hande bewe en sy kan sien dat hy haar wil nadertrek, dat dit al sy selfbeheersing verg om haar nie te gryp nie.

Sy maak haar oë toe en wag dat hy haar soen. Vir sy warm lippe teen hare en hy wat een word met haar en die liefde wat sy vir hom voel wat gaan ontplof, want sy kan dit nie meer hou nie. Sy wag dat hy iets moet sê van skewe sterre en dagwoods en liefde en die maan bokant hulle, en sy luister na die naggeluide wat met hulle praat. Dan word dit stil. Selfs die paddas het ophou kwaak.

Sy word skielik bewus van die harde geluid van die motorfiets wat aangeskakel word. Sy maak haar oë oop.

Ryno sit wydsbeen daarop, sy hemp weer toegeknoop. Hy kyk weer na haar, dan trek hy weg en verdwyn in die donker.

"Ryno?" roep sy. "Ryno?"

Maar hy is nie meer daar nie.

18

Saterdag. Een van die min Saterdae wat Conrad Nolte nie uitgeroep word om 'n misdaad te ondersoek nie – en hier staan hy, besig om 'n groen watertenk by Berta se huurhuisie op te rig.

"Al weer nie flippen water nie! Dis nou maar eenmaal Hazyview se kruis!" het sy die vorige dag op kantoor gesug. "Dit reën die hele Desember nes ons 'n vleisie op die kole wil gooi, ons is op die flippen walle van die Sabierivier geleë, ons kry vloede in Januarie, maar as iemand langs die rivier poep, is die water af!"

Conrad toets die hefboom wat die watertoevoer na Berta se huis reguleer. Hy draai eers die munisipale kraan toe, dan draai hy die tenk se kraan oop. Hy het die hele oggend geneem om die tenk uit die dam langs die huis te laat vol loop.

"Probeer bietjie!" roep hy, maar niks gebeur nie. "Sersant!" Steeds niks.

Conrad vererg hom. Hy loop haastig na Berta se kothuis, waar sy besig is om wasgoed te stryk. "Maar my magtag, sersant. Hoor jy dan nie ek roep nie? Draai jou ore vorentoe en neem notisie!"

"Conrad." Sy loop met die strykyster na hom toe en hou dit dreigend voor sy gesig.

Hy keer onwillekeurig. "Wat is dit nou skielik met jou?"

"In die eerste plek is ons nie nou op kantoor nie. My geboortenaam is Berta. Dit sou Bertus gewees het as ek 'n seun was, toe word dit Berta nadat my pa dikbek agtergekom het die baba is 'n meisie. Ek is dêm trots op daai naam! En jy is Conrad. Flippen mooi naam, as jy my vra. So, buite die stasie reageer ek net op my naam. Die sersant-labeltjie is sommer popstrooi!"

Sy loop met mening terug en takel weer die wasgoed. Conrad is vir 'n oomblik uit die veld geslaan.

"Ek wou maar net sê. Draai bietjie die kraan oop en kyk of daar nou water uitkom."

Maar Berta gaan voort met stryk.

Hy maak keel skoon. "Uhm . . . Berta."

Sy lig die strykyster. "Ja, Conrad?"

"Voel bietjie daar aan die kraan, jong." Hy haat dit om so soetsappig te wees. Die "jong" is die naaste wat hy daaraan kan kom om gemoedelik te klink.

"En moenie in my huis rook nie," waarsku sy. "Mens kry daai reuk nooit uit die frieken gordyne nie! Conrad!" Sy voeg sy naam half moedswillig by. "Ek weet nie of jy al ooit 'n asbak uitgelek het nie, maar dis hoe dit proe as jy 'n roker soen! Ek wens wie ook al die eerste sigaret gedraai het, kry 'n pyn in sy hol!"

Sy loop na die wasbak en draai die kraan oop. Dit spoeg en hik 'n slag, sodat sy haar hande in die lug hou. Toe stroom die water uit.

"Halleluja!" roep sy uit. "Jou talente lê ook op baie ander plekke, Conrad!" Berta druk haar hande onder die kraan en spat die water oor haar gesig. "Water in my huis! Ek sal dink dis Krismis!"

Conrad se selfoon lui en hy antwoord. Dit is die eienaar van die soewenierwinkel wat onlangs beroof is.

Die man sê: "Een van die toeriste het 'n tafeldoek gekoop wat identies is aan een van my stock. Dit word verkoop op die Skukuza-pad naby die Phabenihek – daar waar hulle bondels brandhout verkoop."

"Ons sal gaan kyk," sê Conrad. Hy skakel sy selfoon af.

Berta buk nou by die oond en hy kyk weer na haar. Ai. Al is sy sterk tradisioneel gebou hier in die agterste gestoeltes, bly sy tog vir hom mooi, veral as haar blonde hare los hang, soos nou.

Dan kry hy die onmiskenbare geur van koeksisters. Sy klap die oonddeur toe en kom met 'n pan van die goed aangestap kombuistafel toe, en beduie: "Jy kan maar sit. En moenie vir my sê ons moet weer uitgaan op 'n saak nie. Dit kan 'n paar sekondes wag. Die innerlike moet eers versterk word. Dis Saterdag, for Pete's sake!"

Conrad trek noodgedwonge 'n stoel uit en mik na een van die koeksisters uit die pan terwyl Berta koffie inskink. "Koffie hier uit die vallei," laat hoor sy. "Het gistermiddag by die Sabie Koffieplaas 'n draai gemaak, so hierdie bone kom hier neffens ons vandaan."

"Eina, moer!" Conrad laat val die koeksister terug in die pan, en Berta sug sonder om om te draai.

"Wag tot die koffie geskink is. Koeksisters koel stadiger af as ander kos."

Hy begin ongeduldig raak met haar bekkigheid. Hy is

daaraan gewoond dat sy gedweë beaam wat hy sê, maar dit gebeur net wanneer hulle 'n saak ondersoek. Soms kom sy met 'n briljante voorstel vorendag, of sy los 'n saak op so tussen die koeksister-etery deur. Maar vandag is sy anders.

Sy sit die beker koffie voor hom neer. Gelukkig nie 'n koppie nie; hy drink net uit bekers. Dan neem sy 'n spaan, lig die koeksister wat hy pas in die pan teruggegooi het uit, blaas 'n bietjie daarop en sit dit op 'n bord, een met blompatroontjies en 'n goue rand.

"Jy beter daardie bord waardeer. Kom nog uit my ouma se trousseau wat sy van die Engelse in 'n grot hier duskant Lydenburg weggesteek het."

Sy neem oorkant hom plaas. Conrad tel die koeksister op en blaas versigtig daaroor. Dan neem hy 'n hap. Dit bly die lekkerste koeksisters wat hy in sy lewe geëet het. En dis moer warm.

"Jy weet, ek kyk so na die Ryno-outjie," sê Berta terwyl sy hare koel blaas.

"As jy weer gaan teem oor sy beeldskone rugbyspeler-bene en sy parmantige boudjies, gaan ek . . ."

"Daardie dude kom wel met mooi benefits, Conrad, maar ook met 'n ouderdomsperk. Hy is ernstige eye-candy, maar ek kyk verby dit." Sy hap in die koeksister. "Daai ou is net te goed om waar te wees."

Conrad vat nog 'n hap. "Hoe bedoel jy?" Hy kry dit nie weer reg om haar op haar naam te noem nie.

"Met Adéle. Ek bedoel, hy's nes die rugbyspelers. As 'n kamera uitgehaal word, kakwaa! Uit is die hemde! Dieselfde met Ryno. Hy dress vir Adéle. As sy broeke sty-wer gesit het, was sy bene hokkie-sticks."

Hy wil haar vertel van die onderonsie tussen Ryno en Adéle wat hy gesien het, maar Berta gee hom nie kans nie, sy stoom voort: "Hy hoenderhaan-terg, Conrad."

"Hoenderhaan-terg?"

Sy knik en lek haar vingers af. "Vertaal dit bietjie in Engels en jy sal verstaan wat ek bedoel. Ryno is 'n bobaas-hoenderhaan-terger."

Hy lag en skud sy kop. "Waar val jy nou uit, sersant?" Hy sluk vinnig. "Uhm, Berta."

"Sal jy omgee as ek die mannetjie bietjie dophou? As ek met hom vriende maak. As ek sy case uit die boom kyk?"

"Praat jy nou van buite werksure, of is dit deel van die een of ander ondersoek?"

Sy eet die laaste stukkie. "Buite werksverband, natuur-lik."

"Maar hoekom? Uhm, Berta?"

Sy klap sy hand toe hy nog 'n koeksister wil neem. "Daai plat magie moet plat bly. Om een koeksister se kalorieë teen te werk, moet jy iets soos sewentien kilometer draf. Spaar jouself daai ekstra effort."

"Man, kalorieë se moer. Wat is dit met jou en Ryno?"

"My regteroog spring partykeer as ek hom sien."

"Van blerrie lus word, ja," brom hy.

"Se pierewiet, Conrad. Ek is darem nie so blerrie op-pervlakkig nie!"

Hy lig sy skouers. "Oukei. As jy so sê."

"Ek kyk verby mooi gesiggies en sterk skouers en stywe broeke."

"Jý het dit gesê, Berta. I rest my case."

"Ag man, dis als deel van die min vreugdes wat ek in

290

hierdie vallei het, Conrad. Daar's maar min eye-candy in hierdie geweste. Die boere dress om te arbei, nie om uit te hang nie. So, gun my ook bietjie plesier."

Hy staan op. "As jou waterworks werk, ry ek nou Phabenihek toe. Ek wil gaan kyk wie verkoop daai tafeldoeke." Hy tel sy sleutels en pakkie Kool-sigarette op. "Ek sal jou bel as ek jou nodig het."

Sy neem die oorblywende koeksisters en plaas dit in 'n blik met snoesige hondjies op. Dan oorhandig sy dit.

"Nee, magtag, sersant! Ek kan mos nie so 'n iefierige ding in my huis sit nie! Sit die dêm goed in 'n papierbord of iets!"

Sy sug. Sy sit haar hande op haar heupe en hy dink dat sy hom iets gaan toevoeg, maar dan draai sy om. "Goed, luitenant. Ek sal dit in boerefoelie toedraai en 'n stuk kakiebos daarop plak. Is dit manlik genoeg?"

Conrad stap na die motor toe. "Onthou om die munisipale kraan kort-kort oop te draai om te toets of daar weer water is."

"Ek het 'n beter kans om privaat swemlesse by Ryk Neethling te kry as dat die water vandag sal aankom. Vra maar vir al die goeie mense hier op Hazyview. As die pomp af is, is hy áf met net sulke lang verskonings."

Conrad grinnik toe hy na haar in sy truspieëltjie kyk. Hy wil haar aan sy ma voorstel. Sy sal dol wees oor Berta.

Hy ry 'n paar minute later verby die bekende gastehuis- en hotelbordjies wat hy so gereeld sien. Orals staan *Te koop* in groot, swart letters, en op ander bordjies word ekovriendelike erwe langs die Sabierivier aangebied.

Hy draai regs by Perry's Bridge se drierigtingstop en

kyk met 'n grinnik hoe die verkeersbeamptes oorvol taxi's net voor die rivier aftrek wat vir die Kerstyd na Bosbokrand en Phalaborwa op pad is.

Daarna draai hy links in Hazyview en ry verby die Sparsentrum en Sanbonani, verby Kruger Park Lodge en nog 'n paar kilometer verder aan tot waar 'n paar los winkeltjies langs die pad saamtros.

Brandhout word orals in bondels verkoop. Hy kyk na die kiaathout en dink dat die inheemse bos mos deesdae beskerm word. Te veel bome word uitgekap vir daardie wit troetelhoenderhane met hul rooigeverfde stertvere en die skewe papegaaie in ronde houthoepels. En brandhout.

Hy ry tot hy tafeldoeke langs die pad aan drade sien hang.

Hy hou stil en klim uit.

Kersmusiek dreun deur die menigtes. Vroue wag stoïsyns geduldig in die koelte van 'n maroelaboom om in die volgende oorvol taxi te klim. Iemand loop met 'n radio op sy skouer verby wat "Little drummer boy" uitbasuin. En 'n man met 'n pak *Laevelders* onder sy arm stap na 'n stopstraat toe.

Conrad kyk na die tafeldoeke en sien terselfdertyd hoe 'n viertrekker stilhou met *Pendula-wildtuin* daarop geskryf. Armand Naudé, met 'n kakiekniebroek en 'n moderne hoed wat na iets uit Texas lyk, klim uit. Sy kakiehemp het sy wildtuin se embleem daarop. Hy gesels met sy toeriste, duidelik skatryk buitelanders wat ywerig na die tafeldoeke toe loop.

Conrad maak sy swart boekie oop en bestudeer die beskrywings van die tafeldoeke wat gesteel is. Almal glo met unieke patrone wat nie aldag in Hazyview gesien word nie.

Die besoekers poseer vir foto's, maar Armand staan eenkant, nie heeltemal deel van die aksie nie. Hy lyk ingedagte. Conrad stap ongemerk nader en sien hoe hy sy selfoon uithaal, 'n nommer skakel en sy rug op die toeriste draai. 'n Seun met pakke lietsjies en langwerpige veselmango's wat seker langs die pad afgepluk is, probeer vrugte aan Armand afsmeer, maar hy waai hom weg met 'n verergde beweging.

"Hallo, skat. Hoe gaan dit?" hoor Conrad. "Nee, lekker, dankie. Luister. Ek het gewonder. Jy en Sonja wil nie dalk maar Pendula toe kom vanmiddag nie? Ons het mos nou die dag gepraat dat julle . . ." Armand verskuif die selfoon na sy ander oor. "Wel, sy hoef nie noodwendig saam te kom nie. Ek vra maar net." Sy stem kry 'n gedienstige toon, soos dié van iemand wat 'n kwaai antwoord probeer afweer. "Adéle, ek bel nie om rusie te maak nie. Ek vra net of jy nie lus is om Pendula toe te kom nie. Ek verlang na jou. Buitendien, ons sou mos hierdie naweek Mount Sheba toe gegaan het. Die bespreking staan steeds as jy nog lus voel om vandag . . ." Hadidas vlieg oor die pad en Armand sug. "Goed. Ek verstaan. Lief vir jou. Ons sien mekaar later." Hy skakel die selfoon af.

Wit slaghoenders staan gelate in klein hokkies en begluur Conrad agterdogtig. Hulle vermoed dalk dat hulle sy volgende maaltyd gaan wees. Iewers blêr 'n bok wat aan 'n leiband rondgelei word, terwyl 'n man besig is om iemand se hare onder 'n boom te sny met 'n knipper wat baie stomp lyk.

Priscilla's Biejutie Saloon. Be smart! Be bee-ee-ee-ju-tieful!
staan op 'n tuisgemaakte kennisgewingbord waar 'n lywige vrou besig is om 'n jonger vrou te grimeer.

Conrad bekyk die tafeldoeke van naby. Dit is dieselfde as wat hy gereeld langs Hazyview se paaie sien. Nie een van die ontwerpe stem ooreen met die beskrywings wat hy in sy boekie neergeskryf het nie. Dalk is hy op die verkeerde plek.

Dan bewe sy selfoon. Hy haal dit uit sy sak en lees die SMS van Berta: *Ek is op Njala. Maggie J is skielik vrygewig. Sy het my vir lunch genooi. As ek jy is, daag ek toevallig op en sluit aan. Berta.*

Hy lag altyd vir haar volledige SMS'e, kompleet met kommas en punte. "Ek kom nog uit die dae toe ons oor die kneukels geneuk is as ons verkeerd spel," het sy eendag gesê.

Armand staan verwese eenkant soos iemand wat 'n klap gekry het.

Die toeriste loop nader met 'n grasmat en 'n renoster met 'n oordrewe swart horing, alles uit krale gemaak. Conrad besluit om tog Hotel Njala toe te gaan. Nie noodwendig vir die gratis ete nie, want hy is steeds versadig van Berta se enkele groot koeksister, maar omdat hy 'n paar navrae het.

Toe hy vyftien minute later by die wit mosaïekbord indraai, moet hy padgee vir twee Gauteng-motors wat vol piesangs en papajas gelaai is. Verveelde kinders wat videospeletjies op die agterste sitplek speel, kyk nie eers op toe hy verbyry nie.

Hy hou voor Hotel Njala se halfmaanvormige trappe

stil en betrap homself dat hy hoop dat Sonja daar sal wees. Van Berta is daar nie 'n teken nie.

Toe Conrad deur Hotel Njala se groot tuin loop, hoor hy vioolmusiek uit die binnehof waar die braais altyd gehou word. Hy loop deur die boeë wat die ingang vorm na die binnehof. Drie vioolspelers bestryk viole; dit is die een of ander klassieke musiekstuk wat hy nie ken nie, maar dis vrek mooi en hy gaan staan om daarna te luister.

Adéle sit by 'n tafel langs Maggie. Die twee susters luister albei skynbaar betower na die musiek.

Hotel Njala lyk weer vir Conrad na iets uit 'n ou rolprent. Elegante gaste met sonhoede, mans uitgevat in netjiese langbroeke en hemde, en formele kelners wat met koppies tee van tafel na tafel loop. Op die agtergrond is 'n donkerte besig om oor die heuwels en berge saam te pak, en mis sak oor die vallei toe.

Op daardie oomblik kyk Adéle op en sien hom. Sy knik net effens om sy teenwoordigheid te erken, dan gee sy weer haar aandag aan die violiste. Die klanke sweef oor die grasperk. Een van die vroue met 'n tamaai sonhoed op en slanke hande vol ringe hou tyd saam met die vioolklanke.

Conrad maak van die geleentheid gebruik om deur ontvangs na die hoofhuis te loop. Japie, wat besig was om 'n videospeletjie te speel, skrik hom boeglam toe hy sy verskyning maak, maar hy ignoreer die knaap en beduie dat hy met Diana in die huis wil praat. Japie pak die videospeletjie weg en begin oorywerig op die rekenaar tik, en Conrad maak die deur oop wat na die Jouberts se woonhuis toe lei.

Die voorportaal is indrukwekkend, met enkele skilderye teen die mure. Hy loop deur die eetkamer met sy formele lang tafel waar die gesin seker elke aand gesit en eet het. Van daar af lei trappe na die boonste verdieping wat, so verstaan hy, met die lang gang verbind is waar Sonja bly en waar Jan Joubert se studeerkamer is.

Maar dit is die glasdeur wat na die binnetuin lei wat sy aandag trek.

Hy maak dit oop. Buite is groen nette gespan oor 'n tuin wat lei na 'n kleinerige kweekhuis. Hier groei agapante wat blou in die blom staan, asook klokkies en delfiniums en dahlias – almal plante wat jy nie eintlik in tuine in Hazyview kry nie. Dit is bloot te warm. Om die waarheid te sê, dit laat hom dink aan 'n Hoëveldse tuin. En die krismisrose, wit en blou in die blom, hoort in 'n tuin in Kaapsche Hoop waar dit minstens agt grade koeler is.

Hy stap deur die tuin na die kweekhuis en toe hy dit binnegaan, sien hy dadelik die rooi rose. Dit is warm hier binne, maar gaas beskerm die blomme teen insekte. Hy loop tussen die rose deur, volmaak gevormdes wat net wag om gepluk te word. Daar is nie 'n enkele kleur buiten rooi nie.

Hy raak aan een van die rose en bekyk die skerp dorings en die groen blare. Dié wat hy ken, is gewoonlik vrotgevreet deur torre of plantluise. Nie hier nie.

'n Knipgeluid trek sy aandag en toe hy omdraai, sien hy Diana Joubert met 'n mandjie in haar arms. Sy is besig om rose te pluk en vir 'n oomblik lyk sy soos iets uit 'n sprokiesverhaal. Eintlik een van daardie mooi prentjies op sentimentele Moedersdagkaartjies waar eteriese maagde met grashoedens tussen delikate blomme deur sweef.

Hy het toe hy nege was so 'n kaartjie vir sy ma onder erge dwang gekoop, nadat sy gekla het dat nie hy of sy pa ooit vir haar Moedersdagkaartjies koop nie. Sy ma het die kaartjie geraam en tot sy skaamte in die gang gehang. Een keer, toe sy rugbyspeler-pelle kom kuier het, het sy gesê dat dit die mooiste geskenk is wat hy ooit vir haar gekoop het. Van daardie dag af het hy as Blommie onder sy vriende bekend gestaan. "Haai oe, Blommie!" het Servaas altyd gesê as hy hom in die stort met 'n nat handdoek slaan.

"Middag, luitenant." Diana Joubert hou 'n rooi roos na Conrad toe uit. Hy weet nie mooi wat om te maak nie en skud sy kop. "Dankie. Maar in my huis is daar nie eintlik plek vir, uhm, blomme en sulke goetertjies nie."

"Dis jammer," sê sy. "Rooi rose vrolik 'n vertrek dadelik op. En blomme bring goeie ritmes in 'n vertrek in. Ek pluk gou 'n paar rose vir die gaste wat na die violiste luister."

"Ek verstaan u man het ook van rooi rose gehou."

Sy verstil vir 'n oomblik. Sy raak aan een van die lang roosstingels voor haar, toe knip sy dit middeldeur en dit val uit haar hande. Conrad buk om dit op te tel en een van die dorings prik sy vel.

Diana bring 'n sakdoekie te voorskyn, maar hy skud sy kop en vee sommer die bloedkolletjie aan sy broekspyp af.

"Aan die begin het Jan altyd rooi rose vir my gepluk. Dis eintlik hý wat hierdie tuin begin het, maar ai! Die insekte en die torre!" Sy lag. "Vergeet die muskiete. Jan het teen die torre baklei tot hy hierdie kweekhuis opgerig het. Toe pluk hy elke dag vir my 'n roos en sit dit op my bed." Sy knip nog 'n roos en streel ingedagte met haar vinger oor die fyn blare. "Hy het aan die begin selfs die dorings afgeknip."

"Wat het verander, mevrou Joubert?" vra Conrad. En hy dink hoe vreemd dit is dat die wêreld om hom wemel van die misdaad, en hier vra hy 'n eksentrieke hoteleienares uit oor rooi rose. Maar sy regteroog spring ernstig.

Diana pluk nog 'n roos en ruik daaraan. Sy maak haar oë toe soos 'n aktrise in 'n sepie wat 'n geskenk van iemand ontvang en die oomblik indrink – nie dat hy sepies kyk nie, maar as hy by sy ma huis in Limpopo by die TVkamer verbyloop, sien hy beelde op die skerm wat hom wil naar maak. Soos hierdie.

Dit lyk amper of Diana in 'n beswyming is. Toe sy praat, is haar stem monotoon. "Hy was sy hele lewe lank verlief op die vrou wat hy gedink het hierdie roostuin moet oorneem. Wat hierdie hotel moes oorneem."

"Dis hoekom u nooit die hotel ook op sy naam geplaas het nie?" waag Conrad, wat besef dat hy verbode terrein betree.

Maar Diana Joubert is in 'n spraaksame bui, soos iemand wat 'n sonde wil bely om van die las ontslae te raak. Baie van die beskuldigdes onder sy toesig erken uiteindelik hul misdade: dit maak glo die las ligter. Hy kry hier dieselfde indruk.

Sy knik. "Ja. Hy sou my daarna hier weggewerk het. Hy het in werklikheid reeds alles probeer om my weg te kry."

Conrad lig sy wenkbroue. "Soos wat, mevrou?"

Sy plaas 'n roos in die mandjie en raak aan haar bors. "Hy het dikwels in die nag hier rondgeloop. Dit het die stories laat ontstaan dat dit hier spook. As gaste laat in die nag gaan swem het, het hy uit die donkerte na hulle staan en kyk. Hulle het later so ongemaklik geraak, dat niemand meer in die nag gaan swem het nie. Dis ook hy wat die storie oor die wolf versprei het wat kamtig in die bosse skuilhou, toe begin al minder mense bespreek."

"Hoekom het hy rondgeloop?"

"Want hy kon nie slaap nie."

"En u het nooit die wolf gesien nie?" 'n Leidende vraag, die soort wat hy weet hy moet vermy! Maar dit het uitgeglip.

"Ek het nog nooit 'n wolf hier gesien nie en ek bly al hier vandat ek in my vroeë twintigs was."

"Hoekom het u en u man nie geskei nie, mevrou?"

Sy lag. "Hy wou nie, want dan was hy en Arista die hotel vir goed kwyt. As ons getroud gebly het, het hy darem nog 'n flou kans gehad, of so het hy gedink. Ek sou dalk later ingegee het en die hotel op sy naam geplaas het. Daarna sou hulle my vermoor het."

Conrad raak nog meer ongemaklik. "Vermoor? U dink tog nie . . .?"

"My man was tot baie dinge in staat, luitenant. Enigiets was moontlik."

"U het dus vir u lewe gevrees?"

"Ek sou vir my lewe gevrees het indien ek die hotel op sy naam ook gesit het. Met die hotel volledig myne, het ek die enigste troefkaart gehad om te bly lewe."

Hy kan eintlik nie glo wat hy hoor nie. "Hoe voel u nou, mevrou?"

"Dit is die eerste keer dat ek lekker kan slaap. Toe Jan nog geleef het, het hy dikwels snags voor my bed gestaan en na my gekyk. Of ek kry hom in een van die hangmatte in die tuin, vas aan die slaap. Hy het selde langs my geslaap. En kort-kort verdwyn hy, en keer terug met nog een van sy vergalste skilderye. Dit was alles metodes om my te terroriseer. Hy het my senuwees klaargemaak, so erg dat ek later onder doktersbehandeling was. Ek moet nog steeds pille drink om . . ." Sy knip weer 'n blom af. "Ja. Die skilderye." Sy ruik daaraan. "Darem wonderlik hoe soet rose ruik. Hulle sê as 'n mens sterf, ruik jy die geur waarvan jy die meeste hou. Jan het vir my gesê as ek die dag gaan rus, sal ek vir altyd rose ruik. Rose soos hierdie."

Conrad voel 'n krieweling in sy nek. "Die . . . skilderye?" herinner hy haar.

"O ja, die skilderye. Nie dat hy ooit een huis toe gebring het met Arista op nie. Dit, besef ek nou, het hy in sy boshut gebêre. Maar die ander," sy beduie na die eetkamer, "was almal van Wolwedans toe dit nog 'n mangoplaas was. Elke skildery kom uit die verlede, voor die hotel hier gestaan het."

"En hy het die hotel destyds ontwerp en toesig gehou oor die bouery?"

"Ja, want hy het gedink hy bou dit vir hom en Arista. Dan plaas ek dit later op sy naam." Sy sug. "Hy het alles probeer. Sjarme, dreigemente, beledigings, enigiets, maar ek het daardie troefkaart bly hou."

"Het hy dit toe later begin aanvaar? Dat hy nie die hotel gaan kry nie?"

Sy knik. "Ja. Nadat Adéle en Maggie gebore is – asof hy begin vrede maak het met die proses. Veral nadat Adéle in woede verwek is en . . ." Sy klap haar hand oor haar mond en kyk met groot oë na hom. "Ek bedoel . . . Adéle . . . en Maggie . . ."

Was albei 'n ongeluk? wil hy vra. Maar hy waag dit nie.

"En toe met Maggie . . ." Sy ril weer. "Ek wou nie, want . . ." Sy skud haar kop, dan staar sy na hom asof sy nie weet wat hy hier soek nie. Uiteindelik knip sy weer 'n roos af en ruik daaraan. "Soos die dood," sê Diana. "Soos die dood."

Skielik voel Conrad dat hy hier moet uitkom. Weg van hierdie hittige kweekhuis met sy rose wat die ruimte soos bloeddruppels bespat, en Diana met haar bleek gesig en dooie oë wat belydenisse maak asof sy uit die graf praat.

Sy draai weg van hom af, duidelik verleë oor die woorde wat uitgeglip het, en Conrad maak verskoning en mompel iets van 'n saak wat hy nog moet ondersoek.

"Luitenant. Vergeet wat ek gesê het. Dis net, daar was tye wat ek aan myself begin twyfel het. Dat ek gedink het alles ís my skuld en dat ek die vlieg in die salf was en dat ek die hotel sou red as ek sou weggaan. Maar ek kon nie. Ek is te lief vir hierdie plek. My ouers het dit immers oorspronklik gekoop en aan my nagelaat. Ek kan my nie my lewe sonder Hotel Njala voorstel nie."

Of, sy wou nie padgee nie omdat dit wraak teen Jan was omdat hy Arista nie kon vergeet nie, dink Conrad. Het hierdie vrou Jan dalk indirek getreiter omdat hy haar nie so lief gehad het soos vir Arista nie? Was Diana net so wreed soos Jan, maar op haar eie manier?

"Dit . . . bly tussen ons, mevrou." Hy maak aanstaltes om te loop.

"Seker u wil nie 'n roos . . .?"

Conrad skud sy kop en draai om. Hy loop tussen die klokkies en katsterte en swaardlelies deur na die huis toe. Hy is eintlik kortasem.

Toe hy deur die voorportaal stap, merk hy eers op dat 'n klomp skilderye reeds van die muur afgehaal is. Daar is spookruimtes met 'n ligte stoflagie om die plekke waar hulle tevore gehang het.

Spookbeelde. Nes Jan Joubert wat nog steeds hier in Hotel Njala gevoel word, al is hy fisiek nie meer hier nie.

Die skilderye wat oor is, is nie een deur Jan Joubert gemaak nie.

Conrad vorder tot by ontvangs, waar Japie besig is om met 'n meisie oor die telefoon te praat. Hy knip die gesprek kort toe hy Conrad sien.

Conrad gaan staan aan die onderpunt van die trappe, waar Jan Joubert geval het. Hy loop op na die derde trappie van bo, wat reggemaak is. Hy bekyk dit.

Hy draai om en sien Diana uit ontvangs gestap kom met 'n mandjie vol rose. Sy knik verleë in sy rigting.

Toe Conrad uitstap, sien hy hoe Berta en Ryno aan die bopunt van die trappe staan en gesels. Ryno dra 'n moulose T-hemp. Conrad wil by hulle verbyloop terug motor toe, weg van hierdie verdomde siek familie en hierdie spookhotel wat hom laat ril. Hy kan sweer Jan Joubert staan nou daar bo en kyk na hom deur een van die vensters.

Ruk jouself reg, verdomp, Conrad Nolte!

Maar toe onthou hy van Berta se plan en besef dat hy nie die gesprek tussen haar en Ryno kan onderbreek nie. Hy hoor haar lag.

Dit het hom 'n rukkie geneem om tot verhaal te kom na die gesprek met Diana, maar nou hoor hy gedeeltes van die gesprek in die tuin. Hy wil-wil begin hoofpyn kry.

Ryno sê: "Jy kan gerus die foefie-slide probeer. Ek sweer dis die lekkerste high wat jy wettiglik kan kry."

Berta giggel. Dit is 'n geluid wat hy nog nie by haar gehoor het nie, amper soos 'n verliefde skoolmeisie.

Conrad se hoofpyn begin erger raak.

"My ma-hulle het my verbied om te foefie-slide!" Berta lag weer. "Hulle was te bang die toue breek!"

"Hei. Vergeet wat ander mense sê. Daar is niks fout met jou nie," kom die reaksie.

"Wat presies maak jy hier, Ryno?" hoor hy Berta vra.

Conrad vryf met sy vingers teen sy slape. Hy hoor die gesprek, maar ook nie eintlik nie.

"Ag. Boggerôl, eintlik. Ek het my hele lewe lank geswerf. My ma het my in die koshuis gesit toe ek só groot was." Hy beduie met sy bakhand langs sy heup. "Ek was 'n stoutgat laaitie wat haar al haar dae gegee het." Hy lag. "Ek is maar so gemaak en so gelaat staan. So, what you see is what you get."

"En meisies?" Conrad weet hoekom Berta die vraag vra.

Daar is 'n oomblik stilte, dan kon die antwoord: "As jy wil weet of ek baie meisies gehad het, jip. So, die stories is probably waar."

"So hoekom settle jy nie?"

"Hei. Is ek op *Who wants to be a millionaire?*"

Berta lag verleë. "Ek wonder sommer."

"Sorry. My volgende toer ry oor 'n kwartier. Die toeriste sit hier anderkant en luister na die viole. Stunning musiek. Ek is weer die skurk in die verhaal as ek hulle onderbreek, maar dis waarvoor die toeriste betaal: toere. So, ek sal die konsert moet opbreek, al wil ek nie."

Conrad draai regs na die rivierklippaadjie toe Ryno omdraai. Hy loop tot by die swembad en kyk na die digte bosse om hom. Groot breëblaarstruike roer liggies in die wind. Hy loop om die swembad. Daar is nie 'n mens in sig nie.

Die varings se blare beweeg op en af, asof iemand daarop ry of met sy vinger liggies op die blare druk.

Conrad frons. Die plek ís besig om met sy kop te smokkel, veral na die gesprek met Diana. Hy is amper bang vir haar! Dit is asof die plek leef. Asof dit asemhaal. Asof onsienbare oë die hele tyd na hom kyk.

Hel, hy moet hier wegkom.

Iets beweeg tussen die varingblare. Conrad beweeg behoedsaam nader – en vir 'n vlietende oomblik sien hy 'n paar oë wat hom bespied.

Dan die hand op sy skouer. Hy gee 'n uitroep.

Berta gryp na haar hart. "Hemel, wat gaan aan?"

Hy blaas sy asem uit. "Niks. Sommer niks. Magtag, waar kom jy vandaan, sersant?"

Sy frons. "Wel, verskoon my. Ek het bietjie met Ryno gepraat."

"En is jy nou nog 'n merkie op sy katelstyl?"

Berta wil lag, kan hy sien. As sy gaan vra of hy jaloers is! Maar sy vervolg: "Hy's nice. Maar elke nice ou het iewers 'n kink."

"Moet net nie te veel van daardie kink begin hou nie, sersant."

"Nie 'n kans nie. So, join jy my vir lunch?" vra sy.

Hy skud sy kop. Hy weet net hy wil ry en hy wil dit nou doen sodat hy nugter kan gaan dink.

Hy loop na sy motor toe en onthou dan dat hy dit nie gesluit het nie. Hier moet mens altyd jou voertuig sluit.

Dit is toe hy wil gaan sit, dat hy die rooi roos op sy sit-plek sien.

Conrad tel die roos versigtig op en kyk rond.

Nou wil sy kop bars. Al wat hy sien, is toeriste wat met hul tasse teen die trappe uitloop.

19

Die oomblik toe Sonja op Pendula aankom, weet sy dat dit 'n fout was om Adéle hierheen te vergesel.

Armand wag hulle in. Hy vryf sy hande toe Adéle se sportmotor stilhou en Sonja kan duidelik sien hoe gespanne hy is.

Toe Adéle uit haar motor klim, kyk sy krities na die omgewing. "Dit raak te beskaafd, Armand. Jy moet onthou dat jou wildtuin in die bosse is, nie in Houghton nie."

Dit komende van die bestuurder van 'n hotel waar die tyd stilstaan en wat in die algemeen buitelandse toeriste probeer bevredig, dink Sonja, maar sê niks.

"Welkom," sê Armand. "Ontbyt word in die rivierloop bedien." Hy stap na Sonja toe en steek sy hand uit. "Ek is baie bly jy het saamgekom."

"Na drie uitnodigings kon dit nie anders nie," laat hoor Adéle. "Ek het net besef ek sal nooit die einde daarvan hoor as ek haar nie saambring nie."

"Dis pragtig," sê Sonja. Sy kyk na die yslike grasdakhoofgebou, die houtdek wat vanuit die sitkamer strek en op 'n watergat afkyk waar twee kameelperde staan en suip, en die luukse eenhede wat tussen die bome geleë is. Vlakvarke hardloop op die terrein rond en twee klip-springers beskou hulle agterdogtig.

Armand lyk ingenome. "Ek en my pa het Pendula só ontwerp dat ons nie die natuur skaad nie. Die lodge is let-terlik óm die bome en die koppie gebou en nie te na aan die Sabierivier nie."

Adéle kyk na die impalalelies wat in 'n ry by ontvangs geplant is en die jong kremetartboom wat vol blare by die hoofingang pryk. "Ek het al daaraan gedink om 'n kremetart by Hotel Njala te plant, maar dit sal nie daar pas nie."

En Sonja dink: Adéle stap ewe hooghartig hier rond asof die plek reeds aan haar behoort. Sy kan nie help om te wonder nie: trou Adéle moontlik met Armand om die wildtuin ook in te palm? Of is daar tog iewers onder daar-die harde, ongenaakbare uiterlike 'n gevoel vir hom?

Armand beduie na een van die voertuie waarop *Pendula-wildtuin* geskryf staan. "Sal ons ry? Ontbyt is gereed." Hy loop na die voertuig toe en hou die passasiersdeur vir Adéle oop. Toe sy inklim, sê hy: "Jy lyk pragtig vandag."

Adéle glimlag en dit lyk vir Sonja asof sy die kompli-ment verwag het en glo sy verdien dit. Nie dat sy gedink het Adéle het nodig om aan haar skoonheid herinner te word nie, maar dit wen blykbaar haar guns.

Armand help Sonja om op een van die bankies agter op die voertuig te klim. Verbeel sy haar, of hou hy haar net te lank vas? Hy klap twee keer op die bakwerk. "Gerief-lik?"

"Ja, dankie."

Sy hou deesdae al meer van Armand, en veral noudat

sy hom in sy eie milieu sien, op 'n plek waar hy gemaklik voel. Daar is 'n sagtheid in hom, amper 'n weerloosheid, waarby sy kan aanklank vind. Hy lyk na die soort man wat alles in sy vermoë sal probeer om 'n vrou gelukkig te maak, en Adéle weet dit en misbruik dit.

Hy kan maklik gedomineer word en daarin is Adéle 'n meester. Geen man mag die oorhand oor haar kry nie, sy is die alleenheerser in haar eie wêreld.

Hulle ry aanvanklik met die netjiese grondpad wat die teerpad na Skukuza en die Krugerhek-ingang met Pendula verbind, maar toe kies Armand 'n tweespoorpaadjie wat tussen knoppiesdorings en worsbome deurkronkel. Dis rukkerig en Adéle gryp vir vashouplek. Vlakvarke en bobbejane skarrel uit die pad, en Armand kyk om of Sonja gemaklik is.

Die geskud bring momenteel die ongeluk terug na haar gedagtes en sy dink daaraan dat sy 'n nuwe selfoon sal moet aanskaf, en sy sal weer aansoek om 'n identiteitsboekie moet doen – alles sloerwerk waaroor sy nog nie eintlik gedink het vandat sy hier aangekom het nie.

Armand beduie na twee koedoes wat hulle gesteurd van tussen die digte bome beskou. Hy ry stadiger en sê oor sy skouer: "Daar's 'n hele trop by die rivier. Dié twee moes afgedwaal het."

Hulle ry 'n paar klippe mis en hy kies dan 'n steil afdraande pad wat na 'n droë rivierloop lei. Hulle ry deur 'n koorsboomwoud en Sonja verkyk haar aan die wit stamme en die fyn blaartjies aan die takke bokant haar. Waterbokke loop lui tussen die bome rond.

Die voertuig kom 'n ruk later tot stilstand. Hier hoor

Sonja die diep bosgeluide duidelik, soos die sonbesies wat reeds eentonig sing. En veraf is daar 'n vreemde klank, soos 'n geblaf.

"Sebras," antwoord Armand asof hy haar gedagtes kan lees.

Adéle wag om uitgehelp te word. Toe hy haar van die voertuig aftel, hou hy haar lank vas. "Dis goed om jou hier te hê."

"Dis lekker om hier te wees, Armand."

Daarna help hy Sonja af. Hulle loop met 'n goed uitge-trapte paadjie na die rivierloop. Dan slaan Sonja se asem weg.

Voor haar staan 'n tafel in die middel van 'n droë rivier-loop, gedek met duur silwer en eetgerei. 'n Sjef is besig om spek en eiers op 'n draagbare gasbraaier voor te berei en 'n jakkalsbessie verskaf koelte.

"Opdrifsels van die vloed vroeër vanjaar," beduie Armand. "Toe was hierdie lopie 'n woeste massa water wat selfs krokodille meegesleur het en in Skukuza gaan uit-spoeg het."

'n Kelner stap nader met 'n bottel vonkelwyn. Hy groet Adéle, wat seker maak dat die sjampanje koud genoeg is – dan knik sy om in te stem dat dit met die lemoensap in haar glas gemeng mag word.

Sonja kyk om haar rond. Agter die tafel, omtrent hon-derd meter van die sjef af, staan 'n reier in 'n stil kuil tussen digte bome. En voor haar kinkel die sanderige ri-vierloop om 'n draai en verdwyn tussen bome.

"Eet die toeriste elke oggend hier?" vra sy.

"Net spesiales."

Die kelner plaas 'n bord met gesnipperde lietsjies, mango's en granaatpitte voor hulle op die tafel. Adéle waai eers 'n hotnotsgot weg en lig dan 'n lietsjie krities. Sy neem haar mes om die klein stukkie skil wat oorgebly het af te trek, toe plaas sy dit met stywe vingers terug in die bord.

Armand probeer om 'n gesprek aan die gang te hou. Sonja, wat maar te bly is om 'n bietjie van Hotel Njala weg te kom, reageer, maar Adéle eet in stilte en praat net as sy uitgevra word oor iets.

Die gesprek beweeg terug na Hotel Njala. "Gaan jy die veranderings aanbring wat Ryno Lategan voorgestel het?" vra Armand.

Adéle bekyk die mangostukkies voordat sy dit in haar mond steek. "Sy voorstelle is uitstekend. Moet sê ek was baie beïndruk."

Armand eet die lietsjies met sy hand en knik vir die sjef dat hy die spek en eiers maar kan bring. "Mag ek vra watse veranderings alles beplan word?"

"Ons gaan 'n spa oprig," sê Adéle asof sy uitbrei oor 'n nuwe dis wat op 'n spyskaart sal verskyn.

Armand verstil. "Regtig?"

"Ja, Armand." Weer daardie neerbuigende klank in Adéle se stem.

"Maar ek het dit jare gelede al voorgestel, toe sê jy dat . . ."

"Die tyd was nie toe reg nie." Adéle laat haar lepel hard genoeg sak dat die kelner opkyk.

"En dit is nou reg, noudat Ryno Lategan die voorstel maak?"

Sonja is vir 'n oomblik verbaas dat die introvert Armand dit waag om Adéle te troef.

"Alles draai nie net om jou nie," kap Adéle terug.

"Ek het nie bedoel dat alles om my draai nie, maar ek het hoeveel voorstelle gemaak oor veranderings aan Njala. Jy het elkeen afgekeur. Jy het dikwels nie eers daarop gereageer nie. Maar noudat . . . die een of ander toergids voorstelle maak, nou aanvaar jy dit?"

Adéle kyk strak na hom. "Hoekom is jy so aggressief met my?"

"Ek is nie aggressief met jou nie. Ek vra net hoekom jy skielik al hierdie veranderings aanvaar, maar jy het dieselfde voorstelle van my twee jaar gelede verwerp?"

Adéle vou haar servet op en kom orent. "Neem my terug, asseblief."

"Adéle, asseblief."

Sy vee haar mond af en stap terug na die voertuig onder die bome.

"Adéle!"

Sonja, wat in 'n toenemende mate na 'n onbetrokke toeskouer in die scenario voel, het geen keuse nie: sy stoot haar bord terug en staan ook maar op. Sy loop agterna en luister hoe hulle woedend argumenteer.

"Waar gaan dit gebou word?"

"Ryno het reeds die plek uitgesoek. Agter die nuwe villas teen die kop."

"Maar gaan die natuur nie deur die bouwerk versteur word nie?"

"Hemel, Armand, wat dink jy van my? Ryno het dit só ontwerp dat dit inskakel by die natuur. En hy het in sy omswerwinge kontak gemaak met die regte mense wat die spa kan bou en bestuur. Hulle huur dan die grond by ons, wat beteken dis 'n ekstra inkomste vir Hotel Njala!"

"Maar my magtag, Adéle. Hy is iemand wat toeriste rondvat en meisies vry! Wat het hy met Hotel Njala te doen?"

Dis toe Sonja in die voertuig klim dat Adéle haar sluitingsargument maak: "Dis dalk tyd dat jy by Ryno leer hoe om 'n vrou te behandel, Armand."

Hy vries en kyk woedend na haar, toe klim hy in en skakel die voertuig aan. Hy trek met 'n vaart weg wat Adéle weer na vashouplek laat soek.

"Ry asseblief stadiger. Moenie jou frustrasies op my en die voertuig uithaal nie!"

Maar daar is nou geen keer aan Armand nie. Hy jaag oor die graspolle en middelmannetjie dat die voertuig 'n paar keer gevaarlik swaai daarvan. Sonja moet ook vasklou. Hy is spierwit in sy gesig.

Toe hulle by die hoofgebou stilhou, maak Adéle self haar deur oop, klim uit en plaas haar sonbril op haar neus. Sy loop met lang, haastige treë tot by haar sportmotor en draai dan terug. "Ek dink dit sal beter wees as ons hierdie verhouding 'n bietjie afkoel," sê sy.

Dit lyk of iemand Armand deur die gesig geklap het. "Verbreek jy ons verhouding?"

Sy maak haar deur oop en klim in. "Ja, Armand. Ek dink jy moes al weke gelede besef het dat dit nie sal uitwerk nie."

Sonja klim haastig in.

"En wie is jou nuwe belangstelling?" vra hy. "Ryno Lategan?"

Adéle skakel die motor aan sonder om te antwoord en trek met 'n woeste vaart weg. Sonja het pas haar sitplekgordel vasgemaak en gryp woes in die lug soos die sportmotor deur die sand gly.

Praat van frustrasie op 'n voertuig uithaal! Die meisie bestuur roekeloos oor die grondpad. In Sonja se geheue kom indrukke van haar ongeluk terug. Die wolf voor die motor. Die boom wat omgeval het. Die bobbejaantoue wat oor die pad gehang het. Sy raak kortasem van vrees, want dit voel of Adéle die motor enige oomblik gaan omgooi.

"Ry stadiger, asseblief!" skree sy toe sy dit nie meer kan hou nie.

Adéle druk die sonbril terug op haar neus en ry stadiger, maar sê niks. Terwyl sy deur Hazyview ry, groet sommige mense haar, maar sy beantwoord nie die groet nie.

By Hotel Njala hou sy met skreeuende remme stil en haal haar selfoon uit. Sy skakel 'n nommer. "Ryno. Ek wil jou so gou moontlik in die studeerkamer sien." Sy luister en antwoord kortaf: "Wanneer is jou volgende toer?" Sy luister. "Dit pas my. Ons het belangrike dinge om oor te praat. Ek hou van jou voorstelle vir die hotel en ek wil dit so gou moontlik implementeer. Waar is jy nou?" Sy kyk vinnig na Sonja. "Nou gim klaar en stort. Ek sien jou oor twintig minute."

Sy steur haar nie verder aan Sonja nie en draf teen die trappe uit.

Toe Sonja 'n paar oomblikke later deur ontvangs loop, sit Maggie daar met groot oë. "Wat het gebeur?"

"Probleme tussen Adéle en Armand."

Maggie lig haar wenkbroue. "Ek het dit sien kom."

"Hoe gaan dit hier?" vra Sonja om die gesprek in 'n ander rigting te stuur.

Maggie se gesig val. "Nog 'n klomp kansellasies, hoofsaaklik van plaaslike toeriste. Maar ek het navraag gedoen. Die meeste ander lodges en gastehuise beleef ook 'n baie stil tyd. Moet deels die ekonomie wees, deels die misdaad, hoewel ek dink dat my pa se dood . . ." Dit is of die emosie haar weer oorweldig.

En die spoke wat hier op Njala rondsluip, dink Sonja.

"Hier is mense wat Kaapsche Hoop toe wil gaan. Hulle wil weet of Ryno hulle kan vat, teen ekstra vergoeding natuurlik."

"Adéle het Ryno studeerkamer toe ontbied."

"O?" Maggie glimlag effens. "Gaan sy die res van haar humeur op hom verloor?"

"Sy het besluit om sy planne te aanvaar. Hotel Njala word ook 'n spa."

Die meisie word wasbleek. "Ekskuus?"

Sonja besef nou eers dat sy haar mond verbygepraat het. Sy het gedink Maggie is bewus daarvan.

"Miskien moet jy met Adéle praat. Ek dag jy weet?"

Maggie lig die foon en skakel 'n nommer. "Ma? Weet Ma van planne om van die hotel 'n spa te maak?" Sy kyk na Sonja. "Dis ook die eerste woord wat ek daarvan hoor. Dis immers Ma se hotel. Adéle kan mos nie sommer . . ." Sy draai weg van Sonja af. "Ek is jammer. Ek het nie besef ma het 'n migraine nie. Ek . . . Ons praat later." Sy lui af en kyk weer na Sonja. "Dit was Ryno se voorstel, sê jy?"

Sonja knik. Sy het gedink dis al algemene kennis.

'n Skoonmaker kom ingestap en beduie dat een van

die groot wasmasjiene gebreek het en dat hulle nie al die lakens betyds kon was nie.

"Nou was dit met die hand!" skree Maggie. Sonja en die skoonmaker kyk albei verbaas na haar.

Sonja neem oor. "Ek sal vir Freek bel. Hy sal kan help, Sara. Gaan solank voort met die lakens. Ek sal sorg dat die man die masjien regmaak. En Maggie, as jy voel dat ek liewer hier moet oorneem . . .?"

Maggie skud haar kop. "Dan het Adéle nog meer rede om van my te probeer ontslae raak." Sy kyk op toe 'n jong toeris ingestap kom. Die meisie teken uit en Maggie verduidelik bedaard wat haar rekening behels. Die toeris betaal met 'n kredietkaart wat Maggie deur 'n masjien skandeer.

"Dankie. Dit was 'n fantastiese verblyf," sê die meisie. Sy oorhandig 'n koevert. "Dis vir Ryno. Sê vir hom sy dienste was manjifiek. Ek wens elke hotel het so 'n toergids gehad." Sy verlaat die ontvangsarea.

Sonja en Maggie kyk albei na die koevert wat skynbaar vol note gestop is. "Wel. Nie dat ek of jy veel bygedra het om haar verblyf aangenaam te maak nie!" verbreek Sonja die stilte.

"Mens kan maar sê die hotel is reeds Ryno s'n," sê Maggie en glimlag. "Miskien, as ek met hom trou, staan ek 'n kans. Nie dat hy na so 'n nerd sal kyk nie. Maar . . . nou ja."

Soos vir Armand netnou, kry Sonja die meisie oneindig jammer.

"Ek sal regtig 'n rukkie hier sit as jy bietjie wil asemskep?"

"Waarheen sal ek gaan, Sonja? Na my ma se roostuin? Na my pa se studeerkamer waar Ryno en Adéle in 'n bondgenootskap gaan? Na my kamer vol herinneringe aan my pa? Na die swembad waar Ryno en hierdie meisiemens gisteraand geflirt het? Waarheen gaan ek?"

Sonja stap na die toonbank toe en neem Maggie se hande in hare. Sy doen dit impulsief, want sy sien die histerie kom.

"Dis maar dieselfde met my, Maggie. Ek probeer onthou wie ek is. Maar dit maak nie saak waarheen ek gaan nie, daar is orals spoke wat my dophou."

Dit laat Maggie kalmeer. Sy vee die trane met die agterkant van haar hand weg. "Ek is jammer. Dis maar net . . ." Iets soos 'n snik ruk deur haar. "Dat mens Ryno . . ." Sy kyk skielik op. "Is jy verlief op hom?"

Die vraag tref Sonja soos 'n beker koue water. "Ek . . . wel . . . ek dink nie Ryno laat toe dat mens op hom verlief raak nie."

"Dus, hy gebruik 'n mens net. Soos hy vroue net gebruik. Soos hy meisies gebruik om vir hom plesier te gee sonder dat daar emosies betrokke is. Hoekom raak mens op hom verlief?"

Sonja skrik vir die heftigheid in haar stem.

Maggie kyk stil na haar. "Oukei. Nou weet jy. Ek het hom lief. Ek kan aan niks en niemand anders dink as Ryno nie."

"Dis maklik om op hom verlief te raak," waag Sonja, "maar dan moet mens die gevolge dra."

Toe hulle opkyk, kom Ryno ingehardloop. Hy dra 'n sweetpak en sy hare is nog nat van die stort. "Jis, girls!

Waar's die baas?" Hy beduie op in die rigting van die stu-deerkamer. "Ek het twee broeke aangetrek, want ek het 'n idee ek kry vandag ses van die bestes."

"Jy sal dit dalk nog geniet ook," sug Maggie, "of dalk gouer van al twee broeke ontslae raak as wat jy verwag."

Ryno kyk verbaas na haar. "Hei, Mags. Wat's die drama?"

"Ag, rock off, man!" sê sy hard.

Ryno kyk verbaas na Sonja. "Wat het ék gedoen?"

Maggie haal die koevert met note uit 'n laai. "Nie ge-weet jy is nog 'n prostituut ook nie."

Ryno kyk verbaas daarna. "Is dit my danger pay?"

"Dis Liana Kruger se toegif vir dienste gelewer, Ryno. Sy het so pas uitgeboek. Ek dink nie sy het een keer opge-hou glimlag nie."

"Liana . . .?" Ryno frons. "O. Daai girl."

"Ja, Ryno. Daai girl. Soos almal dáái girl in jou lewe is!"

Ryno raak ernstig. "Maggie, sy wou gister Pelgrimsrus toe gaan. Daar was nie 'n toer gereël nie, toe gee Adéle my opdrag om haar soontoe te neem. Ons het panne-koek by Harrie's in Graskop gaan eet, ek het haar Pel-grimsrus en God's Window gewys, toe die Berlin-waterval, en daarna het ons huis toe gekom. Ek het die vioolspelers van die orkes gevra om iets vir haar te speel, want sy moes toe alleen eet omdat etenstyd al verby was. Toe is sy na haar kamer toe, en ek het gaan swem, gegim en toe gaan kiep." Hy sit sy hand op sy hart. "Dis al wat gebeur het, ek sweer. Waaroor al die drama?"

Maggie se weerstand begin verkrummel. "O. Maar ek dog dan . . ."

317

"Dog het in sy broek gepiepie, Mags. Daar het niks tussen ons gebeur nie. En selfs al hét daar iets gebeur, is dit 'n saak tussen my en haar. Ek het net vir haar gesê Adéle betaal my nie ekstra vir die trip nie. Sy het meer geld as wat sy kan uitgee." Hy gooi die koevert voor Maggie neer. "Verdeel dit onder die vroue wat die kamers skoonmaak. Hulle werk anyway baie harder as ek."

Dis toe Ryno omdraai, dat hy in Armand vasloop.

"Dis nie hoe die nuwe eienaar van Hotel Njala moet aantrek nie." Armand beduie na Ryno se sweetpak. "Adéle sal verwag dat jy in 'n pak klere moet rondloop nadat jy oorgeneem het."

Ryno sit sy hande agter sy kop asof hy na krag soek. "Luister, is ek in 'n time-warp of wat gaan hier aan?"

Maar Armand is nou onkeerbaar. "Jy weet presies wat jy doen, jou bliksem. Gooi daai glimlag vir iemand anders, nie vir my nie!"

Armand staan enkele duime van Ryno af. Ryno laat sy arms stadig sak. Hy meet Armand met sy oë. "Hei. Dude. Ek like nie van ander ouens so naby my nie."

"Hoekom? Is dit een diens wat jy nog nie by Hotel Njala gelewer het nie?"

Ryno se vuis skiet uit en hy slaan Armand onderstebo, dat hy 'n stoel uit die pad val. Armand spring dadelik op en bestorm hom. Vir 'n oomblik is Sonja en Maggie te verbaas om iets te doen.

Ryno kry Armand in 'n greep om sy keel beet en dwing hom by die deur uit. "Hê ten minste respek vir die girls!" skree hy.

Buite breek Armand uit Ryno se greep en 'n volskaalse bakleiery ontstaan. Sonja storm uit. "Ryno!" skree sy. "Ryno!"

Hy stol toe sy so vir hom skree. Armand gebruik die onbewaakte oomblik om hom vol in die gesig te slaan dat die bloed spat. Ryno val agteroor en bly 'n oomblik duiselig lê.

"Sorry, Skiewies, dat jy dit moet sien. Maar ek moet myself verdedig."

Hy spring op en storm, en tref Armand in die maag met sy kop. Armand steier agteroor en beland op die grasperk, waar Ryno hom orent pluk en slaan. Armand steier. Ryno baklei soos 'n bokser, eintlik 'n straatbakleier, dink Sonja. Hy weet hoe.

Armand storm weer op Ryno af en plant 'n goed gemikte hou op sy kennebak, maar dit lyk nie of Ryno dit eers voel nie. Hy kyk vinnig na Sonja, toe storm hy weer vorentoe en takel Armand behoorlik.

Hulle rol op die gras. Van die werkers begin verskrik naderstaan. Daar is gelukkig geen toeriste nie. Ryno baklei of sy lewe daarvan afhang en Armand veg verbete terug. Daar is diep skrape aan Armand se gesig en toe hy sy kop lig, tref Ryno se vuis hom op sy linkeroog.

Dit maak Armand blind van woede en hy mik weer na Ryno, wat elke hou ontduik. Ryno slaan Armand twee keer onderstebo, maar misgis hom met die ander man se uithouvermoë en Armand slaan hom vir 'n tweede keer vol in die gesig en weer spat die bloed.

Ryno tol om en slaan Armand onderstebo.

"Ryno!" gil Sonja. Dit is asof daar weer lewe in haar kom. "Jy is niks anders as 'n verdomde dier nie!"

Dit laat hom vassteek. Hy draai na Sonja asof dit sy is wat hom in die gesig geslaan het.

"Maar, Skiewies, hý het . . ."

"Moenie my so noem nie!" skree sy.

"Maar, Sonja . . ."

Adéle kom uit ontvangs aangehardloop. "Wat de duiwel dink julle doen julle?"

"Ek het jou katelknapie net bietjie reggesien," hyg Armand en vee die bloed af. "Die rondloper wat Hotel Njala wil oorneem. Ek hoop julle is gelukkig, Adéle. Die hemel weet, julle verdien mekaar."

Hy spoeg weer bloed uit en loop terug na sy motor toe. Die werkers staan vinnig opsy.

"Ek . . . ek weet nie wat om te sê nie." Adéle praat sag, maar in haar oë kan Sonja sien sy het die bakleiery geniet. Sy het dit dalk 'n rukkie bo uit die studeerkamer dopgehou, want Jan Joubert se studeerkamer kyk af op die grasperk.

Ryno vee die bloed van sy gesig af en raak-raak aan sy neus. Sy gesig vertrek van pyn. "Bliksem," sê hy. "Hy't my fokken neus gebreek."

"Ryno!" Sonja se stem sny deur die stilte. "Jy is infantiel, man! Word groot!"

Ryno voel aan sy neus. "Ek is jammer. Ek is genuine jammer."

Adéle kyk na hom met iets soos trots – haar wange gloei en haar oë blink. Sy stap tot by hom en raak saggies aan sy gesig, soos 'n minnaar wat haar geliefde se gesig streel. Ryno ruk sy kop weg en probeer die bloed stop wat uit sy neus stroom.

Dit is 'n vreemde oomblik. Sy kyk met openlike bewondering na hom, en hy na haar sonder om iets te sê. Dan draai Adéle om, plaas haar hand op haar bors en sluk teen die een of ander emosie wat in haar opwel. Van waar Sonja staan, kan sy sien dat Ryno haar in hierdie toestand beslis prikkel.

Toe Adéle weer praat, bewe haar stem. "Gaan was jouself en kom studeerkamer toe. Ons moet praat."

Sy verdwyn in ontvangs. Ryno kyk haar agterna, asof hy iets in haar verstaan. Iets in haar erken waarvan hy hou. En dit maak Sonja siek.

"Daar is 'n noodhulpkissie in ontvangs. Ek gaan jou gesig skoonmaak," bied Maggie aan.

"Los dit," sê hy kortaf.

"Nee, Ryno. Jou neus is gebreek en jy sal steke nodig hê. Ek moet net eers jou wonde skoonmaak, dan vat ek jou Hazyview toe. Sonja," Maggie beduie na ontvangs, "sal jy asseblief oorneem tot ek klaar is?"

"Maar ek moet nog na Adéle toe gaan."

"Na die hel met Adéle!" blaf Maggie.

Sonja voel trane in haar opwel – trane van teleurstelling en walging en skok.

Ryno voel-voel weer aan sy neus en kyk na haar. "Ek is so . . . só bitter jammer. Maar hy sou my vrekgemaak het as ek nie . . ."

"Ek gaan ontvangs toe," antwoord Sonja kortaf. Sy loop met lang treë soontoe, waar die telefoon onophoudelik lui.

Ryno volg haar soos 'n stout skoolseun, met Maggie agterna.

Sonja gaan sit agter die ontvangstoonbank en beantwoord die foon. Maggie beduie dat Ryno na die aangrensende vertrek moet gaan waar die personeel gewoonlik eet.

Sonja probeer om nie te kyk nie, maar sy kan sien hoe Ryno op 'n stoel gaan sit met sy kop agteroor. Maggie neem die noodhulpkissie agter die ontvangstoonbank uit en loop na hom toe en gaan sit oorkant hom.

Sonja plaas die telefoon terug en probeer hard om nie te luister nie, maar sy sien en hoor elke dingetjie wat gebeur. Dit maak alles net nog erger.

"Sara, bring vir my 'n skottel warm water," vra Maggie die helper. Dan verbind sy Ryno se wonde met 'n ongelooflike teerheid. Sy vee die bloed af en ontsmet die seerplekke. Ryno sê nie 'n woord nie, hy sit soos iemand wat slae gekry het en wag dat die pyn moet bedaar.

Sonja sien hoe die meisie saggies oor sy wang vee. "Is dit seer hier?"

"Dit maak tog nie saak nie, Maggie."

Dan plaas sy haar duim en wysvinger oor Ryno se neus en pluk dit terug in posisie. Hy kreun.

"Jammer. Ek moes. Jy sou baie snaaks gelyk het met 'n skewe neus." Sy werk nou aan Ryno se oog. "Hy gaan potblou wees. Wag, sit stil."

"Mags!" maak hy beswaar.

"Of vertrou jy my nie, straatbakleier?"

Ryno sug. "Ek's gewoond aan twee, drie ouens tegelyk. Nie hierdie verskoning vir 'n bakleier nie."

"Vir 'n verskoning vir 'n bakleier het hy jou goed bygekom," glimlag Maggie. Sonja kan sien dit is die eerste en enigste kans wat die meisie ooit sal hê om naby die man te kom wat sy so lief het, maar wat nooit hare sal wees nie.

Sara bring die skottel water en plaas dit op 'n tafel.

Maggie se gesig is baie naby Ryno s'n toe sy sy stukkende lip behandel. Ryno knip sy oë teen die ontsmettingsmiddel en probeer iets sê, maar sy plaas haar wysvinger oor sy lippe. Daarna vee sy die hare van sy voorkop weg en neem 'n spons, waarmee sy die bloed uit sy hare en van sy gesig af vee.

"Thanks, Mags."

"Trou met my?"

Sonja kan nie glo wat sy hoor nie. Sy sien hoe Ryno se kop beweeg.

"Ekskuus?"

Maggie glimlag weer. "Ek neem jou dokter toe. Jy sal minstens vier steke moet kry."

"Maar ek sê mos ek moet Adéle gaan sien en . . ."

"Toe, kom nou."

Maggie kom orent en in die manier waarop sy na Ryno kyk, sien Sonja dieselfde liefde wat sy vir hom voel. Die meisie steek haar hand uit en help Ryno uit sy stoel op.

Hy troon bo haar uit toe hy opstaan, knik weer in 'n soort bedanking en loop dan na ontvangs. Toe hy uitkom, kyk hy na Sonja. Sy oë is sag en skuldig. Hy maak sy mond oop om iets te sê, maar sy draai haar kop weg en gryp na die telefoon.

Oomblikke later is sy alleen.

Sy sien die noodhulpkissie wat nog steeds oop staan in die aangrensende vertrek. Sy loop soontoe, pak die me-

323

disyne terug en kyk dan na die stoel waar Ryno gesit het. Daar is bloedspatsels. Sy neem 'n klomp sneesdoekies uit die medisynekis en vee dit op.

Dan neem sy die noodhulpkissie en stap terug ontvangs toe. Die telefoon lui al weer.

En vir 'n oomblik onthou sy die moorddadige woede in Ryno se oë toe hy op Armand afgestorm het. In daardie oomblikke het sy werklik gedink hy kan hom doodmaak.

20

Dit is snikheet. Nie eers die lugverkoeling in Conrad se kantoor help vandag nie.

Hy sit agteroor in sy stoel. Die eienaars van die aandenkingswinkel wat beroof is, het gebel om te laat weet dat hulle nou 'n sekuriteitstelsel aangebring het en hul laaste bietjie wins daarmee heen is.

"Luitenant weet, die mense hier in Hazyview is goud. Almal help almal. Ek dink maar hoe mense mekaar met die vloede ook gehelp het. Hulle het van heinde en verre opgedaag om ons te ondersteun en raad te gee met die aanval. Party het selfs 'n ou geldjie gegee en die sekuriteitsmense het ons tegemoetgekom, anders was ons onderdeur."

Conrad stap met die gang af en gaan sit teenoor die superintendent. Hy doen verslag oor sy ondersoeke na die misdaad in die omgewing.

"Luitenant Nolte." Die superintendent se stem is saaklik. "Ek is net bekommerd dat die verkeerde indruk gewek word. Lodges word wél soms aangeval en daar is wel 'n probleem, dit weet ons almal en dit blyk ook uit jou verslae. Dit moet net nie lyk asof ons skielik 'n tweede Gauteng geword het nie."

Conrad knik. Hy smag na 'n sigaret, maar eintlik meer na een van Berta se koeksisters. Die super se stem dreun voort nes een van sy onnies s'n toe hy destyds vir hulle gepreek het oor die uitdagings van die "nuwe" Suid-Afrika.

"Sommige lodges en gastehuise sluit ook vanweë verminderde aanvraag en nie noodwendig oor misdaad nie. Daar is te veel beddens vir te min toeriste in die huidige ekonomiese klimaat. Daar is 'n groot verwagting met die Wêreldbeker en ander sportsuksesse geskep, maar hier het daar maar min van sulke verwagtings gekom."

Conrad knik. Amper teetyd. Amper koeksistertyd . . . mits Berta gebak het. Sy is hoeka so stil vanoggend . . . Die super gaan voort en Conrad dink aan sy rugbyoefening saam met die Sabiemanne vanmiddag. Hel, hy sien baie daarna uit.

Hy besluit om deel te neem aan die gesprek, want dit raak 'n eensydige gepraat oor dinge waarvan hulle albei bewus is. Tog moet hy met die superintendent saamstem.

"Ek wil ook nie die indruk wek dat Hazyview onder erge misdaad deurloop nie," hoor Conrad homself sê, "maar die inbrake neem beslis toe. Daar was gisteraand weer drie in Numbipark." Hy blaai deur sy verslae. "En die poaching gaan maar steeds voort, hoewel ons en die wildbewaarders darem besig is om sake voorlopig onder beheer te kry."

"En die aanvalle op die twee lodges waarmee jy besig is? Dit lyk nie of jy veel vordering maak nie." Die superintendent se stem kry 'n stram klank.

"Ons het lokvinke op die grond. Hulle hou die situasie

dop. Ons dink dat albei aanvalle op die lodges inside jobs was. Ons ondervra elke personeellid. Ons het selfs mense leuenverklikkerstoetse laat aflê. Dit kan wees dat van die werkers onwetend inligting gegee het, of dat werkers wat stukkende apparaat kom vervang het die lodges goed bekyk en dan – teen betaling natuurlik – inligting verkoop."

"Nou kry jou gat in rat, luitenant. Die sake sloer heeltemal te lank, dan moet kiepie weer please explain!"

Conrad knik en staan op.

"Ek verneem terloops dat jy gereeld by die Pink Palace gesien word."

Conrad moes dit verwag het. "Ons ondervra almal in die omgewing van die lodges wat beroof is."

"Is Hotel Njala beroof?" vra die superintendent.

"Nee."

"Het jy al iets anders daar uitgevind?"

"Nee," antwoord Conrad weer.

"Nou moenie jou tyd mors op plekke waar dit nie nodig is nie. Hierdie aanvalle op lodges is van kardinale belang. Dit kry baie persdekking en moet opgelos word – soos in donners vinnig. Verstaan ons mekaar, luitenant?"

Conrad knik.

Toe hy later in sy kantoor gaan sit, begin hy met oproepe na die lodges wat beroof is. Hy skakel ook van sy informante en kry by hulle inligting en 'n paar name van verdagtes.

Berta verskyn in die deur. "Hier's weer 'n moewiese tou in die gang van wapeneienaars wat hul gewere wil registreer. Daar't seker weer 'n berig in die koerant verskyn."

"Jy is skaars vandag, sersant."

"Daar was probleme by die taxistaanplek. Twee takbe-stuurders het mekaar amper vrekgeslaan. En daar was 'n shoplifting case hier oorkant die pad, plus 'n man wat sy vrou se mond stukkend geslaan het naby Kuhlu. Verder niks ernstigs nie."

"Ons moet terug Malibamba toe."

"Luitenant bedoel die lodge wat verlede maand aangeval is?"

Conrad knik en lig weer die telefoon se gehoorbuis.

"Net voor luitenant bel." Berta beduie na 'n stoel om te vra of sy mag sit.

Conrad knik. "Die super het my van 'n dizzy hoogte uitgekak omdat ons so stadig vorder. Ek hoop jy het rele-vante inligting, anders moet dit wag tot later."

"Luitenant het gehoor van die bakleiery by die Pink Palace."

"Is daar iemand wat nog nie daarvan weet nie? Die sto-rie het selfs die *Hazyview Herald* gehaal. "

"Ek wil nou nie 'n nat broek wees nie, maar luitenant, daar is vreemde pap wat in daardie potte prut."

"Ons kan nie ons tyd by Hotel Njala mors nie, sersant. Laat hulle hul eie aanbrandsels uitkrap."

"Ek sê maar net." Haar stemtoon is hoog, asof sy iets verswyg.

"Sê maar net wát, sersant?"

"Ek was gistermiddag by die pizzeria hier op die dorp. Toe ontmoet ek 'n klomp toeriste wat sit en koffie drink en strooi praat. Een van hulle sê toe vir my sy het laataand gaan swem. Iemand het haar vanuit die bosse dopgehou en sy kon sweer die persoon het 'n byl gehad."

Conrad sug. "Al weer daardie bogstories. Dan spook dit by die dêm plek en hulle moet 'n priester of 'n exorcist kry, dêmmit!"

Berta druk haar hare agter haar oor in.

"Kom, ons moet wikkel. Daar's werk." Conrad se telefoon lui en hy weet sommer dis moeilikheid; hy voel dit aan sy springende regteroog.

Die eienaar van 'n gastehuis deel hom oor die foon baie gespanne mee dat hy pas van Hazyview af teruggekom en drie vreemde mans op sy grond opgemerk het.

Hulle kry dié slag darem 'n beter motor uit die poel, wat meer ruimte vir Conrad se lang bene het. Hy en Berta ry uit op die Graskoppad, dan by die Sjangaan kulturele dorpie verby. Toe deur die macadamianeutboorde en piesangplantasies, en toe draai Conrad tussen 'n klomp bloekombome in op pad na die Pernerno-gastehuis.

"Watse naam is dit?" vra Berta.

"Iets Italiaans," antwoord Conrad en dink: sy bevraagteken ook alles.

Hulle beland op 'n nou paadjie vol kinkels en draaie. "Die mense moet iets aan hierdie blerrie pad laat doen," mor hy. "As dit my jaloppie was, het ek 'n vloermoer gegooi."

Die volgende oomblik sien hulle drie mans oor die pad hardloop. Conrad slaan remme aan. Berta voel na haar rewolwer en spring uit. Sonder om op hom te wag, storm sy agter die mans aan.

Conrad gooi sy baadjie op die agterste sitplek en hardloop agterna. Hy haal sy rewolwer in die hardloop uit.

Hy hoor apies in die bome skree. Agter die bloekomplantasie sien hy piesangbome. Hy moet die vlugtelinge keer voor hulle in daardie plantasie beland, want dan is dit verby.

Berta is verbasend rats vir so 'n groot meisie, besef hy weer. Sy spring oor stompe en koes onder takke deur. Sy rol in 'n stadium in 'n bollemakiesie-beweging wat hom onkant vang, toe storm sy verder en beduie vir hom om na die linkerkant toe te swenk voordat die vlugtelinge tussen die piesangbome beland.

Conrad druk takke weg en hardloop tussen die wit regop stamme van die bloekombome deur.

Hy sien 'n stroompie. Berta skiet 'n waarskuwingskoot en skree dat die voortvlugtiges moet staan, maar hulle steur hulle nie aan haar nie – behalwe dat een van hulle omdraai en 'n paar skote aftrek. Berta en Conrad val plat.

Oomblikke later hervat hulle hul agtervolging. Berta kies kortpad met 'n wal af en bestorm een van die mans wat deur die stroom probeer ontsnap. Conrad hardloop in dieselfde rigting en sien hoe Berta die man plat duik – die man probeer haar met sy geweerkolf deur die gesig slaan, maar een goed gemikte hou van Berta laat hom terugsteier. Hy val in die water en verloor sy geweer.

Conrad duik op hom af en pluk hom orent. Berta gryp die AK47 en gooi dit eenkant toe. Toe rig sy haar rewolwer op die man wat skielik om sy lewe begin pleit.

Conrad pluk hom uit die water en druk sy arms agter sy rug vas en boei hom. Berta vee die sweet van haar voorkop af en Conrad knik vir haar. Hulle probeer hul asem terugkry.

"Fokken bastards," hyg Berta.

Hulle hoor 'n voertuig tussen die bosse vertrek. Conrad gryp sy selfoon en skakel sy kollegas. "Die Graskoppad." Hy buk en kyk deur die bosse. Vir 'n oomblik oorweeg hy dit om agter die vlugtelinge aan te hardloop, maar dan verdwyn die voertuig. "Lyk na 'n swart motor," sê hy oor die foon. "Ek het ongelukkig nie 'n registrasienommer nie, maar ons het een van die bliksems gearresteer. Hy gaan soos 'n voëltjie sing."

Die man soebat weer, dié slag in Engels. Conrad rits sy arrestasierympie af, maar die man het nie 'n saak daarmee nie. Hy pleit net dat hy nie wil teruggaan tronk nie.

Conrad en Berta het hul eerste deurbraak gemaak.

"O ja. Ek wou nog vir luitenant sê." Sy kyk na die polisiehelikopter wat uit Hazyview se rigting aangevlieg kom. "Ek is besig om Sonja Daneel se vriende te ondervra. Almal sê sy het haarself maar eenkant gehou. Hulle weet min van haar af, behalwe dat haar ma haar verskriklik beskerm het."

"Hoekom sê jy nou hierdie dinge vir my, sersant?"

"Oor daar te veel stories op die dorp rondlê, luitenant."

"Ons is nou besig met 'n ander saak en . . ."

"Die beste kom nog, luitenant. So in my ondervragings kom ek toe af op 'n vent met die naam Piet of Pieter, so iets. Hy en Sonja Daneel het glo 'n verhouding gehad, maar die jafel het vroeg moed opgegee. Hy wou glo niks verder met daardie fandamily te doen gehad het nie."

"En die moord op haar ma?" vra Conrad terwyl hy die pleitende man regop ruk. "Het jy meer daaroor uitgevind?"

"Dis wat so vreemd is. Die klokkie by die hekkie moes gelui het. Mevrou Daneel moes die aanvaller daarna ingelaat het. Die geiser was stukkend en sy het glo werkers verwag. Toe sy die voordeur oopmaak, moes daar iemand voor haar gestaan het wat sy geken het, want sy het die persoon ingelaat."

Hulle loop met die man terug motor toe. Die helikopter hang oor die Graskop/Hazyview-pad.

"Wat is geroof?" vra Conrad.

"Die gewone. TV, CD-speler, selfoon, geld."

"Sodra hierdie saak en die miljuisende ander verder gevorder het, kan ons daaraan aandag gee. Maar tot tyd en wyl iets daadwerkliks by die Jouberts gebeur, is ons hande gebind. Sonja Daneel het haar geheue verloor. Haar ma is in 'n rooftog vermoor. Dis al wat gebeur het. Buitendien, die Nelspruit-polisie werk aan daardie saak. Dit val nie in ons jurisdiksie nie. Netnou word ek weer uitgevreet oor ek inmeng."

"Onthou net, Jan Joubert is dood."

"Dit was 'n ongeluk, sersant."

Conrad stamp aan die man wat nie verder wil loop nie. Hy begin weer pleit.

"Iets pla luitenant ook. Reg?" Berta kyk oor haar skouer na hom.

Conrad se selfoon lui en hy antwoord. "Dankie, Buks. Vang die bliksems." Hy stuur die geboeide man in die rigting van die motor.

Berta se gedagtes is nog steeds by Riana Daneel se moord. "Ek check toe wie die geiser by Riana Daneel moes kon regmaak het die dag van haar dood."

Conrad hoor polisievoertuie met die slegte grondpad in hulle rigting aangejaag kom.

"Ek het die man opgespoor en met hom gepraat," gaan Berta voort. "Toe hy by die huis aankom, was die sekuriteitshek oop en die voordeur ook. Hy het mevrou Daneel se lyk in die gang ontdek en toe het hy die polisie geskakel. Hulle het Sonja Daneel gebel."

Die polisievoertuig hou stil.

"Is die geiser-man 'n verdagte?" vra Conrad.

"Nee, luitenant."

"En weet hulle al wie mevrou Daneel se huis beroof het?"

"Nee, luitenant. Hy of hulle is nog skoonveld. Soos al die ander wat dié gebied besteel."

Twee kollegas kom nadergestap.

"Sodra ek tyd het, ry ek Nelspruit toe," belowe Conrad, "al is dit net om bietjie meer inligting te kry."

"Luitenant wil die Sonja-meisie help om haar geheue terug te kry?"

Hoekom stel hy so belang in 'n saak wat niks met hom te doen het nie? Hy besef hy weet hoekom: hy is besig om 'n gevoel vir Sonja Daneel te ontwikkel. Watter gesonde man sou nie? Maar daar is iets anders aan haar, iets wat hom pla.

"Ja."

"Ek gaan saam as luitenant Nelspruit toe gaan," sê Berta.

21

Die wind steek al 'n hele ruk op en dit raak donker. Daar is eensklaps 'n donderslag – 'n storm is op pad.

"Ryno en Armand het besluit om geen klagte teen mekaar te lê nie," sê Diana.

Sonja sit haar mes en vurk neer. Sy het pas middagete genuttig en is moeg na 'n uitputtende oggend by ontvangs. Die koerantstories oor Ryno en Armand se geveg het Hotel Njala soveel onverwagse reklame gegee dat die besprekings weer begin optel het.

Ryno loop soos 'n gewonde leeu rond met die pleister oor sy neus. Hy is hoegenaamd nie trots op sy vier steke nie.

"Swak publisiteit bestaan dus blykbaar nie," het Adéle die vorige dag droog opgemerk.

"Het dit Ryno se toerbesprekings beïnvloed?" vra Sonja nou.

"Nie eintlik nie." Diana vroetel aan die doekie oor haar hare. "Ek dink egter die bakleiery het hom persoonlik meer beïnvloed as wat ons besef. Hy voel nie trots op homself nie. Maar daar is skielik so baie navrae, dat ons oorweeg om ekstra toere te reël."

"Hoe bedoel mevrou?"

"Sien jy nie dalk kans om van die toeriste rond te neem as Ryno se program te vol raak nie?"

Dít het Sonja nie verwag nie. "Ek twyfel of ek sulke goeie fooitjies gaan kry. Maar waarom nie?" Hotel Njala se bestuur het dus meer vertroue in haar as wat sy besef het.

Diana kyk verras na haar. "So, jy stel belang?"

"Dit was immers deel van my opleiding. Ek het toergroepe in die verlede rondgeneem." Sy steek vas. Sy hét, sy onthou dit nou. Een van die toere was Barberton toe, vanuit Nelspruit. Sy onthou 'n klomp manne wat die heeltyd op die bus haar aandag probeer trek het . . .

Maar so vinnig as wat die herinnering gekom het, net so vinnig verdwyn dit weer.

"Ek onthou iets van 'n toer . . ." Sy frons. "Hoekom onthou ek dat ek ook 'n toergids was?"

"Dit staan immers in jou aansoekbrief," moedig Diana haar aan om verder te gaan, "dat jy ook kan diens doen as toergids indien daar nie 'n posisie as ontvangsdame is nie. Dit is veral hoekom ons jou uiteindelik oorweeg het. Jy kan verskeie funksies vervul en jy was . . . ek bedoel, ís bereid om enigiets te doen."

Sonja leun vorentoe. "Presies wat het gebeur met my aanvanklike onderhoud?"

"Jy sê dan jy onthou die onderhoud."

"Gedeeltes daarvan, maar nie alles nie."

Diana kyk onseker rond, asof sy verwag om enige oomblik deur Adèle uitgetrap te word. "Dit het in my man se studeerkamer plaasgevind. Ek was daar, asook Maggie en Adéle, en natuurlik Jan, soos jy weet."

"Gee mevrou om om my weer te vertel presies wat gebeur het, soos u dit onthou?"

Diana raak toenemend agterdogtig. "Maar hoekom? Jy het aansoek gedoen en die werk gekry."

"Was julle almal ten gunste van my aanstelling?"

"Wel, nie almal nie." Diana laat haar oë sak.

"Die onderhoud was in die studeerkamer, sê u?" 'n Nuwe energie pak Sonja beet.

Diana knik. Toe, sonder om verder te praat, staan Sonja op en loop deur ontvangs, waar Maggie besig is om 'n toergroep in te teken. Diana volg haar verbaas.

Daar is donderslae en 'n blits klief deur die donker wolke.

Toe Sonja in die lang gang kom, gaan staan sy voor Jan se studeerkamer. "Waar kom die horlosie vandaan, mevrou?"

Diana frons. "Jan het dit hier aangebring kort na die Du Randts van die plaas Wolwedans af getrek het. Ek dink dit kom van sy ouers af. Hy het dit aanvanklik in ons sitkamer gesit, maar dit het ons snags te veel gepla. Veral die twaalf slae het soos ontploffings weergalm, dan skrik ons elke keer wakker."

"Is dit hoekom dit hierheen verskuif is?"

Diana knik. "Die enigste ander plek waar dit nie gepla het nie, was in die gang oorkant Jan se studeerkamer. Hoekom? Pla dit jou?"

"Nee," sê Sonja. "Ek het sommer net gewonder."

"Die horlosie het aan Arista behoort, Ma." Adéle het aan die onderpunt van die gang verskyn. Sy stap nader. "Hy het dit eendag teenoor my erken. Voor Wolwedans aan Oupa Malan verkoop is, het hierdie horlosie in die Du Randts se huis gestaan. Met die bankrot-vendusie het Pa dit glo gekoop."

"Wanneer het hy jou dit vertel?" vra Diana verbaas.

"Die dag toe hy my leer swem het. Ons was by die waterval. Dit was die eerste keer dat hy met my oor Arista gepraat het."

"Jan het sulke dinge met jou as kind bespreek?" Diana lyk geskok.

"Hy het van die meisie by die waterval gepraat wat so lief was vir Wolwedans. Hy het ook gesê dat daar 'n wolf in die bosse is wat net sy teenwoordigheid verklap aan mense wat bestem is vir hoër dinge, soos hyself en Arista. Daarom dat ek en Ma en Maggie die wolf nooit sien nie. Nie dat ek die storie geglo het nie, maar hy het dit graag vertel." Adéle loop by hulle verby en af met die trappe. "En as Sonja wonder oor haar aanstelling – my pa was die deurslaggewende faktor, soos Ma weet. Vertel dit weer vir haar."

Die volgende oomblik begin die horlosie sy uur-deuntjie speel en Sonja en Diana wip soos hulle skrik. Die vrou kyk na die horlosie asof sy dit wil vernietig. Dit is duidelik dat sy nooit geweet het waar die horlosie vandaan kom nie, nog minder watter betekenis dit vir Jan gehad het.

"Ons het gepraat oor die onderhoud, mevrou?" waag Sonja, al is dit net om haar aandag van die horlosie af te trek.

Diana sit haar hand op haar bors.

"Voel u siek?"

Die vrou haal 'n botteltjie pille uit haar sak en loop dan

haastig by Jan se studeerkamer in. Sonja volg haar en sien hoe Diana met 'n bewende hand water in 'n glas gooi en twee pille sluk.

"Moet ek Adéle roep?"

Diana gaan sit agter die lessenaar en staar voor haar uit. "Verraaier," sê sy saggies.

"Ekskuus, mevrou?"

Diana kyk na die bos rooi rose op die lessenaar en toe na Sonja. "Dis . . . sommer niks." Sy skud haar kop. "Jy vra uit oor die onderhoud. Daar was ses meisies, waarvan jy een was. Ons was nie juis beïndruk met die res nie en nie een van hulle was tevrede met die salaris nie. Almal wou meer geld gehad het."

"Dit ís te min geld," beaam Sonja. Diana kyk skerp op. "Jammer, mevrou, maar dis waar."

"Tog het jy destyds gesê jy gee nie om nie. Dat dit 'n voorreg sal wees om by Hotel Njala te werk en dat jy selfs bereid sal wees om toerlede rond te neem vir ekstra geld."

"Mag ek vra hoe die stemmery verloop het?"

Diana vroetel in een van die laaie en trek die lêer met Sonja se naam daarop nader. "Adéle was van mening dat jy nie genoeg gesag of krag het vir die pos nie. Maggie het gevoel jy het 'n flou onderhoud gegee. En ek het gevoel," sy kyk moeg na Sonja, asof sy nie wil voortgaan nie, "dat daar iets aan jou is wat my hinder. Jy was net té gretig, té opgewonde om die werk te kry."

Asof ek met 'n doel hier is, dink Sonja. "En u man? Meneer Joubert?"

Diana kyk na die rose. Sy skrik toe 'n donderslag naby

hulle slaan, toe antwoord sy eers: "Hy het intens na jou geluister en het die meeste vrae gevra. Moeilike vrae, pertinente vrae. En jy het elkeen met selfvertroue beantwoord. Die onderhoud was nog nie eers verby nie, toe het ons al geweet dat hy jou as ontvangsdame wou hê."

Stukkies van die onderhoud lê steeds in Sonja se stram geheue. Sy onthou vaagweg die strak gesigte oorkant haar. Adéle wat verveeld met haar potlood in 'n aantekeningboek skryf, Maggie wat nie beïndruk lyk nie en Diana wat kort-kort na Jan kyk. Sulke dinge onthou sy – en ook die feit dat sy nou hier is en Diana haar vertel wat gebeur het, roep sekere beelde op.

"Presies waar het ek gesit?"

"Hiér," beduie Diana na 'n stoel.

Sonja gaan sit op dieselfde stoel en laat haar kop in haar hande sak. Toe, baie stadig, kyk sy op. Sy sien die destydse vaas met rooi rose asof deur newels, soos wanneer 'n mens soggens jou oë vir die eerste keer oopmaak en sien waar jy jou bevind. Agter die vaas doem die vier gesigte van die Jouberts op wat oor haar toekoms moes besluit.

Sy onthou Jan Joubert se gesig die duidelikste. Sy vriendelike glimlag. Die manier waarop hy deur sy baard gevryf het. Die lang, benerige gesig wat lewe gekry het. Hoe hy sy kop geknik het terwyl hy aandagtig na haar luister.

Sy staan op. Sy is in haar verbeelding terug in daardie oomblik, op daardie dag.

Sy loop tot by die tafel. Sy onthou dat sy elke Joubert se hand geskud het: Maggie se pap handjie, Adéle wat haar hand vinnig uit hare losgemaak het, en daarna Diana se gespanne hand. En toe Jan s'n. Jan wat haar hand 'n oomblik te lank vasgehou het.

Sy moet nou mooi dink. Sy moet onthou!

Sy het tot by die deur geloop en toe teruggedraai.

En nou sê sy, asof sy in die verlede is. "Dit sal vir my 'n eer wees om hier te werk."

Diana kyk op. "Ja. Dit was jou presiese woorde!"

Sonja maak die deur oop. Sy kyk af in die gang, in die rigting van haar kamer. Sy hoor die swaar tik-tak-geluide van die horlosie, nes destyds.

Toe flits dit met verblindende sekerheid deur haar gemoed. Daar het iemand in die donker gang gestaan wat haar dopgehou het!

Sy skree. Sy druk haar hand oor haar mond; die gil het onverwags uitgekom. Diana kom uit die studeerkamer gehardloop en Maggie storm met die trappe op. Die meisie struikel en Diana draai verskrik om.

"Wat gaan aan?" roep Maggie.

"Ek onthou dat iemand my dopgehou het na my onderhoud!" Sonja se wange gloei. "Toe ek uitgestap het!" Daar is skielik 'n koors in haar.

Maggie hou haar hart vas. "Hemel, Sonja! Jy ontstel die gaste!"

"Ek is jammer!" Sy probeer haar stem normaal hou. "Ek het nie bedoel . . ."

"Ons het 'n fout gemaak destyds, oukei? Jy was die regte persoon vir die werk, dit sal ek nou erken. Maar omdat my pa so baie van jou gehou het, was ons almal aanvanklik daarteen gekant." Maggie kyk vinnig na haar ma. "Ek is jammer, Ma, maar dit is waar. Ons . . . wel, Ma sou enigiets gedoen het om Pa teë te gaan." Iemand lui die klok-kie onder by ontvangs en Maggie roep: "Ek is nou daar!" Sy draai terug na Sonja. "Asseblief. Ons het genoeg swak publisiteit gehad. Moenie ons weer so laat skrik nie!" Sy loop haastig met die trappe af.

Dit voel vir Sonja of sy in 'n trans is. Sy loop by die hor-losie verby en die oomblik toe sy dit doen, voel dit of 'n koue hand aan haar rug raak. Sy kyk op na die onderpunt van die gang.

Daar wás iemand wat na haar gestaan en kyk het, en sy onthou sy was bang.

Sonja loop vorentoe. Sy wil half hoop dit sal die gesig in fokus bring. Sy steek haar hande uit, ook asof dit sal help om die gesig uit die donker te herskep. Weer pak 'n ge-weldige angs haar beet. Sy het iemand daar sien staan wat soveel paniek en angs in haar veroorsaak het, dat haar keel toegetrek het.

"Juffrou Daneel?" Sy is terug in die verlede, op daardie dag. Jan Joubert kom agter haar uit die studeerkamer in die donker gang te voorskyn en stap na haar toe.

Toe hy by die horlosie verbystap, gaan hy staan en streel saggies daaroor.

Jan Joubert het weer nadergestap. Sonja is haastig met die trappe af, steeds op soek na die persoon wat na haar staan en kyk het. Só het sy in die rivierklippaadjie be-land.

Hoekom het sy juis hierdie trappe aan die agterkant van die huis gekies om uit te stap, en nie die trappe deur ontvangs nie? Sy wou seker sien wie na haar staan en kyk het, of was sy al tevore hier?

Dink!

Haar gedagtes is in 'n warboel, dit spring rond tussen hede en verlede. Sy het destyds vinnig met die rivierklip-paadjie afgestap, links geswenk en in die parkeerterrein beland waar haar motor gestaan het.

Jan Joubert het haar by die motor ingehaal. "Dit was 'n uitstekende onderhoud. Ek wil maar net sê jy het die werk gekry."

Hadidas het bo hulle verbygevlieg. Iemand hét tussen die bosse gestaan. Iemand wat nie deel was van die verga-dering nie!

Die hadidas het reg bo-oor daardie persoon se kop ge-vlieg. En 'n wolf het agter een van die varings gestaan.

Sonja snak na haar asem.

Die wind waai nou woes deur die bome.

Sy kyk om. Diana staan aan die bopunt van die parkeer-terrein en kyk bekommerd na haar.

Sonja beduie dat alles in orde is. "Ek is jammer, mevrou, maar dinge begin skielik terugkom. Ek begin onthou!"

"Oppas . . . die storm!" is al wat sy kan uitmaak.

Sy kies die pad by die varings verby, want sy wil wegkom van die hotel af, wil gaan na 'n plek waar sy rustig kan dink.

Blitse klief deur die lug. Swaar, donker wolke hang laag oor die gebou. Hadidas skree in die bome bokant haar – asof hulle haar koggel.

Jy gaan sterf! koggel hulle. Jy het die dood een keer tevore vrygespring, maar dié keer gaan jy sterf!

Sy kyk voor haar op die grond en probeer sin maak uit die malende gedagtes.

En toe sy haar weer kom kry, is sy in die bosse.

Sy kyk om haar rond. Weer probeer sy 'n gesig oproep – iemand wat na haar staan en kyk het terwyl sy die onderhoud gehad het. Maar wie?

'n Blits slaan naby haar en sy is terug in die werklikheid, in die hede.

Sy soek die pad terug, maar die wind waai takke teen haar gesig. Blare bondel om haar voete soos 'n windvlaag dit opskep en die soveelste blits klief deur die lug, gevolg deur 'n geweldige slag.

"As die slag direk na die blits volg, is die bliksemstraal hier bý jou," hoor Sonja haar ma se stem. "Gooi toe die spieëls. Sit hier by my. Ek hou jou vas. Jy hoef nie vir die storm bang te wees nie."

"Ma!" roep sy. Sy sien weer die bloed in haar gedagtes. Sy onthou die hand wat oor die band se rand hang. Sien ook 'n ander hand met 'n ring met 'n rooi steen wat hare vashou by haar ma se graf. Sy sien die ring duidelik voor haar geestesoog. Haar vinger raak aan die rooi steen.

Rooi, soos Rooikappie se rok. Soos haar motor. Soos die rose.

Rooi soos bloed.

Sonja strompel tot by 'n groot boom met 'n skewe stam toe die eerste druppels begin val. Daar is weer 'n oorverdowende slag. Dit is asof die blitse om haar ronddans; asof sy heen en weer tussen hulle geslinger word en die noodlot kyk hoe lank sy hulle kan vryspring voordat een haar tref.

Die wolf staan skielik langs haar tussen die bosse. Sy sien hoe die dier na haar kyk, toe draf hy voor haar uit, sy hare orent en sy oë stip op haar toe hy omkyk.

Die wolf gaan staan by 'n boom. Blitse verlig die bos wat nou andersins pikdonker begin raak. In die skemer sien sy die wolf se oë blink. Toe verdwyn hy.

Haar nuuskierigheid is groter as haar vrees vir die dier en sy hardloop tot by die volgende groot boom. Die wind ruk en 'n tak skeur af en val langs haar, mis haar met sentimeters.

Toe Sonja omkyk, sien sy die uitgekerfde name op die boomstam: *Jan ♡ Arista.*

Sy gil. Iemand agtervolg haar! 'n Stem roep haar naam vaagweg.

"Moenie my doodmaak nie!" skree sy en hardloop weg van die boom af.

Die reën val nou in digte vlae. Sy verloor een van haar skoene en hardloop tot by die boshut. Die deur is oop, asof iemand haar verwag het.

Sy struikel oor die drumpel. Toe sy opkyk, sien sy dit in die lig van die blitse wat soos soekligte die hut binne-val.

Elke skildery van Arista du Randt is geskend. Dit lyk asof iemand 'n byl geneem en elkeen flenters gekap het. Stukke van Arista se gesig lê rondgestrooi, die verskillende esels is flenters en die skildery met Jan en Arista daarop is middeldeur gebreek.

Sonja strompel tot by die stukkende venster om te kyk of sy kan sien wie haar gevolg het. Die wolf staan buite die agterste venster en staar na haar. Sy deins terug.

Toe merk sy die figuur in die deur.

'n Blits slaan 'n boom naby die boshut raak en sy hoor 'n kraakgeluid toe die brandende boom neerstort. Die figuur word verlig, dit lyk soos 'n reus teen die vlamme wat sissend teen die reën baklei. 'n Slag donder deur die boshut en skud die latte.

In die lig van die vuur dink sy dat dit Jan Joubert is wat sy in die deur sien staan.

Sy gil weer toe die figuur naderstap. Wag vir die byl om haar kop oop te kloof.

Daar is weer 'n blits en in die lig sien sy Ryno se gesig.

"Skiewies!" Hy gryp haar vas. "Sonja!"

Sy huil en mompel deurmekaar. Ryno druk haar vas en sy sien in die lig van die blitse deur die venster die wolf wat steeds na haar kyk.

Ryno vou haar toe in sy arms toe. Sy klou aan hom en soebat: "Die hadidas het oor my gevlieg. Die wolf gaan my doodmaak! Help my!"

Hy sak op die grond neer met haar in sy arms. Hy lê haar op die dennenaalde neer. Die reën spat deur die stukkende vensters en blare warrel deur die boshut soos die windvlae die oop deur tref. Water spat oor hulle.

Ryno lê bo-op Sonja soos hy haar teen die geweld van die storm probeer beskerm.

Toe sy weer kyk, sien sy Arista se oë op die stukkies ver-flenterde doek rondom haar. Flarde van Arista se han-de en hare lê tussen die nat dennenaalde rondgestrooi. Groot, geteisterde oë staar asof Arista uit die hel na haar kyk. Histerie oorweldig haar.

"Dis oukei. Ek sal nie toelaat dat iets met jou gebeur nie. Ek is hier by jou!" roep Ryno.

Hulle lê lank so. 'n Tak stort buite neer, maar die don-derslae begin bedaar.

Nog 'n bliksemstraal slaan hier digby hulle asof dit hulle soek en net-net mis.

Toe reën dit net. Die water stort in slierte buite neer. Sy hoor 'n dreuning en besef dit is seker die waterval wat nou in vloed is.

En sy onthou: in die Januarie-vloed was haar en haar ma se huis gedeeltelik onder water. Sy was toe net so bang soos nou.

Sy lê en bewe onder Ryno. Sy voel beskerm en warm en veilig onder hom. Sy klou aan hom vas asof haar lewe daarvan afhang.

Water. Bloed. Takke. Blitse. Rooi blomme. Rooikappie. Byle. Skaakstelle. 'n Windharpie. Alles flits deur haar kop. Sy huil en klou aan Ryno vas en sê sy naam en raak aan sy stukkende neus. Sy gesig vertrek in pyn.

Destyds was daar ook baie water. Die Krokodilrivier het afgekom, die paaie was in riviere omskep. Helikopters oor riviere . . .

Dan verdwyn die beelde.

Dit reën nou nog harder en sy vrees nog 'n vloed.

Hulle lê seker goed 'n kwartier so bymekaar, roerloos, en wag vir die storm om op te hou.

Toe kom Ryno orent. "Wat maak jy hier? Al wat ek gesien het, was toe jy die bosse ingestorm het. Ek het geroep, maar jy het soos 'n mal mens gehardloop."

"Daar was iemand in die gang toe ek die werk as ontvangsdame gekry het."

Hy staar na haar. "Wie?"

"Ek kon nie die gesig sien nie, maar daar wás iemand!" Snikke skeur deur haar. Ryno trek sy hemp uit en hang

346

dit om haar skouers. Toe lê hy agter haar rug en vou sy arms om haar. Die hitte van sy liggaam laat die rukkings gaandeweg bedaar.

"Ek is jammer, Skiewies," fluister hy."Armand sou my nek gebreek het as ek myself nie verdedig het nie. Ek is só jammer jy moes dit sien. Vergewe my."

Sy nestel dieper in sy arms in. Sy het so baie vrae om te vra, maar die eerste wat oor haar lippe kom, is: "Waar het jy geleer om so te baklei?"

Stilte. Net die weer rammel veraf.

"Ek moes van vroeg af vir myself sorg. My ma het my na graad drie weggestuur kosskool toe. Dit was nie 'n lekker skool nie. Woeste flippen plek vol probleemkinders. Dalk was ek ook 'n probleemkind, ek weet nie, maar ek moes myself leer verdedig."

Drup-drup hier om haar. En dis koud.

"Vakansies wou ek nie huis toe gaan nie, dan kuier ek by maats of hulle ouers. Op hoërskool het ek saam met ouens uitgehang wat twee maal groter ek as was. Woeste manne. Dáár het ek geleer om regtig te baklei. Dit was die enigste manier om te oorleef.

"Hulle het later soveel respek vir my gehad dat hulle nie naby my gekom het nie. Ook nie in die nag as hulle die ander ouens geneuk het of gebruik het nie. Daar was geen manier wat ek net daar vir hulle plesier sou gelê het nie. Ek het een van hulle eendag byna dood gebliksem wat probeer het. Hulle kon nie naby my kom nie. Ek sou hulle wragtag doodgemaak het."

"Sou jy regtig iemand kon doodmaak, Ryno?"

Hy antwoord haar nie. Hulle luister net na die reën.

"Na skool het ek geswerf. Sommer geslaap waar dit donker word. Vrugte gepluk, op tabaklande gewerk, paaie help bou, trokke gelaai, odd jobs gedoen, meisies ontmoet, my uitgewoed met hulle. En later eers meer beskaaf geword. Daar het ek ook geleer hoe om met mense te werk."

Hy bly 'n oomblik stil voor hy vervolg: "Ek het later die regte mense ontmoet, wat my gehelp het om beter jobs te kry. Ek het elke sent gespaar tot ek 'n deposito op my bike kon neersit. Toe eers het my ma ingestem dat ek kon gaan swot. Ek kon dit glad nie verstaan nie. Sy het skielik besluit dat ek uiteindelik bewys het ek kan iets wees. Dat ek, soos sy, vir myself kon sorg en verdien het om iets te probeer word." Hy krap deur sy hare. "Ek het gaan swot vir toergids en toe begin werk. Dis hoe ek by Hotel Njala beland het."

"En die ultimate girl?"

Dit neem lank voordat hy antwoord. "Sy het in die prentjie gekom na die jaar wat ek geswerf het, voor ek gaan swot het. Toe erken ons ons het mekaar lief. Kort daarna het ek haar verloor."

Die reën bedaar. Water stroom steeds teen die boshut se dak af. Hier en daar drup water op die vloer. 'n Snerpende wind waai deur die oop deur.

Ryno staan op. Hy maak die deur toe en draai terug. In die lig van die blitse sien sy sy sterk borskas wat glim in die lig.

Hy kom lê weer agter haar. Sy wil omdraai en haar arms om sy nek sit en met haar kop teen sy skouers rus en hom inasem en hom vóél en die hele nag lank met hom praat, maar hy keer haar.

"Sjuut."

"Ryno, ek . . ."

"Slaap net. Ek sal jou oppas."

"Die wolf . . ."

"Ek sal jou selfs teen die wolf beskerm, Skiewies."

Sy raak met daardie woorde op die sagte dennenaalde in sy arms aan die slaap. Die laaste ding waarvan sy bewus is, is sy reuk aan sy vel. Sy slaap rustig met Ryno wat haar beskerm. En sy vertrou hom . . .

Toe sy wakker skrik, word dit lig. Haar liggaam is styf. Ryno lê nog steeds agter haar rug, sy arm oor haar.

Sy lig sy arm versigtig. Sy vou sy hemp wat van haar af-geskuif het weer om haar skouers, en kyk na die slapende man. Hy snork liggies. Sy linkeroog is steeds effens opge-swel van die bakleiery en die pleister oor sy neus sit nog. Sy maag beweeg liggies op en af soos hy asemhaal. Sy kyk na sy sterk bolyf en het skielik die intense begeerte om weer by hom te gaan lê en hom te soen, maar sy doen dit nie. Sy kyk net na hom.

Toe leun sy vorentoe en vee die hare van sy voorkop weg. Sy mond gaan oop asof hy hom gereed maak vir 'n soen. Hy draai sy kop in haar rigting en prewel weer iets. Dit lyk of hy hom in sy sluimerslaap aan haar wil oorgee. Sy gesig is so mooi en vredig.

Sy bring haar lippe nader na hom toe. Sy gaan hom wakker soen. Sy voel sy warm asem soos sy mond effens oopgaan.

"Ryno," sê sy saggies.

Sy oë gaan oop. Vir 'n oomblik lyk dit of hy nie weet waar hy is nie. Dan fokus hy. Hy sit orent met skok in sy oë.

"Wat het gebeur? Wat het jy gemaak?" Hy vryf oor sy neus. "Eina, dêmmit!" Hy raak aan sy neus.

"Daar het niks gebeur nie. Ek wou jou maar net wakker maak."

"Skiewies, jy sal my laat uitfreak, girl." Hy skud sy kop en raak aan sy gesig. Die dennenaalde kleef aan sy skouers vas en die sweet glim op sy bolyf. Sy maag beweeg vinnig op en af.

"Ryno." As sy ooit in haar lewe iets bedoel het, bedoel sy dit nou. Sy sê dit saggies maar duidelik, sodat sy betekenis aan elke woord kan gee. "Ek het jou lief."

Hy kyk na haar met sy sagte oë en meteens is daar so 'n opsigtelike weerloosheid in hom dat sy haar arms om hom wil sit en hóm 'n slag wil beskerm. Hierdie groot, sterk man het eintlik haar beskerming nodig, dink sy.

Hy steek sy hand uit en trek haar orent.

"Ons moet teruggaan. Die Jouberts freak seker uit."

"Hulle is oor niemand anders bekommerd as oor hulleself nie, Ryno."

Hy loop na die deur toe. Hy moet al sy krag gebruik om dit behoorlik oop te maak. Sonja volg hom traag – die slaperigheid en sy aanraking en die warmte van sy asem en lyf nog by haar.

Sy draai terug. Die laaste ding wat sy sien voordat sy uitloop in die flou oggendlig, is die stukkende skilderye waartussen hulle gelê het.

Dit voel of Jan Joubert en Arista die hele nag na hulle gestaar het.

22

"Nou die verdomde papierwerk." Conrad plaas sy motor in tweede rat teen die styl bult uit verby Inkosi Avontuur-toere se afdraaipad.

"Ons sal met die lodge-eienaars moet praat, luitenant," laat hoor Berta. "Sekuriteit moet opgeskerp word. Baie lodges het dit reeds gedoen, maar ander soos die Pink Palace is te mak."

"Hulle is mos besig om sekuriteitshekke aan te bring, dan nie?"

"Of is dit maar net lipstick aan 'n bleek ou tannie?"

Conrad swenk by Hotel Njala se afdraaipad in.

"En nou?" vra Berta.

"Ons is nou hier. Ons kan net sowel gaan kyk."

Berta moet aan die paneelkissie vasklou, so skud die motor. "Luitenant moet nou regtig 'n ander jaloppie aan-skaf. Hierdie een het sy alie al voor die draai van die eeu gesien."

"Sersant, sal jy jou ouma vir 'n nuwe een inruil?"

Sy kyk onbegrypend na hom. "Nou waar val luitenant nou uit?"

"So min as wat jy jou ouma vir 'n nuwe antie sal inruil,

so min sal ek hierdie girl vir iets anders ruil. Kapiesj?"

"Dis vir my vreeslik sexy as luitenant in vreemde tale spreek."

Conrad sug en slaan dan remme aan. Voor hulle seil 'n luislang stadig oor die pad. Albei is vir 'n oomblik stil. "Bliksem. Wat 'n moeder van 'n slang!" sug hy.

"Ons moet net hoop sy maak dit betyds tot in die bosse voor iemand anders hier verbykom, anders is sy, soos die renosters deesdae, bloot 'n trofee."

"Hoe weet jy dis 'n wyfie?"

"Want net 'n wyfie kan so 'n blink vel hê."

Conrad kyk opnuut na Berta. Hy vergelyk haar on-willekeurig met Sonja – laasgenoemde beeldskoon met daardie groot amandelvormige oë en blas vel en swart hare wat oor haar skouers val. Dartelend, sou sy ma gesê het, soos in die hygstories wat sy so graag lees. Maar wat hom van Sonja aantrek, is die kombinasie van weer-loosheid en krag. 'n Rateltaaiheid wat haar nog hier by Hotel Njala hou en haar skynbaar voortdryf om haar verlede na te spoor. Noudat een van hul belangrikste, voortslepende sake sy einde nader, kan hy meer aandag aan haar gee. Nie dat hy dink daar is eintlik meer om uit te vind nie, en hy het oplaas tog maar veel belangriker dinge wat sy aandag soek as 'n meisie wat haar geheue verloor het.

Dalk is dit persoonlik. Dalk is hy besig om 'n bietjie ver-lief te raak op die meisie met die pragtige lyfie en onskul-dige oë wat die hele tyd om hulp pleit en die sagte, mooi stem wat sy bloed so lekker warm maak. Hy kan hom ver-luister aan haar.

Berta maak die deur oop, klim uit en kyk met openlike bewondering na die luislang wat tussen die bosse in seil en dan om 'n boom krul.

Berta, aan die ander kant, is die soort meisie wat hy graag by hom wil hê as hy moeilike sake moet oplos. Wie se vroulike intuïsie die regte balans skep vir sy ongeduldige instink wat hy altyd wil volg. En met daardie blonde hare, stewige borste en uitdagende manier waarop sy altyd staan, veral met die rewolwer teen haar heup, maak sy hom deesdae net so warm.

"Sersant, as jy wil slange kyk, gaan na Hazyview se slangpark toe. Daar sien jy sommer dosyne van die goed."

Berta glimlag en klim terug in die motor. "Sy's 'n mielie van 'n meisie."

Hulle ry deur die digte bome op Hotel Njala se gronde. By die afdraaipad na die olifantritte hou Conrad stil en hulle klim uit. Die sekuriteitshekke is pas opgerig. 'n Wag kom aangestap met 'n boek waarin hulle moet teken.

"Dag. Alles reg hier?" vra Conrad in Sjangaan.

Die wag knik. "Wat kom maak meneer en mevrou hier?"

"Wat kom maak ons hier, sersant?" vra Conrad en sien hoe die hekwag sommer regop staan by dié aanspreekvorm.

"Ons kom kyk of die aantreklike toergids sonder 'n hemp hier rondwals, sodat ek my kan verloor in sy sespak, luitenant," glimlag Berta in Afrikaans.

Conrad sug en hy weet dat sy dit as jaloesie sal vertolk. "Ons is van die polisie. Sersant Van Schalkwyk en luitenant Nolte." Hy verduidelik aan die hekwag wat hulle hier kom maak en ondersoek dan die sekuriteitsmaatreëls – gee raad, doen voorstelle.

"Alles reg hier by Hotel Njala?" vra hy. Conrad kan dadelik sien dat die hekwag met 'n omweg wil antwoord. "Die waarheid, Ralph," voeg hy by nadat hy na die man se naambalkie gekyk het.

Ralph skud sy kop en gaan voort in Sjangaan: "Hier kom al minder en minder mense, luitenant. Mense sê die plek is getoor. My oupa het hier gewerk toe dit nog 'n plaas was. Hy sê alles het verander toe meneer Joubert hier aangekom het. Sy pa was mos 'n transportdrywer wat hier op Hazyview kom bly het toe dit nog net 'n stopstraat en drie winkels gehad het. Maar my oupa onthou, vandat meneer Joubert die eerste keer hier aangekom het, wou hy die grond gehad het."

"Hmm," sê Conrad en kyk na Berta wat oor haar sonbril na hom loer. "Sal ons 'n vinnige koffie gaan drink en hoor of alles nog reg is hier?"

"En die papierwerk, luitenant?"

"Papierwerk se moer. Ons doen dit later."

"Gaan dit oor daai ou koringkriek of die nuwe ontvangsdame, luitenant?"

Hy vererg hom bloedig. "Ek sou beslis nie praat as ek so openlik na die toergids se stywe jeans kyk nie, sersant." Hy klim terug in die motor en beduie dat Ralph die hekke moet oopmaak. Berta lig haar wenkbroue op haar kenmerkende manier en klim langs hom in. Conrad raak nog meer vererg toe hy sien hoe sy met haar tong in haar kies 'n glimlag probeer onderdruk.

Hy trek te vinnig weg, sodat Berta vorentoe skiet.

"Maak jou gordel vas, sersant. Ken jy nie jou padreëls nie?"

Hy hou voor Hotel Njala stil net toe Armand Naudé met 'n tas en 'n rugsak met die trappe afgestap kom. Conrad en Berta kyk vinnig na mekaar. "Wil jy die eer hê, sersant?" Conrad kan nie die spot uit sy stem hou nie.

"Hy is heeltemal te metrosexual vir my, luitenant," sê sy met die uitklim.

"Metro-wat?" Maar Conrad klim ook uit en sien hoe Berta voor Armand gaan staan.

"Goeiemôre. Op pad iewers heen?" Hy hoor die ligte spot in haar stem.

"Goeiemôre, sersant." Armand is duidelik nie in die bui vir kletspraatjies nie. "Ek het net my laaste goed kom haal."

"Het u dan hier gebly, meneer Naudé?"

Armand gooi sy besittings in sy viertrekker. "Ek het dikwels hier oornag, dan hoef ek nie terug te ry Pendula toe as ek laat hier gekuier het nie."

"Mag ek vra hoekom u hier uittrek?"

Conrad verwag dat Armand gaan vra of dit iets met 'n ondersoek te doen het en of hy 'n wet oortree. Maar hy is duidelik nie so paranoïes soos die inwoners van die Joubert-huis nie.

"Ek wil my volle aandag by my wildtuin bepaal. Ek het nie meer tyd om my oor Hotel Njala se probleme te bekommer nie."

"Maar ek hoor dan dat u en juffrou Adéle Joubert verloof gaan raak?" werp Berta 'n stuiwer in die armbeurs.

Dit laat die man momenteel stilstaan, dan brom hy so

sag dat Conrad skaars kan hoor: "Ons gaan nie meer ver-
loof raak nie." Armand pluk die deur oop. "Goeiedag,
sersant. Luitenant."

En hy vertrek.

Berta staan 'n oomblik met haar hande in haar sye, dan
draai sy na Conrad toe. Hulle blikke ontmoet en dit is
duidelik dat sy die inligting interessant vind. Die volgen-
de oomblik kom Adéle met die trappe afgestap, duidelik
in 'n slegte bui.

"Kan ek help?" Haar oë glip afkeurend oor Berta se
klere wat 'n bietjie te styf oor haar stewige heupe span.

"Ons het net kom seker maak dat al u sekuriteitsmaat-
reëls in orde is."

"Ons het 'n professionele privaat sekuriteitsmaatskap-
py gehuur. Ek verseker jou dat alles in orde is. Ek sou
voorstel dat julle julle aandag bepaal by die aanvalle op
die lodges in die omgewing. Daar was tot dusver nog geen
aanvalle op Hotel Njala nie."

Berta haal haar bril af en kyk stip na Adéle. "Ons het
die moordenaars pas gevang. Hulle verskyn môre in die
hof, juffrou Joubert."

Die meisie se houding verander effens. "Dis goeie nuus.
Sal daar nog iets wees?"

Berta beduie na haarself en Conrad, wat langs sy mo-
tor vinnig aan 'n sigaret trek. "Ons verneem van meneer
Naudé dat hy voortaan nie meer betrokke gaan wees by
Hotel Njala nie."

"Armand was nog nooit 'betrokke' by die hotel nie," sê
Adéle kortaf.

Ryno kom nadergedraf. Hy dra 'n kort rugbybroekie

356

en 'n onderhemp wat baie styf oor sy borskas span. Conrad en Berta merk albei hoe Adéle na hom kyk. Conrad grinnik effens en druk sy sigaret in sy motor se asbakkie dood, en Berta kan nie help om na die natgeswete man te kyk wat voor hulle tot stilstand kom nie.

"Het iemand weer die silwerware gesteel?" lag hy terwyl hy vorentoe buk om sy asem terug te kry.

Dit is opmerklik hoe Adéle dadelik versag as sy met hom praat. "Jou toer vertrek oor 'n uur. Kaapsche Hoop is ver. Jy beter gaan stort en regmaak. Dis 'n groot toer."

Ryno vee die sweet met sy T-hemp van sy gesig af en Conrad let op hoe Adéle na sy gespierde maag kyk. Dit is die tweede keer dat hy Ryno só, hy wil dit amper uitlokkend noem, voor Adéle sien optree.

"Jip, baas, ek weet. Ek is binne twintig minute joune."

Adéle gee 'n glimlaggie. Dit is interessant om haar só te sien glimlag. Amper . . . Hy probeer aan 'n woord daarvoor dink, en weer kom sy ma se hygroman-beskrywings in sy kop op. Koketterig. Dit was altyd vir hom 'n snaakse woord, maar nou is dit die enigste manier om Adéle se glimlag op te som.

"Terloops," voeg Ryno by, "ek het die mense oor die spa gebel. Hulle bly in Nelspruit. Hulle sal vanmiddag oorkom om die planne met jou te bespreek."

"Dankie," glimlag Adéle.

Ryno en Adéle kyk 'n oomblik te lank na mekaar, dan kry hy koers in die rigting van sy kamer. "May the force be with you, baas!" lag hy terwyl hy wegdraf. "Sersant! Luitenant!"

Berta kyk hom geïnteresseerd agterna, dan sien sy hoe

Conrad streng na haar kyk en haar glimlag verdwyn. Sy lig haar skouers. "Wat?"

Hy loop met die trappe op. "Is juffrou Daneel hier?"

"By ontvangs, ja. Hoekom? Het sy weer die een of ander spook gesien?"

Conrad gaan staan. "Is hier dan spoke, juffrou Joubert?"

"In haar verbeelding, ja."

"En in dié van baie toeriste."

Adéle verbleek.

Hy voeg by: "Hotel Njala het deesdae 'n stewige reputasie as 'n hotel waar figure in die donker rondsluip en toeriste beloer. As ek u is, skerp ek sekuriteit ook in die hotel self op. Dit kan u reputasie net verbeter."

"Daar skort niks met ons reputasie nie, luitenant."

"Nie volgens die gerugte wat selfs die polisie bereik nie, juffrou Joubert. Onthou net, u as bestuurder is verantwoordelik vir u gaste se persoonlike veiligheid."

Conrad klim die laaste trappe vinnig uit en wag dan vir Berta. Sy plaas haar sonbril terug op haar neus, loer 'n slag daaroor na Adéle en stap dan verby.

"Warmer vandag as gewoonlik," glimlag Berta. "Dalk sal 'n reëntjie sorg vir 'n bietjie afkoeling." Sy loop na ontvangs.

"Dit skep 'n swak indruk by die toeriste as die gereg gedurig hier rondhang," blaf Adéle. "Ek sal dit werklik waardeer indien u net hierheen kom as dit noodsaaklik is."

Die ontvangsarea is heerlik koel na die bedompigheid buite. Sonja is besig om op die rekenaar te werk toe Conrad naderstap.

"Goeiemôre," groet hy. "Jy werk hard." Aan die manier waarop sy na hom kyk, kan hy sien sy is bly hy is daar. Hy wonder vir 'n oomblik of dit om sý onthalwe is, of omdat hy 'n speurder is. "Alles nog wel hier?"

Sonja knik. Haar wange is effens rooier as gewoonlik en hy betrap homself dat hy wonder hoe dit voel om daardie pragtige, sensitiewe gesiggie van naderby te beskou. Haar lippe is vol en rond sonder 'n oormaat grimering. Sy is een van daardie gelukkige meisies wat feitlik niks grimering nodig het nie. Haar skoonheid is natuurlik, sonder aansit.

"Tot dusver, ja."

"Enigiets nuuts uitgevind?" vra Conrad toe Berta agter hom verskyn en Sonja groet.

"Nie juis nie."

"Jy het tog seker al mense opgespoor wat jou geken het?"

Sonja knik. "Ja. Soos," sy huiwer en soek duidelik die regte woord, " 'n voormalige kêrel. Maar volgens hom was ek maar 'n introvert. Ek het nie veel van 'n lewe gehad nie. Ek het by verskeie hotelle gewerk wat almal bevestig dat ek maar, soos hier, net my werk gedoen het en nie persoonlik by iemand betrokke geraak het nie."

"En u vorige kêrel?" Berta geniet dit blykbaar om die woord te kleur. "Wat sê hy nog?"

Sonja lig haar skouers. "Dat ons mekaar wel op 'n romantiese vlak gesien het, maar dat dit hoegenaamd nie gewerk het nie. Ek was blykbaar met my werk getroud. Ek het nie tyd gehad vir dinge soos verhoudings nie."

Berta en Conrad kyk betekenisvol na mekaar. "Hoekom

het jy dan besluit om hiernatoe te kom, volgens hulle?" vra Conrad.

"Ek het vanoggend met my laaste werkgewer gepraat. Hy sê dat ek glo verveeld begin raak het. Dat ek na 'n groter uitdaging gesoek het."

"En watter groter uitdaging as 'n hotel met so 'n slegte voorgeskiedenis, met 'n paar spoke pasella?" vra Berta en haal haar sonbril af.

Sonja glimlag effens. "Dit verklaar hoekom ek hiernatoe gekom het."

"Het daar intussen weer iets gebeur? Iets wat jou pla?" vra Conrad.

Aan die manier waarop sy antwoord, kan hy sien dat die meisie nie die volle waarheid praat nie. "Wel. Nee. Niks buite die gewone nie."

Hy kyk op na die trappe, dan klim hy hulle uit tot by die trappie wat reggemaak is. Maggie kom op daardie oomblik aangestap en groet hom.

"Skort iets, luitenant?" vra sy.

"Het u pa dikwels in die nag rondgeloop ás hy nie in sy boshut geslaap het nie?"

Die vraag vang Maggie duidelik ontkant. "Ja."

"As hy so dikwels rondgeloop het, moes hy tog bewus gewees het van die stukkende trappie?" Conrad voel weer daaraan, maar dit is nou stewig.

"Ek . . . meen so, ja."

"Het hy ooit na die trappie verwys, juffrou Joubert?"

"Uhm . . . ek verbeel my hy het een keer daarna verwys, ja."

"As hy dus van die trappie geweet het, sou hy tog versigtig gewees het elke keer as hy hier loop," sê Conrad.

Maggie frons asof sy dit nog nooit oorweeg het nie. "Moontlik, ja."

"As hy dus van die trappe afgeval het, moes hy met 'n vaart hier afgekom het. Of dalk was hy ontsteld."

"Wat probeer u sê, luitenant?"

"Dat ek dit vreemd vind dat 'n man wat die hotel ontwerp en die binnekant soos die palm van sy hand geken het, die aand van sy dood skynbaar van die los trappie vergeet het."

"Of nie die kans gehad het om dit mis te trap nie," voeg Berta by.

"Ek verstaan steeds nie, luitenant." Maggie se stem is nou ontsteld.

"Ek wonder maar net?" Conrad se selfoon lui en hy haal dit uit. "Ja? Goed? Dankie." Hy kyk na Berta. "Die baas soek ons."

Hy loop ingedagte met die trappe af en kyk weer op. Maggie trap versigtig op die nuwe trappie en kyk dan fronsend na hom.

Toe hulle aan die onderpunt van die trappe beland, staan Ryno daar in sy Hotel Njala-uniform.

"Goed om jou vir 'n verandering in klere te sien," sê Conrad droog. "Ek het jou byna nie herken nie."

"Dis te warm vir klere, luitenant," glimlag Ryno.

"Die toerlede is amper gereed. Ek sal skakel en sê jy is reg vir hulle," sê Sonja. Ryno kyk na haar en in daardie oomblik sien Conrad onmiddellik, sonder enige twyfel, dat hy op haar verlief is. En dat sy net oë vir hom het.

"Dankie, Skiewies. Ek hang bietjie in die kombuis uit."

Hy loop buitentoe.

"Skiewies?" vra Conrad.

Sonja bloos. "Sommer 'n bynaam."

Conrad en Berta kyk na mekaar.

Toe hulle buite kom, sê Conrad: "Something is rotten in the state of the Pink Palace."

"Luitenant?" frons Berta.

"Google dit . . ." En hy dink dat Hazyview partykeer warmer is as Hoedspruit of Phalaborwa waar hy grootgeword het. Dis nou maar klaar.

G'n wonder Ryno raak so maklik van sy klere ontslae nie.

23

Die aand van die groot braai by Hotel Njala merk Sonja 'n verandering in Ryno op. Die hotel is feitlik volbespreek met twee buitelandse toergroepe.

Hotel Njala se braai-area is 'n bynes van bedrywighede. Die eerste gaste daag op en die werkers en kelners skarrel om Adéle se opdragte uit te voer. Sonja vervies haar soms vir die kortaf manier waarop Adéle met die personeel praat, asof hulle haar onderlinge is.

"Hallo! Dis die een-en-twintigste eeu! Moet ek alles vir julle verduidelik?" skree Adéle in die kombuis.

Sonja en Maggie is besig om die spyskaarte op die tafels te plaas, met die verskillende soorte wildsvleis en slaaie wat die aand bedien gaan word daarop uiteengesit, toe Adéle vinnig op haar suster afstap.

"Hoekom het jy daardie klein font gebruik?"

Maggie gaap Adéle aan. "Waarvan praat . . .?"

Sy beduie na die spyskaarte. "Ek praat van toe jy die spyskaart op die rekenaar opgestel het. Die lettertipe is so klein, mens kan dit skaars met 'n vergrootglas lees!"

Sonja kyk na die spyskaart. Die letters is vir haar groot en duidelik genoeg.

Maggie stotter rooi in die gesig: "Maar dis die letter-tipe wat ons altyd gebruik! Selfs Ma kon dit behoorlik lees en . . ."

"En hoekom is alles nie vertaal nie? G'n buitelander weet wat gemsbok of boerewors is nie!"

Ryno verskyn op die stoep en lag vir Adéle. "O, ek ver-seker jou die buitelanders weet presies wat boerewors is."

Sy kyk vies na hom. "O ja, ek is seker die meisies hier rond weet, veral met jou in die omtrek."

Ryno dra 'n kniebroek en 'n blou T-hemp met *Hotel Njala* daarop geskryf. Selfs Maggie glimlag: "Sjoe. Dit lyk aansienlik beter as die riempies waarin jy gereeld hier rondparadeer."

"As mens dit het, moet jy dit wys. Dra hierdie pakkie jou goedkeuring weg, Adéle?"

"Mits jy belowe om dit aan te hou vir die res van die aand."

Hy grinnik. "Dit kan ek nie belowe nie." Hy stap nader en sit sy arm om Adéle. "Gee die baas julle weer grief?" vra hy vir Maggie, sonder om na Sonja te kyk. Sy hele houding getuig van tevredenheid en geesdrif vir die aand wat voorlê.

"Beheer jou asseblief met die meisies vanaand. Hier's hoeka 'n klomp Amerikaanse meisietjies – studente van die een of ander universiteit wat net reg is vir 'n vangs. Onthou, jy mag nie by toeriste betrokke raak nie," laat Adéle hoor.

"Sê liewer vir die hadidas om nie te skree nie," sê Maggie. Ryno stap na haar toe en druk 'n soen op haar voorkop.

"Hei, Mags. Die baas is hoeka so opgestres. Moet haar nie nog verder die hel in maak nie."

"Whatever."

Hy knyp haar neus. "Iemand al vir jou gesê jy is moerse cute?"

Maggie skud haar kop. "Ek val nie in daardie kategorie nie, Ryno."

"Dis goed jy weet dit," blaf Adéle.

"Dit was regtig nie nodig nie, Adéle." Sonja skrik eintlik vir haarself, want sy het nie verwag sy gaan die moed hê om die meisie so direk aan te vat nie. Sy merk dat Maggie dankbaar na haar kyk. "In elk geval, die eerste gaste is besig om aan te sit. Ek dink ons moet ons by hulle bepaal."

Ryno knipoog vir Maggie en loop dan nader om die gaste te verwelkom. Sonja besef dat hy nie een keer in haar rigting gekyk het of selfs met haar gepraat het nie.

Adéle neem die spyskaarte uit Maggie en Sonja se hande en kyk weer daarna. "Ek veronderstel 'n mens kan dit seker probeer lees as jy jou oë op baie fyn skrefies trek."

Ryno steek die vuur aan en gesels met die gaste wat daar begin saamdrom. Sonja kan sien dat hy ewe gemaklik met ouer en jonger mense kommunikeer.

Hy kyk net een keer na haar, maar toe sy sy oog vang, kyk hy weg. Iets het verander na die nag in die hut – toe daar tog absoluut niks tussen hulle gebeur het nie, behalwe dat sy die hele nag teen hom gelê en slaap het nie. Maar daar het sy gesien hoe hy vir een weerlose oomblik met soveel liefde na haar gekyk het dat dit haar amper bang gemaak het.

Die res van die aand speel Ryno en Adéle gasheer en

gasvrou vir die besoekers. Sonja is verstom oor hoe gemaklik Ryno in die rol pas. Sy sien hoe hy sy sjarme gebruik op die meisies wat letterlik om hom swerm, net om vinnig deur Adéle weggelei te word na hulle tafels toe. Maggie skarrel tussen die mense deur, duidelik ongemaklik en gespanne tussen so baie toeriste.

Die sjefs bring ses verskillende soorte rou wildsvleis wat hulle in bakkies langs die braaivleisvuur plaas. Die slaaie word op 'n tafel uitgestal onder gaasdoeke, terwyl een van die vroue 'n groot pot pap roer.

Elke gas kry 'n beurt om drie soorte wildsvleis te kies, wat Ryno vir hulle braai terwyl hulle slaai en pap inskep. Ryno gesels asof die hotel aan hom behoort en Sonja merk hoe Adéle kort-kort na hom kyk. Sy lyk tevrede.

"Hei, Njala blom, baas!" glimlag Ryno vir Adéle.

"Jy ook!" Adéle lig haar wenkbroue. "Lyk my mens moet jou meer verantwoordelikhede gee. Dit trek jou aandag van die klomp meisietjies af."

"Niks sal ooit my aandag van meisies aftrek nie, Adéle!"

"Wel, hou jou vanaand in"

"Regtig?" vra hy en vee haar hare van haar gesig weg. "Is dit genuine wat jy wil hê?"

Daar is weer só 'n oomblik en Sonja kan duidelik sien hoeveel hulle mekaar prikkel.

"Pretty couple. You can actually see the love between them," laat 'n Amerikaanse vrou hoor.

Sonja wil nie langer kyk nie. Sy sal eerder by ontvangs gaan diens verrig, waar Japie dikbek sit omdat hy nie langs die vuur saam met die manne kan staan en kaf praat en bier drink nie.

Toe Sonja die onthaalarea verlaat, gewaar sy dat Ryno na haar kyk. Hy lyk eintlik dankbaar dat sy loop – en as 'n toegif druk hy 'n soen op Adéle se voorkop, net toe haar hand oor sy bors glip, toe oor sy maag.

Sonja se oë voel nat. Sy loop amper in Diana Joubert vas, wat pas uit ontvangs gestap gekom het. Japie is besig, want sy het hom klaarblyklik pas 'n klomp werk in die hand gestop.

Sonja wil net aanbied om by hom oor te vat, toe Diana sê: "So, die hotel gaan tóg verander."

"Hoe bedoel mevrou?" vra Sonja verbaas.

"Ryno het 'n klomp voorstelle gemaak – baie beter as die veranderings wat Jan wou aanbring."

"Soos wat, mevrou?"

"Ryno het ook aan my verduidelik hoe die spa werk. Ek hou daarvan."

"Ja, dit is 'n goeie voorstel." Sy onthou hoe ontsteld Diana en Maggie aanvanklik daaroor was.

"Ek en Adéle het gister met 'n maatskappy gepraat. Op Ryno se aanbeveling. Hulle gaan van ons grond huur om 'n spa te bedryf."

Sonja het gemerk dat hulle die vorige dag in Jan se studeerkamer verdwyn het. Sy het ook gehoor hoe hard hulle praat. Elke keer dat sy verbygeloop het, het sy Ryno opgewonde hoor praat, met Adéle wat alles beaam wat hy sê.

"Is u nou gemaklik met die veranderings wat Ryno voorgestel het, mevrou?" waag Sonja.

Diana loop op die patio uit en kyk na die Hazyviewvallei wat voor die hotel af golf tot in die kloof waar die Sabierivier vloei. Misflarde trek uit die klowe.

367

"Ryno het 'n manier om 'n mens te oortuig. Hy verduidelik presies hoekom ons moet verander. Hy eis dit nie soos Jan nie, hy probeer dit nie afdwing nie. Hy maak voorstelle en laat ons almal toe om bydraes te lewer. Ons sal moet verander as ons met die ander lodges wil meeding en Ryno kry dit reg om dit logies te verduidelik. Dit waardeer ek van hom."

Sonja sien hadidas wat in die skemer oor Hotel Njala vlieg en krysend in die bome gaan skuiling soek.

"Wolwedans in die skemer," sê Diana skielik. Sonja kyk onbegrypend na haar. "Jan het altyd vertel dit was skemer toe hy as skoolseun die eerste keer op Wolwedans aangekom het, destyds toe dit nog die bankrot mangoplaas was. Hy het om die woonhuis geloop en na die hadidas geluister. Hy was betower deur die plek.

"Die volgende dag het hy glo die waterval ontdek en só op Arista afgekom. Albei was toe nog kinders. En elke slag wat dit skemer word oor Hotel Njala, dink ek hoe mooi en ongerep Wolwedans destyds in die skemer gelyk het toe ons begin het."

Wolwedans in die skemer. Sonja knip-knip haar oë. Die frase wil vir haar bekend klink, asof iemand dit al tevore vir haar gesê het.

Sy kyk na die skemer wat oor die lowergroen vallei toesak met sy palms, sy maroela- en kiaatbome en die reusejakkalsbessies en wildevye wat voor hulle uitstrek. Die mis kry sy lê lui tussen die klowe. Bokant hulle hang die groot blare van 'n rubberboom, terwyl die parkeerterrein besaai is met vlamblomme wat uit die bome langs die ingang val – rooi blomme wat in die skemer soos bloedspatsels lyk.

Op daardie oomblik kom Armand Naudé en 'n meisie met die trappe opgestap, en beide Sonja en Diana kyk verbaas na hulle. Armand is soos gewoonlik volgens die jongste mode uitgevat.

"Mevrou Joubert. Sonja. Goeienaand."

"Goeienaand, Armand," sê Diana onseker.

"Kan ek julle voorstel aan Engela? Sy is na die braaivleis genooi, toe vra sy my om saam te kom." Armand glimlag vir Diana, en Sonja weet onmiddellik dat hier probleme gaan wees – dat Armand die meisie se uitnodiging moedswillig aanvaar het om vir Adéle te wys daar is iemand anders in sy lewe.

Diana stamel. "Ja, ons, uhm, ons ken vir Engela. Ons het al 'n paar keer in die dorp ontmoet."

Die meisie groet en bloos.

Armand wend hom na Sonja. "Mag ek 'n vinnige woordjie met jou wissel?"

Sy knik meganies. Wat anders kan sy doen?

"Ek neem Engela net gou na ons tafel toe. Die res van ons vriende wag daar. Ek sien jou netnou, Sonja!" Armand en Engela verdwyn in die rigting van die onthaalarea.

Diana stap haastig agterna, dalk om 'n plofbare situasie te probeer ontlont. In plaas van om aan te bied om Japie af te los, besluit Sonja om liewer oor die groot grasperk te stap, nog verder weg van die onthaalarea.

Sy voel skielik beklemd. Hierdie uur is vir haar die mooiste in die Laeveld. Dit is wanneer sy asemskep en sy wil nie tussen al daardie mense voorgee om die aand te geniet nie.

Sy stap tot in die middel van die grasperk, waar maroe-

lavrugte lê. Sy gaan sit op die gras en bekyk die skemer-
verligte tuin met die mis daaragter. Die blomme en strui-
ke staan roerloos. Krotons se rooi en geel blare vorm 'n
vlammende heining na die swembad se kant toe. Sy kry
die reuk van die braaivleisvuur en hoor mense in die verte
lag. Sy kyk ook na Hotel Njala, vol liggies en met sproei-
ers wat die struike en varings besproei terwyl hadidas vir
oulaas op die gras wei. Bokant haar kom 'n naguiltjie in
die takke sit en iewers skree 'n apie, en veraf, baie ver,
hoor sy die geblaf van sebras.

Iemand kom oor die grasperk na haar toe aangestap en
sy wil opstaan voor sy besef dit is Armand. Hy koes vir die
sproeier en draf dan tot langs haar. "Dit sal dalk die enigste
kans wees wat ons kry om ongesteurd te praat," sê hy.

Sonja voel steeds ongemaklik. Sy verwag dat Adéle
enige oomblik gaan verskyn en hom gaan wegjaag – maar
asof in antwoord hoor sy Adéle hard lag by die onthaal-
area.

"Hoe vorder jou speurwerk?" vra Armand sag.

"Speurwerk?"

"Oor jou verlede. Onthou jy al iets?"

Sy knik. "Meestal inligting wat brokkiesgewys deurkom.
Stukkies inligting."

Dit raak stil tussen hulle. 'n Paar hadidas vlieg op en
gaan sit in die takke met 'n skelgeluid, en die res van die
swerm kekkel-reageer gesteurd.

Dit raak donker en die spreiligte gaan aan.

"Sonja."

"Ja, Armand?" Sy het geskrik vir die dringendheid waar-
mee hy haar naam sê.

"Is jy nie lus om vir my te kom werk nie?"

Sy kyk verbaas na hom. "Vir jou?"

"Wat anders bly hier vir jou oor?"

"Ek verwag om hier iets te ontdek wat my gaan help onthou," is haar verweer.

"Maar jy het al gesê jy sou dalk verkies om nie te onthou nie, hoor ek. Pendula is een van dié spogwildtuine in die Laeveld. Dit is feitlik elke dag volbespreek. Ek het kontakte oorsee en die agente kan nie voorbly om te bespreek nie. Ek dink jy behoort baie van Pendula te hou. Ons kan oor jou salaris praat, ek verseker jou dit sal beter as hier wees. Die ure sal makliker wees en daar sal byvoordele wees én jy het luukseverblyf." Hy krap aan sy skouer, half senuweeagtig. "Wat sê jy? Wil jy vir my kom werk?"

Ryno verskyn skielik langs hulle, asof van nêrens. Hy moes die laaste deel van die gesprek gehoor het en in die spreiligte sien Sonja hy is wasbleek. Sonder 'n woord ruk hy Armand regop en slaan hom met soveel geweld dat Armand agteroorval en bly lê.

Sonja kyk verbysterd hoe Ryno weer op hom afstorm, asof hy hom wil pap slaan. Toe spring sy tussen hulle in, gryp Ryno aan die kraag en skree: "Wat de hel besiel jou?"

Hy probeer haar wegdruk en sy voel sy gebalde vuiste teen haar. Dit voel asof hy met háár baklei, maar sy bly tussen hom en Armand wat steeds op die gras lê. Ryno se asem jaag teen haar gesig toe sy hande ontspan en hy haar vasvat en saggies wegdruk.

"Hierdie bliksem het 'n agenda. Hy het niks met jou te

doen nie. Hy is 'n donnerse verleier wat net een ding in sy kop het en . . ."

"Hoor wie praat!" Sonja se stem slaan skel deur. "Jy flankeer met al wat 'n skaduwee gooi! Jy en Adéle gaan tekere asof julle getroud is. Wat het jy met my lewe te doen? Jy hanteer my soos 'n skoothondjie wat net daar is as jy wil spog oor die ultimate girl, maar intussen gee jy my aanleiding en ignoreer my dan."

Sy stem breek. "Sonja . . ."

"Jy is niks anders as 'n verdomde prostituut nie, Ryno. 'n Katelknapie wat elke vrou bespring wat hy sien vir wat hy uit haar kan kry. Maar by my kan jy niks kry nie. Ek het nie geld nie, ek het nie aansien nie en ek het nie 'n hotel nie, daarom beteken ek vir jou niks nie! Daarom speel jy speletjies met my om jou ego te streel – nog 'n arme meisietjie wat jou laat goed voel oor jouself! Liewe magtag, Ryno, hoe kan jy met jouself saamleef?"

"Dis die probleem!" skree hy. "Ek kan nie meer nie!"

"Nou moet my dan nie gebruik om jou smartlap te wees nie!"

Armand begin beweeg.

"Skiewies, asseblief!"

"Moenie my so noem nie!" gil Sonja so hard dat die hadidas bokant hulle skree. "Loop net!"

Hy steek sy hand na haar toe uit. "Skiewies, asseblief!"

"Loop net, jou vervloekte . . ." Daar is baie name wat sy hom wil noem, maar met die skrynende pyn in Ryno se oë kan sy nie een daarvan uitkry nie. Hy staan daar soos 'n gekweste dier.

"Sonja . . ."

372

"Gaan terug na Adéle toe. Julle pas bymekaar!"

Sy storm oor die grasperk weg, deur ontvangs en op met die trappe, waar sy amper oor dieselfde trappie struikel as wat Jan Joubert sy lewe gekos het. Sy begin eers behoorlik asemhaal toe sy in haar kamer kom. Sy sluit die deur en gaan lê geskok op die bed.

Kort daarna hoor sy voetstappe in die gang en 'n klop aan haar deur.

"Skiewies?"

Sy kom orent en stap met 'n blinde woede op die deur af. Sy draai die sleutel en pluk dit so hard oop dat sy amper haar balans verloor.

Ryno staan in al sy weerloosheid voor haar. "Ek moet met jou praat oor . . ."

Sy klap hom met mening. Sy neus begin bloei en die straaltjie loop oor sy lippe en teen sy ken af.

Albei staan in geskokte stilte. Toe draai hy om en stap weg. Iewers buite hoor Sonja hoe Adéle na Ryno roep. Sy sluit weer die deur en sak op die mat neer. Sy kan nie eers meer huil nie.

En in daardie oomblikke weet sy dat sy Armand se aanbod gaan aanvaar.

Skielik begin die Rooikappie-poppie te draai. Om en om en om en vinniger en vinniger, asof dit heeltemal buite beheer raak. Dit word 'n groteske dans, asof Rooikappie vir die wolf dans en al in die rondte tol en alle beheer verloor.

Sonja gryp die kissie en gooi dit teen die muur, waar dit uitmekaar breek. Die poppie breek egter nie en spat terug tot by haar. Selfs nou nog beweeg die figuurtjie, soos iets wat sy laaste stuiptrekkings gee. Die liggaampie ruk en wriemel, toe eers kom dit tot ruste.

Sonja trap daarop – trap die poppie flenters totdat daar net vere en porselein en stukkies rooi lap oorbly.

Sy druk haar wang teen die koue muur en probeer om beheer oor haarself terug te kry. Dan sak sy neer op die mat, tussen die vere en ander stukkies van die poppie. Sy is so moeg.

Daar raak sy aan die slaap.

Toe sy ure later wakker word, hoor sy die horlosie drieuur slaan. En onmiddellik onthou sy wat gebeur het. Sy voel siek. Sy het nog niks geëet nie, daarom is daar niks om op te bring nie, anders sou sy.

Sy kyk op en sien die skaakstukke staan ordeloos op die bord, soos hulle sou as iemand daar gesit en speel het. Sy vee die stukke met een beweging van die tafel af.

Toe gaan sluit sy haar deur oop.

Al die ligte in die gang is aan. Die horlosie tik-tak mee-doënloos. Sy loop soontoe en verwag elke oomblik dat iets gaan gebeur.

Sy sien die horlosie groter word, soos in 'n nagmerrie. Sy het geen idee hoekom dit haar so aantrek nie. Sy gaan staan voor die horlosie en luister na die harde tik-tak wat die sekondes in minute en dan in ure omskep. Elke tik is 'n oomblik nader aan die herwinning van haar geheue, voel sy.

Sy tart dit amper. Sy wag vir die wysers om weer agteruit te beweeg. Vir iets om uit te spring en haar te gryp.

Sy lig haar vuis, lus om die horlosie se gesig stukkend te slaan. Maar iets keer haar.

Sy loop verby na Jan Joubert se studeerkamer, waar die deur al weer half oop staan. Sy stap in en skakel die lig aan. Vir die eerste keer is daar nie 'n vaas met rose op die lessenaar nie.

Sy kyk na die foto's teen die mure wat die verskillende stadia van hierdie plek se geskiedenis uitbeeld, vanaf die dag wat die plaas gekoop en die mangobome uitgehaal is, tot met die inwyding van die hotel.

Sy kyk na die foto van Jan en 'n hoogswanger Diana Joubert voor die pas geboude Hotel Njala. Jan het 'n baba in sy arms; dit sal Adéle wees. Hy lag gelukkig vir die kamera, en so ook Diana.

Hotel Njala 1981, staan op die mosaïekbord.

Toe trek iets Sonja se aandag – by een van die vensters agter hulle staan daar iemand . . .

Sy beweeg nader aan die foto. Sy kan die figuur nie mooi uitmaak nie, dit is so vaag.

Maar sy trek haar oë op skrefies en konsentreer totdat dit in fokus begin kom. Sy bring haar gesig nog nader. En dan kan sy skielik die vrou – want dit is 'n vrou – se gesig net-net uitmaak.

Dit is Arista Joubert.

Sonja storm terug in die gang in. Sy het nie die moed om terug te gaan na haar kamer toe nie. Enige plek, net nie terug na haar kamer toe nie!

Sy struikel-loop deur die verlate ontvangs na die ont-haalarea toe. Die etery moes laat aangehou het, oorblyf-sels van lekker eet staan nog orals rond. Die personeel sal dit seker vroegoggend kom opruim. Servette, halwe borde kos en stoele wat in groepe om die vuur saamgetrek is, begroet haar en die vuur smeul nog soos rooi oë wat haar bespied.

Sy hoor iets agter haar en swaai om. Sy kan sweer sy het Jan Joubert se lang, maer gedaante by een van die struike gesien.

'n Rilling kruip teen haar rug af, maar sy stap na die braaiarea toe. Sy raak aan die braaitang waarmee Ryno die vuur gestook het, krap ingedagte daarmee oor kooltjies wat inmekaarstort en dan vrek. Ryno het hier gestaan, dink sy. Ryno en Adéle.

Sy staan lank so na die sterwende kole en kyk voordat sy na die stoep toe loop. Bokant haar is bewegings en geluide. Apies koggel haar. Eekhorings word gesteur en skarrel teen die boomstam af.

Sonja wil net links swenk in ontvangs se rigting, toe sy die blou T-hemp met die *Hotel Njala*-embleem naby die kombuis se ingang sien lê.

Sy hurk langs dit. Dit lyk na die T-hemp wat Ryno tevore aangehad het. Sy tel dit op en ruik daaraan. Dit ís Ryno se hemp.

Sy kyk op. Onder die swaaideure wat kombuis toe lei, steek iets uit. Sy loop soontoe en druk die deure oop.

Ryno se kniebroek lê in 'n hopie. En langs sy broek – 'n bloes.

Sonja loop verder. Sy sien 'n romp en vroueskoene. En een van Ryno se stewels.

Voor sy by die kombuis instap, gewaar sy 'n mansonderbroek in die middel van die vloer. Angs beklem haar, amper erger as toe sy in die hotel geterroriseer is.

Sy het geen beheer meer oor haarself nie. Sy stoot die

volgende deur oop. Die yskasdeur is half oop en in die lig sien sy Adéle op een van die tafels uitgestrek. Haar broekie lê eenkant en bo-op haar, sy lyf blink van sweet en passie, is Ryno. In die dowwe lig lyk hy tegelyk na 'n dier en 'n beeld wat ritmies beweeg.

Hy raak aan Adéle se ontblote borste. Sy kreun sy naam en hy maak geluide wat Sonja haar ore wil laat toedruk, dierlike, aggressiewe geluide wat in die stilte weerklink.

Sonja wil haar kop wegdraai, maar die gebeure voor haar dwing haar om weer te kyk. Asem ontsnap uit haar mond. Net soveel as wat die toneel haar walg, net so min kan sy wegkyk. Sy staar na die primitiewe bewegings. Ryno hyg na asem en sidder, en Adéle se arms vou om hom en beweeg oor sy kaal boude asof sy hom nog nader wil trek.

Dit voel vir Sonja asof haar siel aan flarde geruk word. 'n Kreun ontsnap uit Ryno se mond en sy hoor sy vlak asemhaling.

"Sê jy het my lief, Ryno," fluister Adéle.

Al wat Sonja hoor, is Ryno sy asemhaling en kreune. Sy oë is die hele tyd toe, dan maak hy 'n geluid soos 'n dier in pyn.

"Sê jy het my lief, Ryno."

Die oomblik is oneindig. Sy asemhaling raak stil, en toe, in 'n stem wat sy skaars as Ryno s'n herken, sê hy: "Ek het jou lief, Adéle."

Hy maak sy oë oop en kyk na Adéle asof hy haar vir die eerste keer sien, en sy soen hom lank en passievol. Die ritmiese bewegings hervat en hy gee hom daaraan oor. Hierdie slag kýk hy na haar.

Die laaste geluid wat Sonja hoor, is toe hy kreun.

Toe sy later onderdeur die bome loop, krys 'n paar hadidas gesteurd – en voor haar, in die middel van die grasperk, staan die wolf. Hy kyk lank na haar voor hy 'n kort tjankblaffie gee.

Sonja is skielik nie bang nie. Dit is 'n uitgerekte oomblik waarin die wolf se geluid haar aan Ryno 'n laat dink.

Dan swaai die wolf om en verdwyn tussen die varings.

Sy bly alleen tussen die bome agter met net 'n enkele hadida wat nog vir oulaas sy gesteurdheid laat blyk. Sy kyk op. Dit lyk asof die voël oor haar kop wil vlieg, toe laat sak hy sy vlerke en draai sy kop en snawel skeef, en raak stil.

Sonja kyk om haar rond. En sy weet nou: Diana is reg. Wolwedans is baie mooier in die skemer as in die nag.

24

Dit is Saterdagmiddag.

Conrad is in sy studeerkamer. Hy het pas met die wildbewaarders vergader oor die stroping in die wildtuin. Hoewel daar 'n hele paar ekstra bewaarders ontplooi is, lyk dit asof die stropers tog die oorhand kry.

"Ons praat net gou onder mekaar, dan tienkel ons jou. Jy sal dalk moet kom help," het Anton Beetge gesê voordat hy saam met die ander wildbewaarders in die jeep geklim het.

Conrad bestudeer intussen weer die besonderhede wat hy oor Sonja Daneel bymekaargemaak het. 'n Vriendin het vir hom 'n afskrif van Sonja se skooljaarblad gemaak en hy het vinnig daardeur geblaai, maar dit nog nie behoorlik bestudeer nie. Hy wil dit vir haar gaan wys en kyk wat haar reaksie is.

Hy het ook die vorige dag op kantoor met die hotelle gepraat waar sy gewerk het. Almal het net lof vir haar gehad. Niks buitengewoons het ooit gebeur nie, of in elk geval nie waarvan hulle bewus was nie. Sy het haar ook nie eintlik aan die mans gesteur wat haar duidelik in die bed probeer kry het, of wat verhoudings met haar wou aanknoop nie, nog minder het sy hulle uitgelok. Sy het haar werk gedoen asof dit al werk was wat sy ooit wou doen.

Sy het klaarblyklik geen privaat lewe gehad nie.

Een van die hotelbestuurders het vertel dat Sonja gereeld met haar ma gekommunikeer het, aan wie sy baie geheg was. As Riana Daneel gebel het, het Sonja altyd die oproep geneem.

Hy lig die telefoon en skakel 'n nommer wat hy by die vriendin gekry het – van 'n ander vriendin van Sonja, een wat saam met haar op skool was.

Hy sal die oproep net moet terugeis, as die superintendent hom gaan toelaat.

"Sjoe. Ons was mal oor haar," sê 'n jongerige vroue stem toe hy deurkom. "Maar sy was maar eenkant."

"Kêrel?" vra Conrad.

"En hoe! Sy en Pietman Verwey het 'n ding aangehad. Maar op 'n kol het sy die arme man afgesê. Verder was sy maar op haar eie, asof sy sulk."

"Waarmee het sy haar besig gehou?"

Die meisie dink. "Oe, ja, nou onthou ek. Sy't aan sport deelgeneem en nie 'n bang haar op haar kop gehad nie. Ou Pietman was maar erg jaloers terwyl hulle uitgegaan het."

Conrad raak geïrriteerd omdat hy geen nuwe inligting kry nie. "Hoe lank het die verhouding geduur?"

Die meisie raak stil aan die ander kant. "Ek dink die split was kort voor die matriekafskeid, toe sit hulle albei sonder 'n date."

"O?"

"Sy het toe ook nie by die matriekafskeid opgedaag nie."

"En Sonja se ma?"

Hy kan hoor dat die meisie huiwer. "Uhm. Interessante tannie."

Hy ken daardie uhm-klanke. Nes die ministers op TV as hulle nie vrae kan beantwoord nie. Dan sê hulle altyd: "Uhm, ah, that is an interesting question, but let me tell you . . ."

"Wel. Sy, uhm. Interessant, ja," vervolg die meisie. "Tannie Riana was baie lief vir Sonja. Sy was gedurig by die skool om navraag te doen oor hoe Sonja vorder. Sy't haar support in alles wat sy gedoen het. Ons was almal geskok toe ons hoor tannie Riana is dood. Ek het gebel om met Sonja te simpatiseer, maar sy kon feitlik nie met my praat nie, so vodde was sy."

"Hmm." Hy vra nog 'n paar vrae en lui dan af.

Sy selfoon lui amper dadelik. Hy sien Berta se naam in die venstertjie en antwoord: "Die rugby begin oor 'n uur. Jy behoort van beter te weet as om my te bel as die Sharks en die Cheetahs mekaar takel."

Berta klink gespanne. "Conrad!"

"Wat?" Hy probeer nog steeds gewoond raak aan die feit dat sy hom op sy naam noem buite werksverband.

"Hier's net so 'n moerse slang in die motorhuis. Ek dink dis 'n rinkhals. Kom help!"

Hy wil lag. Berta, wat vreesloos by huise en terreine in-hol waar sy weet misdadigers skuil, en wat deur die bosse agter skuldiges voortjaag asof daar geen gevaar skuil nie, gil oor 'n slang!

"Maar vang die blerrie ding!"

"Is jy bedonnerd? Dan skiet ek hom liewer."

"Hei. Jy skiet nie iets in die natuur nie. Wikkel hom uit met 'n besem en laat hom in die natuur vry."

"Jy het 'n beter kans om met 'n tweeling swanger te word, Conrad."

Hy sug. "Ek is nou daar. Het jy DStv vir die rugby?"

"Dink jy ek het geld vir sulke luxuries? Kom help nou!"

Hy sit die afskrifte van die jaarboek in sy lessenaar se boonste laai en gaan trek 'n hemp en ordentlike kortbroek aan. Toe klim hy in sy motor en ry na Berta se kothuisie.

Sy staan by haar motorhuis wat vol meubels en ander besittings gepak is, met 'n besemstok in haar linkerhand en haar rewolwer in haar regterhand.

Conrad klim uit. Hy is vies oor die onderbreking, want die Sonja Daneel-saak raak vir hom by die dag interessanter en hy wag om van Anton en sy manne te hoor. Hy het geen bewyse dat Jan Joubert se dood nie 'n ongeluk was nie, tog bly daar iets haper. Dit is 'n woord wat sy ma altyd gebruik het: haper.

Berta beduie na die garage. "Toe ek netnou wou inry dorp toe, sien ek iets by my voete. Toe ek afkyk, hier seil ta agter die kaste in. Ek het alles probeer om hom daar uit te kry behalwe om 'n gebed op te sê, en die vet weet, ek wil nie gepik word nie. Ek het die ding probeer skiet, maar hy ontwyk my elke keer."

Conrad hou sy hand uit. "Sleutels vir die motor, asseblief?"

"Dis in hom."

"Jy waag baie."

"Ek het 'n verdomde slang wat my motor oppas!"

Conrad klim in die motor. "Ek wag vir Beetge om my oor die stropery in die wildtuin in te lig," sê hy, maar Berta reageer nie.

Terwyl hy agteruit ry om haar karretjie uit die motorhuis te trek, dink Conrad aan die enkele kere wat hy Jan Joubert gesien het. "Lyk vir my nes 'n dêm slang," het een van sy kollegas op 'n dag gesê. "Alles is nie pluis met daai ou nie. Behandel sy vrou en dogters soos vreemdelinge. Waar't jy gesien mens sonder jou af van jou gesin? En daardie paar ogies . . ."

Jan Joubert het Hotel Njala só goed geken. Terwyl Conrad die motor afskakel, is hy nog meer oortuig daarvan: Jan moes geweet het van daardie trappie. Iemand wat in die middel van die nag deur die hotel sluip, sal óf die ligte aanskakel óf presies weet waar om te trap.

En hoekom het Jan Joubert sy nek gebreek kort nadat Sonja Daneel by Hotel Njala aangekom het? Is dit toevallig? Hoekom het hy vir haar gesê sy het die werk voordat sy nog na die onderhoud vertrek het?

Berta klop dringend teen die ruit en Conrad skrik uit sy gedagtes op. Hy skud sy kop. Een ding op 'n slag, dink hy. Hy klim uit en stap by die garage in.

"Pasop, ek dink die ding kan spoeg ook!" roep Berta.

Hy neem 'n sambok wat in die hoek staan en begin te karring – eers agter die kaste, toe in die mees verskuilde hoekies en later bo-op die meubels wat daar opgestapel is. Maar die hele tyd dink hy aan Jan Joubert.

Hy kyk na die meubels. "Magtag, Berta, dis tyd dat jy 'n huis kry. Jy kan mos nie só leef nie!"

383

"Op my take-away-salaris! Jy moet seker bedinges wees!" Haar gesig flikker egter skielik op. "Tensy ek en jy 'n huis deel. Dit kan dalk beter werk. Ek weet van 'n oulike een in Tarentaalstraat in Hazyview waarna ons kan gaan kyk."

Hy swaai om. "Waarvan praat jy nou?"

"Ek is gatvol om soos 'n bywoner te leef. En jy het eendag genoem dat ek en jy dalk 'n huis kan deel."

Conrad kan glad nie onthou dat hy ooit in so 'n rigting gepraat het nie. Sy hart klop in sy keel – daar is geen manier wat hy saam met Berta in dieselfde huis sal bly nie, dis nou maar klaar! Die probleem is hoe om dit aan haar oor te dra . . .

Hy vroetel weer met die sambok onder die meubels in. Snaaks wat meubels jou alles van ander mense vertel. Berta se meubels is groot en lomp, amper soos sy. Jy kan dikwels mense se persoonlikheid eien aan die soort meubels wat hulle het.

Sonja Daneel se huis!

Magtag. Hoekom het hy nie vantevore daaraan gedink nie! Hy was ook so besig met ander sake. Sonja Daneel en haar ma se meubels . . .

Hy moes lankal 'n draai daar gaan maak het. Die huis is seker al in die mark, maar dalk staan die meubels nog daar rond. Hy moet 'n bietjie gaan kyk.

Toe sien hy die roering links onder by sy voet. Hy spring opsy en karring weer met die sambok onder 'n lae bank se pote in, en die volgende oomblik peul die rinkhals uit. Berta haal onmiddellik haar rewolwer oor, maar Conrad beduie dat sy moet wag.

Hy karring met die sambok rond totdat die slang uit

die motorhuis seil in die rigting van die bosse. Berta wil-wil mik met die rewolwer.

"Moenie hom skiet nie!"

Die slang seil blitsig oor die plaveisel tussen die digte bosse in.

En Conrad dink: dalk het Jan Joubert ook só deur Hotel Njala se gronde beweeg, soos 'n slang wat maar net 'n bestaan probeer maak. Toe betaal hy met sy lewe daarvoor?

"Die slang het jare geneem om te ontwikkel en te oorleef. Hy het seker net muise of paddas kom soek, Berta. Jy kan nie die dêm ding sommer vrekskiet nie, man!"

"Die enigste goeie slang is 'n dooie slang," beduie Berta.

Conrad raps haar liggies met die sambok oor haar aansienlike boud.

"Hei! Dis sexual harassment!"

"As jy weer een teëkom, bel my eerder."

"Mits hulle my kans gee om jou te bel. As ek aan die skeen gepik word, soos in die Bybel staan, is dit jou skuld as ek iets oorkom!" Sy klim in die motor. "Ek het nou geleer om die motorhuis se deur toe te maak. Hy sal nie maklik weer hier inseil nie."

"Berta. Wat doen jy volgende naweek?"

Sy steek die sleutel in die aansitter. "Dis eintlik te lank voor die tyd om te weet. Hang af wat intussen gebeur."

"Ons moet Maandag in die hof wees – soos jy weet, daai paloekas wat gevang is, verskyn dan. Maar dit lyk asof die groot indoena nog los rondloop. Dan moet ek dalk wildtuin toe gaan, soos in vanmiddag. Ek help om die renosterstropery te ondersoek. As ek gaan, kom ek eers die naweek terug, dan praat ons oor ons modus operandi."

"Jy weet mos ek love dit as jy foreign met my praat," glimlag sy en die enjin kry lewe.

"Wees ernstig."

"Goed," sy trek 'n denkbeeldige ritssluiter oor haar mond, "wat is ons modus operandi?"

"Ons ry volgende naweek Nelspruit toe. Dan stiek ek jou vir 'n lekker steak in die Spur en ons vroetel bietjie rond."

"Van vroetel kan baie dinge kom," sê sy met 'n vonkel in die oog.

"Ons gaan soek eintlik 'n bietjie in die Daneel-huis rond."

Berta laat amper die motor vrek. "Dis nie ons saak nie, Conrad. Jy weet hoe fyngevoelig hulle is as jy inmeng by . . ."

"Ek wil net bietjie rondkyk. Jy't mos gesê jy wil saamgaan."

Berta ry vorentoe en roep deur die oop ruit: "Weet die kolonel?"

"Nee. Ek gaan net toevallig daar opdaag."

Sy skakel die motor af wat net-net tussen al die opgestapelde meubels inpas. "Jip. Maar net omdat jy vra. As ek nie volgende week moerland toe gestuur word of indisposed is nie."

Conrad se selfoon pieng. Hy skuif die ruitjie oop en sien daar is 'n SMS-boodskap van 'n vriendin af. *Groot do by Hotel Njala volgende week. Wil jy saam met my gaan?*

"Weet jy van 'n do by die Pink Palace volgende week?" vra hy.

"Ja. Daar kom glo veranderings en hulle gaan dit vier."

"Veranderings?"

"Jip." Berta kyk onder die motor in asof sy weer 'n slang verwag. "Die ou koringkriek is mos afgesterwe, so! Nou begin die veranderings in alle erns!"

Interessant . . .

Sy bind haar hare in 'n poniestert vas. "Conrad, ek moet jou vra. Hoekom tickle hierdie girl jou so?"

"Want ek kry haar jammer."

"Kry jy haar net jammer? Of het sy jou in die sak gesteek?"

"Niks met jou te doen nie."

Hy klim in sy motor en trek weg, maar haar woorde bly by hom. Hoekom ís hy so bekommerd oor haar? Is dit moontlik dat hy regtig meer van Sonja Daneel hou as wat goed is vir hom?

Toe hy om die draai gaan, kom die tweede SMS: *Ek het besluit om te bedank. Ek voel nie meer veilig by die hotel nie. Sonja.*

Hy wil later Hotel Njala toe ry, maar sy selfoon lui. Dit is Anton Beetge: "Ons het hulle spoor gekry naby die Mosambiekse grens. Ons het jou nodig, Pappie."

En Conrad weet dat daar vanmiddag niks van daardie rugby gaan kom nie. Of van 'n besoek aan Hotel Njala nie.

"Ek is nou daar," sê hy en skakel sy selfoon af.

Toe hy by sy huis instap om vinnig klere en toiletware vir die bos in te pak, gewaar hy weer die jaarblad toe hy 'n laai ooptrek. Hy het 'n gedig daarin gelees wat Sonja in matriek geskryf het.

Hy sal graag haar reaksie daarop wil hoor.

25

"Jy kan nie ernstig wees nie." Ryno leun oor die ontvangs-toonbank.

"Hoekom nie?" vra Sonja.

"Adéle sê jy het bedank."

"Dis korrek, ja. Ek moet ongelukkig volgens my kontrak tot volgende Sondagoggend werk, maar daarna verkas ek."

"Waarheen?"

Sonja besef dat indien sy nou Armand se naam noem, Ryno aggressief kan word en hom dalk weer kan aanrand.

"Ek gaan net weg."

"Maar hoekom?" Hy klink desperaat.

Sy beantwoord die telefoon toe dit lui en hoop dat die gesprek haar so lank sal besig hou dat sy nie die vraag hoef te beantwoord nie. Maar Ryno bly staan asof hy daar geplant is.

"Hoekom gaan jy weg, Sonja?"

Sy sit die gehoorbuis neer en staan woedend op. "Hoe kan jy my so iets vra? Iemand hou my dop. Iemand terroriseer my. Ek kan mos nie met my lewe speel nie!"

"Skiewies."

"Ek het jou al gevra om my nie so te noem nie."

"Sonja." Daar is 'n pleitende klank in sy stem. "Ek onderneem om jou op te pas. Ek sal jou te help om te onthou. Maar dan moet jy my vertrou."

"Vertrou!" Sy skree so hard dat sy iewers 'n deur hoor oopgaan en iemand vinnig aangestap hoor kom. "Jy het die vermetelheid om my te vra om jou te vertrou! Dít nadat jy . . ."

"Wat gaan hier aan?" Adéle staan in die deur. Beide Ryno en Sonja kyk in haar rigting. "Jy skree, Sonja. Ek weet jy werk nog net tot volgende week hier. Maar glo my, as jy enige reëls oortree, sal jy duur daarvoor betaal."

"Ek hoor sy gaan weg," sê Ryno.

"Wel, sy het seker agtergekom sy het niks met die hotel te make nie." Adéle stap nader. "As sy ongelukkig is hier, is dit haar keuse."

Sonja gaan voort met haar werk. Sy wil hulle konfronteer met die verskriklike oomblik in die kombuis toe sy gesien het hoe hulle seks het, maar sy kan haarself nie so ver bring nie.

Ryno probeer weer met haar praat, maar sy ignoreer hom heeltemal. Dit maak nie saak hoe hard hy probeer nie, sy weier om met hom te praat. Sy kan ook sien dat wat Ryno wil sê nie voor Adéle gesê kan word nie. Uiteindelik gee hy op en verlaat ontvangs.

Adéle bly agter, dalk lus vir baklei. Sonja help 'n groep toerlede om in te teken terwyl Adéle vrolik met hulle gesels en 'n poging aanwend om hulle te laat tuis voel. Dis eers toe hulle die ontvangsarea verlaat het, dat sy reg voor Sonja kom staan.

"Dis nie lekker om te verloor nie, is dit?"

Sonja kyk skerp op. "Ek het my geheue verloor, ja. Ek weet nie wat so lekker is daaraan nie."

"Ek praat nie daarvan nie." Sy leun oor die toonbank sodat Sonja haar duur parfuum ruik. "Ek praat van Ryno."

Sonja skud haar kop, nie lus om daaroor te praat nie.

"Ryno is verlief op my, Sonja. Hy het dit vir my gesê. En ek het hom lief." Dit klink of Adéle vanuit 'n ander wêreld met haar praat. "Jy moet dit aanvaar. Dit maak dan alles soveel makliker vir jou."

"Wat het jy teen my, Adéle?" Sonja staan op asof sy die meisie wil bevlieg.

"Jy is alles waarvan ek nie hou nie. Jy is besluiteloos, naïef en maklik manipuleerbaar, nes my suster. Daar is nie plek vir swakkelinge soos jy in hierdie hotel nie. Hotel Njala gaan heeltemal verander. Ons gaan 'n nuwe personeelkorps aanstel, mense wat ons kan vertrou en wat ek deeglik gaan oplei. Mense wat druk kan vat en wat presies weet hoe die toeristewêreld inmekaarsteek. En jy is nie deel van daardie opset nie."

Sonja voel hoe alle bloed haar gesig verlaat. "Dit nadat jy enkele dae gelede gesê het hoe tevrede jy met my werk is. Dat mense my prys."

"Sonja." Adéle glimlag effens. "In die interimperiode was jou dienste goed, maar dinge gaan drasties verander. Daar is nie plek vir jou in die nuwe Hotel Njala nie."

"Wie besluit daaroor, Adéle? Jy of jou ma?"

"My ma sal doen wat ek vir haar sê. Sy het nie meer 'n wil van haar eie nie. Ek sal moet oorneem as ek die hotel wil red."

"Jy en Ryno," kap sy terug. Dit is 'n stelling, nie 'n vraag nie.

Adéle gee weer daardie effense glimlaggie van haar. "Op die oomblik net ek."

"En as Ryno met jou sou trou?"

"Ryno is nie die troutipe nie, soos jy weet, Sonja."

"Presies hoe voel jy oor Ryno, Adéle?"

"Meer positief as jy wat hom verloor het."

"Ek het hom nooit gehad nie."

Adéle vee 'n denkbeeldige rafel van Sonja se skouer af, wat haar laat verstyf. As Adéle weer aan haar raak, op watter manier ook al, sal sy nie verantwoordelik wees vir wat sy doen nie.

"Nou wat sê dit vir jou, Sonja? Dat Ryno hou van vurige vroue. Vroue wat weet wat hulle wil hê. Sterk vroue . . ."

"Vroue wat eendag 'n hotel gaan erf!"

Net vir 'n oomblik verdwyn die glimlag van Adéle se gesig, toe vervolg sy: "Soos jy weet, moet jy tot volgende Sondag hier werk. As ek agterkom dat jy enigiets doen om hierdie hotel te saboteer of hier skade aan te rig, dagvaar ek jou dat jy nooit weer 'n sent op jou naam sal hê nie. Dieselfde geld as jy voor die tyd loop. Dan dagvaar ek jou vir kontrakbreuk. Ons doen volgende week nuwe onderhoude en jy sal jou pligte uitvoer tot ons op 'n nuwe ontvangsdame besluit het."

Dit is toe sy omdraai, dat hulle vir Ryno aangestap sien kom, skoorvoetend asof hy nie die moed het om ontvangs toe te loop nie. Hulle staan hom en inwag. Die telefoon lui, maar Sonja skakel dit oor na 'n antwoorddiens.

"Ek hou nie van die manier waarop ons netnou uitmekaar is nie," sê hy vir Sonja. "Daar is sekere dinge wat ek moet regmaak."

"Ryno." Haar stem is meteens dodelik kalm. "Ek weet teen hierdie tyd dat die Sonja wat jy nou voor jou sien, en die Sonja van tevore twee verskillende mense is. Dalk is ek nou wie ek nog altyd wou wees, noudat die bagasie van die verlede weg is. Al wat oorbly, is om Conrad te help met sy ondersoek en te kyk waarmee hy vorendag kom."

Hy skrik. "Wat het Conrad hiermee te make? Ek dag jy stel nie meer belang om te weet wie jy was nie."

"As ek iets gedoen het wat teen die wet was, moet ek my straf uitdien. Dit is alles deel van oor begin met 'n skoon lei."

Ryno kyk verbysterd na haar. "Het jy iets gedoen wat teen die wet is?"

"Dalk wou ek. Dalk het ek gevlug van iets. Maar as dit iets onheiligs was, moet ek dit regmaak sodat ek skoon kan kom van wat ek gedoen het."

Adéle val hulle in die rede. "Ek is nou al so keelvol van Sonja se kamtige verlede, dat ek voel ons moet tot die punt kom. En die punt is ek en jy en Sonja, Vaalseun."

Sonja kyk verbaas na Adéle. "Wat noem jy hom?"

"Vaalseun. Hy hou van die naam. En ek hou daarvan."

'n Rooi gloed kruip oor Ryno se gesig.

"Jy hou mos daarvan. Nie waar nie, Vaalseun?"

Ryno kyk vinnig na Sonja, dan na Adéle en weer na Sonja. Adéle stap nader na hom en sit haar arms om sy nek. "Toe. Vertel vir Sonja wat jy nou die aand vir my gesê het. Maar nie net nou die aand nie. 'n Hele paar keer intussen ook. Gisteraand in die swembad, vanoggend aan die ontbyttafel, netnou toe jy van die toer af teruggekom het."

"Ek . . . praat nie oor sulke dinge voor ander mense nie." Hy steek sy hande in sy sakke en kyk na sy voete.

"Wat het jy vir my gesê, Ryno? Of het jy dit nie bedoel nie?"

Die foon lui weer, maar die antwoordmasjien neem oor. Adéle spreek Sonja nie aan omdat sy nie die oproep beantwoord nie. Die atmosfeer is gelaai.

Dit raak stil in die voorportaal. Al wat Sonja hoor, is die sonbesies buite. Ryno staan soos 'n hond wat 'n skop gekry het en kyk haar nie in die oë nie. Fyn sweetdruppeltjies het op sy voorkop gevorm.

Adéle se oë is stip op hom gerig. Sy wag dat hy moet antwoord.

"Hoe voel jy teenoor my, Ryno?" Dié slag is daar 'n harder klank in haar stem.

Toe hy praat, is sy stem baie sag. "Ek het jou lief, Adéle."

Sonja se knieë wil onder haar meegee. Sy gaan sit en voel hoe 'n duiseligheid haar wil oorweldig, net soos toe sy Ryno en Adéle in die kombuis gesien het. Sy veg teen die naarheid en in 'n poging om van hierdie twee mense reg te kom, begin sy die boodskappe luister.

Ryno kyk na Adéle, wat hom met 'n glimlag dophou. Sonja probeer wegkyk en skryf die nommers neer. Sy skakel die eerste nommer meganies, en Ryno en Adéle kan net sowel nie daar wees nie.

Terwyl sy wag dat die oproep beantwoord moet word, sê sy: "Ek sal hier werk tot volgende Sondag. Daarna sien julle my nooit weer nie." Sy kyk na Ryno en skrik vir die dooie klank in haar eie stem. "As jy ooit weer naby my kom, as jy weer met my praat, bel ek Conrad Nolte en kla jou aan van teistering. Het jy my mooi verstaan, Ryno?"

Ryno is spierwit in die gesig. Sy wens sy kon die toneel oorspeel soos wat 'n mens 'n DVD terugdraai, en dié slag die verloop van die gesprek verander. Sy wil vir hom sê hy moet kies tussen haar en Adéle. Dat sý hom liewer het, liewer as haarself. En dat sy eintlik nie 'n oomblik langer hier kan vertoef met die wete dat hy en Adéle dalk elke aand by mekaar slaap nie. Dit skeur haar uitmekaar.

En skielik dink sy dat sy dalk tog nie Armand se aanbod moet aanvaar nie, want hy het nog steeds kontak met Hotel Njala, al is dit indirek. Sy moet ander werk begin soek – iewers ver van die Laeveld af sodat sy hierdie vervloekte hotel nooit in haar lewe weer hoef te sien nie.

"Het jy my verstaan, Ryno?"

Sy mond gaan oop asof hy wil begin verduidelik. Asof hy wil sê dat hy háár liefhet en nie vir Adéle nie. Maar daar kom nie 'n dooie woord uit nie.

Adéle kyk selftevrede na hom. "So, wie is dit, Ryno? Ek of hierdie ontvangsklerk?" Sy byt elke woord af. Sonja besef dat sy die meisie haat – sy weet nie of sy iemand tevore in haar lewe verafsku het nie, maar sy haat hierdie verwaande skepsel met 'n wrewel waaraan sy nie eers 'n naam kan gee nie.

In nog 'n poging om van dié werklikheid weg te vlug, skakel sy die volgende nommer. Sy is egter bewus van hoe strak Ryno na haar kyk, hoe sy oë met haar praat. Maar sy verstaan nie wat hy probeer sê nie, en verbeel sy haar nie in elk geval nie?

"Sal ek Conrad bel, Ryno?"

Ryno kyk nog altyd na Sonja sonder om te praat. Dan draai hy na Adéle en soen haar.

Die persoon aan die ander kant van die lyn tel op. Dit neem Sonja 'n paar sekondes om genoeg stem te kry, dan sê sy: "Mister Mowley, you called about accommodation at Hotel Njala in Mpumalanga."

Sy neem die besonderhede af en doen die bespreking. Sy doen dit meganies, met haar maag op 'n knoop van spanning. Sy skryf bloot inligting neer en speel die toneel van so pas herhaaldelik in haar kop oor en oor. Genadiglik verlaat Ryno en Adéle die vertrek.

Sy maak nog 'n oproep en hanteer ook dié bespreking so professioneel as wat sy kan. Onbetrokke.

Eers toe sy die gehoorbuis neersit, gee sy haar oor aan trane. Sy huil onbeheers en hoop maar dat niemand gaan inkom nie, want daar is geen manier wat sy nou met haar werk kan voortgaan nie.

Meteens raak sy bewus van iemand wat langs haar agter die toonbank plaasneem. Dit is Maggie, wat sonder 'n woord haar werk begin oorneem.

Sonja blaas haar neus. "Dis nie nodig nie, ek sal klaarmaak."

"Gaan kamer toe. Ek weet hoe jy voel." Sy kyk na Sonja. "Ek is net so lief vir Ryno. Ek was nog altyd, vandat hy hier aangekom het, en sal altyd wees. Hy het 'n manier om meisies op hom verlief te maak. Ek dink eintlik nie hy bedoel dat dit moet gebeur nie, dit gebeur net. Dis ons arme swape wat nie weet wat om met daardie emosies te maak nie."

'n Besoeker kom ingestap met navrae oor 'n toer. Hy gee Sonja een kyk en wend hom na Maggie, wat hom vinnig help.

Lank nadat die man uit is, sit hulle nog daar.

"Dis binnekort skemer," sê Maggie.

"Dis my gunstelingtyd . . ."

Maggie skud haar kop. "Nie myne nie."

"Hoekom nie?"

"Want my pa het altyd gesê dis wanneer die wolf uit sy skuilplek kom. Dis wanneer hy hier rondsluip, op soek na sy prooi."

"Het jy die wolf ooit gesien, Maggie?"

Die meisie knik. "Een keer, naby die waterval."

"Wat het gebeur?"

Maggie vee oor haar mond asof sy 'n verskoning soek om nie te praat nie. "Ek het my pa mos soms na die waterval toe gevolg. Ek het nooit geweet hy het daarna boshut toe gegaan nie. Maar ek het hom 'n keer of wat by die waterval gesien."

"Wat het daar gebeur?" vra Sonja.

"Hy . . . het een aand weer opgeklim tot bo en in die volmaan afgeduik in die poel. Hy het lank onder die water gebly – so lank dat ek geskrik het. Ek het gedink hy het verdrink. Toe sien ek die wolf in die maanlig. Hy het tot by die rand van die poel gedraf en gaan staan asof hy vir my pa wag. Ek was nog nooit in my lewe so bang nie. Ek wou skree en help, maar ek was te bang. Wat sou ek teen daardie dier kon doen?"

Sonja wag dat Maggie moet voortgaan.

"Toe verskyn my pa se kop bo die water. Hy het omgedraai en na die maan gekyk en sy arms oopgegooi – asof hy die maan wil omarm. Toe stap hy uit die water, reguit op die wolf af. Ek het eers gedink my pa sien hom nie. Maar toe gaan lê hy op die gras, op sy rug, en kyk na die maan. En die wolf het tot by hom gedraf en langs hom gaan lê, asof hy hom oppas."

Sonja voel 'n rilling teen haar ruggraat afbeweeg en die hare in haar nek staan orent.

"Ek het huis toe gehardloop en my ma daarvan vertel, maar sy wou my nie glo nie. Ek het van daardie aand af nooit weer ordentlik geslaap nie."

"Voel jy ook hier is iemand wat jou dophou, Maggie?"

"My pa sal ons altyd dophou, Sonja."

Twee vroue kom ingestap. Sonja staan op en stap by hulle verby terwyl Maggie hulle begin help.

Sonja gaan na haar kamer, sluit die deur en gooi haarself op die bed neer. Sy dink aan hoe sy al by verskeie ander lodges en hotelle probeer werk kry het, maar niemand het 'n opening nie.

En sy raak aan die slaap.

Sonja word wakker van 'n krapgeluid. Sy lig haarself en probeer luister waar dit vandaan kom. Moontlik buite?

Sy loop na haar venster toe. Die rivierklippaadjie is helder danksy die maan en die liggies aan weerskante. Niks beweeg nie.

Sy kyk om haar rond. Waar het die gekrap vandaan gekom?

Toe sien sy die rooi roos op haar bed. Sy snak na haar asem en haar hart gee 'n sprong. Maar haar deur was dan gesluit!

Tensy iemand 'n spaarsleutel het . . .

Maar het sy nie die sleutel in die sleutelgat gelos nie?

Sy loop soontoe en sien dan die sleutel op die tafeltjie langs die deur lê.

Die windharpie begin skielik klingel en sy gaan weer na die venster toe. Aan die blare van die frangipani's en die palms kan sy sien dat daar nie 'n windjie trek nie. Tog, sy sien duidelik hoe die glasstukke van die windharpie beweeg – asof iemand pas sy hand daardeur getrek het.

Toe gewaar sy die figuur wat stadig met die rivierklip-paadjie afbeweeg. Dit is Ryno. En so ver as wat hy stap, doof die liggies uit, nes destyds met haar gebeur het. Dit skep 'n ontstellende prentjie, asof elke liggie blaas as Ryno verbyloop.

Sonja kan dit nie meer hou nie. Sy pluk haar deur oop en stap met die lang gang af. Sy bereik die trappe wat na buite lei, stoot die deur oop en klim af met die trappe.

Gaan Ryno vir Adéle by die swembad ontmoet? Aan die een kant sal die wete soos lemmetjiesdraad deur haar sny, aan die ander kant moet sy eenvoudig weet.

Sy loop versigtig met die donker paadjie af. Soos tevore, is dit asof hierdie plek haar dinge laat doen waaroor sy nie beheer het nie.

Die windharpie roer weer liggies en sy swaai om, maar dit is te donker om te sien of daar iemand staan. Sy loop met 'n rug wat hol getrek is van vrees aan na die swembad toe.

Haar voetstappe is baie sag op die klippies. Die maan verlig dit darem nog dofweg. In die loop verloor sy haar skoen, en sy draai om en buk om dit weer aan te trek.

In die paadjie, sien sy, reg voor haar, is 'n groot hand in die sement geplaas – iemand wou sy teenwoordigheid en aandeel aan die paadjie daar verewig.

Sy vermoed dat dit Jan Joubert se hand is.

Sy ril en kom vinnig orent. En in daardie oomblik is sy seker dat een van die vingers in die sement beweeg.

Liewe Here, sy word mal.

Sy drafstap met die paadjie af tot by die houtbruggie waar die breëblaarvarings en struike roerloos staan en wag. Die windharpie is nou stil.

Ryno staan langs die swembad, sien sy in die maanlig. Sonja wag vir Adéle om te verskyn, maar dit gebeur nie.

Dan duik hy in die water. Hy begin heen en weer swem. Drie minute, vyf minute, tien, twintig, 'n halfuur, asof hy nie kan moeg word nie. Sy sak op die gras neer en wag vir hom om klaar te maak.

Uiteindelik hou hy op met swem. Hy klim uit die water, die maanlig blink op sy lyf. Hy kyk na die water waarin die maan rondskommel, dan loop hy tussen die bosse in.

Sonja loop agterna. Sy kan dit nie verhelp nie. Sy weet sy dobbel met haar lewe, sy weet sy mag nie hier wees nie, maar sy volg hom.

Tot by die waterval.

Van agter bosse sien sy hoe hy teen die kranse uitklouter.

Hy gaan staan uiteindelik bo en kyk af. Dalk sien hy haar. Dalk nie.

Hy lig sy hande. Die oomblik toe hy duik, skree sy: "Moenie!" Maar die waterval dreun te hard, hy kan haar nie hoor nie.

Hy verdwyn onder die oppervlak. Sonja druk die bosse weg en kyk na die water wat roerloos in die maanlig lê. Die waterval se dreuning is oorverdowend, so kwaai dat sy skaars die paddas om haar kan hoor kwaak.

Ryno kom nie te voorskyn nie. Haar hart klop angstig en sy beweeg nader aan die rand van die poel. Sy oorweeg dit om in te duik en na hom te soek, maar wáár?

Die volgende oomblik pluk sy haar skoene uit. Sy is net mooi gereed om in die poel te duik, toe sy kop bo die water verskyn.

Hy hyg en snak na asem. Hy spartel soos iemand wat besig was om homself te verdrink en op die laaste nip-pertjie daarteen besluit het. Hy spartel-swem uit die poel en val in die modder. Sonja beweeg terug tussen die bosse in.

Ryno draai op sy rug en kyk op na die maan. Sy borskas beweeg vinnig op en af soos iemand wat die lug en die lewe met angs in sy liggaam intrek.

Sonja draai weg. Sy moet teruggaan na haar kamer toe. Daar is niks meer in haar oor nie, net 'n doodsheid ver-gesel van 'n noodlotsbesef: sy moet haar werk hier klaar-maak, dis al. Nog net 'n week en sy is weg. Sy gaan Ryno nooit weer sien nie – as sy hom sien, sal dit haar onder-gang beteken, want sy het geen beheer oor haarself in sy teenwoordigheid nie.

Sy begin meganies hotel toe loop, maar by die versteekte paadjie na die boshut gaan sy staan.

Sy volg die paadjie, instinktief, asof sy dit al voorheen gedoen het. Asof iets haar dryf om dit te doen.

Sy loop tot by die boomhut wat bleek in die maanlig staan, stap tot by die deur en stoot dit heeltemal oop. Daar is die dennenaalde in die hoek waar sy en Ryno gelê het. Dit lyk of iemand anders weer daar geslaap het, want die naalde is regtig plat, asof dit onlangs gebruik is.

Die wolf? Of 'n mens?

Sy gaan sit met haar kop op haar knieë en dink aan alles wat met haar gebeur het. Flitse kom weer by haar op, sekere oomblikke. Die matriekafskeid wat haar bly teister. Sy en haar kêrel wat uitbundig skree dat hulle klaar is met skool en nooit gaan terugkyk nie. Dat hulle nie die verdomde onderwysers of skoolsisteem of enigiets anders nodig het om hul drome te verwesenlik nie. Nog minder hul vervelige klasmaats.

Wat het gebeur na die matriekafskeid? Of voordat sy Hotel Njala toe gekom het? Het sy iemand beroof? Het sy bedrog gepleeg? Het sy iemand se kêrel gesteel?

Het sy iemand vermoor?

Die gedagte laat haar orent kom.

Kan dit wees dat sy iemand se lewe geneem en toe gevlug het?

Die maanlig flits skielik op 'n byl.

Deur die stukkende venster sien Sonja net die lem toe die maan daarop blink. Sy kan nie sien wie dit vashou nie.

Haar keel trek toe. Sy staar daarna, gehipnotiseer.

Toe hoor sy die sagte voetstappe buite.

Sy kyk na die deur en 'n skaduwee val oor die drumpel.

Dit is haar laaste oomblik, niks en niemand kan haar nou meer red nie. Sy sit hier in die boshut soos 'n vlieg in 'n spinnekop se web, die ideale slagoffer, soos Rooikappie wat wag dat die wolf haar moet kom opvreet.

Sy sien hoe die figuur hurk. Dan sien sy net maanlig deur die boshut se deur.

Die persoon het haar lewe gespaar.

Hoekom?

Sy sit daar vir 'n kwartier, miskien 'n halfuur, sy weet nie hoe lank nie. Toe eers waag sy dit om op te staan.

Sy loop tot by die deur. Op die dennenaalde lê die oorblyfsels van die Rooikappie-poppie. En 'n bloedrooi roos.

En in haar gedagtes hoor sy woorde, asof iemand met haar praat. Flits die gegewe deur haar gedagtes en weet sy, dit is hoekom sy nog leef.

'n Finale waarskuwing. Ek speel kat en muis met jou. Jou tyd is naby, maar jy is nog nie gereed nie. Eers moet jy jou geheue terugkry en weet presies wat jy gedoen het. Dan eers mag jy sterf.

Sy trap op die stukkende poppie toe sy oor die drumpel strompel. Sy sukkel al met die paadjie langs, tot by die pad wat na die waterval toe lei. Sy loop na die waterval toe en kyk na die donker poel.

Die wolf sit afgeëts teen die maanlig, nes in die grillerige storieboekprente wat sy nou uit haar kinderdae onthou. Hy lig sy kop en weeklaag. Sy hoor sy lang, uitgerekte huilklank selfs bo die waterval se geruis.

Toe laat die wolf sy kop sak en kyk om hom. Maar daar is geen teken van 'n ander lewende siel nie.

Insluitende Ryno.

26

Dit het heelnag gereën, maar vir 'n verandering sonder drama, sonder 'n storm, sonder die sterkte winde wat so gereeld hier by Hazyview voorkom. Vanoggend is die hele vallei deur 'n sluier van mis bedek.

Sonja dink aan die week wat sonder verdere voorval verloop het, en is dankbaar daarvoor.

Ryno neem elke dag toere uit en waag dit nie naby haar nie. Die een of twee keer wat hy in die ontvangsarea moes kom, het sy hom heeltemal geïgnoreer. Hy het net een keer probeer om met haar te praat: "As ek iets oor myself verduidelik, sal jy verstaan dat ek nie die vuilgoed is wat jy dink ek is nie." Maar Sonja het die telefoon opgetel en Ryno moes noodgedwonge die aftog blaas.

Sy het ook nie weer met Conrad gepraat nie. Nie eers oor die insident met die byl in die boshut nie – want steeds het sy in haar onderbewussyn die vermoede, is daar die vae moontlikheid dat sy iets gedoen het voordat sy Hotel Njala toe gekom het. Dat sy dalk daarvan wou vlug of dat sy kom wegkruip het.

Sy bly in twee geskeur: sy wil van voor af begin met 'n skoon lei en wegkom van wie sy was, maar sy moet ook weet wat sy gedoen het. Hoekom sy hierheen gevlug het.

Iets – instink, gewete, die vae beelde uit haar verlede – het haar genoodsaak om nie verder met Conrad te kommunikeer nie, al wou sy aanvanklik. Sy het hom nietemin in 'n stadium probeer bel, maar hy was iewers naby die Mosambiekse grens en sou skynbaar eers die naweek terugkom.

Toe hy dus op hierdie Saterdagoggend voor haar laaste werkdag in die ontvangsarea staan, dié slag sonder Berta, is Sonja verras. Soos gewoonlik dra hy swart, met 'n wit hemp daarby, sy pikswart hare styf agteroor gejel, sy gesig effens verbrand.

Dalk merk sy dit nou vir die eerste keer werklik op, maar daar is iets wat haar aantrek ten opsigte van Conrad se gesig. Dit is dié van iemand wat duidelik al intens geleef en baie gesien het.

"Hoe gaan dit hier?" vra hy.

"Goed, onder die omstandighede. Het julle die stropers gevang? Almal praat daaroor in die dorp."

"Ons het vier gevang. Twee is doodgeskiet." Daarmee kan sy hoor dat hy nie verder oor die saak wil praat nie. "Jy het laat weet jy gaan weg. Ek is jammer ek kon nog nie weer by jou uitkom nie, soos jy kan verstaan."

Sonja knik.

Conrad kyk ondersoekend na haar. "Iets wat jy my wil vertel?"

Sy skrik. Weet hy dalk iets? Het hy intussen iets oor haar uitgevind?

Sy skud haar kop, maar sê: "Ek het onthou dat ek foto's teen 'n muur opgesit het."

"Watse foto's?"

"Seker maar filmsterre of sportmanne, dalk vriende. Maar toe verdwyn dit."

"Verdwyn?"

"Asof iemand dit verwyder het. Maar dit was nie ek nie."

"Hoe weet jy?"

"Ek weet dit net, dis al."

As sy net kan onthou van wie die foto's was. Dalk Pietman?

"Arnold. En Fred," voeg sy by.

Conrad lig sy wenkbroue.

"Ek onthou net hierdie name. Arnold en Fred."

Hy vroetel in sy baadjiesak en haal papiere uit. " 'n Vriendin van jou het hierdie afskrifte van jou skool se jaarblad gekry. Kyk bietjie na jou matriekmaats." Hy sit dit op die toonbank neer en sy vinger beweeg oor 'n foto's en name. "Hier is Arnold." Sy vinger soek. "Hier is Piet, of Pietman soos jy hom noem. Hier is Fred . . ."

Hy draai die papier om sodat sy ordentlik kan kyk. Sy bestudeer die seuns se foto's. Nogal aantreklik, dink sy, veral Arnold. Maar Pietman – wat op aarde het haar besiel?

Conrad wys vir haar 'n ander bladsy; dit het drie voue en die onderste derde is agtertoe gevou. Op die groot boonste gedeelte is 'n foto van haar en Pietman by die een of ander skoolgeselligheid. Pietman lyk smoorverlief, maar sy kyk met 'n geoefende glimlag na die kamera.

Onder die foto is 'n gedig, lyk dit vir haar. Sy is daarvan bewus dat Conrad haar stip dophou, en iets wil-wil vir haar deurskemer.

405

Soos die rooi ring wat iemand altyd aan sy linkerhand se vierde vinger gedra het.

Sy vou die gedeelte met die gedig oop.

Ek is lief vir jou. Deur Sonja Daneel. *(17)*

Ek onthou jou in die herfsblare wat teen die huis se dak fluister.

Ek onthou jou in die stukkend gevatte foto's onder my klere.

Ek sien jou glimlag in die soet wit as ek die frangipani pluk.

Jy terg my as ek die poinsettia oopbreek
en die taai, wit sap my vingers vlek.

Die poinsettia is rooi soos bloed. Rooi soos die ring aan jou vinger,
die ring wat ek vir jou gegee het.

Jou liefde bring die krag na my vingers
wat die bougainvillea voor die venster aftrek
sodat ek die tuin beter kan sien.

Die dorings sny my hande, maar dit maak nie saak nie
want ek vat een van die baie versperrings weg tussen ons
om jou en my lewe beter te sien.

Ek lag as jy voor die hekkie kom staan en jou mooi bene blink van die sweet
en jou glimlag steek die begeerte in my aan die brand.

Ek voel jou in my verbeelding in die nag
as ek uiteindelik stil word na baie verlang.

Ek voel jou in die sweet wat selfs die waaier nie kan afkoel nie.

Ek drink jou in elke keer as ek jou sien.

Ek asem jou in tot ek dronk word van jou.

Ek verlang my siel flenters na jou.

Ek wil met jou trou.

Ek het jou liewer as die liefde self.

Ek is joune vir altyd.

So 'n liefde kom eenmaal in 'n leeftyd,
al verstaan ek dit nie.
Al verstaan jy dit nie.
Dis daar. Dis ons. Dit sal altyd daar wees.

"Jy moes baie lief vir dié Pietman gewees het," sê Conrad sonder om sy oë van haar af te neem.

Sonja se oë beweeg weer na Pietman se gesig op die foto. Sy onthou skielik die smaak van rook in haar mond toe hy haar agter die fietsloodse gesoen het. Dit het gevoel of sy 'n asbakkie uitlek en sy het gegril daarvan.

Conrad voeg by: "Ek het die agent gebel wat jou ma se huis probeer verkoop. Sy sê toe dat die huis nog kaler lyk omdat al die meubels verwyder is. Kan jy onthou wat van die meubels geword het?"

Sonja skud haar kop.

"Hoekom het die twee beddens in die een kamer bly staan? Dit is die enigste meubels wat oor is. Die een bed se vere is duidelik al ingeduik van baie jare se slaap. Die ander een lyk amper nog nuut."

"Ek weet nie," antwoord sy.

Die badkamer. Sy onthou weer die bloed. Sy onthou die arm wat oor die bad se rand gehang het. Die baie, baie bloed.

En eensklaps, met verblindende helderheid, weet Sonja. Dit was haar eie arm wat daar gehang het. Die bloed was háre.

Sy moes probeer selfmoord pleeg het.

'n Sug ontsnap haar lippe en sy raak aan haar mond asof sy nog geluide wil keer.

"Wat onthou jy, Sonja?"

Dat ek probeer selfmoord pleeg het, dink sy.

Conrad se oë deurboor hare.

"Wat onthou jy?" herhaal hy.

"Niks. Ek onthou niks meer nie."

Hy lyk nie oortuig nie. "Ek gaan navraag doen oor waar julle meubels gestoor is. Ek wil dit bietjie bekyk. En ek gaan alle oorblywende familie van jou opspoor, ook dié in Australië."

"Is dit nodig?" Sy probeer haar stem normaal hou.

"Sê jy vir my om nie verder te soek nie?" antwoord hy haar met 'n teenvraag.

Sy begin bewe, veral onder sy streng blik. "Ek . . . ek dink ons moet dit maar liewer los. Ek was in 'n motorongeluk en ek het my geheue verloor. Ek was 'n vervelige ou meisietjie wat haar dae omgedroom het en met ouens deurmekaar geraak het bloot om iemand te hê, dalk uit verveling. Daar is niks meer om te ontdek nie."

Conrad bly stip na haar kyk en sy begin hakkel. "Ek . . . sal dit waardeer as jy die saak maar laat gaan, Conrad. Ek is seker jy het baie belangriker sake om aan te dink, soos die aanvalle op die lodges . . . die stroping . . ."

As hy net nie so intens na haar wil kyk nie!

Dan beweeg sy oë van haar gesig na die trappie waar Jan Joubert gegly en sy nek gebreek het.

"Ek moet die boere vandag toespreek oor die veiligheidsituasie in die omgewing. Ek praat ook met die ouens van die lodges en gastehuise. Daarom ry ek eers môre Nelspruit toe."

"Maar hoekom?" Sy besef daar is 'n desperate klank in haar stem.

"Omdat jy verdien om te weet wat met jou gebeur het."

"En as dit," sy soek na woorde, "sleg is?"

"Moet jy vrede maak daarmee. Maar jy moet weet wat dit was."

Ryno kom op daardie oomblik ingestap. Hy steek vas toe hy Conrad sien en sy oë flits van Sonja na Conrad.

"Wat gaan hier aan?"

"Niks. Moet hier iets aangaan?" vra Conrad op sy beurt.

Ryno maak keel skoon en sit 'n lys voor Sonja neer. "Dis die groep wat vandag saamry Graskop toe, maar nie almal het betaal nie. Herinner hulle asseblief dat as hulle hier bymekaarkom, die uitstaande bedrae nog betaal moet word."

Sonja knik.

Ryno kyk weer na Conrad.

"Wat's fout, Pappie?" vra Conrad.

"Niks is fout nie, luitenant." Ryno verdwyn uit ontvangs uit.

Conrad kyk weer na Sonja. "Gaan jy môre se partytjie hier op Njala bywoon?"

"Jy moet verspot wees." Sy gooi haar hare uit haar gesig.

Conrad knik. Hy stoot weer sy kaartjie oor na haar toe. "Ek weet jy het dit reeds, maar ek gee dit ingeval jy die ander een verloor het. Bel my as daar enigiets is waaroor jy wil praat." En toe, pertinent: "Of wat jy onthou."

Lank nadat Conrad die vertrek verlaat het, kyk Sonja nog na die afgerolde gedig langs die foto van haar en Pietman.

Dan soek sy in haar handsak die papiertjie waarop sy Pietman se nommer geskryf het, en skakel die nommer.

Dié keer antwoord hy. "Middag. Dis Piet du Preez."

Sy sluk. "Hallo, Piet. Dis Sonja. Sonja Daneel."

Daar is 'n stilte aan die ander kant.

"Fokof, jou siek bitch." Hy beëindig die oproep.

Sy begin weer te bewe. Sy probeer dit onder beheer kry, maar kan nie. Dit is eers toe Diana Joubert vanuit die woonhuis se rigting verskyn, dat sy daarin slaag om tot bedaring te kom.

Diana lyk self bleek en moeg. Sy sit 'n klomp dokumente voor Sonja neer. "Ek sal bly wees as jy hierdie besprekings kan deurgaan. Vandat die storie losgeraak het dat hier veranderings gaan kom, het die plaaslike besprekings toegeneem."

Sonja probeer haar stem normaal hou. "Is u tevrede met die veranderings, mevrou Joubert?"

"Het ek 'n keuse?"

"Maar dis u hotel, u kan besluite veto."

"Sonja." Diana neem haar hande in hare. "Hotel Njala is besig om leeg te loop. Nie ek of Adéle kon iets doen om dit te keer nie. Nou het Ryno gekom en voorstelle gemaak. Hier kom geweldige veranderings. As dit werk, hou ons weer kop bo water. Maar daarsonder sluit die hotel binne 'n paar maande."

Twee vroulike werkers kom ingestap met handdoeke. Hulle gaan staan voor Diana, wat Sonja se hande los en die handdoeke tel voordat sy dit afmerk op 'n lys wat hulle na haar toe uithou. Sy teken dit en die vroue verlaat die vertrek.

"Ek was gekant teen jou aanstelling omdat ek gedink het jy is te sag vir hierdie werk. Maar ek was verkeerd. Wil jy nie asseblief heroorweeg en aanbly nie?"

Gedagtes bondel deur Sonja se kop. Hotel Njala wat herontwerp gaan word, wat moontlik gerestoureer en uitgebrei gaan word, terug na die glorie van toe dit nog Wolwedans was.

"Wie het die naam Hotel Njala uitgedink?" vra sy.

"Ek. Hier was destyds nog enkele njalas oor in die bosse. Dit was die eerste naam wat in my kop gekom het."

"Maar hoekom nie die naam Wolwedans behou nie?"

Diana kyk weg. Haar stem is kalm en amper ysig toe sy antwoord: "Want Wolwedans was Jan en Arista se plek. Hotel Njala is myne en Jan s'n." Sy dink 'n oomblik na. "Maar tog . . . uiteindelik nie." Sy kyk na Sonja. "Môremiddag is die groot partytjie om die verbeterings aan te kondig, soos jy weet. Ek wil jou graag daar hê."

"Maar hoekom, mevrou?"

"Om dankie te sê vir wat jy die afgelope paar weke vir die hotel gedoen het. Jy het amper soos 'n engel gekom wat alles verander het. Ek is jammer om jou te verloor. Sorg asseblief dat jy daar is. En ek wil jou vra om by my aan my tafel te kom sit. Dit sal nie lank wees nie. Maar ek het jou daar nodig."

"Wie sit dan by ontvangs?"

"Ek sal Japie vra. Belowe my jy sal die geselligheid bywoon? Al is dit net die eerste deel?"

Sonja dink voordat sy antwoord. "Ek sal so maak, mevrou. Maar ek doen dit net vir u."

Daardie aand slaap Sonja glad nie. Sy lê en luister na geluide. In 'n stadium verbeel sy haar dat sy iets in die gang hoor, asof iemand iets skuif.

Sy staan later op en sluit haar deur versigtig oop. Sy kyk op en af in die gang, maar daar is niemand nie. Toe sy egter weer na die horlosie kyk, wil sy haar al verbeel dat dit geskuif is.

En asof dit met haar praat, gee dit drie slae.

Sonja gaan lê weer en probeer om te slaap, maar sy kan nie.

Net voor dagbreek sluimer sy tog in.

En skrik met 'n ruk wakker. Dit is halfagt. Haar skof begin negeuur en sy moet nog inpak.

Sy begin daarmee. Toe sy die swart nommertjie inpak, kyk sy lank daarna. Sy druk dit teen haar vas. Van al haar tye hier, was sy op haar gelukkigste toe sy hierdie rokkie aangehad het. Toe sy met die trappe afgestap het na Ryno toe.

Al wat sy nou nog moet doen, is om haar laaste skof by Hotel Njala te voltooi.

Toe sy uitstap, sien sy die doenighede buite. Almal maak gereed vir die partytjie. Sy stap na die personeel se ontbytkamer waar van die werkers en kelners sit en eet.

Sy eet 'n vrugteslaai, dan gaan sy terug na haar kamer en maak die venster toe. Sy kyk vir oulaas af op die rivier-klippaadjie en onthou: dit is waar Ryno die eerste keer gestaan het toe sy hom ontmoet het.

Sonja maak die gordyne dig, draai om en knip haar tas toe.

Sy gaan lê op die bed. Sy weet nie hoe sy die vyf-en-veertig minute tot by negeuur gaan omkry nie, maar sy sal maar moet.

Dan begin haar laaste skof by Hotel Njala.

27

Dit is Sondagoggend. Sonja werk vandag vir oulaas by Hotel Njala, besef Conrad.

Uiteindelik kry hulle tyd om Nelspruit toe te gaan. "Mens raak eintlik nooit hieraan gewoond nie," beduie hy na die Swartvleidam toe hy en Berta daar verby ry.

Sy glimlag. "Weet jy hoe dikwels het ons as kinders hier op bootjies kom ry?" Sy leun agtertoe en haal 'n pakkie van die agterste sitplek af. Toe sy die kleefpapier aftrek, vul die reuk van koeksisters die motor. Sy hou dit na Conrad uit. "Ek het dit gistermiddag gebak toe ek seker is ons gaan Nellies toe ry vanmiddag. Ek wil net hê jy moet weet dit is nogal 'n opoffering. Ons klomp girls sou vanmiddag by die pizzeria bymekaargekom het en die res van die middag omgeskinder het. Nou gaan ek en jy na 'n klomp gestoorde meubels kyk. Ek was eintlik te bang om dit vir hulle te sê, want hulle sou gedink het my kop het om die hoek gebuig." Sy kyk hoe hy 'n koeksister begin eet. "Mag ek vra wat jy daar gaan kry?"

Conrad antwoord nie, want hy is self nie seker nie. Maar sy instink sê vir hom, soos daardie dag toe hy Berta se klomp opgestapelde meubels gesien het, dat daar iewers iets is wat nie onder sy aandag gebring is nie. Iets waarvan Sonja onbewustelik weet, maar sy kon hom nie leidrade gee nie.

Hy sal weet wat dit is wanneer hy dit gekry het.

En hy moet dit kry voordat Sonja vanaand padgee.

Die gaste daag een na die ander op. Sommige meld by ontvangs aan, want hulle het aanvanklik na die braaiarea gegaan, maar dit is stil daar.

"Die geselligheid is by die swembad," beduie Sonja. "Stap af met die rivierklippaadjie."

Daar is enkele besprekings en ander sleurwerkies wat sy moet afhandel, maar vanoggend is daar gelukkig nie krisisse nie. Dis al of Hotel Njala asem ophou vir iets, of is dit net haar gevoel?

Middagete is om twaalfuur bedien; dit behoort nou amper verby te wees. Sonja hoop nog so dat Diana vergeet het dat sy haar genooi het om 'n gedeelte van die geselligheid saam met haar by te woon, toe Japie ingestap kom.

"Die baas sê ek moet jou aflos. Ek kry double pay."

Sonja stap traag met die rivierklippaadjie langs na die gazebo- en swembadarea. Mense staan orals rond en gesels. Het sy Armand tussen hulle gesien, of was dit haar verbeelding? Hy kom haar mos eers haal wanneer haar skof verby is.

Sonja stap oor die houtbruggie en sien die gaste het klaar geëet. Diana staan op toe sy aangestap kom. Langs haar sit Maggie wat oudergewoonte net aan haar kos peusel.

"Ek het vir jou ingeskep," bied Diana aan.

414

"Nee dankie, mevrou. Ek is nie honger nie."

Adéle loop tot by die trappies wat na die gazebo lei en klink met haar lepel teen haar glas. "Dames en here!" Sonja moet erken dat sy asemrowend lyk. Haar hare hang los oor haar skouers en haar oë blink. "Ek het 'n aankondiging om te maak!" Adéle wag dat die gaste naderstaan.

Sonja kyk na die room van die Hazyview-distrik: plaasboere, lodge-eienaars, sakemanne en die groep wat die spa hier wil oprig.

Ryno staan eenkant, vir 'n verandering met 'n langbroek en oopnekhemp. Hy lyk weer vir haar ongelooflik aantreklik, maar sy staal haar teen hom. Een of twee keer kyk hy vinnig na haar en dit lyk of hy gespanne is. Ook asof hy na haar toe wil stap, asof hy iets het om te sê, maar daar is te veel mense en heelparty wil met hom gesels.

Buitendien, as hy dit naby haar waag, loop sy. Al moet sy met die voet Pendula toe, sy wil nie weer met hom praat nie.

Adéle versoek weer dat die mense stilbly. Almal draai na haar toe, waar sy soos 'n koningin boaan die trappe staan en na haar onderdane kyk.

"Dankie." Sy knik. "Dit gaan eerstens oor die veranderings wat aan die hotel aangebring gaan word." Sy glimlag in Ryno se rigting. "Die eerste aankondiging is dat Hotel Njala se naam terug gaan verander na Wolwedans. Dit was Ryno Lategan se voorstel."

Diana verstyf langs Sonja. Sy wil orent kom, maar Maggie keer haar. Sy praat saggies en kalmerend met haar ma.

"Ma, wag. Dit is Ma se hotel. Ma kan dit veto. Sit net!"

415

Wolwedans. Liewe hemel, dis 'n verrassing!

Die mense klap hande en die meeste kyk in Diana se rigting. Sy bly strak sit, haar blik op Adéle gerig.

"Oor my dooie liggaam," kners sy.

Adéle vermy haar ma se oë. Sonja kan sien dat dit nie die belangrikste aankondiging is nie. Adéle het nog iets op die hart.

Conrad en Berta het staan en wag voor die plek waar Riana Daneel se meubels gestoor word, dat die opsigter die deur moet oopsluit. Daar is nie baie meubels nie, sien hulle. Dalk het iemand reeds daarvan begin verkoop.

"Sjoe. Lyk vir my maar erg middelklas," sê Berta. "Doodgewone meubels van doodgewone mense."

Conrad maak vir homself 'n pad oop. "Alles baie netjies reggepak." Hy trek van die opgerolde matrasse en komberse weg.

"Waarna soek ons?"

Conrad hurk by die sitkamermeubels. Hy kyk ook na die snuisterye wat in kartondose gepak is. Een van die kartondose trek sy aandag. *Foto's, portrette en breekgoed,* staan daarop geskryf. Conrad haal sy knipmes uit sny deur die sellofaan tot die kartondoos oopspring. Dan hoes hy van die stof en Berta waai voor haar neus.

Sy loer nuuskierig in. "Sal nogal graag wil sien hoe die tannie lyk."

Conrad lig portrette wat teen mure moes gehang het uit – stoere voorgeslagte wat met groot hoedens en lang baarde stip na die kamera kyk. Daar is ook porseleinbeeldjies en ander snuisterye. Weer hoes hy van die stof.

Berta klap hom op die rug totdat hy sy hande in die lug steek: "Ek is nie besig om dood te gaan nie, Berta!"

"Jammer, Conrad."

Hy plaas die portrette op 'n tafeltjie wat eenkant staan, vee dan met sy vingers oor die boonste een se glas.

Hy het nog altyd daarvan gehou om na ou portrette te kyk. Sy ma het baie erg aan hulle voorgeslagte en noudat hy na hierdie ou mense kyk, kan hy verstaan hoekom.

"Lelike klomp," lag Berta. "Ons Van Schalkwyks was baie skoner van aangesig!"

Adéle laat haar blik dwaal oor die gaste wat voor die gazebo staan, hul glase gelig om te drink op die herdoop van Hotel Njala na Wolwedans. Toe wink sy vir iemand.

"Ryno?"

Hy kyk na Sonja, dan stap hy stadig nader.

Sonja vind dit vreemd dat hy so bleek is. Die opgewondenheid en lewensblyheid wat sy met hom assosieer, is nie meer daar nie. Hy loop oor die grasperk verby die swembad en die meisies kyk almal na hom – sommige glimlag en ander knipoog, maar hy ignoreer hulle, hy kyk reguit na Adéle.

Vier, drie, twee treë, dan een, en hy is by die trappies. Sonja verwag dat hy hulle gaan uithardloop, maar hy loop soos iemand wat by 'n begrafnis is. Uiteindelik gaan staan hy langs Adéle en steek sy hande in sy baadjie se sakke.

"Nou vir nog 'n aankondiging . . ."

Iemand se selfoon begin lui en Adéle se kop ruk in daardie rigting. Die gas druk dit dadelik dood.

"Ek het lank hieroor gedink," gaan sy voort, "en ek het Ryno het ook dikwels hieroor gepraat."

Iets begin aan Sonja knaag. 'n Herinnering wil-wil terugkom, maar sy weet nie wat nie.

"Dis 'n geweldige groot besluit om te neem, maar ons het dit geneem."

"Liewe heilige hemel," sê Diana saggies langs Sonja. Sy wil orent kom, maar Sonja keer haar.

"Dit is vir my aangenaam . . ." Adéle draai na hom toe. "Om my verlowing aan Ryno Lategan bekend te maak."

Sonja verstar. Haar keel trek toe en 'n vrees bondel in haar binneste saam. Dit dreig om al die asem uit haar te pers en dit voel amper soos toe sy na die motorongeluk wakker geword het. Haar kop skiet vol pyn en die skok is so groot dat beelde onbeheers na haar aangerol kom.

Sy staan stadig op. Sy moet wegkom.

Maggie kyk nog stip na Adéle, terwyl Diana se hand na haar mond beweeg het.

Sonja loop soos 'n slaapwandelaar tussen die mense deur. Dan is daar 'n reaksie van die omstanders – iets het agter haar gebeur en dit laat haar omdraai.

Sy sien dat Ryno iets vashou, iets wat hy uit sy baadjiesak te voorskyn gebring het.

Sy kyk. En kyk weer. Dan fokus sy op die ring in Ryno se hand.

Dit is die ring met die rooi steen wat sy elke keer in haar verbeelding sien.

Ryno steek dit aan Adéle se vinger.

Toe kyk hy op asof hy háár tussen die mense soek. Sonja is naarder as wat sy al ooit was. Sy storm-strompel oor die houtbruggie en val dan vooroor op die rivierklippaadjie terwyl sy die ontbyt opgooi wat sy die oggend afgewurg het – op die plek waar die afdruk van die hand in die sement sigbaar is.

Haar voorkop tref die klippe en sy voel sy gaan haar bewussyn verloor . . .

Die rooi ring. Die begrafnis. Die hadida. Jan Joubert se baard. Die wolf se oë. Die Rooikappie-poppie, dit alles flits tegelyk deur haar kop tot dit wil bars van al die beelde.

Dan sien sy niks meer nie.

Toe Sonja uit die newels wakkerword, sien sy net die ring met die rooi steen voor haar.

Die onthou slaan soos voorhamers in haar brein. Een vir een vir een vir een.

Sy onthou weer die man se hand in hare langs haar ma se graf. Die ring met die rooi steen aan sy hand.

En stadig, gaandeweg, kom die man se gesig in fokus.

Dit is Ryno.

Sy en hy staan langs 'n oop graf. Die dominee maak sy keel skoon en kyk na Ryno en Sonja. Sy hoor sy stem duidelik in haar gedagtes.

"Ryno. Het jy en jou suster Sonja iets wat julle wil byvoeg?"

Die woorde bly eggo.

"Het jy en jou suster Sonja iets wat julle wil byvoeg?"

Dan Ryno se kalm stem: "Nee, dominee, ek en my sussie het niks verder om te sê nie."

Sonja skree. Sy kry die smaak van naarheid in haar

mond, en proe ook bloed en besef dat sy haar tong stukkend gebyt het van skok.

Dan word sy weer naar en dit voel of sy haar derms gaan verloor, voordat sy opvlieg en na haar kamer strompel.

En ver agter haar gee die mense applous.

Conrad stof die portrette af en kyk daarna.

Daar is 'n foto van Sonja in haar skooluniform. Ook 'n foto waarop sy 'n beker vashou. En een van haar wat 'n trofee by die een of ander kompetisie gewen het.

Dan tel Conrad nog 'n foto van Sonja Daneel op, en sien die een daaronder. Hy voel hoe die bloed sy gesig verlaat. Hy hoor Berta 'n groot woord sê. En selfs al is hy jare lank al gewoond as skokontdekkings, begin die foto voor sy oë swem.

Daar staan drie mense op die foto. En onderaan is die name:

Sonja Daneel

Ryno Daneel

Riana Arista Daneel

"Ag, liewe Here tog," sê Berta, "Arista is . . ."

Dit neem 'n ruk voordat Conrad sy stem terugkry. "Sonja en Ryno se ma."

Sonja val in haar kamer op die vloer neer en bly 'n oomblik duiselig lê. Sy sukkel orent, maar val weer om. Haar kop tref die muur en dit voel of die stamp weer alles in haar gedagtes losskud.

Die beelde van twee skoolkinders in die limousine. Hulle kom orent en steek hulle hande in die lug op.

Dit is sy en Ryno.

Sy onthou nou. Sy onthou. Ryno se volle naam is Albertus. Ryno is afgelei van Albertus.

Sy proe bloed, asof sy dit opbring.

Iemand staan in die deur.

Sy is te bang om om te kyk – maar toe sy so ver kom om dit te doen, staan Ryno daar. Sy gil so hard dat dit haar keel seermaak.

"Voertsek!" skree sy. "Voertsek, jou verdomde vieslike bliksem!"

"Sonja." Hy staan en huil. "Dis wat ek nie vir jou kon sê nie. Want na die ongeluk was jy 'n ander mens. Jy kon enigiets gedoen het. As jy met hierdie inligting polisie toe gegaan het, kon hulle ons arresteer."

"Waarvoor arresteer?" Haar stem klink vir haar soos doringdraad wat oor sinkplaat skuur. Toe Ryno wil naderkom, gooi sy hom met die eerste ding waarop sy haar hande kan lê, 'n leë asbakkie. "Voertsek! Moenie naby my kom nie!"

"Daar het nooit iets tussen ons gebeur nie. Ek sweer voor God daar het nooit, ooit iets tussen ons gebeur nie."

Sy hyg en vee die bloed van haar gesig af. Sy probeer fokus.

Hy sê: "Ek en jy het ons hele lewe grootgeword met die storie van Hotel Njala. Met ma Arista wat die Jouberts so gehaat het."

Sy gee 'n kreet van pyn wat haar middeldeur wil skeur.

"Dit was uiteindelik jy, Sonja. Jy wat met die plan gekom het."

Bloed in haar mond. Slym.

"Watse plan?" kry sy dit uit.

Hy is kortasem toe hy praat. "Om Hotel Njala terug te wen vir Ma."

En stadig kom nog herinneringe terug. Begin sy besef dat Ryno die waarheid praat.

"Jý het die plan uitgedink. Ek sou as toergids hier begin en die hotel infiltreer. Ek sou alles uitkyk. Ek sou sorg dat hulle van my begin hou. Ek sou ons hotel vir ons kom regmaak, Skiewies."

Nee. Vader tog, nee.

Maar met elke sin ruk die waarheid deur haar.

"Jy sou 'n paar maande later as ontvangsdame begin werk, want ek het gesorg dat die ontvangsdames almal padgee. Sodra die advertensie geplaas word, sou jy aansoek doen. Nes Ma destyds, sou jy terugkom hotel toe wanneer dit skemer is, en dit vir ons kom oopis. Die hotel wat sý nooit kon terugkry nie. Die enigste manier om dit terug te kry, was deur ons."

Sy haal rukkerig asem. "Adéle en jy?"

"Ek moes sorg . . ." Emosie laat sy liggaam ruk, maar hy dwing sy stem tot kalmte. "Dat Adéle op my verlief raak."

Sy onthou. Dit kom alles terug. Haar ma, Riana Arista, wat nooit van haar eerste naam gehou het nie. Riana Arista het gretig na die plan geluister en rooi in haar gesig geraak toe sy besef dit kan dalk werk. 'n Absurde plan, maar die enigste manier om die hotel te kry.

"Na my en Adéle se troue sou Hotel Njala myne en hare wees. En ek sou, op my manier, help om Diana Joubert te oortuig om die hotel op Adéle se naam te sit na al die veranderings wat ek voorgestel het. Diana sou my vertrou het. Sy sou dit gedoen het."

"Liewe Here," sê Sonja. "Watse soort drek is ons?"

"Ek belowe jou. Ek sweer dat ek nooit, nóóit aan jou geraak het behalwe om jou te beskerm nie. Vanaf die oomblik wat ek agtergekom het ek het gevoelens vir jou, het ek uit die huis gegaan na 'n kosskool toe. Ma was nie bewus van hoe ek oor jou gevoel het nie. Ek kon nie waag om dit vir jou te sê nie, maar die gevoel was daar. Vandat ons klein was, was die gevoel daar, Skiewies!"

Sonja onthou. Sy het dieselfde gevoel gehad, maar sy wou dit nooit aan haarself erken nie. Sy het hartstogte-lik verlang na Ryno wat nooit by die huis was nie, wie se bed altyd leeg was. Ryno wat te bang was om naby haar te kom. Wat sy hele lewe apart van haar grootgeword het. En uiteindelik was al wat sy kon doen, om gedigte vir hom te skryf. Om sy foto teen die muur op te plak. Om hom te bel en te lag en te gesels. En te wonder hoekom hy nooit terugkom nie.

"Ma het nooit van my gehou nie. Ek weet nie hoekom nie. Dalk het sy onbewustelik geweet hoe ek oor jou voel. Sy was maar net te bly om my uit die huis te kry en jou alleen by haar te hê.

"Ek het skaars vakansies huis toe gegaan. Maar die en-kele kere wat ek dit gedoen het, was daar 'n band tussen ons. 'n Gevoel waaraan ek en jy nie 'n naam kon gee nie. Wat sterker en sterker geword het, maar ons het nooit daaroor gepraat nie. Ons het soos 'n doodgewone broer en suster opgetree tot ek uit matriek is. Niks, ek sweer voor God, niks het ooit tussen ons gebeur nie."

Sy weet. Sy onthou. Niks het ooit tussen hulle gebeur nie. Hulle het geleef soos boetie en sussie.

"En die matriekafskeid?" Sonja kan die woorde skaars uitkry.

"Jy sou saam met Piet Malherbe gegaan het. Maar ek dink hy het snuf in die neus gekry oor hoe ons oor mekaar voel. Toe verbreek jy die verhouding. Ek het toe in Pretoria geswot vir toergids. Jy het my gebel en gevra of ek saam met jou matriekafskeid toe sal gaan. Ek het gesê ek dink nie dis 'n goeie idee nie, maar jy het my oorgehaal. Jy was gatvol. Jy wou my sien, want jy wou iets vir my sê."

"Dat ek jou liefhet en nie sonder jou kan leef nie, maar dat dit 'n aartssonde is en dat ons nooit weer daaroor mag praat nie."

Hy knik. "Ek het 'n limousine gehuur en jou kom haal. Ma was nie hier nie. Ek dink sy en Jan Joubert was iewers op een van hulle eskapades. Ons het besluit om nie matriekdans toe te gaan nie. En terwyl ons gery het, met die dak oop, het jy vir die eerste keer gesê dit waarvoor ek so bang was. Wat ek geweet het. Dat jy my liefhet. Maar dat dit siek is en nie mag gebeur nie."

Sonja onthou dit nou. Die woorde wat oor haar lippe gebars het, en wat Ryno herhaal het: "Ek het jou lief."

Hulle het op een van die koppies buite Nelspruit stilgehou en na mekaar gekyk. "Dan's dit koebaai, Skiewies," het Ryno gesê.

"Dis tot siens, Ryno."

Hy het haar by die huis afgelaai, sy laaste besittings wat nog in hul kamer oor was waar die twee beddens gestaan het, ingepak en teruggery Pretoria toe.

"Ma het my nie eers gemis nie. Sy was bly om permanent van my ontslae te raak," sê Ryno. "En sy het nooit gevra hoekom nie."

"Maar hoekom het sy nie van jou gehou nie?" kry Sonja dit uit.

"Ek weet nie. En ek sal nooit weet nie."

"Maar ek kon nie sonder jou leef nie. Ek wou jou sien. Net een keer. Op enige manier."

"Ja. Toe beraam jy die plan, nadat Ma vir die hoeveelste keer die Jouberts vervloek het. Ek het teruggekom toe jy en Ma my laat weet julle wil iets met my bespreek. Dis hoe die plan gevorm is dat ek en jy Hotel Njala sal infiltreer. Ons sou die hotel vir Ma terugkry. Jan Joubert was deel van die plan. Hy het daarvan geweet en saamgespeel."

Weer die beklemming in haar, haar binnegoed wat saambondel. Maar sy kan nie meer opbring nie. Daar is niks oor nie.

"Ek is Hotel Njala toe. Toe jy opdaag vir die onderhoud, het ek buite die deur gestaan en luister. Ek het geweet jy gaan die werk kry."

Dit was Ryno wat in die gang gestaan het . . . Ryno.

"Maar voor dit? Ma se dood?"

Daar is nog 'n stuk swart in haar kop. Dinge wat sy nie kan of wil onthou nie.

"'n Maand voordat jy Njala toe sou gaan, is Ma in 'n rooftog vermoor."

Hy vee sy trane met die rugkant van sy hand weg. "Hemel, Skiewies. Dit het ons net meer vasbeslote gemaak om die hotel vir haar nagedagtenis terug te kry."

"Watse siek verdomde mense is ons, Ryno?" huil sy.

"Watse siek, verdomde mense was ons ouers, Sonja?"

Dit neem 'n ruk om die woorde uit te kry: "Dan sou ek en jy hier gebly het? Met die wete dat ons skaars met mekaar sou kon praat? Dat ons niks met mekaar te doen kon hê nie? Maar dat ons verlief was op mekaar?"

"Dit was die enigste manier om bymekaar te wees. Om veilig, op 'n afstand bymekaar te wees. Ons kon nie meer sonder mekaar leef nie. Dan liewer só, geskei maar by dieselfde hotel, Ma se hotel, as apart van mekaar."

"En te weet, soos Ma en Jan Joubert, dat ons nooit bymekaar kan wees nie?"

Hy beweeg weer vorentoe, maar sy keer hom. "Moenie naby my kom nie."

"Daar het nooit iets tussen ons gebeur nie. Ons het net een keer daaroor gepraat die aand van die matriekafskeid, toe ek gesê het jy is die ultimate girl. Daarna het ek padgegee. Die eerste keer wat ek jou weer gesien het, was toe ons die plan bespreek het. En toe met die begrafnis."

Sonja sit verwese op die mat. Alles duisel om haar en dit voel of die mure haar wil vasdruk. Sy voel nogmaals hoe die rukkings deur haar ingewande stoot – maar dan staan sy op.

Sy neem haar tas, vee haar mond af en stap deur toe.

"Waarnatoe gaan jy, Skiewies?"

Sy kom tot stilstand. "So ver weg van hierdie vervloekte plek as wat ek kan kom. So ver weg van jou as moontlik."

Sy stap in die gang af, verby die horlosie, verby Jan Joubert se studeerkamer en af met die trappe.

"Sonja-a-a!"

Nou weet sy hoekom sy selfmoord probeer pleeg het. Die arm wat oor die bad se rand gehang het, die baie bloed, was hare.

Sy kan die geraas van die swembad tot hier hoor.

Sy trap versigtig by die kol waar die trappie Jan Joubert se lewe gekos het. Dan loop sy na onder. Sy hoor iets agter haar deur die lawaai wat van die swembad af kom, maar draai nie weer om nie. Sy is klaar met hierdie hotel.

Japie, wat veronderstel is om by ontvangs diens te doen, is nie daar nie. Dis verlate. En die telefoon lui.

Sonja vorder tot daar en skakel dan vir Armand met hande wat so bewe dat sy die nommer twee keer moet inpons. Hy moet haar kom haal.

Maar sy selfoon is afgeskakel. Dit gaan oor na sy stempos toe.

Haar handsak. Sy het dit in haar kamer vergeet! Sy sien nie kans om terug te gaan en weer met Ryno te praat nie, maar sy sal moet gaan. Haar laaste bietjie geld en besittings is daarin.

Sonja struikel met die trap op tot bo. Sy moet aan die relings vashou om nie te val nie. Toe stap sy stadig in die gang af.

Haar kamerdeur is nou toe. Ryno moes uitgeloop het en dit toegemaak het.

Sy het nie die moed om die deur oop te stoot nie. Maar sy moet ingaan.

Sy doen dit.

Eers wil dit nie sin maak nie. Sy staar na wat voor haar is, maar dit wil nie behoorlik in fokus kom nie. Sy knip haar oë. Die gil stol in haar keel.

Voor haar lê Ryno se bebloede lyk. Sy kop is oopgekloof en bloed stroom uit sy kop.

Haar knieë gee onder haar mee en sy sak langs hom neer. Sy neem sy kop in haar arms en skree, maar weet die geluide vanaf die swembad is te hard vir enigiemand om haar te hoor.

Sy staar na sy lewelose oë. Sy voel die hitte van sy lyf en die warmte van sy bloed wat oor haar begin loop het. Sy huil soos 'n wolf.

Toe sy omkyk, sien sy die bebloede byl in die deuropening. Iemand is besig om die deur heeltemal oop te stoot. Die byl word gelig.

Sy reageer onmiddellik. Sy spring op en storm op die venster af en ruk dit oop. Die volgende oomblik spring sy deur.

Sy beland op die rivierklippaadjie. Bokant haar verskyn 'n gesig in die venster, maar sy kan nie sien wie dit is nie.

Sy strompel weg van die partytjiegeluide. Haar rok is bevlek van Ryno se bloed. Sy strompel-val tot sy tussen die bosse beland, toe begin sy blindelings hardloop. Toe sy omkyk, sien sy iemand met 'n byl agter haar aanhardloop. Sy skree, maar niemand kom help nie.

Sy hardloop en hardloop. Die een met die byl ook. Die persoon haal haar in. Takke krap haar, dorings steek in haar kaal voete, die bloed laat haar rok aan haar liggaam vaskleef. Maar sy hardloop net vinniger.

Die agtervolger haal haar in. En toe besef sy: sy is nie vorige kere vermoor nie, sodat sy eers Ryno se dood kon aanskou. Dit is die grootste straf wat die moordenaar haar kon gee: om Ryno van haar af weg te neem.

Sy het die boshut bereik. Sy pluk die deur oop, hardloop in en slaan dit toe. Sonja leun teen die deur en sidder.

Die volgende oomblik kap die byl deur die hout. En stadig, hou vir hou, word die deur afgebreek.

Sonja deins terug en val oor die stukke skildery en esels wat met dieselfde byl stukkend gekap is, kom orent en beweeg weg tot sy teen die agterste muur tot stilstand kom.

Die deur versplinter. En die figuur wat in die opening staan, lig die byl.

Sy kyk, maar sy kan nie glo wat sy sien nie. Sy steek haar hande voor haar uit asof sy probeer keer. Maar die persoon kom nader.

Maggie Joubert se stem is donker toe sy sê: "Jy is Jan Joubert se kind, Sonja. Hy het jou by Arista gehad. Ryno was nie jou broer nie. Arista is na jou geboorte met Ryno se pa getroud. Sy ma is dood met sy geboorte. Julle was hoegenaamd nie verbonde aan mekaar of familie van mekaar nie. Ryno was Albertus Daneel en Myrna Daneel se kind. Jy is Jan Joubert en Arista se kind."

Die meisie stap stadig tot by haar. "Ek het jou die hele tyd dopgehou. Ek wou jou doodmaak. Maar ek het besef dat jou grootste straf sal wees om sonder Ryno te wees. Ryno wat jou liefgehad het, en jy wat hom liefgehad het. En julle was nie eers broer en suster soos Arista julle laat glo het nie. Vader, is dit nie ironies nie."

"Hoekom?" kry Sonja dit uit. "Hoekom het sy ons nooit gesê nie?"

"Wie sal ooit weet?" Maggie streel met haar vinger oor die bebloede byl. "Sy het nie van Ryno gehou nie, want sy het altyd gesê hy is 'n hoer se kind. Sy het maar net met

Albertus getrou sodat jy 'n pa kon hê. Sy kon mos nie vir jou sê jy is Jan Joubert se buite-egtelike kind nie. Dalk was sy nie eers bewus van die gevoel tussen jou en Ryno nie, want net jý het vir haar saak gemaak. Ryno was bloot 'n speelmaat wat uiteindelik feitlik nooit eers by die huis was nie."

"En toe vermoor jy my ma?"

Maggie knik. "Ek het by haar begin. Sy het julle plan teenoor my erken voor ek haar doodgemaak het. Vreemd wat 'n mens bely as jy weet die dood wag vir jou. Ek het van die plan gehoor toe my pa en jou ma oor die telefoon gepraat het. Toe het ek geweet – terwyl Arista Daneel leef, sal Hotel Njala bedreig word en dan sal julle twee oorneem. Ek moes julle dus stelselmatig uitroei. Eers jou ma, toe my pa, toe Ryno." Sy gee 'n tree nader. "En nou jy."

Maggie kom voor Sonja tot stilstand. "Jy het my een keer amper betrap toe ek die byl agter die horlosie uitgehaal het. Want ek het gedink dit is heel simbolies: die moordwapen weggesteek agter die horlosie wat in die vertrek was waar my pa en jou ma saam verkeer het."

Sonja sidder. "Dis siek."

Maggie knik. "Ons is almal siek, Sonja. Dis hoekom ek die wêreld van al die siek mense moet verlos. Dis hoekom ek Hotel Njala van julle moet verlos. En daarna Adéle. Dan, en eers dan, sal Ma dit vir my gee."

Sonja sien hoe die byl gelig word. En sy weet, al gil sy hoe hard, dat niemand haar sal kan hoor nie.

28

Sonja wag vir die byl om haar te tref.

Maggie se gesig is uitdrukkingloos. Toe sy weer praat, is haar stem toonloos: "Wolwedans? Hierdie hotel se naam word weer Wolwedans? Ha! Dis 'n grap. Want dit was húlle naam vir die hotel. Júlle naam."

Daar is geen emosie meer in Sonja nie. Sy is heeltemal willoos, die skokke was te veel. Maar die ergste is dat sy en Ryno nooit broer en suster was nie. Al die jare se frustrasie, die liefde waaroor hulle skaars kon praat en in die geheim aan gedink het, dit waaraan hulle nie eers 'n naam kon gee nie en waarvoor hulle gevlug het, was verniet.

Alles, alles verniet.

Hoe sou sy met haar lewe kon voortgaan, noudat sy dit weet?

"Ek het met die wolf gepraat, weet jy?" Maggie glimlag. "Ek het in die middel van die nag in die bos gesit en vir hom gewag. Dan kom sit hy by my en ek praat met hom. Ek vertel vir hom alles wat besig is om te gebeur. Dis hy wat vir my gesê het om Arista te vermoor. Dis hy wat my opdrag gegee het om my pa te vermoor. Dis hy wat vir my gesê het om Ryno uit die weg te ruim."

"Ek wou nie met die plan voortgaan nie." Sonja praat sag en stadig. "Net voor die ongeluk het ek Ryno probeer bel om te sê ek kan dit nie doen nie. Ek wou omdraai en teruggaan Nelspruit toe en aangaan met my lewe van frustrasie, alleen, in die hotel waar ek daar gewerk het. Want ek sou nooit na iemand anders kon kyk nie, en ek hét probeer." Sy sluk. "Ek het Ryno probeer bel om te sê dis siek en ek gaan terug huis toe. Toe gebeur die ongeluk."

"Ek het vir jou gewag, Sonja. Ek wou jou toe al doodmaak. Maar eers moes my pa en Ryno sterf. Dan jy."

"Maak my dood," sê Sonja. "Ek het een keer tevore probeer om my eie lewe te neem, maar dit het nie gewerk nie. Ryno het ook probeer toe hy in die poel geduik het. Ek sal nie weer die moed hê nie. Doen wat jy moet doen."

Maggie draai haar kop eers links, dan regs, asof sy Sonja beter probeer sien. "Eers het ek gedink die beste straf vir jou sou wees om hier te bly sonder Ryno. Maar jy sal gaan praat oor wat gebeur het. Dis die veiligste om jou uit die weg te ruim."

"Maak my dood. Ek is sonder Ryno. Maak my dood." Sonja se stem breek. "Ryno." Sy dink aan sy kop op haar skoot. Sy kyk af na die rok wat bevlek is met sy bloed. "Ryno."

Maggie hou die byl voor haar. "Maklike, eenvoudige handbyl. Nie te lig nie, ook nie te swaar nie. Maar dit veroorsaak geweldige lewensverlies." Sy glimlag. "Uiteindelik verlos ek Hotel Njala van die vervloeking van Arista du Randt – of Daneel, soos haar van uiteindelik was." Sy draai weer haar kop skuins. "Sy is gebore Riana Arista du Randt, maar sy het nooit van haar eerste naam gehou nie.

Maar net my pa mag haar so genoem het. Net hy het haar geken as Arista. Vir julle was sy Riana, ironies genoeg baie naby aan my ma se naam, Diana. Interessant, of hoe?"

Sy stap tot voor Sonja. "Hoe voel dit om te weet die vloek word met jou verbreek, Sonja? Dat jy gaan sterf."

"Ek voel niks," sê Sonja. "Want my lewe is niks sonder Ryno nie." Sy gaan sit teen die muur en hou haar arms oop. "Die ergste was, toe ek Ryno 'n paar weke gelede weer sien, daar buite voor my kamervenster, was die gevoel terug. Niks het verander nie. Hy het seker gedink ons sal van toe af 'n normale vriendskap kan hê, maar ek het van voor af op hom verlief geraak. En ek sal altyd vir hom lief wees."

"Dan stuur ek jou nou na hom toe. Dalk is dit Hotel Njala se laaste geskenk aan julle. Dat julle vir ewig bymekaar sal wees." Sy lig die byl tot agter haar kop. "As jy hom sien, sê vir hom ek het hom ook lief. Net so lief soos jou ma my pa gehad het."

Ryno en sy in die limousine. Ryno en sy alleen in die rolprentteater. Ryno en sy wat teen die kranse uitklim. Ryno en sy by die padkafee. Ryno wat voor haar bed slaap om haar op te pas. Sy en Ryno in die lugballon. Ryno wat teen haar in die boshut lê. Ryno onder haar kamervenster.

Ryno.

"Ek het jou lief, Vaalseun," sê Sonja. "Ek het jou so ongelooflik lief."

Twee skote klap.

Maggie vries in die beweging wat sy van plan was om uit te voer. Dan, soos iemand wie se lig uitgedoof is, val sy vooroor. Die byl kap in die hout reg langs Sonja se kop.

Sonja stoot haar asem saggies uit, nog met Ryno se naam op haar lippe.

Adéle verskyn in die deur. Sy hou 'n geweer vas, haar gesig strak.

Sy laat val die geweer en stap na Sonja toe. Sy steek haar hand uit. Sonja ignoreer dit, maar die meisie kniel langs haar en druk haar in haar arms vas.

En hulle huil oor Hotel Njala. En Jan Joubert en Arista Daneel.

Maar bowenal huil hulle oor Ryno.

29

Die dag na Ryno se begrafnis staan Sonja se tasse gereed in die voorportaal. Diana en Adéle staan botstil na haar en kyk.

"Ek is nou terug," sê Sonja.

Sy gaan stap met die rivierklippaadjie af. Sy hoor die windharpie klingel – die een wat Ryno seker daar opgehang het om haar te help onthou.

Sy pluk een van die wit frangipani's wat oor die muur hang af.

Dan stap sy oor die houtbruggie, verby die swembad en die gazebo, en af met die pad tot by die begraafplaas.

Die graf is reeds toegegooi en sy grafsteen is pas opgerig. Al wat daar staan, is *RYNO*.

Sy staan daarna en kyk. Sy wil praat, maar daar is nie woorde nie. Woorde is nie nodig nie. Dis net sy en die graf.

Ryno se graf.

Sonja buk en plaas die frangipani daarop. Sy weet dat die regtige huil eers later sal kom.

"Koebaai, Vaalseun," is al wat sy sê.

Iewers krys die hadidas.

Sy loop terug hotel toe.

Conrad Nolte en Berta van Schalkwyk wag haar by die huurmotor in wat haar gaan terugneem Nelspruit toe. Adéle en Diana staan 'n ent weg.

"Ek is jammer," sê Conrad, "dat ek nie vroeër . . ."

"Daar was baie belangriker sake, ek verstaan, Conrad. En eintlik . . . is hierdie een nie eers 'n saak nie."

Hy stap vorentoe en neem haar hand in syne. "Jy moenie weggaan uit die Laeveld nie."

"Ek kan nie heeltemal weggaan nie," sê sy. "Dit is my en Ryno se wêreld. Ryno is die Laeveld."

"Kom terug."

Sonja glimlag. Toe klim sy in die taxi.

Die voertuig vertrek.

Sy kyk in die truspieëltjie hoe Hotel Njala kleiner en kleiner word. Daar lê hy in al sy beeldskone grootsheid. En hy verdwyn uit haar lewe.

Hulle ry om 'n draai.

Skielik slaan die taxibestuurder remme aan.

Die wolf loop oor die pad.

"Toe maar. Hy sal niks aan jou doen nie," sê Sonja.

Die wolf gaan staan en kyk haar aan.

Dit is 'n tydlose oomblik. Sonja en die wolf staar na mekaar.

Toe verdwyn hy tussen die bosse.

Iewers bokant hulle beweeg 'n hadida tussen die blare. Hy skree.

En toe die taxi links draai op die R536, hoop Sonja Daneel dat sy daardie geluid nooit in haar lewe weer sal hoor nie.

EPILOOG

Sy sit en speel met haar Rooikappie-poppie in die skemer. Sy dra weer haar mandjie by haar, vol lekkernye wat haar ma vir haar gemaak het. Koekies, beskuitjies, sjokolade, Hertzoggies.

Dit is vir Riana Arista du Randt die mooiste tyd op Wolwedans. Wanneer dit skemer word.

Sy wag vir Jan. Partykeer verskyn hy sommer uit die skemer en partykeer nie. Sy weet net sy moet altyd vir hom wag by die boom met die skewe stam.

Kap. Kap. Kap. Sy hoor weer die kapgeluide uit die bos. Kap. Kap. Kap.

Hy is in die bos. Sy weet hy is daar.

Sy sit die poppie in die mandjie en kies die dowwe afdraaipaadjie. Die een waarvan net sy en Jan weet.

En daar sien sy hom, besig om die hout in latte te kap. Die houthuis is nou al heuphoogte. Hy meet en pas elke lat presies voordat hy dit op sy plek plaas. Dan woel hy dit met draad en tou aanmekaar vas.

Maar langs hom staan 'n bord. 'n Bord met mannetjies op.

Sy stap tot by hom. Dis 'n skaakstel. Haar pa speel graag

skaak, dus ken sy die bord. Maar hierdie een is handge-
maak.

Jan moes dit en die skaakstukkies uit hout gekerf het,
hier by die halfklaar boshut.

Jan maak of hy haar nie sien nie. Hy hou aan met bou
tot sy langs hom gaan staan. Sy hou die mandjie na hom
toe uit.

Toe draai hy eers terug. "Jy moet leer skaak speel," sê
hy.

"Hoekom?"

"Want die lewe is soos skaak, Arista. Jy moet altyd een
skuif voor jou opponent wees." Hy beduie na die bord.
"Ek het dit vir ons twee gemaak uit die kiaathout wat ek
hier op Wolwedans gekry het. Ek gaan jou hier leer hoe
om altyd die regte skuiwe te maak. Iets wat jou opponent
nie verwag nie."

"Oukei," sê sy. "Dan kan ek skaak met my pa speel."

"Nee!" Sy stem is skielik hard. "Jy speel dit met my, en
net met my."

"Oukei." Sy skrik as hy so hard praat. Om hom beter te
laat voel, hou sy die mandjie na hom toe uit.

Jan neem 'n koekie. Hy byt dit in die helfte deur, toe
gee hy die ander helfte vir haar. Sy steek dit in haar mond.
Dis lekkerder as enige ander koekie wat haar ma nog ge-
bak het.

Hy neem haar hande en beduie hoe sy die toue moet
om en om draai tot die lat behoorlik aan die ander een
vas is.

Sy doen dit, vir hom.

"Nou bou ons ons huisie saam," sê hy.

Dit word skemer om hulle.

"Ons gaan eendag trou," sê hy.

Sy lag. "En ons gaan 'n dogtertjie hê. En haar naam gaan Sonja wees."

Hy frons effens. "Hoekom Sonja?"

"Want sy gaan die lig na die skemer toe bring. Soggens, as dit nog skemer is, kom die son op. Dan is daar lig. Sonja gaan die lig bring."

Jan hou op met bou. "Dis 'n baie mooi naam. Sonja."

Sy knik. "En sy gaan altyd rooi dra. 'n Rooi hoedjie. 'n Rooi jassie. En rooi skoentjies."

Jan vroetel in sy broeksak. Hy haal 'n ring uit, een met 'n rooi steen. Hy sit dit aan haar vinger.

"Jy mag dit net dra as jy by my is," sê hy.

"Dis baie mooi!" Haar oë rek.

Jan tel die byl op en kap weer aan die hout. Dis vir haar pragtig as hy so staan en hout kap. Kap, kap, kap. Hy bou hulle huisie, weggesteek hier in die bosse, naby die plek waar hulle die eerste keer ontmoet het.

"Eendag," sê Jan, "eendag as ons groot is, bou ek 'n kasteel hier anderkant teen die kop vir jou. Dan bly ek en jy in die kasteel. Maar naweke kom ons hiernatoe, na ons hut toe. Ons speel skaak hier. En ek teken jou. En ons is gelukkig hier."

" 'n Kasteel?" vra sy grootoog.

"Ons kasteel waar die wolwe saans dans en die hadidas skree. En niemand sal dit van ons kan wegvat nie."

"Niemand sal dit van Sonja kan wegvat nie," sê Arista.

Jan kyk stip na haar.

"Niemand sal dit van Sonja kan wegvat nie."

Hy kap weer met die byl, maar dié slag met ekstra energie, ekstra passie, asof hy sy belofte so wil bevestig.

'n Stuk splinter spat weg en tref hom aan sy hand. Hy laat die byl val en steek sy vinger in sy mond. Toe kyk hy skielik na haar, tel een van die splinters op en loop tot by haar waar sy die ring in haar palm koester.

Hy neem haar hand en prik dit met die splinter. Riana Arista skrik. Toe druk hy sy hand teen hare en hul bloed meng.

"Ons sweer," sê hy saggies, "ons sweer vandag hier dat ons vir die res van ons lewens op Wolwedans in ons kasteel sal bly. Ek en jy. En Sonja." Hy beduie na die poppie.

"Ons Sonja," sê Riana Arista.

"Ons Sonja," sê Jan.

"Hierdie kasteel gaan hare wees. Sy sal die bewys van ons liefde vir mekaar wees."

'n Fyn strepie bloed val op die ring en loop dan af tot op die Rooikappie-poppie se rok.

"Ek gaan die poppie in 'n kissie vir jou monteer sodat sy elke aand na jou kan kyk voor jy gaan slaap. Sy sal vir jou dans, Arista. Net vir jou."

"Dit sal die mooiste geskenk wees wat iemand nog ooit vir my gegee het," antwoord sy, "saam met die ring."

Hulle sit 'n oomblik so. "Sonja sal ons s'n wees. En net ons s'n. Geen man, geen kêrel, geen niemand, sal haar van ons kan wegvat nie."

Riana Arista glimlag. "Ek sweer," sê sy en kyk na die bloed op die poppie se rok. "Ek sweer dat niemand haar ooit van ons af sal wegneem nie."

Jan staan op en begin weer hout kap.

Skielik versteur iets die voëls in die takke.

Die hadidas vlieg krysend oor hulle en Jan laat die byl val. Hy staar verskrik na die voëls.

"As die hadidas direk oor jou vlieg en hy skree, gaan jy sterf," sê hy.

Agter hom kom die wolf wat die voëls versteur het te voorskyn.

"Moenie bang wees nie. Hy sal jou niks maak nie," sê Jan. "Dis vir die hadidas wat jy moet bang wees."

Hulle kyk na die wolf en dan na mekaar.

"Tot in die dood sal ons hier wees," sê Riana Arista.

"Nie eers die dood sal ons skei nie."

Die wolf draai en begin om en om draai asof hy sy eie stert jaag. Skemer sak oor die plaas toe.

"Wolwedans in die skemer," glimlag Jan.

"Elke keer as die wolwe in die skemer dans, sal ons saamdans," glimlag Arista.

Jan tel weer die byl op en begin kap. "Sonja," sê hy. "Sonja sal saam met die wolwe dans."

Toe hulle opkyk, is die wolf weg.

Die skemer sak nou sterk oor die vallei toe.

Die hadidas skree nog een maal en verdwyn dan in die mis.

En al wat Riana Arista hoor, is die egalige gekap van Jan se byl.

NASKRIF

Wolwedans in die skemer het op 4 Augustus 1980 as radio-
verhaal op die destydse Springbok Radio begin, tweeuur
smiddae, en het vir 385 halfuurepisodes geloop. Sy ver-
volg het vir 325 episodes vanaf drieuur smiddae tussen
1983 en 1984 geloop. Het Francois van Heyningen van
die SAUK my nie destyds gebel en gevra of ek nie " 'n
nuwe soort halfuurstorie" wil probeer skryf nie, het die
wolf nooit uit sy skuilplek gekruip nie.

My dank gaan eerstens aan die akteurs en aktrises wat des-
tyds gehelp het om hierdie karakters te skep en aan hulle
lewe te gee. Bettie Kemp as Sonja. Ryno Hattingh as Ryno.
Die wonderlike Annemarie Muller (wat intussen oorlede is)
as Diana. Die onvergelyklike Lerina Erasmus as Adéle. Ma-
riëtte Engelen as Maggie. Patrick Mynhardt, ook intussen
oorlede, as oom Tooi wat nie in die roman of rolprent voor-
kom nie, en Chris van Niekerk as Morné, wat ook nie in die
verhaal of rolprent is nie – hoofsaaklik omdat daar nie plek
was nie. Ook Mieder Olivier as luitenant Conrad Nolte. Ek
het self die rol van Armand gespeel. En dan aan die klank-
span, Schalk (Skallie) Vorster, André du Toit en veral Char-
les Gentle. Hulle het gesorg dat klank prentjies kry.

Met die rolprentweergawe een-en-dertig jaar later, het daar 'n nuwe span gekom wat lewe in ou beendere geblaas het. My innige dank gaan eerstens aan die hoogs gewaardeerde Hanneke Schutte wat as eerste teksredigeerder en draaiboekredakteur opgetree het en my noukeurig en met groot takt, kundigheid ("the pope in the pool"!) en menslikheid gehelp het om die storie uiteindelik "te laat sin maak".

Ook dankie aan Henk Pretorius. Ek en hy het dikwels dramaties koppe gestamp. Maar dit was tot voordeel van die draaiboek. En James Tolmay, wat die aanvanklike weergawes geëvalueer het en gekeer het dat ek die rekenaar telkens uit frustrasie in die Hazyview-vallei afgooi. En wat as gasheer vir die oorspronklike span opgetree het toe hulle in die Laeveld gaan recce het en die meeste van die lokale waar die film geskiet is, gaan uitwys het.

En dan my dank aan die nuwe stel spelers wat die karakters uit die dode laat herrys het. Rolanda Marais, wat nuwe lewe aan Sonja gegee het, en David Louw as Ryno, presies soos ek hom geskryf en gesien het, en wat ure lank met my oor die karakter gepraat en geredekawel het.

Ook aan Lelia Etsebeth wat puntenerig en toegewyd aan elke toneeltjie van Maggie voorberei het, Desiré Gardner wat 'n nuwe dimensie aan Adéle gegee het, Jacques Bessenger as Armand, Illse Roos as Arista, Riana Wilkens as 'n waardige en onderspeelde Diana, en André Roothman as Jan Joubert. André het op stel letterlik in die bosse Bosbokrand toe verdwaal ter voorbereiding vir die rol en het soms, tipies Jan Joubert, ure lank in die mistige klowe verdwyn!

En dan Gerard Rudolf, wat Conrad Nolte so ter harte geneem het dat ons later nie tussen hom en die karakter op stel kon onderskei nie. En Karen Wessels wat Berta so sexy en humoristies gemaak het, dat ek die karakter in die roman moes herskryf om by die nuwe dimensie aan te pas wat sy na die rol gebring het.

My dank gaan ook aan die vyf-en-dertig spanlede wat deur vol riviere geswem het, kranse met loodsware kameras uitgeklouter het, deur modderpoele geworstel het, vyf weke lank geswoeg het in die Laeveld se veertig-grade-plus ondraaglike hitte in November en Desember 2011, om gestalte aan elke moeilike en uitdagende toneel te gee. Van die beligtingsmanne tot die kunsdepartement tot die kontinuïteitsdame tot die klankoperateurs, my innige dank aan almal.

Maar veral aan Waldemar Coetsee (Wolwemar of Wallies, soos hy op stel bekend gestaan het) wat die boshut ontwerp en gebou en vervolmaak het tot die kunswerk wat in die Sabie-vallei tussen die dennebome opgerig is. Ek dink nie in al die jare wat ek draaiboeke skryf, is 'n plek (location) al ooit so perfek weergegee nie.

Dankie aan Francois Coetzee, 'n oudstudent van my, Candice Moir, Ilana Louw en Chris Joubert wat as Wallies se assistente gewerk het.

Groot dankie aan Tom Marais (Tom-Tom), die kinematograaf en sy assistente wat geen moeite ontsien het om die prentjies en beelde te laat lewe kry nie. Hy het selfs in 'n stadium by 'n waterval afgegly (gelukkig sonder die kamera!) en in 'n poel vol krokodille beland toe hy die stroomversnellingtonele meer realisties probeer maak het. Met my aankoms op die stel in November 2011 en selfs vyf weke later het die energie, entoesiasme en die hele span se liefde en toewyding om reg aan die draaiboek te laat geskied, nooit verander nie.

Dankie ook aan die lynvervaardiger, Lucia Meyer, wat die produksie met soveel kalmte en vernuf bymekaar gehou het, kundig bygestaan deur Maryke Piketh. En die wonderlike Coenie van Dyk, assistentregisseur, wie se "Quiet on set, please! Come on, people! Sh-sh-sh!" ons altyd in ons spore laat vries het. En McDreamy, Jaun de Jager, wat feitlik elke toneel van die honderde wat geskiet is, getrou met sy klapbord gemerk het. Ook Saskia Derksen, wat as die regisseur se regterhand gedien het en gesorg het dat elke toneel in kontinuïteit geskiet is.

Vir Jozua Malherbe, die regisseur, en vir Danie Bester van The Film Factory, die vervaardiger, het ek al aan die begin van die roman bedank. Hulle volgehoue aanmoediging en ondersteuning het die rolprent en ook die roman laat werklikheid word. Ek waardeer julle hulp en respekteer julle siening op die doek van hierdie verhaal.

Vir Karen Meiring van kykNET, dankie. En dan spesifiek aan Jan du Plessis van M-Net, wat die draaiboek gereeld na my toe teruggestuur het en gesê het: "Ons het nog nie 'n film hier nie!" totdat dit reg was – my waardering. Ook my dank aan almal wat die rolprent finansier het: Pierre Boezaart van The Film Factory destyds en C.A. van Aswegen.

My waardering aan die Casa do Sol Hotel net buite Hazyview, waar *Wolwedans in die skemer* geskiet is. Lesers moet ook begryp dat die rolprent 'n erg verkorte weergawe van die werklike storie is wat oorspronklik oor die sesduisend bladsye lank was. Baie draaiboektonele moes as gevolg van lengte ook in die slag bly. Dus moet die roman nie gesien word as 'n bloudruk vir die rolprent nie, hoewel die storie dieselfde bly.

My dank aan NB-Uitgewers, spesifiek Etienne Bloemhof wat die storie weer in romanvorm laat lewe kry het. Ook aan Magdaleen Krüger van RSG en Eldaleen Hugo van *Vrouekeur*, wat as mediavennote opgetree het. En aan Gizela Arndt, Cherice Whewell en Mary-Anne Brink, wat met energie aan die reklame gewerk het en enkele vloer-moere van my kant af oor hoe die plakkaat en voorblad van die roman moet lyk (en ander elemente!), met groot takt en humor hanteer het! Julle het my almal geïnspireer om 'n ou storie nuut te maak.

Dit is jammer dat, terwyl ek aan die roman geskryf het, ek self onder misdaad in Hazyview deurgeloop het en met verskeie mense in aanraking gekom het wat soms op 'n daaglikse basis aangerand, beroof en geteister is. Mens kan net hoop dat die situasie in Hazyview teen die tyd dat hierdie boek gepubliseer word, verbeter het.

Annette en Johan Swart het my en my huis (gedurende die skryf van die roman) geweldig bygestaan. My dank aan hulle.

Maar uiteindelik gaan alle eer aan die Hazyview-omge-wing en sy mense. Die Laeveld is waar ek hierdie storie uit-gedink het, die draaiboek geskryf het en die hele roman herskryf het.

Wolwedans ís die Laeveld.